김만덕

김만덕 1

초판 인쇄　2010년 3월 19일
초판 발행　2010년 3월 26일

지은이　　김영미
발행인　　권윤삼
발행처　　도서출판 산수야

등록번호　제1-1515호
주소　　　121-826 서울시 마포구 망원동 472-19호
전화　　　02-332-9655
팩스　　　02-335-0674

ISBN 978-89-8097-203-6　04810
ISBN 978-89-8097-202-9 (전 2권)

값은 뒤표지에 있습니다. 잘못된 책은 바꾸어 드립니다.

이 책의 모든 법적 권리는 도서출판 산수야에 있습니다.
저작권법에 의해 보호받는 저작물이므로
본사의 허락 없이 무단 전재, 복제, 전자출판 등을 금합니다.

이 도서의 국립중앙도서관 출판시도서목록(CIP)은 e-CIP 홈페이지
(http://www.nl.go.kr/cip.php)에서 이용하실 수 있습니다.
(CIP제어번호: CIP2010000839)

김만덕

제주의 기생에서 조선 최고의 상인이 되다

1

김영미 역사소설

산수야

작가 서문

　내가 김만덕이라는 여성의 존재를 알게 된 것은 벌써 수년도 지난 어느 봄날의 일이었다. 당시 새로 발행될 고액권 지폐의 주인공으로 여성 인물을 넣자는 논의가 한창 진행 중이었는데, 김만덕은 그 후보 중 한 사람이었던 것이다. 그러나 김만덕은 결국 한국은행이 발표한 최종 후보에서 탈락되었다. 안타까운 일이었지만 생각해보면 어쩔 수 없는 결과였다. 당시 함께 언급된 후보들에 비해 그녀의 인지도는 참으로 미미했던 것이다. 그리고 그녀에 대해 알려진 역사적 사실들 또한 워낙 적었다.
　그도 그럴 것이, 그녀는 유교적 통념이 사회를 지배하던 시기에 스스로의 길을 개척해 간 몇 안 되는 아웃사이더였기 때문이다. 그 때문에 그녀에 대한 기록은 『정조실록』과 『승정원일기』, 『일성록』 등에 짧게 언급되어 있을 뿐, 그리 상세하지 않다. 그래도 그 대략의 내용을 살펴보자면 이렇다.

　제주의 기생 만덕이 장사를 통해 모은 재물을 풀어 흉년에 굶주린 백성들을 구제하였는데, 이를 안 임금이 상을 주려 하자 그 또한 마다하고, 다만 상경하여 금강산 유람하길 소원하였다. 이에 임금은 만덕의 소원을 허락해주고, 연로聯絡의 고을들로 하여금 양식을 내어주도록 하였다.

당시의 제주탐라는 지금 우리가 익히 알고 있는 관광도시 제주와는 그 위상이 크게 달랐다. 탐라는 아름다운 자연경관이 무색하리만치 조선의 유배지로 악명 높던 곳이었고, 태풍과 해일의 피해가 극심하여 관원들이 발령을 꺼리던 곳이었으며, 동시에 말과 귤, 녹미와 전복 등 수탈에 가까운 공납을 감당해야만 했던 고장이었다. 그랬으니 오죽이나 살기가 팍팍하였을까? 그 탓에 한때 탐라를 떠나 뭍으로 도망가는 백성들이 줄을 이었다고 한다.

그것을 막고자 조선왕조가 만들어낸 법령이 바로 '출륙금지령'으로 탐라의 백성은 뭍으로 이주하여 살 수 없다는 규율이었다. 이 출륙금지령은 여성들에게 특히 가혹하였는데, 공납이나 장사를 위해 잠시라도 뭍으로 나갈 수 있었던 남성들과 달리 여성들은 아예 배조차 탈 수 없었다 한다. 한마디로 죽어서도 탐라 땅을 벗어날 수 없었던 셈이다.

이러한 시대에 김만덕은 탐라민이자, 기생 그리고 여성으로서 삼고三苦를 멍에처럼 짊어진 채 살았다. 상하좌우 그 어디로도 옴짝달싹할 수 없이 막막한 인생을 살았던 것이다. 그러나 그럼에도 불구하고 그녀의 영혼만은 바람처럼 자유로웠다. 발은 탐라 땅에 묶여있으되, 그녀의 눈은 조선을 넘어 저 넓은 세상을 향해 열려 있었다. 하여, 그녀는 고난에도 쉬이 자신이 정한 인생을 포기하지 않았다.

끝끝내 극복하여 조선 최고의 장사꾼으로서, 나아가 진정한 노블레스 오블리주의 상징으로서 역사의 한 페이지에 당당히 자신의 이름을 남긴 것이다.

여기서 나는 한 가지 의문을 갖게 된다. 김만덕은 어떻게 그 척박한 땅에서 당시로선 생각하기도 쉽지 않은 나눔의 철학을 갖게 되었을까? 가난은 나랏님도 구제하지 못한다는 의식이 팽배하던 시대에 자신 또한 가난한 집의 딸로 태어나, 결국 그 가난 때문에 기생이 되는 수모까지 겪었음에도 불구하고 어찌 그런 앞선 사고를 할 수 있었을까?

사실 거꾸로 생각해보자면 그 답은 의외로 단순하다. 동병상련同病相憐. 자신 또한 이미 그 고통을 뼈저리게 겪어보았기에 감히 그런 발상도 할 수 있었던 것이다. 아마도 만덕으로선 너무나 당연한 선택이었는지도 모른다. 그래서 나는 만덕을 신화 속에 등장하는 영웅으로 그리지 않았다. 또한 권선징악의 구도 안에서 악당을 무찌르는 절대선으로 묘사하지도 않았다. 그저 우리와 같은 인간—고뇌하고, 사랑하며, 미워하고, 안달복달하는—으로서 자연 그대로 두었을 뿐이다. 다만 신분의 굴레에도 좌절하지 않고, 소망하기를 멈추지 않았으며, 마침내 세상의 속박마저 뛰어넘은 인간 승리의 한 전형으로서 만덕의 의지에 주목했다.

사실 만덕이 보여준 강인한 의지는 현재를 살아가는 우리에게도 시사하는 바가 크다. 만덕은 비록 200여 년 전에 죽은 인물이지만, 그녀가 살아간 세상이 지금의 세상과 크게 다르지 않기 때문이다.

가진 것으로 인간을 서열화하는 세상, 신자유주의의 냉혹한 경쟁

논리 속에서 어찌 신분이 없다 할 것이며, 어찌 약육강식이 없다 할 것인가? 오히려 기회를 가진 자보다는 가지지 못한 자가, 승리하는 자보다는 도태되는 자가 많은 세상이다. 그런 세상에서 희망을 가지고, 그 희망을 실현하기 위해 세상과 그리고 자기 자신과 미련하리만치 투쟁을 벌이는 사람은 많지 않다. 대부분은 현실에 매몰되어 적당히 타협하고 마는 것이다. 하지만 만덕은 말한다. 아무리 현실이 지치고 척박하여도 희망하기를 멈추지 말라고. 남들이 뭐라 하든 자신의 마음을 사로잡은 단 하나를 놓치지 말라고.

 이 책을 쓰는 동안 나 또한 만덕의 그 뜻을 경구처럼 새기며 한 자, 한 자 자판을 두드려갔다. 멀쩡히 다니던 회사를 그만두고 이야기꾼이 되겠다던 어린 시절의 꿈을 좇아 무작정 세상으로 나왔을 때, 어찌 일말의 불안감이 없었겠는가? 하지만 그 순간마다 만덕은 우연의 얼굴을 가장한 채 필연처럼 내 일상에 스며들어와 있었다. 덕분에 나는 외롭지 않게 이 길을 달려올 수 있었다. 참으로 감사한 일이다. 이제는 그때 내가 받았던 위안이 이 책을 접하는 다른 이들에게도 전해졌으면 좋겠다. 그리하여 다시금 '산다'는 것이 지닌 무게를 느껴보았으면 한다. 인생은 살아지는 것이 아니라, 살아가는 것이라고 말이다.

 마지막으로 이 책이 나오기까지 애써준 분들에게 감사를 전하며, 지금 이 순간에도 희망하기를 멈추지 않는 모든 용기 있는 이들에게 이 책을 바친다.

2010년 2월 김영미

차례

작가 서문 _ 4

프롤로그 _ 10

1장 강쳉이 일다 _ 15

2장 양도새 _ 53

3장 영등맞이 _ 113

4장 영주에 오르다 _ 169

5장 이름을 되찾다 _ 239

6장 역모의 피바람 _ 307

7장 기생 장사꾼

8장 송방 다점

9장 미역 해경

10장 감귤 봉진

11장 황포 돛배

12장 무혼굿

13장 갓 일

14장 이방인

15장 바람의 딸

에필로그

프롤로그

겹겹이 능라로 지은 옷가지를 떨구어낸다. 그때마다 적막한 방 안엔 사그락 사그락, 비단 자락 스치는 소리가 났다. 매미의 날개처럼 손에 감기는 섬세한 옷의 감촉. 자주색 옷고름을 푼 여인이 저고리를 벗어내리자 터질 듯 동여맨 치마허리 위로 적, 녹, 황색으로 수를 놓은 가슴가리개가 드러나고, 그 위로 드리워진 각양각색의 노리개가 흔들리며 잘그락, 소리를 냈다. 그중 딸기술로 고정한 붉은 산호 노리개가 장지문 사이로 스며든 햇살에 비쳐 반짝 빛을 뿜어내자 여인이 살풋 반듯한 이마를 찌푸렸다.

화려한 장신구도, 고운 비단옷도 이미 의미를 잃은 지 오래, 그녀에겐 그 모든 것이 한낱 육신을 속박하는 붉은 오랏줄일 뿐이었다. 여인은 곤충이 허물을 찢고 나오듯 일말의 부끄러움도, 망설임도 없이 몸에 걸치고 있던 일체의 구속을 벗어던졌다. 그러자 밝은 빛 아래 아기처럼 뽀얀 여인의 나신이 드러났다.

어쩌면 펄떡이는 심장마저 투명하게 비쳐 보일 듯, 빛나는 여인의 육신은 방금 탈피를 마친 나비 같았다. 순간, 누구 하나 보는 이 없건만 여인은 첫날밤을 맞이한 새색시처럼 파르르 몸을 떨었다. 아마도 오랜 기다림 끝의 설렘 때문일 터였다. 지난 세월 몸을 웅크린 채 때를 기다려온 여인이었다. 허나 이제 새로이 땅이 열렸으니…… 여인은 절정의 자리에서 또 다른 비상을 꿈꾸었다.

여인은 걸음을 옮겨 방 한켠에 놓인 자개장 앞으로 다가갔다. 화사한 꽃나무 사이로 날아오를 듯 날개를 펼친 새 한 마리가 수놓인 장이었다. 여인은 그 자개장을 열고 가장 깊숙한 곳에서 보따리 하나를 꺼내들었다. 보따리를 풀자 그 안에선 뜻밖에도 수수하기 이를 데 없는 갈옷 한 벌이 나왔다.

여인은 망설임 없이 맨몸 위에 거친 갈옷을 걸쳐 입기 시작했다. 그때마다 우툴두툴한 옷자락이 비단에 익숙한 여인의 매끄러운 피부를 할퀴었지만 그럼에도 여인은 아랑곳하지 않았다. 오히려 뱃속 깊숙한 곳에서부터 저릿한 전율을 느끼는 여인이었다.

'나는 오늘 새로이 태어날 것이니.'

갈옷을 갖춰 입은 여인은 좀 전의 화려한 모습은 간데없이, 어느새 여염의 아낙 같은 모습을 하고 있었다. 여인은 만족스러운 듯 거울을 들여다보고는 이내 곱게 빗어 넘긴 머리 위로 쓰개치마를 덮어썼다. 그러고는 조용히 미닫이문을 열고 방 밖으로 사라졌다. 방 안엔 방금 여인이 벗어놓은 비단옷과 여인이 남긴 백단향만이 환영인 듯 아스라이 남아 있었다.

"영감, 소인의 이름을 기적에서 제하여 주소서!"

방을 나온 여인은 잠시 후, 동헌 앞마당에 부복하여 있었다. 동헌 마루 위에 선 제주 목사는 그러한 여인을 내려다보며 물었다.

"너는 행수 기생 영주가 아니더냐? 행수 기생이면 기생 중에서도 우두머리, 남부럽지 않은 호사를 누리는 네가 어찌 그 자리를 마다하고 면천을 원하는 게냐?"

목사의 말대로 여인은 탐라 최고의 행수 기녀였다. 이제 스물을 갓 넘긴 홍안이었으며, 이름 높은 예인이었다. 하여 기명妓名마저 감히 영주瀛州 한라산였으니, 그 자존심은 한라산보다 우뚝하였고, 그녀의 치맛자락은 탐라를 뒤덮고도 남았다. 심지어 그 이름이 조선 팔도에까지 퍼져 사내들은 영주를 보고자 목숨을 걸고 바다를 건넜으니, 그러다 험한 바닷길에 불귀의 객이 된 자도 부지기수였다. 그럴수록 기생 영주의 이름은 저 영산靈山 영주처럼 신화가 되어갔다. 덕분에 하룻밤 해우채가 자그마치 말 한 필 값에 육박하였고, 영주를 첩실로 맞아들이려는 양반 호사가들 또한 줄을 이었다. 바야흐로 영주는 기생으로서 최고의 부귀영화를 누리고 있는 셈이었다.

헌데, 영주는 무슨 까닭인지 그 절정의 순간, 스스로의 지위를 버리려 하고 있었다. 목사는 그런 영주를 도무지 이해할 수 없다는 표정이었다. 그러자 영주가 거듭 아뢰었다.

"면천을 하고자 함이 아닙니다. 그저 본래의 신분을 회복하여 제 이름을 되찾고자 할 뿐입니다."

그 말에 어느새 동헌 마당 가득 모여든 구경꾼들이 수군댔다. 가시 돋힌 시선들이 늦가을 햇살보다도 따갑게 영주의 머리 위로 내리꽂혔다.

'기생 주제에 이름은 무슨?'

'본래의 신분이라니? 제가 무슨 왕후장상의 씨라도 된다는 겐가?'

'영주가 드디어 실성을 한 게로군.'

사람들의 웅성거림이 영주의 귓전까지 들려왔다. 허나 영주는 조금도 주눅 든 기색 없이 당당히 고개를 들었다.

"소인 비록 가난으로 인해 기생이 되었지만, 본시 양민의 딸이옵니다."

그 말에 목사가 되물었다.

"양민의 딸이라?"

그러자 만덕이 대답했다.

"예. 경주 김씨 김응렬의 딸로, 제 본래 이름은 김만덕金萬德입니다."

한 자, 한 자 새기듯 천천히 자신의 이름을 고하는 영주 아니, 만덕이었다. 그도 그럴 것이, 김만덕 그 이름 석 자를 되찾기 위해 지난 세월 얼마나 많은 시련들을 감내해야만 했던가……. 그만큼 오랜 시간을 숨죽여 기다려왔던 만덕이었다. 만덕은 문득 감회에 젖어들었다.

그때였다. 순간 어디선가 한줄기 바람이 불어와 만덕의 뺨을 스치고 지나갔다. 그 바람 속에는 어딘가 익숙하고도 그리운 내음이 실려 있었다. 만덕은 고개를 들어 바람이 불어오는 방향을 바라보았다. 그러자 막힌 물꼬를 트듯 아련한 기억들이 파도처럼 철썩 밀려왔다.

'사라봉에서 오는 바람인가?'

그러고 보면 변화의 순간마다 만덕의 인생엔 어김없이 바람이 불었다. 그것은 지금 이 순간도 마찬가지였다. 문득 먼 옛날, 거친 바람이 자신의 삶을 송두리째 흔들고, 기어코 인생의 지침마저 돌려놓았던 그때를 떠올리는 만덕이었다.

1 강쳉이 일다

* 강쳉이—제주 방언으로 갑자기 이는 폭풍

바람이 분다. 어제도, 그제도 그랬듯이 오늘도 어김없이 바람이 불고 있다.

삼다三多. 탐라에서 바람은 길에 널린 돌멩이만큼 흔하디 흔한 일상의 한 부분이라 그저 '바람'일 뿐이었지만, 적어도 만덕은 사람마다 지문이 다르듯 수많은 바람도 제각기 다른 얼굴을 하고 있다는 것을 알고 있었다. 어른들은 만덕이 그런 말을 할 때면 가당치 않다는 듯 웃어넘겼지만, 만덕은 다른 사람은 몰라도 자신은 분명 그 미묘한 차이를 알 수 있다고 믿었다. 사람이 소나 고동의 얼굴을 알아보지 못해도 그들끼리 서로의 얼굴을 알아보듯 그것은 만덕에게 지극히 당연한 일이었다.

"아방, 난 어디서 왔어요?"

"저 멀리 북녘 하늘서 바람을 타고 왔지."

"에이, 그짓말. 사람이 어찌 바람을 타고 와요오?"

"참말. 영등할망이 아기씨를 가져다 뿌려주었지."

영등할망은 매년 2월 탐라를 찾아와 생명의 씨앗을 뿌리고 떠난다는 바람의 신이었다. 그 영등제 기간 중 어미의 태에 잉태된 만덕은, 하여 바람의 아이였다. 그러니 만덕이 바람 속에서 남들이 보지 못하는 것을 보고, 듣지 못하는 것을 듣는다 해도 하등 이상할 것은 없었다. 다만 그것은 믿음의 문제였다.

북풍이 불자, 만덕은 아침부터 횟배를 앓는 사람처럼 하루 종일 속이 울렁거렸다. 몸져누운 어미를 대신해 오전 내내 십 리나 떨어진 용천湧泉에서 집까지 부지런히 물을 길어다 나른 만덕은 오후 늦게가 돼서야 겨우 일에서 놓여나 사라봉을 오를 수 있었다. 이제는 돌부리 하나까지 익숙해진 길이건만, 조급한 마음에 발이 자꾸만 헛놓였다. 북에서 불어오는 바람 속에 희미하게나마 아비의 냄새가 배어 있었기 때문이다.

장삿배의 격군인 아비에게선 항상 뭍의 냄새가 났다. 늦은 밤마실을 다녀온 어미의 갈옷 자락에 배어 있던 가시락 태우는 연기와는 다른, 그립지만 눈물이 왈칵 쏟아질 듯 아련한 냄새였다. 그 냄새를 맡고 있으면, 어린 만덕은 미지의 세계에 대한 동경과 호기심으로 가을 들판의 메뚜기처럼 속절없이 가슴이 뛰었다. 그런 날 밤이면 만덕은 늦게까지 잠을 이루지 못했고, 그러면 아비는 상방마루에 오누이를 눕혀놓고 장삿길에서 보고 들은 얘기를 봉덥화로의 불이 까무룩 잦아들 때까지 조곤조곤 속삭여주는 것이었다. 그때 이야기를 하던 아비의 얼굴은 붉은 불빛에 비쳐 청동상처럼 강인하고도 신비로워 마치 이 세상의 것이 아닌 것마냥 아득하게 느껴졌었다.

"바다 밖엔 무엇이 있어요?"

"큰 세상이 있지. 임금님이 계신 한양이 있고, 그 너머에는 청국,

파사국페르시아, 안식국파르티아, 대식국아라비아, 대진국로마……, 그보다 더 멀리 가면 태양처럼 빛나는 황금성에 우리 만덕이처럼 예쁜 공주님이 살고 있단다."

"그럼, 그 세상 끝에는 무엇이 있는데요?"

"세상은 하도 넓어서 가도 가도 끝이 없단다."

이야기는 밤새 끝도 없이 이어졌다. 그러면 그 옆에선 애 셋을 낳고도 여전히 새초롬한 만덕의 어미 고씨가 늦었으니 어서 자라 타박을 놓으면서도 어느새 망건을 겯는 손길을 늦추고 남편의 얘기에 자신도 슬쩍 귀를 기울이곤 하는 것이었다. 남루하지만 행복했던 일상이었다. 그러나 인생은 바람(希)과는 달리 늘 뜻밖의 바람(風)에 휩싸이게 마련이었다.

만덕의 아버지 김응렬은 경주 김씨 후손으로 탐라에서 가장 명망 높은 감목관 김씨 집안과는 먼 친척뻘이었다. 양반의 부스러기로 태어났으되 그 뿌리가 민망할 정도로 척박한 환경, 가난이 습관과 같은 탐라의 민가에서는 허울 좋은 양반의 가죽 따위는 피죽 한 그릇만도 못한 것이었다. 김응렬 또한 한때는 천자문을 익히며 청운의 꿈을 품기도 하였다. 그러나 조실부모하고 바닷가 고씨 집성촌으로 흘러들면서부터 그는 책 대신 노를 잡아야 했다. 그때는 누구나 그랬기 때문에 따로이 선택의 여지가 없었다.

그렇게 장삿배의 격군으로서 뼈가 굵을 무렵, 김응렬은 마을 처녀였던 부인 고씨를 처음 만났다. 집으로 돌아가는 길이면 항상 지나치게 되는 마을의 망건 작업장. 하루 종일 빛도 잘 들지 않는 방 안에 앉아 망건을 겯는 고씨의 얼굴은 달빛에 절인 것처럼 마냥 창백

했다. 그런 고씨의 얼굴은 마치 반월도로 새긴 듯 김응렬의 가슴 깊이 각인되어 쉽게 지워지지 않았다.

그때부터였을까? 작업장 앞을 지나는 김응렬의 발걸음이 잦아졌다. 그리고 어느 날부턴가는 포구에 배가 들 때마다 작업장 창문이 저절로 빼꼼히 열리더니, 창문 너머로 설익은 눈길이 오가기 시작했다. 결국 그해 가을 김응렬과 고씨는 백년가약을 맺었다. 혼수는 고씨가 자신의 손으로 직접 결은 망건 하나가 다였다. 그러나 남루한 살림에 그 정도면 과하고도 넘치는 것이었다.

김응렬은 집에 있을 때면 밤마다 그 망건을 쓰고 불가에 앉아 절반 넘어 익힌 천자문을 읽고 또 읽었다. 덕분에 만덕이 태어났을 즈음엔 낡아서 날근날근해진 망건을 매번 덧대어 깁는 것이 고씨의 일과가 되어버렸다. 그래도 김응렬은 그 낡은 망건을 신주단지 모시듯 항상 소중히 간직하였다. 아마도 그것은 놓아버린 꿈에 대한 일말의 예의였을 터였다.

뱃일은 고되고 힘들었다. 따가운 햇살과 바람, 때로는 풍랑을 만나 목숨을 걸고 바다와 사투를 벌여야 하는 일도 부지기수였다. 그럼에도 불구하고 김응렬은 배를 타고 뭍으로 나가는 일을 좋아했다. 조선이 여전히 폐쇄적인 사회이기는 했으나 18세기 뭍의 번화한 항구에는 이미 넓은 세상의 이야기들과 이국의 향취를 풍기는 온갖 물품들이 밀물처럼 스며들어와 있었다. 김응렬은 그것들을 일일이 들춰보고, 냄새 맡고, 온갖 세상 돌아가는 사정에 귀 기울이는 것을 좋아했다. 새로운 것을 대할 때면 마치 허기진 아이와도 같이 파고드는 김응렬을 두고 사람들은 팔자에 바람 기운이 많아서 그런다고도 했다. 바람 기운이 들면 소위 역마살이라는 게 끼는데, 그런 사람은 쉬이 한곳에 머물러 살질 못한다는 것이었다.

하지만 그는 그러한 팔자에도 불구하고 매번 어김없이 탐라로 돌아와야만 했다. 출륙금지령出陸禁止令. 원체 척박한 환경 때문에 탐라를 이탈하는 백성들이 많아지자 나라에서는 탐라민들이 뭍으로 이주하는 것을 일절 금했던 것이다. 심지어 여자들은 평생 배조차 탈 수 없었다. 뭍으로 나간 남자들을 도로 불러들이기 위한 일종의 인질 아닌 인질인 셈이었다.

그러한 탐라 땅에서 하필 계집아이로 태어난 만덕은 삼 남매 중 김응렬을 가장 많이 빼닮은 아이였다. 동네 어른들은 만덕의 눈이 유달리 갈색을 띠는 것도—심지어 햇빛 아래서 볼 때면 노란 이방異方의 색을 띠는 것도—다 제 아비를 닮아 바람 기운이 많아서 그렇다고들 했다. 바람 기운을 타고난 계집아이는 팔자가 세다 하든가. 하지만 사람들이 뭐라 하건 김응렬은 호기심 많고 총명한 만덕에게 유독 애정을 쏟아부었다.

"넌 영등신이 주신 아이다. 분명 이 아비와는 다른 삶을 살 게야. 암, 그렇고 말고."

뭍에서의 바람이란 그저 스쳐 지나가는 객客일지 몰라도 탐라에서의 바람은 배를 앞으로 나아가게 하고, 사시사철 계절의 수레바퀴를 돌리는 힘의 원천이었다. 그러니 바람의 명운을 타고난 만덕이 특별한 것은 당연지사라 여기는 김응렬이었다. 허나 바람은 생명력인 동시에 시련이기도 하였으니, 만덕의 눈은 종종 마을 아이들의 놀림감이 되곤 하였다.

색이 옅은 홍채 때문에 만덕의 눈은 중앙의 동공이 유독 도드라졌다. 덕분에 까만 동공과 황갈색의 홍채가 극명하게 갈려 마치 일식으로 인해 태양의 중심에 검은 달그림자가 박힌 듯, 두 개의 눈동자를 차례로 겹쳐놓은 것처럼 보였던 것이다.

"아방, 내 눈은 왜 이래요? 버렝이벌레 마냥 겹눈이라고 동무들이 자꾸만 놀려요."

아이들에게 놀림을 받고 돌아온 날이면, 만덕은 커다란 눈망울에 그렁그렁한 눈물을 담은 채 아비를 향해 하소연하곤 했다. 그러면 김응렬은 어린 만덕을 무릎 위에 앉혀놓고 세상을 놀라게 한 신화 속 주인공들의 이야기를 들려주었다.

"옛날 옛날 중국에 순 임금님이 살았단다. 그 임금님께선 어질고 현명하여 백성들의 존경을 한 몸에 받았지. 헌데 신기하게도 그 눈이 너와 같은 중동重瞳이었단다. 덕분에 남보다 세상을 널리, 깊게 보았으니 두고두고 명군名君으로 칭송받는 게 아니냐. 뿐이냐? 세상을 들어올린 항우 장사도 겹눈이었고, 가야를 세운 수로 왕도 중동이었는걸."

김응렬은 그러면서 만덕도 언젠가는 옛이야기 속의 영웅호걸들처럼 큰일을 할 거라고 말했다. 그러면 어느새 눈물을 거둔 만덕은 수그러들던 고개를 꼿꼿이 세우며 신화 속 주인공들처럼 바다 건너 드넓은 세상으로 나아가는 상상을 하곤 했다.

그렇게 만덕은 아비가 들려주는 이야기들을 양분 삼아 무럭무럭 자라났다. 허나, 그것은 어느 날 갑자기 동백나무에서 꽃이 통째로 툭 하고 떨어지듯 예고도 없이 끝나버리고 말았다. 평소처럼 장사를 나갔던 김응렬의 배가 큰 폭풍을 만나 바다 한가운데에서 흔적도 없이 사라져버렸던 것이다. 아무리 단단히 묶어놓아도 운명은 결국 제 갈 길을 향해 가기 마련이었다.

고씨는 남편이 탄 배가 실종되고도 몇 주 동안은 평정심을 잃지 않았다. 폭우를 피해 어딘가에 정박해 있으리라 굳게 믿으며, 매일 밤 안뒤뜰에 모신 밧칠성께 남편의 무사귀환을 빌었다. 그러나 그렇게 두 달이 지나고 희망이 말라붙은 자리에 절망만이 들어차기 시작하자 고씨는 더 이상 버티지 못하고 끝내 몸져눕고 말았다. 안 그래도 연약한 고씨의 몸은 곧 한겨울 갈대처럼 쇠어졌다. 그날부터 만덕은 어미를 대신해 돌아오지 않는 아비를 기다리며 매일을 하루같이 사라봉에 오르기 시작했다.

사라봉 꼭대기에 오르면, 언덕 중참에 매년 영등굿이 열리는 칠머리당이 보이고, 그 아래로는 만덕의 아버지가 떠나갔던 화북포구가 한눈에 들어왔다. 어미의 자궁처럼 오목이 들어앉은 화북포구. 그 해안을 따라 크고 작은 풍선風船들이 묶여 있고, 좀 더 안쪽으로는 창고와 마구간, 그 옆으로는 초라한 주막이 열을 지어 서너 집 붙어 있었다. 그 앞으로 사람들이 바쁘게 오갔다. 노을 비낀 바다 밑으로 해가 저물고 있었다.

저녁이 되자 바다 위, 점점이 떠 있던 테우들도 작업을 마치고 포구로 돌아오고, 대구덕을 짊어진 아낙네들은 포구에 서서 오늘 잡은 물고기를 종류별로 선별하여 흥정을 붙였다. 생명력이 넘치는 광경, 왁자한 소리, 평소라면 풀밭에 쭈그리고 앉아 언덕 아래 포구의 풍정을 흥미롭게 지켜보았을 만덕이지만 오늘은 달랐다.

만덕은 너럭바위 위에 까치발을 딛고 선 채 하늘과 바다가 맞닿은 수평선만을 하염없이 바라보았다. 행여나 저 수평선 너머로 아버지의 배가 보이지는 않을까? 눈도 깜빡이지 않고 노려보지만 신기루마냥 붉게 퍼지는 저녁 햇살 속에는 뭉근한 연무만이 위장한 군사처럼 슬금슬금 다가올 뿐, 흰 돛을 단 배는 어디에도 보이지 않았다. 그저 빈 바람만이 언덕을 따라 휘휘 불어왔다. 덕분에 오래지 않아 만덕의 눈은 시어졌다.

"북풍이 불면 돌아온데 놓구……."

떠나기 전, 만덕과 새끼손가락을 걸며 약속했던 아버지였다. 이번에 돌아올 때는 고운 댕기도 하나 사다주마 약속했었는데……. 바다 건너 불어오는 바람 속에 그리운 냄새가 묻어 있는 것만 같아 만덕은 고사리 같은 손으로 꼭 쥐어보지만 바람은 흔적도 없이 손가락 사이로 빠져나갔다. 바람은 본디 머물 순 있으나 잡을 순 없는 것이었다.

해가 지자 만덕은 터덜터덜 지친 발걸음으로 올래길을 따라 한길에서 동네 어귀로 들어섰다. 오늘도 허탕, 아비는 돌아오지 않았다. 집으로 가기 위해 키를 훌쩍 뛰어넘어 높다랗게 쌓여 있는 돌담길을 돌아 골목 안으로 들어서려는데, 저 앞에 아이들이 모여 서서 와글대고 있는 광경이 보였다.

"귀머거리 병신! 벙어리 병신!"

"지 이름도 모른대요. 야! '어버버버' 해봐. '어버버버!'"

한 무리의 아이들이 지들커˚땔감˚를 짊어진 사내아이 하나를 붙잡고 시비를 걸고 있는 중이었다. 그러자 놀란 사내아이가 당황한 사슴처럼 눈을 동그랗게 뜨고 우왕좌왕했다. 제 딴에는 피해 도망가려는 듯했지만 그때마다 아이들이 어깨를 툭툭 밀치는 덕분에 사내아이는 이러지도 저러지도 못하고 울상만 짓고 있었다. 때마침 그 광경을 본 만덕의 얼굴이 굳어졌다.

"야! 이 나쁜 놈들아! 우리 오라방 가만 안 놔둬?"

만덕이 별안간 와락 소리를 지르며 득달같이 달려들었다. 그랬다. 놀림을 당하고 있던 사내아이는 바로 만덕의 작은 오라비 만재였다. 만덕은 만재와 아이들 사이에 버티고 서서 쌔릿 아이들을 노려보았다. 비록 체구는 작은 계집아이지만 제법 매서운 기세였다. 덕분에 찔끔한 아이들이 주춤, 한 걸음 물러서자 아이들과 오누이 사이에는 금을 그은 듯 경계가 생겨났다. 그러나 그것도 잠시, 무리 중 덩치 큰 사내아이 하나가 앞으로 나서자 상황은 다시금 반전되었다. 아마도 이 무리의 대장인 듯, 껄렁껄렁한 사내아이는 버짐 핀 얼굴을 만덕의 코앞까지 들이대며 비죽댔다.

"니가 이 병신 동생이었냐? 그럼 너도 이놈처럼 '어버버버, 어버버버' 이러고 말하겠네?"

유치한 놀림에 아이들은 뭐가 그리 신나는지 지들끼리 키득키득 웃어댔다. 덕분에 악다귀들의 기세가 도로 되살아났다.

"뭐야? 이 자식아!"

만덕이 빽 소리를 질렀다. 만재는 어린 시절 큰 열병을 앓은 후로 말을 하지 못했다. 하지만 오히려 소리는 민감하리만치 더 잘 알아들었다. 금방도 만덕은 아이의 바보 흉내에 만재의 얼굴이 파리하게 변하는 것을 보았던 것이다. 만덕은 분노로 파르르 끓어올랐다.

"우리 오라방 병신 아니야! 사과해! 당장 사과해!"

"어이구 무서워라. 싫다면 어쩌실 건데요?"

아이의 비아냥에 무리들이 다시 와그르르 웃어대자 이를 앙다문 만덕이 '엇!' 하고 말릴 새도 없이 사내아이를 향해 달려들었다. 그러고는 그대로 몸을 날려 머리로 사내아이의 얼굴을 들이받았다. 그러자 회심의 일격을 당한 사내아이는 그만 그 자리에 벌러덩 쓰러져버리고 말았다. 너무나 순식간에 일어난 일이었다. 덕분에 멍해진 사내아이는 한동안 정신을 차리지 못했다. 한참 만에 앉은 채로 고개를 짤짤 흔드는데 사내아이의 코에서 붉은 실금이 주룩 흘러나왔다.

"어라, 대장 코피 난다!"

당황한 동무의 외침에 자신의 코를 쓰윽 만져보던 사내아이는 손바닥에 묻어나오는 시뻘건 코피를 보자 금세 울상이 되었다.

"이씨, 코피! 노란 눈깔, 저 재수없는 계집이!"

"뭐야?"

"우리 어멍이 그랬어. 넌 재수 옴 붙은 애라, 지 아방 잡아먹은 거라고. 곧 골골한 니 어멍도 잡아먹을 거라고!"

순간 만덕의 눈에 불꽃이 번쩍 일었다. 그대로 다시 한 번 쓰러져 있는 아이에게 돌진하자, 사내아이도 이번엔 쉽게 당하지 않겠다는 듯 맞주먹질을 해댔다.

"취소해! 그 말 당장 취소하란 말야!"

엎치락뒤치락 만덕과 사내아이가 흙바닥 위를 나뒹굴자 나머지 아이들은 두 사람을 둘러싼 채, 저마다 함성을 지르며 제 편을 응원

했다. 만재만이 싸움을 말려보려 발을 동동 굴렀지만 흥분한 아이들을 떼어놓기란 역부족이었다.

"니들 여기서 뭐해!"

그때 마침 구원처럼 골목 끝에서 막 변성기를 지난 굵직한 목소리가 들려왔다. 포구에 날품팔이를 나갔던 만덕의 큰오빠 만석이었다. 열여섯 나이에 걸맞지 않게 피곤이 눌어붙은 얼굴, 허나 어깨가 떡 벌어진 것이 제법 사내 냄새가 풍기는 풍채였다. 그런 만석이 무시무시한 표정을 지으며 성큼 다가오자, 겁을 집어먹은 아이들이 제풀에 놀라 '와아!' 소리를 지르며 뿔뿔이 흩어졌다. 만덕과 몸싸움을 벌이던 사내아이도 두고보자고 이를 갈며 급히 자리를 떴다. 덕분에 짧은 사이 골목엔 만덕네 삼 남매만 덩그러니 남겨졌다. 그제야 만석은 만덕을 향해 눈을 부라리며 엄하게 꾸짖었다.

"어디서 다 큰 계집애가 사내애랑 골목에서 싸움질이야?"

만덕은 긁히고 뜯겨 머리가 산발이 된 채로 씩씩거렸다. '재수없는 계집'이라던 사내아이의 말이 귓가에 박혀 사라지질 않았다. 분했다. 어찌나 분했던지 당장 따라 들어오라는 만석의 불호령에도 담담할 지경이었다.

"울 아방을 내가 잡아먹었다구?"

흙투성이가 된 머리와 옷을 만재가 안쓰러운 낯빛으로 툭툭 털어주는데, 결국 혼잣말을 하던 만덕의 눈에서 울컥 눈물이 차올랐다. 제가 맞은 것보다 두 배는 더 때리고 꼬집어주었다. 그런데도 이유 모를 설움이 북받쳐서 결국 골목에 선 채로 엉엉 울어버리는 만덕이었다.

"너패는 없어? 톨보단 너패가 그나마 나은데……."

만덕이 괜히 툴툴댔다. 저녁은 톳톳에 보리쌀 한 줌을 넣어 끓인 멀건 죽이었다. 톨이나 너패나 해초이긴 마찬가지였지만 그래도 톨보다는 너패가 맛도 달고 미끈한 게 삼키기가 수월했다. 반면, 톨을 넣어 끓인 죽은 끓여놓으면 시커먼 빛이 되었는데 뜨거울 땐 그냥저냥 먹을 만하였지만 식으면 껄끄럽고 푸석하여 먹기가 영 곤욕스러웠다.

"그냥 먹어."

만석이 무뚝뚝하게 대꾸하였다. 당장 톨이 문제가 아니었다. 그나마 보리쌀도 똑 떨어지고, 아직 밭에 심은 지실감자은 여물 철이 아닌지라 내일은 염치불구하고라도 외숙집에 가서 곡식을 꾸어와야 할 형편이었다.

"약이라도 한 재 먹음 좋을 텐데……."

만덕의 넋두리에 만석의 숟가락이 잠시 멈칫했지만 이내 종지에 담긴 군내 나는 간장을 쿡 찍어 말없이 입으로 가져갔다. 싸워서 얼굴 여기저기에 생채기가 난 만덕도 입을 다물고 퉁퉁 부은 눈을 끔뻑이며 죽사발을 든 채로 훌훌 불어 삼켰다. 다시 침묵 속에 식사는 계속되었다. 그사이 큰구들안방 낡은 장지문 안쪽에선 '씨익, 씨익' 숨소린지 신음소린지 모를 고씨의 앓는 소리가 오늘따라 더 크게 들려왔다. 누군들 약을 지어 먹이고 싶지 않을까. 다만 시절이 수상하고, 섬이 척박하고, 삶이 가혹한 탓이었다.

지난해 가을, 추수 직전 불어 닥친 폭풍으로 섬엔 흉년이 들었다. 이듬해 봄, 보리가 여물 때까지 겨우겨우 초근목피로 연명을 했건만,

보릿고개가 막 지나자마자 제주엔 또다시 역병이 창궐했다. 못 먹어 안 그래도 허약해질 대로 허약해져 있던 사람들은 속절없이 돌림병에 쓰러져갔고, 두 집 걸러 한 집마다 여역 병자가 속출했다. 그해 제주에서 여역으로 사망한 자의 수만 약 9백여 명이었다. 덕분에 외지에서 들어오는 배마저 끊기고, 약재는 돈이 있어도 구할 수가 없을 만큼 귀해졌다. 그러니 가난한 민가에서 약을 구한다는 것은 하늘의 별 따기, 그저 운명을 하늘에 맡길 수밖에 별 도리가 없었다.

그날 밤, 저녁을 먹은 삼 남매는 평소보다 일찍 잠자리에 들었다. 조금이라도 허기를 잊자면 빨리 잠드는 것이 상책이었다. 게다가 입에 풀칠이라도 하려면, 포구로 숲으로, 이른 아침부터 동동거리며 서둘러야 했기 때문이다. 만덕 역시 낮의 일로 지친 탓인지 초저녁 잠에 빠져들었다.

그렇게 얼마나 시간이 흘렀을까? 꿈인지 생시인지, 온갖 소리와 감각이 파도처럼 밀려왔다 썰물처럼 빠져나가며 뒤섞이는 가운데 만덕의 귓가에 어디선가 누군가를 애타게 부르는 소리가 들려왔다.

"가자, 같이 가자······."

낯익은 목소리에 가위라도 눌린 듯 끙끙대던 만덕은 벌떡 자리에서 일어나 앉았다. 식은땀을 흘렸던지 축축이 젖어 있는 이부자리. 옆에선 만석이 코를 골며 세상 모르게 잠들어 있고, 풍채 밖에선 갈수록 거세어지는 바람 소리가 '우우', 마치 한 서린 아낙의 울음소리처럼 들려왔다.

순간 만덕의 눈가에 까닭 모를 눈물이 맺혀왔다. 손등으로 연신 눈물을 훔치자니 어느새 잠에서 깬 만재가 그런 만덕의 손을 슬며시 잡아왔다. 걱정스런 만재의 눈빛. 그 눈빛을 마주 본 순간, 기이하게도 만덕은 뭔가 퍼뜩 깨달아지는 것이 있었다.

"어멍, 갔다."

바람이 상처 입은 들짐승처럼 유난히 기승을 부리던 그날 새벽, 만덕의 어미 고씨는 쫓기듯 서둘러 숨을 거두었다. 그리고 이튿날, 고씨는 손바닥만 한 밭 한켠, 돌로 바람벽을 쌓은 무덤에 관도 없이 묻혔다. 그날따라 바람은 잔잔히 잦아들고 하늘은 드물게 맑았다.

가까운 동네 어른 몇이 돌아가며 삽질을 하였다. 그사이, 만덕은 밭 사이 돌담에 웅크리고 앉아 멀거니 언덕배기를 올려다보았다. 머리에 묶인 거친 삼베끈이 봄을 알리는 흰 나비처럼 팔랑였다.

5월, 멀리 말 목장이 있는 초지에는 눈이 시릴 만큼 노란 유채꽃이 흐드러지게 피어 있었다. 땅 한 뙈기도 귀한 제주에선 꽃조차 먹지 못할 것은 솎아내 버리건만, 남겨진 자와 떠난 자의 차이를 이해하기엔 아직 버거운 만덕이었다.

"지 오라방들은 다 우는데, 기집애가 배짱도 크지. 어찌 눈물 한 방울을 안 흘려 그래?"

"독하구만, 독해."

"팔자가 세서 그래. 저 눈 노리끼리한 것 좀 보라지. 지 애미, 애비 잡아먹은 게야."

수군대는 목소리가 들리는지 어쩐지, 만덕의 표정엔 시종 아무런 변화가 없었다. 만덕은 그저 지난밤 풍채를 두드리던 바람 소리만을 연신 곱씹을 뿐이었다. 대체 그 바람은 누구의 전언傳言이었을까?

"부디 이승에서의 한 다 잊고, 저승에서 먼저 간 남편 만나 편안히 잘 사시게."

죽기 전, 남편의 시신을 찾지 못하면 넋이라도 건지길 소원했던 고씨였지만, 산 사람 입에 풀칠조차 하기 힘든 형편에 무혼굿은 가당치도 않은 일이었다. 결국 살아생전 남편이 제 몸의 일부처럼 여기던 낡은 망건만이 황천길 동무가 되어 고씨의 손에 쥐어졌다.

"이만 덮지."

망자와의 인사를 마지막으로 마을 사람들은 고씨의 시신에 흙을 덮기 시작했다. 그러자 그제껏 용케 잘 버티고 섰던 만재가 땅바닥에 몸을 부리며 나오지도 않는 소리로 울부짖기 시작했다. 그 안타까운 광경에 모여 있던 사람 중 누구 하나 눈물을 흘리지 않는 사람이 없었다. 만덕 또한 그 광경을 지켜보았다. 허나 정작 만덕의 혼을 빼놓은 것은 오라비의 울부짖음이 아니었다.

툭, 투둑 흙 덮는 소리. 통나무처럼 굳어진 어미의 몸을 북처럼 두드리며 떨어져내리는 흙 소리가 생생한 울림이 되어 생生과 사死를 갈랐다. 그 섬뜩한 소리에 만덕은 흠칫 몸을 떨었다. 두 손으로 귀를 꼭 막아보아도 좀처럼 그 소리는 멈추질 않았다. 그렇게 온몸에 오소소 소름이 돋은 채로 만덕은 깊은 밤 어둠 속에 홀로 남겨진 듯한 두려움에 숨죽여 흐느꼈다. 그날 이후로 만덕은 더 이상 바람의 소리를 알아듣지 못하게 되었다. 바람이 속삭임을 멈춘 것인지, 만덕이 귀를 닫은 것인지는 알 수 없는 일이었다.

졸지에 부모를 모두 잃은 삼 남매는 그날 이후, 한동네 살던 외숙의 집에 얹혀살게 되었다. 만덕의 외숙부인 고정태는 만덕의 아버지와 같은 격군으로 때때로 울컥하는 면은 없지 않으나 큰 덩치에 비해 근본은 여리고 허허실실 순한 사람이었다. 허나 그의 그런 성품은 안 그래도 팍팍한 가족들의 살림살이를 더욱 고되게 하였으니, 그의 아내 장씨가 두억시니처럼 사납고 억척스러워진 것도 따지고 보면 절반은 그의 책임이었다.

"아이구, 못살겠네, 못살아! 당장 우리 식구 먹고 죽을 곡식도 없는 판국에 누가 누구한테 장사 밑천을 꿔줘요?"

그날은 고씨가 오랜만에 집에 돌아온 날이었다.

장씨가 들고 있던 남편의 짐 보따리를 낭간마루에 휘떡 내동댕이치며 씩씩대자 간만에 만난 두 아들, 두식이와 두수를 양 무릎 위에 앉혀놓고 머리를 쓱쓱 다정하게 쓰다듬어주던 고씨는 손을 멈추고 장씨를 빠끔 올려다보았다. 장삿길에서 돌아온 지 한 식경도 안 된 터라 고씨는 각반도 채 풀지 않은 차림새였다.

"인수 그 사람 사정이 딱하게 돼서 그랬어. 당장 부족한 물목을 채워넣지 않으면 관에 끌려가 요절이 나게 생겼는데 그럼 어떡해? 하루이틀 알고 지낸 사이도 아닌데, 그냥 모른 척해?"

"모른 척이 아니라 죽은 척이라도 했어야죠! 딴 사람들도 다 죽은 듯이 가만히 있는데, 당신이 나서긴 왜 나서요? 그렇게 매번 힘들게 번 뱃삯을 다 줘버리면, 그 사람 살리고 대신 우린 모두 굶어 죽게요?"

장씨가 앓는 소리를 해대자 고씨도 이번엔 좀 미안했는지 웅얼웅얼 삼키는 소리로 대꾸를 했다.

"며칠 말미만 주면 곧 갚는다고 했어."

"며칠? 며칠이 대체 몇 일인데요? 하루가 벼랑 끝이고, 황천이 낼모레요! 그 사람 말을 내 어찌 믿소!"

장씨가 바락 소리를 지르자, 듣고 있던 고씨도 덩달아 벌컥 성을 내었다.

"아니, 이 사람이 정말 속고만 살았나? 아, 내가 믿어! 내가 인수 그 사람 믿어서 빌려준 거라고!"

허나 장씨의 눈은 이미 뒤집힌 지 오래였다.

"난 그 사람이고 당신이고 못 믿소. 나는 오로지 내 눈앞의 돈만 믿을라니까 당장 가서 받아와요! 당장!"

"어잇, 지독한 여편네! 알았네, 알았어! 돈 받을 때까지 내 안 들어오면 그만 아닌가!"

자리에서 벌떡 일어난 고씨는 노기등등하여 그대로 신을 꿰신고는 마당을 가로질러 이문간 밖으로 나가버렸다. 그러자 아직 어린 두식이와 두수가 그 서슬에 놀라 엉엉 울어댔다. 사실 울고 싶기는 장씨도 마찬가지였다. 장씨는 낭간마루 위에 털썩 주저앉은 채로 주먹으로 앙가슴을 치며 신세타령을 해댔다.

"아이구, 내 팔자야. 저 화상을 내가 왕바리_{남편}라 믿고 자식새끼 퍼질러놓고 사니 내가 병신이지, 내가 병신이야. 밤 새워 눈이 사팔뜨기가 되도록 망건을 결으면 뭐하나? 저 인간은 혼자 부처님 흉내에 군식구까지 끌어들여 이젠 기둥뿌리까지 휘청대는 것을!"

장씨의 신세한탄이 애꿎은 삼 남매에게까지 이르자, 마당 한켠 물팡에 방금 길어온 대바지_{물허벅보다 작은 어린이용 물 항아리}를 올려놓던 만덕은 슬그머니 정주간으로 몸을 숨겼다. 이럴 땐 장씨의 눈에 띄지 않는 것이 상책이었다.

　사실 삼 남매가 공으로 밥을 얻어먹고 있는 것은 아니었다. 첫째인 만석은 아직 나이가 어려 배를 탈 수는 없지만 대신 매일 포구로 나가 날품팔이를 하고 있었고, 둘째인 만재는 해 뜨기 전에 집을 나서 해질 녘까지 먼 숲으로 가 나무를 해오고 있었다. 심지어 막내인 만덕조차 이른 아침 해변가에 밀려온 감태를 주워 모으는 일부터 물을 긷고 집안을 소제하는 일까지 저들 나름대로 군식구 소리 듣지 않으려고 쉴 틈 없이 재게 몸을 놀리고 있었다.

　'식충이 소리 듣지 않도록 알아서 눈치껏 처신해.'

　외숙의 집으로 들어오던 첫날, 만석은 두 동생을 앉혀놓고 그렇게 말했다. 그때 만석의 표정이 어찌나 엄숙하든지 만재와 만덕은 투정은커녕 아무런 대꾸도 못하고 그저 마른침만 꿀떡 삼키며 말없이 고개를 끄덕였다. 그날 이후, 눈칫밥으로 배부른 고된 나날들이 이어졌다. 하지만 그럼에도 불구하고 외숙모는 여전히 그들 오누이를 귀찮은 짐덩이요, 전생의 업보쯤으로 여겼다.

　물론 이해 못할 일도 아니었다. 장정들은 모두 군역으로 징발되거나 장삿배의 격군으로 불려나가 일 년이면 삼백 일 이상 집을 비우고, 여자들은 낮이고 밤이고 골걸이총모자를 만들 때 모자틀을 거는 기구를 끼고 앉아 침침한 눈이 뱁새눈이 되도록 동동거려야 겨우 입에 풀칠이나 할까 말까 한 것이 이 마을의 사정이었다. 게다가 근래 들어 연달아 흉년까지 계속되다 보니 아무리 사돈의 팔촌이 집집이 둘러앉은 고씨 집성촌이라 해도 인심이 흉흉해지는 것은 당연지사였다. 곡식이 절대적으로 부족할 때는 군입 하나라도 줄이는 것이 유일한 생존방책이었으니, 오죽하면 친자식도 내다 판다는 말이 나올까? 그런 와중에 군식구를 한꺼번에 셋이나 얻었으니 숙모인 장씨가 가재미 눈을 하는 것도 어찌 보면 당연한 일이었다.

'울지 마! 특히 숙모 앞에선 절대 울면 안 돼.'

언젠가, 하루 종일 물허벅을 맨 어깨가 심하게 까져 뒤꼍에 숨어 몰래 울고 있을 때, 큰오빠 만석이 모르는 척 지나가며 던진 말이었다. 말투는 무덤덤했지만 그 말이 어찌나 슬프게 들리든지, 그때 이후로 만덕은 웬만한 일에는 억지로라도 눈물을 보이지 않게 되었다. 그래도 오늘처럼 아무 잘못도 없이 그저 존재 자체만으로 비난거리가 되고 보면, 만석의 말처럼 자신이 마치 쓸모없는 버러지가 된 것만 같아 참을 수 없이 울적해지고 마는 것이었다.

이런저런 생각에 잠겨 불턱 옆에 기대어 서 있자니 매운 연기 때문인지 기어코 눈물 한 방울이 비집고 나왔다. 소금처럼 응축된 슬픔이 만덕의 눈가에 결정潔淨이 되어 맺혔다. 허나 만덕은 짠 눈물을 주먹으로 쓰윽 힘주어 닦아내며 생각했다.

'울면 안 돼. 자꾸 울면 미움받게 될 거야.'

오늘따라 자신은 정말로 재수없는 아이일지도 모른다는 공포가 만덕의 가슴을 무겁게 짓눌렀다.

"고씨도 아닌 김씨 집안 핏줄을 그것도 셋씩이나 왜 우리가 몽땅 책임져야 해요?"

기어코 터질 것이 터지고야 말았다. 간만에 외숙부인 고씨가 집에 들어온 날 밤, 저녁상을 물린 장씨가 젯상 차리는 문제를 두고 외숙과 말을 나누다가 올해는 만덕의 어머니가 죽은 만큼 그 몫을 나머지 형제들이 분담해야 한다는 부분에 이르러 그동안 누르고 눌러 왔던 화를 터트리고 만 것이다. 상을 내가던 만덕은 챗방饌房 문 뒤에 쭈그리고 앉아 가만히 두 사람의 대화에 귀를 기울였다.

"사람이 무슨 말을 그리 야박하게 하나? 애들도 듣는구먼."

"들으면 어때서요? 지들도 사람이라면 눈치가 있어야지, 밑구녕이 빤한 살림살이에 하루 이틀도 아니고 대체 언제까지 붙어살 요량인 거예요?"

"애들이 남이야? 내 동생 명희 자식들이야!"

버럭 역정을 내는 고씨였지만, 장씨는 이참에 할 말은 해야겠다는 듯 작정하고 팔을 걷어붙이며 다가앉았다.

"마침 말 잘했소. 저 애들이 죽은 아가씨 자식이기만 하오? 처녀가 혼자 애를 낳은 것도 아니고, 멀쩡히 잘사는 지 아비 친척들 다 놔두고 왜 우리만 옴팡 이 책임을 뒤집어써야 하냔 말이에요."

"그야, 가까운 친척이라야 다 할아버지뻘로 넘어가고, 사는 곳도 다들 머니까……."

"하이고, 양반입네 뿌리 따지며 고고하게 굴 땐 언제고, 정작 돈 들어갈 구멍이다 싶으니까 이리저리 핑계나 대면서 썩은 칡뿌리만도 못하게 여기는 게지. 그 집이 어떤 집이오? 딴 집도 아니고 감목관 김씨 집안이오!"

이쯤 되자, 고씨도 쓴 입맛만 다실 뿐 별다른 대꾸를 하지 못했다. 그도 그럴 것이 장씨의 말처럼 만덕의 친가는 그 위세도 당당한 감목관 김씨 집안이었기 때문이다. 비록 먼 친척이라고는 하나, 대대로 탐라의 말 목장을 관리하며 누대에 걸쳐 임금으로부터 관직을 하사받아온 권력가 집안으로서 부와 명예를 동시에 거머쥔 일족이니만큼, 사실 마음만 먹자면 부모 잃은 자손 두셋쯤 거두는 것은 일도 아닐 터였다.

"난 참을 만큼 참았소. 눈이 있음 우리 두식이, 두수 얼굴 좀 보소. 못 먹어서 누렇게 부황이 든 게 안 보여요? 나보고 지독한 년이라 해도 어쩔 수 없고, 모진 년이라 해도 어쩔 수 없소. 나는 한 다리 건넌 조카들보담 내 새끼부터 살리고 봐야겠으니, 흉년에 다 같이 굶어 죽을 요량이 아니면 당장 내일이라도 애들 친가에 연통을 넣어요."

"거 참……."

이미 한참 전에 타들어버린 곰방대를 일없이 뻐끔대던 고씨가 슬그머니 자리를 피해 일어나버렸다. 사실 모질긴 해도 장씨의 말이 사리에 어긋난 것은 아니었다. 게다가 지난번에 동료에게 꾸어준 돈도 아직 받지 못한 터라 더더욱 장씨를 볼 면목이 없는 탓이기도 했다. 고씨가 방을 나가자 장씨는 장씨대로 속이 상했는지 이불을 뒤집어쓰고 누워버렸다. 장씨라고 처음부터 독한 사람이었겠는가. 다만 팍팍한 삶이 죄라면 죄였다.

이제 방 안에선 구들장이 꺼질 듯한 한숨 소리만이 들려왔다. 그에 문에서 귀를 뗀 만덕은 치우지도 않은 상을 봉당 위에 내버려둔 채로 정지 뒷문을 통해 뒤꼍 장독대로 나갔다. 그러나 장독대에는 이미 한 발 앞서 만재가 와 있었다.

"언제 왔어?"

혹여나 방금 전 안에서 한 얘기를 들었나 싶어 만덕이 겸연쩍은 미소를 지으며 물었다. 그러나 만재는 우잣 한켠 커다란 나뭇짐에 비스듬히 팔을 기댄 채 아무런 대꾸도 하지 않았다. 그저 고개를 푹 숙인 채 발끝에 걸리는 돌멩이들을 툭툭 찰 뿐이었다. 하기사 남보다 배는 귀가 예민한 만재가 그 요란한 소리를 못 들었을 리가 없으니 대답은 들으나 마나였다.

"밥은?"

분위기를 바꿔보려 만덕은 애써 웃음을 지으며 다시 말을 걸어보았지만 만재의 기분은 조금도 나아지지 않았다.

'바보, 지가 오라방이면서.'

사실 또래보다 키도 크고 성숙한 만덕에 비해 만재는 아직 왜소해서, 얼핏 보면 만덕이 누나 같아 보이기도 했다.

덜 자란 죽순처럼 보오얀 얼굴. 만덕은 숫기 없고 착하기만 한 열세 살, 자신의 작은 오라비를 짠한 눈길로 바라보았다. 바람결에 여리게 들썩이는 어깨, 만재는 어느새 소리없이 울고 있었다. 그 무방비한 슬픔을 보며 만덕은 자신도 모르게 비집고 올라오는 설움을 꾸욱 눌러 참았다.

우리는 어디로 가게 될까? 앞으로 어떻게 살아야만 할까?

묻고 싶은 건 많은데, 한 치 앞도 모를 어둠 속에서 길을 잃고 헤매는 기분, 그 와중에 자신마저 울어버리면 걷잡을 수 없는 막막함과 두려움이 집채만 한 파도처럼 두 사람을 삼켜버릴 것만 같아 만덕은 참고 또 참았다.

"괜찮아. 괜찮을 거야."

만재를 벙어리라 놀리는 동네 아이들을 흠씬 때려줄 때도 이만큼 불안하지는 않았다. 그럼에도 우리는 혼자가 아니니까 괜찮을 거라고, 만재의 두 손을 꼭 잡아쥔 채 마치 주문을 거는 것처럼 되뇌이는 만덕이었다.

그날 밤 숙부는 늦도록 돌아오지 않았고 대신, 며칠 후 낯선 손님이 숙부의 집을 방문했다. 막 초여름에 접어들던 6월의 어느 날이었다.

낯선 손님은 자신을 대정현 사는 김 호장戶長이라고 소개했다. 만덕 남매와는 오촌 당숙뻘이 된다는 그는 장식없는 밋밋한 소창의에 챙은 다소 좁지만 갓까지 두루 갖춰 어린 만덕의 눈엔 그 맵시가 제법 정승 판서처럼 위엄 있어 보였다.

"외손도 손인데, 저희도 형편만 닿는다면야 데리고 있음 싶지만서도……."

외숙모 장씨는 면구스럽다는 듯 말꼬리를 늘이면서도 순간 당숙의 표정을 살피는 것을 잊지 않았다. 어차피 그 먼 대정까지 연통을 넣었을 때야 그 목적은 뻔한 것.

"아시다시피 당장 입에 풀칠할 곡식 한 톨 없으니 말입지요. 말이야 바른 말이지, 이웃에서도 남의 집 자손들 데려다가 이 어려운 때에, 몇 개월씩이나 먹이고, 입히고, 재우고, 것도 셋씩이나! 이런 외가도 없다고들 합지요."

장씨는 침을 튀겨가며 자화자찬을 늘어놓았다. 막상 당숙이란 자의 입성을 보아하니 돈푼깨나 있어 보이는지라, 그동안 애들 건사한 답시고 들인 품을 조금이라도 보상받을 수 있을까 하여 저러는 것이었다. 그 속내를 모를 리 없는 외숙부가 민망한 듯 입 다물라며 장씨의 옆구리를 쿡 찔렀다. 그러나 장씨는 외려 짜증이었다.

"왜요? 체면이 밥 먹여줘요?"

장씨의 뻔뻔함에 외숙의 얼굴이 잘 익은 홍시처럼 벌게졌다. 당숙도 장씨의 노골적인 언사가 불편했는지 헛기침을 해대었다. 허나 기실 이 당숙이란 사람도 녹록치 않았다.

"어험, 친족이라고는 하나, 오랫동안 왕래가 없으면 가까운 이웃 사촌만도 못한 법, 요즘같이 어려운 때 일면식도 없는 자손들을 어찌 일일이 챙길 수가 있겠소이까?"

돌려 말하기는 했으나 '그게 어디 내 책임이더냐' 하는 듯한 말투에 마당엔 잠시 싸한 분위기가 감돌았다. '어흠, 어흠' 그럴수록 당숙의 헛기침도 늘어만갔다. 만덕은 혹여 당숙이 고뿔에 걸린 것이 아닐까 걱정이 들 정도였다. 그때였다.

"이 아이들입니까?"

화제를 돌리려는 듯, 당숙이 먼저 입을 열었다. 그러자 고씨가 빨랫줄에 앉은 참새마냥 오종종이 서 있는 삼 남매를 돌아보며 황급히 대답했다.

"예. 큰애가 만석이 그 밑으로 만재, 만덕입니다. 당숙 어르신께 인사드려야지?"

고씨의 말에 삼 남매는 쭈뼛쭈뼛 처음 본 친척 어르신께 인사를 올렸다. 그러나 역시 어색했는지 아이들은 시종 꿀 먹은 벙어리마냥 눈만 꿈벅댔다. 만재는 만덕의 치마꼬리 뒤로 숨기 바빴고 심지어 언제나 나이에 비해 의젓하고 당당하던 만석조차도 지금 이 순간만큼은 순한 양처럼 조용히 마른 바닥만 응시할 뿐이었다. 오로지 만덕만이 왕성한 호기심을 참지 못하고 이리저리 똘망한 눈망울을 굴리고 있었다. 그러던 차에 만덕은 남매를 훑어보던 당숙과 눈이 마주쳤다.

마흔쯤 되었을까? 외꺼풀에 눈꼬리가 바늘처럼 가늘게 빠진 모습이 사뭇 날카로워 보였다. 외숙모는 오촌이면 그다지 먼 친척도 아니라고 했건만 아버지와는 하나도 닮지 않은 외모에 왠지 조금은 섭섭한 기분까지 드는 만덕이었다. 허나 만덕은 그 눈이 싫지는 않았다. 또렷한 눈으로 거리낌 없이 당숙을 마주 보는데, 당숙은 만덕을 한 번 흘긋 보았을 뿐, 곧 시선을 돌려 가까이 있던 만석에게 말을 걸었다.

"올해로 나이가 몇인고?"

"열여섯입니다."

"어험, 정남丁男이로구먼."

그 말에 장씨가 별 생각 없이 대꾸했다.

"아시다시피, 사내아이들 키워놔봐야 다 그렇습죠. 고생 고생 키워놔봐야 군역이다 뭐다 나랏일로 불려다니느라 집안살림엔 통 보탬이 안 되니……."

습관처럼 푸념을 늘어놓는데, 당숙이 버럭 호통을 쳤다.

"어허! 나라에서 하는 일에 어찌 그런 불손한 말을!"

그저 추임새에 불과한 말이었건만 벌컥 역정을 내는 당숙 덕분에 외숙과 장씨는 순간 아연해졌다. 허나 어쨌든 말단 색리아전일 망정 나라의 관리는 관리인지라 송구하다며 고개부터 숙이고 보는 외숙

내외였다. 당숙은 여전히 심기가 불편한지 신경질적으로 턱수염을 쓰다듬어댔다.

그 광경을 가만히 지켜보던 만덕은 옆집, 뒷집 할 거 없이 아들 가진 집이면 공공연히 떠드는 그 소리에 당숙이 왜 저렇게 노기등등한지 좀처럼 이해할 수가 없었다. 어른들조차 종종 어려워하는 세상의 역학관계를 알기엔 아직 어린 탓이었다. 허나 엉뚱하게도 수염을 쓰다듬는 당숙의 섬세한 손짓만은 제법 멋지다고 생각하는 만덕이었다.

그러고 보니, 당숙은 만덕이 지금껏 보아온 어떤 남자 어른보다도 고운 손을 가지고 있었다. 등멱을 감을 때마다 고쟁이 밑으로 언뜻 비치던 아비의 하얀 등줄기. 돌아가신 할머니를 닮아 유난히 속살이 뽀얗던 아버지조차도 두 손만큼은 바닷바람에 거칠어져 여기저기 힘줄이 툭툭 불거져나오고 피부는 마른땅처럼 쩍쩍 갈라져 있지 않았던가?

'저 손을 잡아보면 어떤 느낌일까?'

며칠 전, 당장 아이들을 친가로 보내라던 외숙모의 말이 떠오르면서, 만덕은 아주 잠깐이긴 했지만 한 손엔 저 곱디 고운 손을 잡고, 다른 한 손엔 만재의 손을 맞잡은 채로 언젠가 아비가 말했던 신비로운 미지의 세계를 향해 성큼성큼 발을 내딛는 자신의 모습을 그려보았다. 하지만 만덕은 이내 고개를 저었다. 아무리 미지의 세계가 궁금할지언정 혹여 아버지가 바다에서 돌아왔다가 자신들을 찾지 못하면 큰일이라고 생각했기 때문이다.

물론 외숙부가 그들이 어디로 갔는지 알려줄 터이고, 그렇게 되면 아버지가 자신들을 찾으러 올 게 분명했지만, 그래도 웬만하면 아버지가 돌아오자마자 만나볼 수 있도록 마을에 남아 있는 것이 나을 듯싶었다. 그래야만 안심이 될 것이었다. 그리고 그 편이 아버지에게도 덜 번거로울 테고…….

이런저런 생각을 하며 홀린 듯 학의 목처럼 하얀 당숙의 손을 바라보고 있는데, 그사이 외숙과 몇 마디를 더 나눈 당숙은 이윽고 더 이상의 대화는 시간 낭비라는 듯 딱 잘라 선언했다.

"우리도 형편이 넉넉치는 않소만 그래도 큰애는 집안의 장손이니 인정상 우리 집안에서 거두리다. 마침 말 목장에 테우리 자리가 하나 비니, 착실히만 한다면 사람 노릇은 하고 살 수 있을 게요."

그 말에 만덕을 비롯하여 마당에 모여 있던 사람들 모두가 멍하니 당숙을 바라보았다. 그중 외숙이 당황한 기색으로 되물었다.

"큰애만 말씀이십니까? 그럼, 둘째랑 막내는요?"

만덕이 알고 싶은 것도 바로 그것이었다. 큰오빠가 말 목장으로 가면 자신들은?

이제부턴 감태 대신 말똥을 줍게 되겠구나 생각했을 뿐, 삼 남매가 헤어질 수도 있다는 생각은 꿈에도 해보지 않은 만덕이었다. 허나 당숙의 생각은 달랐다.

"나무도 섣불리 옮겨 심으면 탈이 나는 법, 뭐니뭐니 해도 아이들은 본래 자라던 곳에서 자라는 것이 좋지 않겠소?"

어른들의 복잡한 대화를 완전히 이해할 수는 없었지만, 그 말이 저 하얀 손이 결코 자신을 잡아주는 일 따위는 없을 것이라는 뜻임은 만덕도 본능적으로 알 수 있었다. 적어도 계집아이인 자신은 절대 아니었다.

"어떠냐? 나와 함께 갈 테냐?"

그사이 당숙은 만석에게 물었다. 아주 잠시, 만석과 눈이 마주친 만덕은 하얗게 질린 얼굴로 작게 고개를 저었다. '혼자'라니! 그러지 말라고, 겁나게 장난이라도 그런 장난은 절대 하지 말라고 외치고 싶었으나 어찌된 영문인지 입이 굳어버리기라도 한 듯, 한마디도 할 수가 없었다. 그사이 천천히 고개를 든 만석은 당숙의 얼굴을 바라보고는 담담히 대답했다.

"예."

고개를 숙이고 있는 동안 이미 모든 고민을 마쳤다는 듯 너무나도 고분고분한 목소리였다. 아니, 어쩌면 처음부터 이런 상황이 올 것을 예감하고 시종 고개를 숙이고 있었던 건지도 모르겠다고 생각하는 만덕이었다. 그 정도로 만석의 결심은 이미 확고해 보였다.

우습게도 만덕은 그 순간 자신이 천애 고아라는 사실을 처음으로 온전하게 절감했다. 아버지가 실종되고, 어머니를 땅에 묻던 그 순간에도 미처 깨닫지 못했던 사실이었다. 허나 따지고 보면 탐라에서 부모 잃은 아이가 멀리 보내지거나 어딘가로 팔려가는 것은 흔하디 흔한 일이었다.

작년에는 아랫마을 두지가 뭍 여자와 바람이 나서 도주한 아비를 대신해 관의 노비가 됐고, 몇 달 전에는 건넛집 곱분 언니가 죽은 어미의 약값 대신 기생으로 팔려갔다. 그때마다 만덕은 불쌍한 두지와 곱분 언니를 위해 눈물을 흘렸었다. 허나 그 모든 것이 그저 남 일인 줄로만 알았지 그것이 그들 남매의 얘기가 될 줄은 꿈에도 생각치 못했었다.

그 순간 문득 만덕의 머릿속에 뜬금없는 옛날얘기 한 토막이 떠올랐다. 지금보다 더 어린 시절, 어머니로부터 들었던 이야기였다.

어머니가 태어나기 전, 그러니까 어머니의 어머니가 만덕만큼 어렸던 시절에 하늘에서 물고기 비가 내렸다고 했다.

"말도 안 돼. 어떻게 하늘에서 물고기 비가 내려? 물고기는 바닷속 용궁에 사는데!"

"이상하지? 헌데 참말로 그런 일이 일어났단다."

그때 호롱불 밑에서 망건을 겯던 어머니의 얼굴은 너무나도 진지해서, 만덕은 토를 다는 것도 잊은 채 홀린 듯 이야기에 빠져들었다.

"아주 가끔, 백 년에 한 번, 혹은 천 년에 한 번마다 바닷속 이무기가 용이 되어 승천을 하거든. 근데 승천하는 용의 기세가 어찌나 대단한지, 근처에 있던 물고기들까지 모조리 하늘로 딸려 올라가버리는 거야. 하지만 물고기들은 날개가 없잖니? 그러니까 결국 용은 저홀로 하늘 높이 올라가버리고, 물고기만 남아서 다시 땅으로 떨어지는 게지. 그래서 물고기 비가 오는 거야."

그때 만덕은 물고기들이 불쌍하다며 엉엉 울었던가?

만덕은 자신이 마치 용의 날갯짓에 휘말린 그 물고기가 된 것만 같다고 생각했다. 자신의 의지와는 상관없이 낯선 바람에 이끌려 따뜻한 고향 바다를 떠나 차디찬 공중으로 내던져진 물고기. 어느 집 지붕 위로 떨어지게 될지 짐작도 하지 못한 채, 만덕은 그 떨어지는 물고기라도 된 양 아찔한 현기증을 느꼈다. 공포와 슬픔, 외로움……, 일일이 이름을 붙일 수 없는 수많은 감정들이 만덕의 작은 몸 안에서 폭풍처럼 회오리쳤다.

"모든 걸 원래대로 돌려놓으려고 그러는 거야."

만덕의 마음속에서 벌어지고 있는 사투와는 별개로, 만석은 두 동생들을 방으로 불러들인 후, 침착하게 자신의 선택에 대한 이유를 설명했다. 얼마 없는 자신의 소지품을 막 낡은 보퉁이에 챙겨넣은 직후였다.

"여기 있어 봤자 앞으로도 형편은 전혀 나아지지 않을 거야. 뻔한 살림살이에 갈수록 곡식 구하기만 더 힘들어지겠지. 그렇게 되면 그 때는 정말 입 하나라도 줄이기 위해서 우리 모두 알지도 못하는 곳으로 뿔뿔이 흩어질 수도 있어. 아니면 정말 굶어 죽을지도 몰라. 그렇게 되느니 내가 먼저 당숙 집으로 가는 게 나아."

만석의 말을 이해 못하는 것은 아니었지만 받아들이기 힘든 만덕이었다.

"같이 가면 안 돼?"

참고 참던 만덕이 기어이 울먹이며 말하자, 만재도 울상이 되어 만석의 소맷부리를 부여잡았다. 그러자 만석이 두 동생들의 손을 잡으며 말했다.

"테우리가 돼서 열심히 일하면 돈도 좀 모을 수 있을 거야. 그렇게 되면 사람을 보낼게. 그땐 같이 살 수 있어. 다시 예전처럼. 그러니까 둘 다 여기서 기다려. 꼭, 알았지?"

만석이 힘겹게 만덕과 만재의 손을 떼어냈다. 기실 만석의 마음도 좋지 않았다. 태어나 한 번도 떠나본 적이 없는 고향, 그리고 남겨질 동생들. 모든 것이 눈에 밟혔다. 하지만 지금은 다만 약속밖에 달리 해줄 수 있는 게 없었다. 아직 어린 만석은 그만큼 무력하였다. 그래서 동생들 보기가 더욱 괴로웠다.
 그런 만석의 마음을 알아챘는지 만덕이 먼저 주먹으로 눈물을 쓱 훔치며 말했다.
 "정말 같이 살 수 있는 거지?"
 억지로 울음을 참고 있었지만 이미 호동그란 눈은 터지기 직전의 석류처럼 붉게 부풀어올라 있었다.
 "약속해! 우리 잊어버리면 안 돼! 꼭 찾으러 와야 해! 꼭!"
 그 말에 만석이 입술을 꼭 깨물며 단호하게 고개를 끄덕였다. 그제야 애써 밝은 미소를 띤 만덕은 훌쩍이는 만재의 손을 꼭 잡고서 침과 함께 눈물을 꿀떡 삼켰다. 마치 불밤송이를 삼킨 듯 목구멍이 쓰리고 따가웠지만 만덕은 참았다. 혹시라도 엉엉 울었다가는 만석마저 아버지처럼 영영 돌아오지 않을까 겁이 났기 때문이다.
 결국 그날, 만석은 초라한 보퉁이를 안은 채 당숙을 따라 대정현으로 떠났다.

 만석이 떠나고 나서도 집안 형편은 좀처럼 나아지지 않았다. 오히려 장성한 사내가 빠진 공백을 메우느라 어린 두식이와 두수까지 낚싯대를 메고 바닷가로 나가야만 했다. 그러나 그마저도 녹록치 않아 하루 걸러 하루 먹는 날이 늘어만갔다.
 "배고파……."
 밤마다 두식이는 앙상하게 마른 다리를 부여잡고 흐느껴 울었다. 한창 자랄 나이에 제대로 된 음식을 먹지 못하니 뼈가 자라질 못해 아리고 아픈 것이었다. 그럴 때마다 만덕은 마치 그 뼈를 제가 칼로 저며낸 것처럼 마냥 죄스럽고 미안하여 밤새워 두식이의 가느다란 다리를 주무르고 또 주물렀다.

한편, 외숙모 장씨의 푸념은 점점 늘어만갔다.

"니미, 그나마 쓸 만한 녀석은 쏙 빼가고 저 어린 것들만 남겨놨으니."

"양반입네 하는 놈들이 다 그렇지, 그게 어디 하루 이틀이야?"

이미 초탈한 듯한 고씨의 대꾸에 빈정이 상한 장씨가 팩 쏘아 붙였다.

"그래요. 그놈들한테 사람 도리를 기대했던 내가 미친년이오."

그러고는 내처 만재와 만덕을 흘겨보는 장씨였다. 덕분에 만재와 만덕은 아쉽지만 남은 국물 한 방울이라도 먹어보려고 바쁘게 놀리던 숟가락을 조용히 내려놓아야만 했다.

"뭐해? 다 먹었으면 얼른 일어서지 않고!"

말이 떨어지기 무섭게 마당으로 내려선 만재는 낡은 지게를 짊어지고 서둘러 이문간을 나섰다. 나무를 하러 산에 가는 것이었다. 만덕도 엉거주춤 자리에서 일어섰다. 허나 그 와중에도 어린 두식이와 두수는 빈 숟가락을 빨며 아직 절반여 남은 장씨의 죽 그릇을 흘금흘금 넘보았다. 그 모양새를 본 장씨는 땅이 꺼질 듯 한숨을 내쉬더니 입맛이 뚝 떨어졌다며 죽 그릇을 아이들 앞으로 밀어놓았다.

죽이 어디로 들어가는지도 모르게 그저 다급히 숟가락부터 들이밀고 보는 아이들. 한창 자랄 나이에 아이들의 키는 상방 문설주도 넘어서질 못하고 있었다. 만덕이 빈 상을 챙겨 정지로 향하는데 뒤에서 장씨의 장탄식이 들려왔다.

"어이구, 이놈의 팔자야. 차라리 죽으면 속이라도 편치……."

아침에 곡식이 바닥났다. 보리쌀 구경해본 지는 이미 석 달도 넘었고, 그동안 묽게 쑨 조와 피죽에다가 해초를 섞어 겨우겨우 곡기만 이어가고 있었는데 이제 그마저도 끝이 난 것이다. 당장 내일부터는 한동안 보말_{고둥}과 해초만으로 연명해야 할 판국이었다.

탐라는 본디 땅이 척박하여 농사가 잘 되지 않았다. 물이 고이질 않으니 벼를 심을 생각은 애초에 할 수도 없었고, 그나마 드문드문 있는 밭뙈기도 폭우 때마다 쓸려가기 일쑤여서 일 년 내내 공을 들여도 농사만으론 살 방도가 막연했다.

사방이 바다로 둘러싸인 섬이라 해산물은 사시사철 풍성하니 적어도 굶어 죽진 않겠지 하는 것은 속 편한 육지 것들의 생각, 사람은 본시 곡기가 필요한 짐승이라 아무리 바닷것을 먹어도 헛증은 가시지 않는 법이었다.

게다가 기근을 버티게 해줄 소금도 문제였다. 가뭄엔 민물 구하기가 하늘의 별 따기인 탐라였지만 역설적이게도 소금 구하기 또한 쉽지 않은 것이 탐라였다. 온통 화산암으로 덮여 있는 데다 변덕스런 날씨 탓에 염전을 만들 환경도, 기후도 뒷받침되지 않았기 때문이다. 결국 소금을 얻자면 줄창 바닷물을 끓이는 수밖에 없었는데, 그러자면 많은 땔감과 노임이 들어갔다. 하여 고개만 돌리면 짜디 짠 바다가 끝간 데 없이 펼쳐져 있으면서도 정작 탐라의 소금 자급률은 10퍼센트에도 미치지 못하였다. 곡식과 소금, 결국 이 두 가지는 탐라 사람들에겐 떨칠래야 떨칠 수 없는 업보였던 것이다.

"설거지로 날 샐 테냐? 닦을 것도 없는 것을 왼종일 끼고 앉았어?

하여간 밥은 따박따박 목구멍으로 넘기는 것이 행동거지는 굼벵이처럼 느려터져서는, 으이구 저 밥벌레……."

정주간으로 들어오던 장씨가 만덕을 보고 지청구를 해댔다. 어서 서둘러 산이며 들로 나가야 그나마 나물이라도 뜯어올 게 아니냐는 것이었다.

방금 막 상을 물렸으니 괜한 트집인 것을 알았으나 만덕은 그저 묵묵히 손만 재게 놀렸다. 어차피 대거리해보아야 구박만 심해질 터, 그럴 바에야 시집살이 못지않게 매운 더부살이, 모진 소리라도 그냥 듣고 넘길 수밖에 도리가 없었다.

그리고 만덕은 이제 웬만한 장씨의 구박에는 까딱도 하지 않았다. 오히려 저렇게 밖에는 답답함을 풀 도리가 없는 외숙모에게 때때로 연민을 느끼기도 하는 만덕이었다. 물론 사람인지라 마음의 생채기가 나지 않는 것은 아니었으나 그마저도 만덕은 참아 넘길 수 있었다. 그래도 외숙모와는 달리 만덕에겐 작지만 희망이 있었기 때문이다.

언젠가는 큰오빠 만석이 자신들을 데리러 와줄 것이라는 희망, 그것만으로도 행주를 쥔 손에 불끈 힘이 솟는 만덕이었다.

"우리 만덕이 이제 오냐?"

오전 내내 산에서 더덕이며 칡뿌리를 캐다가 해가 중천을 지나서야 들어오는데, 만덕을 맞이하는 집안 분위기가 평소와 사뭇 달랐다.

"날도 더운데 고생 많았다. 어서 오너라."

웬일로 마당까지 뛰어나온 장씨가 만덕의 손에서 대구덕을 손수 받아들더니 만덕의 팔을 잡아 끄는 것이었다. 뭔가 이상한 낌새를 느꼈지만 영문을 알 길 없어 그저 외숙모에게 이끌려 집안으로 들어서던 만덕은 그제야 집안에 손님이 와 있음을 알아챘다.

"얘가 그앱니까?"

낯선 중년의 사내는 상방마루 위에 꼿꼿이 허리를 펴고 앉아서 만덕을 위아래로 훑어보며 물었다. 그러자 장씨가 기다렸다는 듯 만덕을 사내 앞으로 밀어놓으며 대답했다.

"예. 나이는 좀 어려도 손 야물지, 건강하지. 게다가 음전하기 이를 데 없다니까요."

엉겁결에 두세 걸음 밀려나온 만덕은 장씨의 눈치에 중년 사내를 향해 꾸벅 인사를 했다. 그러자 사내가 만덕을 향해 물었다.

"이름이 뭐냐?"

"김가 만덕이라고 합니다."

제법 또랑한 만덕의 대답이 마음에 들었든지, 사내가 살며시 표정을 풀며 거듭 물었다.

"그래, 나이는?"

"열두 살인데요."

"열두 살이라? 열두 살은 너무 적은데!"

만덕의 대답에 미간을 찌푸린 사내는 이내 곤란하다는 듯 고개를 젓자, 장씨가 얼른 다가들며 손사래를 쳤다.

"적긴요! 이제 막 꽃필 나이인 걸요. 보세요, 또래 애들보다 키도 크고 엉덩이도 펑퍼짐한 게, 애 어미도 위로 아들을 둘이나 낳은 걸요."

"그래, 또래보다 숙성하기는 하네만, 그래도……."

여전히 나이가 꺼림직한지 말꼬리를 길게 늘인 사내는 다시금 만덕을 위아래로 꼼꼼히 훑어보았다. 그 순간 만덕은 자신이 외양간에 갇힌 마소가 된 듯한 착각에 빠졌다. 예전에 아버지를 따라 포구에 갔을 때, 공마선에 태울 암말을 보던 어른들의 눈빛이 꼭 저랬던 것을 기억해냈기 때문이다. 저러다가 곧 성큼성큼 다가와 자신의 입술을 까 뒤집어보는 것은 아닌가 걱정스러울 정도였다. 그러나 다행히 중년의 사내는 곧 눈길을 거두었고 만덕도 이내 그 자리에서 풀려났다. 마침 장씨가 어른들끼리 할 얘기가 있다며 만덕을 방으로 들여보냈던 것이다. 안 그래도 그 자리가 거북살스러워지던 참이었는데 참으로 다행이었다. 안도의 한숨을 쉰 만덕은 별 생각 없이 그 자리를 돌아나왔다. 물론 그때까지만 해도 만덕은 자신의 앞날에 어떠한 일이 벌어질지 아무런 짐작도 하지 못한 채였다. 허나 운명의 바람은 만덕이 알지 못하는 곳에서 이미 불어닥치고 있었다.

그날 저녁, 만덕이 평소와 다름없이 마당에 널어둔 가시락까끄라기을 거둬들이고 있을 때였다. 해안가에 낚시를 하러 갔던 두수가 이 문간에 걸린 정낭을 훌쩍 넘어 헐레벌떡 뛰어들어오며 소리쳤다.

"누나, 그게 참말이야?"

"뭐가?"

만덕이 묻자, 어느새 코앞까지 달려온 두수가 가쁜 숨을 몰아쉬며 그렁한 눈으로 만덕을 올려다보았다. 두수는 외숙부의 둘째 아들로 올해 여덟 살이었다. 한창 이갈이를 할 때라 왼쪽 앞니가 빠진 두수는 발음이 부정확해서 말할 때 귀를 기울이지 않으면 알아듣기가 어려웠다. 지금도 숨이 찬지 말 중간중간 씩씩거리느라 말소리 중 절반이 바람 새는 소리였다.

"히……. 히집 간다고…….."

"뭐라는 거야? 천천히 말해봐."

"히집, 히집!"

두수는 답답한지 얼굴에 연방 연지 곤지 찍는 시늉을 해댔다. 그제야 만덕은 두수의 말이 무슨 뜻인지 퍼뜩 깨달았다. 순간 놀란 만덕은 들고 있던 갈퀴를 툭 떨어뜨렸다.

'시집.'

믿기지 않지만 그것은 만덕이 곧 시집을 가게 된다는 뜻이었던 것이다.

2 양도새

* 양도새―바람 방향이 바뀔 무렵, 양쪽에서 오는 바람

'탕! 탕! 탕!'

어둠 속을 울리는 공허한 정丁 소리에 소스라치게 놀라 일어났다. 시간은 삼경, 해가 뜨려면 아직 한참 멀었다. 치근대는 형방을 몸이 안 좋다는 핑계로 일찍 돌려보내고 살풋 초저녁 잠이 들었던 월중선은 이불을 걷어치우고 앉아 이마에 맺힌 식은땀을 닦아내렸다. 뭔가를 확인하듯 천천히 어두운 방 안을 둘러보지만……, 그곳은 자신이 잠들 때와 한 치도 다를 바 없는 익숙한 자신의 방 안이 틀림없었다. 밤의 장막이 무겁게 내려앉은 듯 그 흔한 풀벌레 소리조차 들리지 않는 적막함.

"또 꿈인가……."

근래 들어 부쩍 불면증이 심해진 퇴기退妓 월중선月中仙은 어쩌다 잠이 들라치면 어김없이 같은 꿈에 시달리고 있었다. 깊은 밤, 범의 아가리처럼 검게 입을 벌린 숲 속에서 누군가의 무덤을 찾아 정처 없이 헤매이는 꿈. 그리고 심장이 쿵 내려앉을 듯 요란한 정丁 소리. 그렇게 잠에서 깨고 나면 월중선은 새벽닭이 울 때까지 다시 잠들지 못했다.

의원은 그저 기가 쇠해져 그런 탓이라 했다. 잘 먹고 푹 쉬면 괜찮아질 거라 했지만 월중선은 그럴수록 쉬기는커녕 제주목 내의 연회란 연회에는 죄다 참석하고, 저녁 나절엔 손수 주막까지 운영하며 더욱 악착같이 돈 버는 일에만 매달렸다. 게다가 틈틈이 교방敎坊에 나아가 동기童妓들에게 춤까지 가르치니 몸이 서너 개라도 모자랄 판국이었다.

"이젠 나이도 생각하셔야지요!"

보다 못한 후배 기생들이 나서서 말리기도 했으나 월중선은 들은 척도 하지 않았다. 자신의 몸이 호강하여 나을 병이 아님을 잘 알고 있었기 때문이었다. 차라리 몸을 움직여 잡생각을 쫓아내는 편이 나았다. 그것은 오래 묵은 마음의 병이었다. 원인은 알지만 치유할 방도를 알지 못하는 병. 마음의 병도 병이라면, 그녀는 분명 불치병을 앓고 있었다.

"어젯밤에도 또 못 주무셨수?"

이른 아침, 세숫대야를 내가려고 방에 들어왔다가 해쓱한 월중선의 얼굴을 본 천천네는 안쓰러운 마음에 끌끌 혀를 찼다. 내친 김에 다가앉은 천천네는 공들여 아침 화장을 하고 있는 월중선의 옆에서 익숙한 손놀림으로 화장수에 분을 개기 시작했다.

천천네는 월중선이 운영하는 주막집 찬모였다. 본래는 교방 기생들의 삯바느질을 도맡아하던 이였는데 손끝이 야물고 음식 솜씨가 좋아 월중선이 퇴기로 들어앉은 십 년 전부터는 주막에 함께 살며 밤에는 찬모로 일하고 낮에는 월중선의 잔시중을 들고 있었다.

"에휴, 피곤하니까 분도 잘 안 먹네. 그러지 말고 오늘은 좀 쉬시지. 안색이 그게 뭐유?"

월중선의 얼굴에 거듭 분첩을 두들겨대던 천천네가 기어코 한마디했다. 아닌 게 아니라 도자기처럼 매끈하던 월중선의 피부는 그새 많이 거칠어져 있었다. 나이도 나이지만 피곤이 쌓인 탓이었다. 허나 월중선은 핏, 콧방귀를 뀔 뿐이었다.

"쉬면, 밥은 누가 공으로 먹여준다든가?"

"사실 말이야 바른 말이지, 아씨만 마음먹으면야 밥이 문제요? 금은보화에 비단으로다가 둘둘 감아준다는 사내들이 탐라 바닥에 널리고 널렸는데, 뭐가 걱정이시오?"

"실없는 소리."

핀잔을 주어 일축해버리기는 했으나, 기실 천천네의 말이 영 틀린 것은 아니었다.

올해로 서른. 기생으로서는 퇴기 축에 속했지만 여자로서는 한창 나이인 월중선에게는 막 소녀 티를 벗기 시작한 방년芳年의 기생들에게서는 맛볼 수 없는 농염함이 깃들어 있었다. 게다가 타고난 미색과 군살 없이 호리호리한 몸매는 나이가 들수록 여성스러운 굴곡이 살아나 그 낭창한 몸매로 춤을 출 때는 가히 월중선月中仙, 달빛 가운데 노니는 선녀가 따로 없었으니 뭇 남정네들의 애간장을 녹이기에 충분했다. 덕분에 한창때는 말할 것도 없고, 지금도 여전히 월중선을 첩실로 들이지 못해 안달인 자들이 양반에서 상인에 이르기까지 여럿이었다. 허나 무슨 영문인지 월중선은 그 모든 호강을 마다하고 홀로 꿋꿋이 주막을 꾸려나가고 있는 것이었다.

"사서 고생도 참 여러 가지요."

천천네가 뒷정리를 하는 사이, 화장을 마치고 비단옷으로 갈아입은 월중선이 쓰개치마를 챙겨들었다.

"내 타고난 팔자가 그런 모양이지."

그 모습을 본 천천네가 따라 일어서며 물었다.

"어디 가시게요?"

"성 밖 고씨네 집에 가네. 지난번에 부탁했던 물건이 도착했다는군."

"그럼 그이 보고 직접 가져오라 하시지요. 몸도 안 좋은데……."

"됐네. 집에 중한 일이 있는 모양이야. 산보하는 셈치고 다녀오면 그만일세."

천천네의 만류에도 불구하고 월중선은 성치 않은 몸을 이끌고 기어이 주막을 나섰다.

"에그, 후사가 있길 하나, 하다 못해 기부妓夫가 있길 하나? 쉬엄쉬엄 하면 좀 좋아? 저렇게 악착같이 벌어서 뭐에 쓰려고 저리 악다구니인지 모르겠네."

이문간 밖까지 쫓아나와 멀어져가는 월중선의 뒷모습을 지켜보던 천천네는 한 손으로 코를 팽 풀고는 저녁 술상에 내놓을 찬거리를 준비하기 위해 다시 주막 안으로 들어갔다.

그 시각, 만덕은 바닷가 용천에 나와 있었다.

아직 식구들이 깨기 전인 이른 새벽, 만덕은 물허벅을 지고 조용히 집을 나섰다. 답답한 마음에 도무지 집에 가만히 있을 수가 없었다. 생각 같아서는 당장 짐을 꾸려 대정현에 있는 큰오라비 만석에게 달려가고 싶었지만, 생각은 생각일 뿐, 만덕이 습관처럼 챙겨 들은 것은 고작해야 물허벅이었다.

이른 아침 해변에는 밤새 바다가 게워놓은 물안개가 살아 있는 실뱀처럼 똬리를 풀고 스멀스멀 기어다니고 있었다. 그 물안개 사이로 번쩍이는 용의 비늘처럼 바닷물에 젖어 미끈한 등허리를 내놓은 검은 현무암들. 그 현무암 바위를 조심스레 디뎌 밟으며 용천가로 내려간 만덕은 제일 먼저 물을 길어올려 꿀꺽꿀꺽 목울대가 울리도록 단숨에 들이켰다. 그렇게라도 하지 않으면 밤새 불덩이처럼 달아오른 가슴이 까맣게 타서 재만 남을 것 같았기 때문이다.

'차라리 형체도 없이 재가 되어버렸으면……'

탄식한 만덕은 물을 길을 생각은 하지도 않고 지고 온 물허벅을 한쪽에 세워둔 채 용천 앞 너럭바위 위에 털썩 퍼질러 앉아버렸다. 말로만 분분하던 만덕의 혼사가 드디어 결정되었던 것이다.

'앞으로 나는 어찌 되는 것일까?'

만덕은 맥없이 앉아 갑작스레 자신에게 닥친 일들에 관해 생각하고 또 생각하였다. 허나 꼬리에 꼬리를 무는 생각은 그저 제자리를 뱅뱅 맴돌 뿐, 아무런 결론도 나질 않았다. 하기사 만덕은 자신의 혼인에 관해 타인처럼 무기력하였다. 이미 다 정해진 줄거리에 따라 그저 몸을 꺼떡이는 꼭두각시일 뿐. 답답해진 만덕은 멍하니 철썩 철썩, 제 가슴을 부리며 시퍼렇게 멍드는 파도 소리에 귀를 기울였다.

그렇게 얼마나 시간이 흘렀을까? 얼마 멀지 않은 샛길 쪽에서 발소리와 함께 인기척이 들려왔다. 자분자분 수다를 떠는 아낙네들의 목소리였다. 그 소리에 퍼뜩 정신을 차린 만덕은 놀란 토끼처럼 화들짝 자리를 털고 일어나 재빨리 들고 있던 표주박으로 물허벅 가득 물을 길어넣기 시작했다. 그러고는 혹여나 아낙들의 눈에 띌까 황급히 그 자리를 벗어났다. 자신의 이런 모습을 들켜 소문이라도 나면 곤란했기 때문이다.

"시집갈 처녀는 첫째도 둘째도 행실을 조심해야 하는 법이다. 소박 맞고 돌아온 계집은 일가친척도 받아주지 않는 법이니!"

신신당부했던 외숙모 장씨였다. 헌데 이런 제 모습이 외숙모 장씨의 귀에라도 들어가는 날에는 시집도 가기 전에 대번 소박부터 맞을지도 모를 일이었다. 큰오빠를 기다려야 하는데 그건 절대 안 될 말이었다. 만덕은 서둘러 집으로 방향을 잡았다.

용천에서 집으로 향하는 좁은 비탈길. 양옆으로 은빛 억새밭이 펼쳐진 길을 따라 만덕은 서둘러 걷고 있었다. 이런저런 생각에 빠져 넋을 놓고 있는 사이 해가 중천에 떠버렸던 것이다. 그나마 물 길러 온 아낙네들의 발걸음 소리가 아니었다면 아직도 세상 모르고 용천가 너럭바위 위에 앉아 있었을 터, 집에 도착하려면 아직도 한 시간은 더 걸어야 하는지라 만덕은 좀 더 재게 발을 놀렸다.

그렇게 한참을 걷고 있는데, 저 앞 억새밭 사이로 얼핏 붉은 꽃이 소담스레 피어 있는 것이 보였다. 이 가을에 진달래도 아닐 터인데 꽃이라니, 이상하게 생각한 만덕은 그 꽃을 좀 더 유심히 살펴보았다. 그러자 꽃이 바람결에 펄럭이는 것이 보였다. 만덕은 고개를 갸웃했다.

'꽃이 펄럭여?'

좀 더 가까이 다가가서야 만덕은 그것이 꽃이 아니라 비단자락임을 알아챘다. 순간 만덕은 제 눈을 의심했다. 주변 십 리 안의 마을이라곤 다들 만덕네처럼 가난한 민가가 전부인 동네건만 억새밭에 비단이라니? 만덕 역시 몇 년 전 신임 목사가 제주에 부임할 적에 먼발치서 붉은 비단으로 지은 관복을 얼핏 본 게 평생의 다였다. 그렇지만 저것은 분명 의심할 여지가 없는 비단이었다. 그렇지 않고서야 무채색의 억새밭 사이에 저리 눈을 찌를 듯 붉은 빛을 발하는 것이 있을 리 만무했다.

만덕은 호기심에 좀 더 가까이 다가갔다. 그렇게 그 비단의 정체가 온전히 눈에 들어올 때쯤 만덕은 소스라치게 놀라 그 자리에 그만 털썩 주저앉고 말았다.

사람이었다. 좀 더 정확히 말하자면, 붉은 쓰개치마를 둘러 쓰고 억새밭에 쓰러져 있는 여인. 시신인가 싶어 주저앉은 채로 벌벌 떨며 뒷걸음질치는데, 가만 보니 여인의 가슴이 작게나마 오르내리고 있었다. 용기를 낸 만덕은 조심스럽게 여인에게 다가갔다. 그러고는 손을 뻗어 여인의 코끝에 대었다. 그랬더니 여리지만 여인의 숨결이 확실히 느껴졌다. 살아 있었다. 그제야 만덕은 매고 있던 물허벅을 황급히 내려놓고 여자의 뺨을 찰싹찰싹 때리기 시작했다.

"여보셔요, 아주머니! 정신 좀 차려보세요."

하지만 아무리 불러도 여자는 쉽사리 깨어나질 못했다. 급한 대로 만덕은 대구덕에서 물허벅을 괴어놓았던 헝겊조각을 꺼내어 물에 적셨다. 적신 헝겊을 짜 여인의 입에 거듭 물을 흘려넣었더니, 그제야 쓰러져 있던 여인이 '으음' 신음소리를 내며 몸을 뒤척였다.

"이보셔요, 정신이 좀 드세요?"

반가운 마음에 거듭 여인을 부른 만덕은 내친 김에 엄지손가락으로 여인의 인중을 꾹꾹 누르기 시작했다. 예전에 어머니가 쓰러졌을 때 동네 어른들이 그렇게 했던 것을 기억해냈던 것이다. 그 덕분인지 여인이 닫혀 있던 눈을 살며시 뜨며 만덕을 향해 힘겹게 고개를 돌렸다. 여인의 얼굴이 햇살 아래 또렷이 드러났다. 여인은 바로 월중선이었다.

월중선은 주막을 나와 제주성 밖에 있는 고씨의 집을 향해 가던 중이었다. 고씨의 집으로 가자면 해안가 억새밭을 지나쳐야 했는데, 중간쯤 이르니 어느새 해는 중천에 떠올라 따가운 햇살이 월중선의 눈을 어지럽혔다. 순간 월중선은 아찔한 현기증에 이마를 짚었다.

'간만에 햇빛을 쬐어서인가?'

시간이 지나면 괜찮아질 거라 생각했지만 지난밤 잠을 설친 데다가 속이 좋질 않아 아침도 거른 터라 갈수록 어지럼증은 더해만 갔다. 물이라도 마시면 좀 나아질 것 같았지만 주변 지리를 잘 모르는 데다, 마침 근방은 허허벌판이라 물을 청할 인가조차 보이지 않았다. 오직 보이는 것이라곤 가도가도 끝이 없을 것만 같은 억새밭뿐.

월중선은 문득 이 길이 참으로 지루하다는 생각을 했다.

'어쩜 이리도 내 인생길 같은지……'

억새밭은 바람결에 우쭐우쭐 춤을 추듯 아름다운 은빛으로 출렁이고 있었지만, 그 안엔 맑은 샘도, 햇빛을 가릴 나무도, 심지어 살아 있는 생명체조차도 하나 보이질 않았다. 겉으론 화려해 보이지만 어떠한 생명도 수태하지 못하는 삭막한 땅, 삭막한 인생.

월중선은 손바닥으로 차양을 만들어 구름 한 점 없는 하늘을 원망하듯 올려다보았다. 태양은 찌를 듯 내리쬐고 땅은 이글이글 끓어오르고 있었다. 순간, 세상이 핑글 돌며 월중선은 꽃이 지듯 그 자리에 정신을 잃고 쓰러지고 말았다.

 차라리 쓰러져 그대로 일어나고 싶지 않았는지도 모르겠다. 세상이 아득히 멀어져가는 느낌에 월중선은 어쩌면 이대로 딱 죽을 수도 있겠구나 싶어 조금은 안도하기도 했으니. 그러나 그것도 잠시, 입 속으로 얼음처럼 차가운 물방울이 똑똑 흘러 들어왔다. 누군가 자신을 살리려 하고 있었다. 그래도 여전히 정신을 차리지 못하자 이번엔 아까의 그 손길이 인중을 꾹꾹 누르기 시작했다. 덕분에 까무룩 했던 정신이 서서히 돌아오기 시작했다.

 그렇게 어렵사리 눈을 뜨니 눈앞에 앳된 소녀 아이의 얼굴이 보였다. 그런데 신기하게도 아이의 눈동자가 저녁 노을에 비친 억새처럼 황금빛으로 반짝이고 있는 것이 아닌가?

 '아직도 꿈인가? 아니면, 억새밭의 정령精靈?'

 그나마 이곳서도 죽지 말라 내쫓는 것인가? 다소 황당한 생각을 하고 있는데, 소녀 아이가 월중선과 눈을 맞추더니 다행이라는 듯 크게 숨을 내쉬었다.

 "깨어나셨어요? 어휴, 다행이다. 꼭 죽는 줄 알았네."

 그 말은 사실 월중선이 하고 싶은 말이었다. 이번엔 죽는 줄 알았더니만······.

 어쨌든 천만다행이라며 아이는 초롱초롱한 눈을 빛냈다.

 "어찌 된 거지?"

한참 만에야 기력을 회복한 월중선이 입을 열자 아이가 걱정스러운 낯빛을 지었다.

"기억 안 나세요? 억새밭에 쓰러져 계셨어요."

"그래? 헌데 넌 누구냐?"

"전 곳막 사는 만덕인데요. 아주머……, 마님은 누구셔요?"

만덕은 월중선을 '아주머니'라 부르려다, 얼른 호칭을 고쳐 '마님'이라고 불렀다. 아무리 세상물정 모르는 어린아이지만 비단옷이 아무나 막 걸쳐 입을 수 있는 옷이 아니라는 것쯤은 알고 있었기 때문이다. 허나 갑작스레 깍듯해진 만덕의 태도에 월중선은 외려 쓴웃음을 삼켰다.

"그래 곳막 산다고? 잘됐구나. 마침 나도 그곳에 가려던 길인데 괜찮으면 니가 나 좀 도와주련?"

은근슬쩍 대답을 피한 월중선이 내친 김에 처음 본 만덕에게 도움을 청했다. 그러자 자리에서 발딱 일어선 만덕이 당연하다는 듯 대답했다.

"어차피 이 몸으론 혼자 못 가셔요."

월중선에게 차가운 물 한 바가지를 건넨 만덕은 월중선이 그 물을 다 마실 때까지 옆에서 묵묵히 지켜보았다. 그러고는 월중선이 물을 다 마시고 기운을 좀 차린 듯하자 불쑥 다가서며 월중선 앞에 제 어깨를 들이미는 것이었다.

"아직 두 식경은 더 걸으셔야 해요. 힘들면 기대세요."

기껏 해봐야 이제 열서너 살이나 되었을까? 비쩍 말라 곧 쓰러질 듯 가녀린 어깨를 해가지고서는 자신보다 덩치가 두 배는 될 듯한 월중선에게 기대라니, 월중선은 저도 모르게 피식 웃음이 나왔다. 하지만 소리 내어 웃지는 않았다. 오히려 진지한 얼굴로 만덕을 향해 고맙다고 대꾸해주었다. 만덕의 말에 담겨 있는 진심을 보았기 때문이었다.

만덕의 눈동자는 엄밀히 말해 황금색이 아니라 갈색이었다. 몇 시간 전, 억새밭에서 처음 봤을 때는 햇빛에 비쳐 순간 그렇게 보였던 것뿐이었다. 그리고 자세히 보이진 않지만 지금 처마 밑에서 그렁이는 눈물을 꾹 참고 있는 만덕의 눈동자는 분명 평소보다도 더 짙은 갈색일 게 분명했다.

"예까지 오시느라 고생하셨습니다. 제가 직접 가져다드렸어야 했는데, 보시다시피 영 정신이 없어서 말입죠."

고씨의 말에 상념에서 깨어난 월중선은 만덕에게로 향했던 시선을 거두어들이며 대답했다.

"괜찮습니다. 허나 물건은 확실한 것이겠지요?"

"그럼요. 이름난 약방에서 은밀히 지은 것입니다."

고씨가 내민 꾸러미를 품속에 소중히 갈무리한 월중선은 내처 방안을 찬찬히 둘러보았다. 그러고 보니 상방 여기저기엔 바느질을 하던 중이었던 듯 옷감과 실이 널려 있고, 봉덥화로 위엔 적당히 달아오른 인두가 마침 쓰기 좋게 걸쳐 있었다. 자세히 보니 옷감이라고 해봐야 입던 옷을 뜯어놓은 것이 전부고, 그나마도 무명이 다였지만 없는 살림에 나름 신경 써서 옷을 짓고 있음을 알 수 있었다. 하기사 보통 옷이 아니니.

"아유, 억새밭에 쓰러져 계셨다니 정말 큰일날 뻔했네요. 요즘 인심이 좀 흉흉해야 말이죠. 그래도 어떻게 우리 만덕이를 딱 만나셨나 몰라."

손님 접대할 거라고는 물이 전부인지라 급히 시원한 냉수 한 사발을 들고 들어온 장씨는 월중선 앞에 물그릇을 내려놓으며 우연치곤 대단한 우연이라며 유난을 떠는 중이었다. 안 그래도 곳막에 도착한 월중선 역시 자신을 도와준 만덕이 바로 자신이 찾아온 고정태의 외조카라는 사실을 알고 인연은 인연인가보다는 생각을 하던 참이었다. 하지만 곧 멀리 시집을 간다 하니…….

월중선은 여전히 처마 밑에 오도카니 서 있는 만덕을 흘깃 바라보았다.

"오라비와 사이가 각별했던 모양입니다."

"예? 아, 예. 뭐 그야 의당 그렇죠. 연달아 부모 잃고, 큰오라비도 대정현에 일하러 떠나고, 이제 혈육이라고는 지근에 딸랑 저들 둘뿐이니 애틋할 만도 합죠."

고씨의 말에 고개를 끄덕인 월중선은 조금 전 있었던 일을 떠올렸다.

만덕의 안내를 받아 고씨의 집을 찾아오던 길, 집 앞에 도착해 막 이문간으로 들어서려던 찰나 마침 지게를 지고 나오던 만덕 또래의 사내아이와 마주쳤다.

"벌써 나무하러 가는 거야?"

아마도 가족인 듯, 만덕은 사내아이를 보자마자 반가운 척을 했다. 허나 어찌된 일인지 사내아이는 그저 묵묵부답, 만덕의 말에 아무런 대꾸가 없었다. 심지어 화난 사람처럼 부루퉁한 표정이었다.

사내아이를 향해 방글방글 웃음 짓던 만덕도 그쯤 되자 적이 민망했든지 괜스레 슬쩍 월중선의 눈치를 보는 것이었다. 그 결에 마주서 있던 사내아이도 힐끔 월중선을 쳐다보았다. 그러나 그뿐, 사내아이는 도로 시선을 거두었다. 이쯤 되자 월중선도 호기심이 발동했다. 대체 둘이 무슨 사이이길래……, 그때였다.

"오라방!"

만덕이 애교 있게 사내아이를 불렀다. 그러자 사내아이가 선 채로 움찔했다. 얼핏 보아서는 키가 큰 만덕이 누나처럼 보였건만, 사내아이가 바로 만덕의 오라비였던 모양이었다. 월중선이 흥미롭게 그런 두 사람을 지켜보는데, 제 오라비를 불러 세운 만덕이 얼른 어깨에 매고 있던 대구덕을 내려놓더니 그 안에서 감저고구마 한 알을 꺼내어들었다.

"아침 굶었지? 이거 가지고 가서 나무하다 출출할 때 먹어."

만덕이 한눈에 보기에도 꽤나 씨알이 굵어 보이는 감저를 오라비에 손에 꼭 쥐어주며 말했다. 요즘 같이 어려운 때엔 귀한 먹거리임이 틀림없었다. 허나 어찌된 일인지 사내아이는 기뻐하긴커녕 성이 난 듯 선 채로 입술을 비죽이는 것이었다. 그렇게 울컥한 표정으로 한동안 밝게 재잘대는 만덕을 말없이 노려보던 사내아이가 기어이 들고 있던 감저를 그대로 땅바닥에 내동댕이쳐버렸다. 내팽개쳐진 감저는 하릴없이 마당 위를 데굴데굴 굴렀다. 그리고 사내아이는 그 길로 뒤도 안 돌아보고 휑하니 집을 나가버렸다.

그 냉랭한 모습에 월중선은 깜짝 놀랐다. 보아하니 만덕도 놀란 눈치였다. 하지만 월중선을 보기가 민망했든지 만덕은 애써 아무렇지 않은 표정을 지으며 말했다.

"별일 아니에요. 제가 시집간다고 저래요."

씨익 웃었지만, 그때 만덕의 얼굴은 무척이나 속이 상해 보였다.

'형에 이어 동생마저 멀리 간다 하니 많이 서운했던 겐가?'

지금 만덕의 손엔 좀 전에 오라비가 팽개치고 간 흙 묻은 감저가 들려 있었다. 그 감저를 내려다보는 만덕의 두 눈엔 흘러넘칠 듯 눈물이 그렁그렁했다. 좀 전에 오라비 앞에서는 그리 날아갈 듯 해사하게 웃더니만……, 겉으론 멀쩡한 척했지만 오라비의 행동에 상처를 받은 모양이었다. 하기사 왜 아니겠는가? 어른인 척하지만 저도 아이인 것을.

하지만 월중선의 눈엔 동생이 시집간다고 투정부리는 오라비나, 그에 서운해 눈물 짓는 동생이나, 오누이의 정이 그저 애틋하고 사랑스러울 뿐이었다. 피식 웃은 월중선은 마침 눈앞의 짓다 만 옷을 가리키며 물었다.

"그게 저 아이 혼례복입니까?"

그러자 장씨가 민망하다는 듯 옷감을 한쪽으로 밀어놓으며 대답했다.

"예. 예전에 저 시집올 때 입었던 것인데 좀 줄여볼까 해서요. 먹고살기도 빠듯한 형편에 새 옷은 가당찮아도, 정한수 떠놓고 올려도 혼례는 혼렌데 옷 한 벌은 해 입혀 보내야 제 맘이 좋을 거 같아서……."

장씨의 얼굴에 언뜻 죄스러움이 묻어났다. 그것이 무슨 의미일까 생각하고 있는데, 고씨가 들릴 듯 말 듯 혼잣말을 중얼댔다.

"그래봐야 고양이 쥐 생각이지……."

 장씨가 눈을 흘기자 얼른 입을 다물기는 했으나 뭔가 심상치 않은 분위기였다.

 "혹 무슨 안 좋은 일이라도 있습니까?"

 월중선이 물었지만 장씨는 아무것도 아니라며 손사래를 쳤다.

 "아닙니다! 일은 무슨!"

 뭔가 이상한 낌새를 느꼈으나 남의 집 혼사에 이래라 저래라 관여할 입장은 아닌지라 그쯤에서 모른 척 관심을 거두는 월중선이었다. 허나 그만 돌아가려 자리에서 일어선 순간, 만덕의 우울한 얼굴이 다시금 월중선의 눈에 들어와 박혔다. 멈칫 발을 멈춘 월중선은 마루 한켠에 놓인 낡은 혼례복과 처량한 얼굴의 만덕을 번갈아 바라보았다.

 자신과는 전혀 무관한 혼례였다. 그러나 만덕은 사심없이 자신에게 도움을 베푼 아이, 그래서 그런지 자꾸만 눈길이 가는 아이였다. 그러니 자신 또한 작은 호의쯤 보여도 무방하지 않을까 생각하는 월중선이었다. 평소답진 않지만 결국 결심을 굳힌 월중선은 몸을 돌려 마중 나오던 고씨 부부를 바라보았다.

 '곧 떨어진다.'

 장항굽장독대에 앉아 지난 가을 억새풀로 이은 지붕을 올려다보던 만덕은 다시금 드는 생각에 문득 아찔한 현기증을 느꼈다.

 큰오빠 만재가 대정현에 테우리로 떠나던 날, 만덕은 자신이 용을 따라 하늘로 휩쓸려 올라간 힘없는 물고기 같다고 느꼈었다. 그때 만덕은 한 치 앞도 내다볼 수 없는 자신의 운명이 무작정 두려웠다. 그건 지금도 마찬가지였다. 다만 달라진 게 있다면, 그때와는 달리 지금의 만덕은 어느 집 지붕 위로 떨어질지 알게 된 정도랄까? 만덕은 지붕 위, 뜨거운 햇살 아래 방치된 채 건어물처럼 서서히 말라 비틀어져갈 자신의 모습을 상상했다.

외숙모 장씨는 만덕을 정의현 산골에 사는 애 딸린 홀아비에게 시집보내기로 했다. 얼마 전 만덕을 찾아와 마치 암말 감별하듯 위아래로 훑어봤던 그 중년의 사내가 바로 중진애비중매인였던 것이다. 막펜지(擇日記)를 전하기 위해 엊그제 다시 집을 찾아온 중진애비는 만덕이 결혼할 남자의 딸이 올해로 열 살이라고 말해줬다.

열 살. 고작 만덕과 두 살 차이밖에 나지 않았다. 숙모는 친구처럼 지내면 외롭지 않고 든든하겠다며 어색하게 웃었지만, 정작 든든해진 것은 고팡곳간이었다. 만덕이 홀아비의 집으로 시집가는 대가로 중진애비는 보리쌀 한 가마와 무명 한 필을 이바지로 제시했던 것이다.

중진애비는 요새 그 정도면 정말 시집 잘 가는 거라며 입에 허연 침방울이 일도록 강조했다. 하지만 만덕의 머릿속에 떠오르는 결론은 하나였다. 자신은 팔려가는 것이었다.

'만석 오라방은 이 사실을 알까?'

안다 한들 그가 당장 달려와 이 혼사를 물러줄지는 미지수였다. 만덕이 애 딸린 홀아비에게 시집간다는 소리를 듣고 지겟대를 휘두르며 난동을 부리던 만재도 결국엔 숙부에게 제압되어 호되게 따귀를 얻어맞았던 것이다.

그렇게 흥분한 모습의 만재도 처음이었고, 그렇게 살벌하게 매를 드는 숙부의 모습도 처음이었다. 다만 철썩 철썩, 따귀 때리는 소리가 커질수록 만덕은 점점 할 말을 잃어갔다. 무서워서가 아니었다. 그것은 참으로 기이한 광경이었다. 맞는 사람도, 때리는 사람도 그렇게 슬퍼 보일 수 있다는 것은.

그날 이후로 만재는 더 이상 만덕의 혼인을 나서서 반대하지 않았다. 그러나 동시에 무에 그리 화가 났는지 만덕을 알은체도 하지 않았다.

뭍에 다녀온 숙부는 올 겨울을 나기가 쉽지 않을 거라고 했다. 뭍에서도 지난 봄부터 여름에 걸쳐 심한 역병이 도는 바람에 많은 사람이 죽어나갔다 한다. 덕분에 논밭을 일굴 일손도, 여력도 부족해 나리창이 텅 비어 있더라는 것이었다.

나리창羅里倉. 나리창은 호남의 구호미가 모여드는 곳으로, 탐라에 기근이 들면 탐라 사람들은 이 나리창의 곡식을 꾸어다 먹고 다음 해 봄에 미역이나 전복 등으로 갚았다. 그런데 그 나리창이 비어버렸으니 아마도 많은 탐라 사람들이 내년 봄을 보지 못하고 죽을 것이라는 거였다. 그리고 물론 그 '많은 사람들' 속에는 만덕의 식구들도 포함되어 있을 것이었다.

"미안하다."

숙부 고씨는 아직 어린 만덕 앞에 고개를 숙이고 앉아 몇 번이고 그 말만을 되풀이했다. 그 말을 듣는 동안 만덕은 아직 죽음이 무엇인지는 알 수 없지만, 사는 것이 때론 이처럼 구차하다는 것만은 어렴풋이 짐작할 수 있었다.

가난한 백성이 가장 먼저 배워야 할 덕목은 '체념'이었다. 몸도 마음도 때로는 목숨마저도, 세상 그 무엇 하나 자신의 것이 아니라는 체념. 그 모든 것의 생사여탈권은 대답 없는 하늘님이나 본 적 없는 나라님만이 가진 것이었다. 하여 만덕은 그저 바람이 이끄는 대로 몸을 맡긴 채, 모든 것을 놓아버려야만 하는 것이었다.

하지만 만덕은 용의 비늘을 훔쳐본 물고기였다. 언젠간 가족이 모두 모여 예전처럼 다시 행복하게 살 수 있다는 한낱 비늘 같은 희망을 품었던 때가 있었다. 그러나 과연 그 희망마저도 버릴 수 있을지 만덕은 도무지 자신이 없었다. 그 희망을 놓아버린다는 생각만으로도 다시금 뜨거운 불칼로 폐부를 깊숙이 찔린 듯한 통증이 밀려와, 만덕은 물독으로 달려가 벌컥벌컥 차가운 물을 들이켰다. 그때였다.

"만덕아!"

정지 밖에서 외숙모 장씨가 부르는 소리가 들려왔다. 또 무슨 일일까. 입가에 묻은 물기를 대충 털어낸 만덕은 맥없는 발걸음을 옮겨 장씨가 있는 안커리主棟로 향했다.

장씨는 상방마루에 기대앉아 만덕의 혼례복을 바느질하는 중이었다. 말이 좋아 혼례복이지 기껏해야 입던 옷을 줄여 만든 무명 치마저고리일 뿐이었지만, 만덕은 그것이 지닌 엄중한 의미를 잘 알고 있었다. 저 옷이 완성되는 날 만덕은 정의현 홀아비의 집 지붕 위로 완전히 떨어질 것이었다. 초조한 마음으로 절반 넘어 완성된 혼례복을 바라보고 섰는데, 장씨가 바느질하던 손을 멈추고 만덕을 향해 입을 열었다.

"심부름 좀 다녀오너라."

"심부름이요?"

만덕이 되묻자 장씨가 귀찮다는 듯 손사래를 치며 말했다.

"너 제주성에 가본 적 있지?"

"예, 아버지 따라서 몇 번."

"거기 무근성관덕정 서쪽에서 서문 사이 지역. 아전들이 근무하던 목질청 근방 근처에 월향정月香亭이라고 주막이 하나 있다. 거기 좀 다녀오거라."

"주막이요?"

만덕이 눈을 동그랗게 뜨며 되물었다.

"그래. 왜 지난번에 억새밭에서 니가 데려온 여자 있지 않니?"

"아, 그 마님요?"

"마님은 무슨 얼어 죽을. 그 여자가 그 집 주인인 퇴기 월중선이다. 지난번에 니 숙부가 그 기생 심부름을 해주고 아직 삯을 못 받았으니, 니가 가서 받아오너라."

"제가요?"

"그럼, 여기 너 말고 노는 손이 또 있냐?"

장씨는 바느질감을 쥔 자신의 손을 들어 보이며 짜증스럽다는 듯 대꾸했다. 첫째도 행실, 둘째도 행실을 조심하라더니…….

기실 혼사가 결정되고 나자 집안 식구들은 마치 단체로 결의라도 한 듯 만덕에게 아무런 일도 시키질 않았다. 덕분에 몸은 편했으나 마치 돼지를 잡기 전에 일부러 살을 찌우는 것만 같은 느낌이라 썩 내키질 않던 만덕이었다. 헌데 그런 만덕에게 먼저 심부름을 시킨 것이다. 더구나 제주성 주막이라니.

"왜? 가기 싫으냐?"

"아뇨! 다녀오겠습니다."

답답한 김에 차라리 잘됐다 싶은 만덕은 외숙모의 마음이 바뀌어서 두식이나 두수를 부르기 전에 얼른 서둘러 이문간을 나섰다. 그런 만덕의 뒷모습을 흘긋 본 장씨는 크게 한숨을 내쉬었다. 그러나 그것도 잠시, 곧 고개를 돌려 다시 바느질에 몰두하는 장씨였다.

"두 발은 구름 위를 걷듯, 양팔은 바람을 끌어안듯!"
 제주목 관아의 중대문 안, 나즈막한 관목 사이에 위치한 교방敎坊에선 동기童妓들의 춤 연습이 한창이었다. 허나 '둥둥, 덩기덕 쿵' 담장 너머 신명나게 울리던 북, 장고 장단도 잠시.
 "대체 정신을 어디에 두는 게야?!"
 월중선의 불호령에 모든 소리가 일시에 뚝 멈추었다. 그러자 갓 어미 품을 벗어났을 법한 예닐곱 살의 여아에서부터 이제 제법 처녀티가 오른 아이들까지, 무복武服을 곱게 차려 입은 동기들이 춤을 멈추고 혼비백산하여 바짝 고개를 떨구었다. 그중에는 겁을 먹고 벌써부터 울먹울먹하는 아이도 보였다.
 "춤을 출 때는 손끝 하나, 발놀림 하나에도 온 정신을 집중해야 한다고 그리 일렀거늘, 감히 히죽대며 딴 데 정신을 팔아?
 일의 발단은 춤 연습을 하던 동기 중 몇 명이 창밖으로 눈이 마주친 군관들과 눈짓으로 서로를 희롱한 데서 시작되었다. 그맘때의 아이들이 그렇듯이 호기심과 춘정에 못이겨 장난질을 치던 것이 그만 월중선의 눈에 띈 것이었다.
 한때 장춘원藏春院으로 불렸던 제주목 교방. 숨길 장 자에 봄 춘 자, 그 이름 그대로 이곳 교방은 낮은 담장 하나를 사이에 두고 보일 듯 말 듯, 혈기방창한 군관들로 득시글대는 영주협당瀛州協堂과 마주 보고 있었다. 그러다 보니 종종 젊은 군관과 동기들 사이에 눈이 맞아 정분이 나는 일도 부지기수였지만 그러나 그것은 어디까지나 담장 밖, 월하정사月下情事의 일이지 교방 안, 수련시간에 일어나서는 안 될 일이었다. 더구나 월중선의 수업 중에서는 더욱 있을 수 없는 일이었다.

월중선은 매서운 눈으로 아이들을 훑어보았다. 아직 기예의 기초조차 닦지 못한 것들이 벌써부터 눈웃음 치며 남자 후리는 법이나 배우다니! 천박한 것들! 월중선은 고집스럽게 입술을 한 일 자로 꾹 다물었다.

"기생이 무어더냐?"

벼락같이 터져나온 월중선의 물음에 아이들은 모두 고개를 조아릴 뿐, 아무도 대답을 하지 못했다. 그러자 월중선은 조금 전, 군관에게 눈웃음을 치던 동기 아이를 지목하여 재차 물었다. 그러자 아이는 얼굴이 파랗게 질려서는 입술을 깨물며 우물댔다.

"기생은……, 기생은 기예를 익혀 즐거움을 주는 사람입니다."

"즐거움이라? 누구에게 말이냐?"

"그, 그것은 양반 어르신들이나 관원님네들……."

"틀렸다!"

우물쭈물, 올바른 대답을 내놓지 못하자 즉시 불호령이 떨어졌다.

"상대를 즐겁게 하는 것은 말末이지 본本이 아니다. 기생이 무어더냐? 길가에 피어 아무나 넘보고 꺾을 수 있는 노류장화, 세상에서 가장 약하고 천한 것이다. 그런 기생이 기예를 갈고 닦는 것은 누구를 즐겁게 하기 이전에 스스로를 지키기 위함이다."

 월중선은 잠시 말을 멈추고 아이들의 얼굴을 훑어보았다. 그러자 아니나 다를까 아이들은 월중선의 말뜻을 좀처럼 이해하지 못하고 두 팔을 늘어뜨린 채 멍한 표정만 짓고 있었다. 우둔한 것들! 한숨을 내쉰 월중선은 이번엔 좀 더 쉽게 풀어서 설명하기 시작했다.

 "기예를 갖추지 못한 은근짜3패 기생는 고운 얼굴과 웃음을 팔아 한때나마 상대의 시선을 사로잡겠지만, 곧 부박浮薄한 밑천을 드러내고 남정네들의 노리개로 전락하고 만다. 허나 기예를 갖춘 기생은 상대의 마음을 사로잡아 조르지 않아도 자신이 뜻하는 바가 절로 이루어지게 한다. 하여 기예는 기생의 밑천이자, 자존심이다. 예藝로서 스스로를 지키는 자, 그것이 바로 진정한 기생인 것이다!"

 아이들에게 기생의 본질을 역설하는 월중선의 목소리는 그 어느 때보다도 단호하고 열정적이어서 그에 감화된 듯 교방 안은 돌연 숙연해졌다. 모두들 월중선의 가르침을 가슴속 깊이 새기려는 듯 자세를 반듯하게 바로잡았다. 그러나 그것도 잠시, 수업이 끝나면 언제 그랬냐는 듯 저들은 또다시 시시덕대며 엉덩이를 흔들고 거리를 활보할 터였다.

 순간 월중선은 교방을 가득 메우고 있는 들큰한 분첩 향기가 역겹게 느껴졌다. 그 냄새는 이곳을 거쳐간 수많은 기생들의 냄새였다. 교방 기둥과 마룻장 사이사이 오랜 세월의 때처럼 박혀, 사람이 없을 때조차도 마치 유령처럼 떠도는 그 냄새는 곧 이 아이들에게도 그대로 배어들 것이었다. 월중선은 울컥, 신물이 올라오는 것을 느꼈다.

"저, 여기 월향정이 어디입니까?"

무근성 근방에 도착한 만덕이 지나가는 행인을 붙잡고 물었다. 그러자 행인은 낡고 때가 꾀죄죄한 옷을 입은 여자아이가 기생집을 찾는 광경이 이상했든지 만덕을 위아래로 훑어보았다.

"먹고살기 어렵다 어렵다, 하더니 이젠 제 발로 기생집 찾아가는 아이도 있는가?"

딱히 누구에게랄 것 없이 혼잣말을 중얼대던 행인은 세상 말세라는 듯 혀를 쯧쯧 차더니 다시 만덕에게 물었다.

"거긴 왜?"

"심부름 가는데요?"

"심부름? 진짜야?"

"예."

여전히 의심쩍다는 듯 보던 행인은 만덕에게 심부름만 하고 얼른 돌아가라는 말과 함께 월향정의 위치를 가르쳐주었다. 만덕은 행인이 왜 자신을 그런 얼굴로 바라보았는지 짐작하였다. 기생은 소위 팔천八賤이라 하여 백정, 무당, 상여꾼, 광대 등과 함께 나라에서 가장 천하게 여기는 사람들 중 하나였다. 그중에서도 기생은 그 앞에서는 예쁘다 예쁘다, 칭찬을 늘어놓을 망정, 뒤돌아서면 더럽다 침을 뱉는다는 것쯤은 만덕도 알고 있었다. 아마도 행인은 만덕을 기생집에 몸 팔러가는 아이쯤으로 여긴 것일 터였다. 만덕은 별 상관이라는 듯 가볍게 손을 털며 행인이 가르쳐준 방향으로 몸을 틀었다.

"계십니까?"

월향정 앞에 당도한 만덕은 열린 대문 사이로 빼꼼히 고개를 들이

밀며 소리쳤다. 허나 인기척이 없는 마당 안은 텅 비어 있었다. 망설이던 만덕은 잠시 대문 밖을 서성거렸다. 그러다가 결국 조심스럽게 대문 안으로 발을 내딛었다.

"우와!"

막상 들어와서 본 월향정 안은 생각보다 넓었다. 억새로 지붕을 이은 만덕의 집과 달리 관청에나 쓸 법한 멋들어진 청기와를 얹은 건물들이 돌담을 따라 ㅁ자 형태로 들어앉아 있고, 건물과 건물 사이 자투리 땅에는 고추나 호박 대신 듣도 보도 못한 화려한 꽃들이 피어 고혹적인 향기를 내뿜고 있었다.

눈이 휘둥그레진 만덕은 연신 감탄사를 내뱉으며 넋을 잃고 집 안 곳곳을 둘러보았다. 마치 별세계에 온 것만 같았다. 한참을 그렇게 구경하고 있는데, 어디선가 '둥둥 둥덕쿵' 하는 북소리가 들려왔다. 그 소리에 만덕이 귀를 쫑긋 세웠다.

"저쪽에 사람이 있나?"

마침 사람을 찾아 헤매던 터라 만덕은 별 생각 없이 무작정 소리가 나는 곳을 향해 발을 옮겼다. 누구든 만나는 대로 월중선의 행방을 물어볼 생각이었다.

그렇게 소리를 좇아 만덕이 도착한 곳은 후원의 연못가였다. 그 연못 위에는 작은 정자 한 채가 운치 있게 꾸며져 있었는데, 소리는 바로 그 안에서 들리고 있었다.

"다행이다!"

월향정에 와서 처음 보는 사람이었기에 만덕은 반가운 마음에 성큼성큼 정자로 다가갔다. 그러나 얼마 안 가 걸음을 멈춘 만덕은 저도 모르게 '아!' 하고 작은 탄성을 내질렀다. 정자 위에선 매미처럼 고운 날개옷을 입은 선녀가 너울너울 춤을 추고 있었던 것이다.

선녀는 북장단에 맞춰 하부작하부작 나비가 되었다가 핑그르르 돌며 한 송이 꽃이 되었다. 그러다 어느 순간 낭창이는 버들가지가 되더니, 다시 겅중 학처럼 뛰어올랐다. 그 변화무쌍한 모습은 가히 삼라만상을 담고 있다고 해도 과언이 아닐 정도였다.

만덕은 그 신비로운 광경에 매료되어 하마 놓칠세라 눈 한 번 깜빡하지 않고 정자 위의 광경을 바라보았다. 마치 귀신에 홀린 듯 발걸음이 저절로 정자로 향하고 있다는 것도 모른 채였다.

그렇게 이제는 손만 뻗으면 닿을 듯 가까워졌을 무렵, 줄곧 등만 보이고 있던 선녀가 만덕을 향해 돌아섰다. 그 순간 만덕은 깜짝 놀라 그만 '앗!' 하고 소리를 치고 말았다. 고개를 돌린 선녀는 며칠 전 억새밭에서 만났던 여인, 바로 월중선이었던 것이다. 순간 북소리가 그치고, 춤사위를 멈춘 월중선이 만덕을 바라봤다.

"너는?"

"시, 심부름 왔습니다!"

당황한 만덕은 급한 대로 넙죽 몸을 숙였다. 보나마나 몰래 들어온 것 때문에 불호령이 떨어질 게 뻔했다. 하여 잔뜩 긴장하고 있는데 뜻밖에도 월중선은 만덕을 반갑게 맞아주었다. 아마도 손님을 접대하던 중은 아니었던 듯, 곧바로 정자에서 내려온 월중선은 북장단을 두드리던 남자를 남겨둔 채 만덕을 안채로 이끌었다.

월향정은 외양만 으리으리한 것이 아니라 집안 꾸밈새도 그에 못지않게 화려했다. 덕분에 만덕은 잔뜩 주눅이 들어버렸다.

"죄송합니다."

만덕이 다시금 고개를 수그리니 선뜻 이해가 안 된다는 듯 월중선이 심상한 얼굴로 되물었다.

"무엇이 말이냐?"

"허락도 없이 들어와서……."

"이곳은 주막이니 문이야 본시 열려 있었을 테지. 그게 다냐?"

그러자 우물쭈물하던 만덕이 다시 넙죽 엎드리며 고하였다.

"춤을 훔쳐보았습니다."

겨우 그깟 일로 마치 대역죄라도 지은 듯 순진한 만덕의 태도에 월중선은 피식 웃었다. 왠지 장난을 걸고 싶다는 생각이 드는 것이었다.

"그래, 보니 어떠하더냐? 볼 만하더냐?"

그 춤은 월중선이 제주 목사의 생신연을 맞아 새로이 준비하고 있는 춤이었다. 허니 춤이라야 동네 어른들 어깨춤이나 봤음직한 아이에겐 맞지 않는 질문일 수밖에. 그저 당황하는 모습이 귀여워 농으로 던져본 것인데, 잠시 고민하는 듯하던 만덕은 뜻밖의 대답을 내놓았다.

"그것이……, 좀 슬퍼 보였습니다."

월중선은 전혀 예상치 못했던 만덕의 대답에 적잖이 당황하였다. '좋다', '싫다'도 아니고 '슬퍼 보였다'라니. 당황스러운 한편 호기심이 발동한 월중선은 눈앞의 아이를 찬찬히 뜯어보았다.

"슬퍼 보였다? 어찌 그리 생각하였느냐?"

그러자 곰곰이 생각하던 만덕이 몇 번 머리를 긁적이더니 양팔을 들어올렸다.

"그게……, 이렇게 이렇게 버들가지처럼 허리를 트는 모습인가? 아! 가슴 앞에서 손을 모았다가 학처럼 확 펼칠 때도 좀……."

확신할 수 없다는 표정으로 쭈뼛쭈뼛 설명하고 있었지만 놀랍게도 만덕은 월중선이 추었던 춤 동작을 얼추 비슷하게 흉내 내고 있었다. 단지 한 번 보았을 뿐인데 그 긴 동작들을 기억하다니, 게다가 춤에 대한 해석도…….

"혹, 춤을 배운 적이 있느냐?"

월중선이 자못 진지한 얼굴로 추궁하듯 묻자 만덕은 어림도 없는 일이라며 훼훼 고개를 저었다.

"혹시 제가 뭘 잘못한 것입니까?"

심상치 않은 분위기를 느꼈는지 만덕이 또다시 눈치를 살피며 물었다.

"아니다. 전혀 그렇지 않다."

하지만 월중선은 내심 속이 뜨끔해지는 것을 금할 길이 없었다. 슬픔. 만덕의 말처럼 자신은 분명 그 대목을 출 때 울컥 치솟는 감정을 주체 못해 춤 동작 속에 자신의 감정을 담아내었던 것이다.

'이 아이는 대체…….'

처음부터 총명한 아이라 느끼기는 했었다. 허나 춤을 외운 것은 그렇다 치더라도, 그 짧은 순간 상대의 감정을 단박에 읽어내다니, 정말이지 볼수록 기묘한 아이였다.

'아깝구나!'

다시금 만덕을 지그시 바라보던 월중선은 그러나 이내 고개를 저었다. 어차피 곧 멀리 시집을 갈 터, 그저 스쳐가는 인연일 뿐이었다. 표정을 바꾼 월중선은 만덕을 향해 빙긋 미소 지었다.

"거칠지만 본질을 찌른 훌륭한 평이었다. 간만에 제대로 된 평을 들었으니 나도 그에 대한 보답을 해야겠지?"

말을 마친 월중선은 방 밖을 향해 큰 소리로 천천네를 불렀다. 그러자 이미 기다리고 있었던 듯, 제법 묵직해 보이는 곡식자루와 작은 보퉁이를 든 천천네가 방문을 열고 들어왔다.

"보리쌀은 지난번 심부름에 대한 품삯이다. 약조한 것보다 조금 넉넉하게 넣었으니 외숙께 가져다드리거라. 그리고 그 보퉁이는, 네가 직접 열어보는 것이 낫겠구나."

어느새 보퉁이는 만덕의 앞에 놓여져 있었다. 만덕은 영문도 모른 채 보퉁이의 매듭을 풀었다. 그러자 칙칙한 빛깔의 헝겊 밑에서 눈이 부실 만큼 화사한 비단 치마저고리가 모습을 드러내었다. 놀란 만덕이 눈을 동그랗게 뜨며 물었다.

"이게 무엇입니까?"

"네게 주는 것이다. 마음에 드느냐?"

허나 만덕은 여전히 얼떨떨한 표정이었다.

"어찌 이걸 제게?"

"곧 시집을 간다 들었다. 약식이긴 해도 정식으로 올리는 혼례인데 제대로 된 옷 한 벌쯤은 필요치 않겠느냐? 마침 내가 동기 시절에 입던 옷인데 눈짐작으로 보니 네게 맞을 듯하여 주는 것이다."

그러나 만덕은 보기도 겁난다는 듯, 들고 있던 비단옷을 얼른 밀어내며 말했다.

"저는 이걸 받을 수 없습니다."

"어째서?"

"저희 아방이 뭐든 공짜는 없는 법이라 했습니다. 게다가 이건 너무 고와서……."

너무나 갖고 싶지만 동시에 유혹을 떨쳐내려는 듯 정색을 하는 만덕의 표정은 마치 장마철 하늘처럼 시시각각 변하였다. 그러다 결국엔 제 맘을 저도 어떻게 못하겠든지 울상을 짓고 마는 것이었다. 그 모습에 풋한 표정을 지은 월중선은 속으로 웃음을 삼키며 말했다.

"공짜가 아니니 받아두거라. 지난번에 억새밭에서 니가 날 구해주지 않았더냐? 그 고마움에 대한 인사로 주는 것인데, 니가 받지 않는다면 나야말로 도움을 받고도 모른 척하는 무뢰한이 될 것이다."

"하지만 외숙부와 외숙모가……."

외숙부와 외숙모에겐 뭐라 설명해야 하나 싶어 망설이고 있는데, 월중선은 그 또한 이미 짐작하고 있었다는 듯 만덕을 안심시켰다.

"걱정 말거라. 니 외숙께는 지난번에 이미 허락을 구했으니."

그 말에 만덕의 얼굴이 확 밝아졌다.

"그게 참말이십니까?"

"그래. 참말이다."

월중선이 고개를 끄덕이자 그제야 만덕은 자신의 앞에 놓인 비단옷을 손끝으로 슬쩍 만져보았다. 어찌나 부드러운지 그대로 녹아내릴 것만 같은 감촉. 마치 이 세상의 것이 아닌 것만 같았다. 만덕은 자신에게 이런 선녀 같은 옷이 생겼다는 사실이 믿겨지지 않았다.

아니, 오늘 하루가 모조리 꿈이라고 해도 전혀 이상할 것 같지 않은 만덕이었다.

만덕은 곡식자루를 등에 매고, 보퉁이를 소중히 품어 안은 채로 월중선을 향해 몇 번이고 거푸 인사를 하였다.

"감사합니다. 정말 감사합니다."

그런 만덕을 안채 마당까지 친히 따라나와 다정하게 손을 흔들어 주는 월중선이었다. 그렇게 배웅을 마치고 돌아서는데 뒤에서 쯧쯧, 천천네의 혀 차는 소리가 들려왔다.

"쯧쯧 어린 게 안됐네, 안됐어."

"그게 무슨 소린가?"

월중선이 돌아서며 묻자, 천천네가 몰랐냐는 듯 눈을 동그랗게 뜨며 반문했다.

"정말 모르셨수? 저 아이 팔려가는 거잖아요."

"팔려가다니? 시집을 간다 들었는데?"

"말이 좋아 시집이지, 그 혼사 자리라는 게 애 딸린 홀아비 아닙니까? 게다가 그 딸린 애가 만덕이 저 아이보다 두 살 아래라나, 세 살 아래라나?"

천천네는 확실히는 모르지만 만덕이 홀아비에게 시집가는 대가로 집에선 곡식 섬이나 받아 챙겼을 거라며 드문 일도 아니라고 대답했다. 월중선은 그제야 지난번 고씨의 집에 갔을 때 고씨가 '고양이 쥐 생각' 운운했던 것이 떠올랐다.

'오라비가 화를 낸 것도 그래서였던가?'

월중선은 기가 막혔다. 이런 사정도 모르고 팔려가는 거나 진배 없는 아이에게 축하한다며 선물을 주었으니, 저도 모르는 새에 이 파렴치한 거래에 발을 빠뜨린 꼴이었다.

"자넨 그걸 어찌 알았나?"

혹시나 하는 마음에 재차 묻자 천천네가 뭘 그리 뻔한 걸 묻느냐는 투로 대답했다.

"어찌 알긴요? 포구에 나갔다가 같은 동네 사람들한테 들었지. 원래 쉬쉬하는 소문일수록 더 빨리 퍼지는 법 아닙니까?"

천천네의 말에 월중선의 심사는 더욱 복잡해졌다. 이웃 사람들도 다 알고 있을 정도라면 당사자도 모르진 않을 텐데. 하지만 월중선이 본 바로는 만덕은 지난번도 그렇고 오늘도 혼인에 관해 단 한 번도 싫은 내색을 보인 적이 없었다. 심지어 제 오라비 앞에선 활짝 웃기까지 하지 않았던가?

"난 다 알고 불쌍해서 이리 챙겨주시나 했지요."

천천네의 말에 월중선은 다시금 속이 울렁거리고 머리가 지끈거리는 것을 느꼈다. 팔려간다는 것, 그 말이 떠올리고 싶지 않은 월중선의 기억을 잔인하게 헤집어댔기 때문이었다. 역시 남의 일에 끼어드는 것이 아니었다고, 어울리지도 않는 호의 따위는 보이는 것이 아니었다고 절감하는 월중선이었다.

만덕은 해질 녘이 돼서야 집에 도착했다. 제주성에서부터 그 무거운 곡식자루를 매고 꼬박 세 시간을 쉼 없이 걸어왔건만 오늘따라 만덕은 힘든 줄도 몰랐다. 오는 중간중간 월향정에서 본 춤 동작들을 흉내 내어보기도 하고, 그런 제 모습이 우스워 까르르 웃기도 하면서 만덕은 아주 잠시지만 간만에 마음속 근심들을 잊어버릴 수 있었다. 그리고 무엇보다 품에 들린 비단 치마저고리. 그 생각만으로도 선녀처럼 하늘을 훨훨 날아갈 것만 같은 만덕이었다.

집에 돌아왔을 때 외숙모 장씨는 여전히 상방마루에 앉아 바느질을 하고 있었다. 해가 져서 어두운 탓인지 고꾸라질 듯 봉덥화로에 다가앉아 생선가시처럼 가는 바늘에 새 실을 끼우고 있는 장씨는 평생 망건을 겯느라 눈이 침침해져서 바늘에 실을 끼울 때마다 무척 힘겨워하곤 했다. 그럴 때면 결국 몇 번의 실패 끝에 '만덕아! 와서 실 좀 꿰라!' 하고 만덕을 큰 소리로 외쳐 부르곤 했다. 지금도 장씨는 바늘귀를 찾지 못해 애꿎은 실끝에 연방 침만 묻혀대고 있는 중이었다. 꽤나 집중을 했든지 만덕이 다가오는 것도 몰랐다.

"제가 할게요."

만덕이 낭간 위에 곡식 자루를 내려놓고 옷 보따리만 챙겨든 채 무릎걸음으로 장씨 곁으로 다가와 앉자, 그제야 장씨가 아는 척을 했다.

"다녀왔냐?"

장씨는 만덕의 손에 들린 보퉁이를 보고서도 모른 척, 피곤해서 빨갛게 짓무른 눈만 비벼대며 만덕에게 실과 바늘을 건넸다.

"만재 오라방이요, 눈이 좋아서 저보다 실은 잘 꿰요."

실을 꿰던 만덕이 뜬금없는 말을 꺼내자 장씨가 피식 콧방귀를 뀌며 대꾸했다.

"왜? 너 없으면 실 못 꿰서 바느질도 못할까봐서? 니 걱정이나 해,

이년아."

 실을 꿴 바늘을 건네주자 장씨는 다시 바느질을 시작했다. 두 사람 사이에 잠시 침묵이 흘렀다. 먼저 입을 연 것은 이번에도 만덕이었다.

 "오늘 월향정에 갔다가 받아온 거예요."

 만덕이 장씨 앞으로 보퉁이를 밀어놓으며 말했지만, 장씨는 흘긋 한 번 쳐다보았을 뿐 바느질을 멈추지 않았다.

 "그런데?"

 "지난번에 도와줘서 고맙다고 비단옷을 주셨는데, 아무리 봐도 저한텐 어울리질 않는 것 같아서요. 어색하기도 하고요."

 "그럼 도로 갖다주든가."

 그러자 쭈뼛한 만덕이 보퉁이를 좀 더 장씨 쪽으로 밀어놓으며 말했다.

 "그냥 외숙모 가지세요."

 "그걸 내가 왜? 그 기생이 너한테 준 거라며?"

 그러자 만덕이 어설픈 미소를 지으며 말했다.

 "저 시집가는 집은 그래도 밭도 있고, 소도 있고, 배 곯을 일은 없잖아요. 이거 팔면 그래도 두식이랑 두수 한동안 먹을 곡식은 나올 텐데……."

 말을 늘이는데, 장씨가 버럭, 소리를 쳤다.

 "그냥 입어! 뭐 대단한 거라고 어린 것이 곡식이 어쩌구 되도 않는 됫박질이야?"

 그 말에 기가 죽은 만덕은 한동안 아무런 말이 없었다. 그러나 잠시 후, 눈치를 보던 만덕이 기어이 다시 입을 떼었다.

"하지만 제 혼례복은 외숙모가 만들고 계시잖아요. 전 그냥 그거 입을래요."

그 말에 장씨는 움찔, 재게 움직이던 손길을 멈추고는 잠시 얇은 입술을 씰룩댔다.

"원래 딸 시집보낼 때는 처갓집 바느질 솜씨도 보여줄 겸 친정어멍이 옷 한 벌 지어주는 게다. 빈 몸으로 털레털레 가면, 어미 없어 본데 없이 자랐다고 무시당하는 게야. 솜씨 자랑까진 아니더라도 무시는 당하지 말고 살아야 할 것 아니냐."

"외숙모!"

장씨의 말에 만덕의 눈시울이 붉어졌다. 허나 못 본 척, 무뚝뚝하게 말을 잇는 장씨였다.

"그 비단옷은 입고 가든, 아님 가지고 있다가 나중에 급할 때 팔든, 니 물건이니까 너 알아서 해. 시집가서도 원래 여자는 패물이라도 쥐고 있어야 기가 안 죽는 법이야. 나 같은 년이야 팔자가 드세서 있든 없든 달라질 것도 없지만서도."

그 말을 하고는 장씨는 괜히 헛기침을 해댔다.

"이년은 왜 괜히 사람 목 아프게 말은 시켜가지고. 쓸데없는 소리 할라치면 가서 물이나 떠와."

벌떡 일어선 만덕은 얼른 챗방으로 갔다. 챗방문을 통해 다시 정주간까지 온 만덕은 그제야 애써 참았던 눈물을 터뜨렸다. 혹여 울음소리가 문지방을 넘어설까, 만덕은 물항아리에 얼굴을 묻고 소리 죽여 울었다. 콧등을 타고 흘러내린 눈물이 똑똑, 물 위에 떨어지며 여기저기 어지러운 동심원을 그렸다. 그러자 우우, 독 안에서 환청처럼 바람 소리가 일었다.

아무리 꿈결 같은 비단옷이 눈앞에 있어도 결국 이 남루한 지붕 아래서 그것은 결코 선녀의 날개옷이 될 수 없었다. 그것은 만덕에게도, 외숙모 장씨에게도 마찬가지였다. 그 서글픈 진실 앞에 가슴이 죄어드는 만덕이었다.

섬 한켠에서 사람들이 가난과 사투를 벌일 때조차 다른 한켠에선 술과 음식, 기생들의 웃음소리가 넘쳐났다. 돈과 권력, 욕망이 한데 뭉쳐, 해가 지면 더욱 불야성을 이루는 곳, 월향정. 그러나 파리한 달빛마저 기울고 새벽별이 점점이 뜨기 시작하자 월향정의 홍등에도 불이 꺼졌다. 바야흐로 어둠이 지배하는 시간, 사람들이 떠난 자리에는 뱀과 지네, 쥐와 개구리 등 어둠 속에 모습을 감추고 있던 온갖 끈적한 미물들이 스믈스믈 기어나왔다.

그렇게 한 식경쯤 지났을까? 굳게 닫힌 줄 알았던 월향정의 대문이 삐걱 열리더니 너울로 얼굴을 가린 여인 하나가 모습을 드러냈다. 잠시 조심스럽게 좌우를 살피던 여인은 곧 어두운 새벽 거리로 나섰다. 등불 하나 들지 않은 채 어딘가로 바삐 걸음을 옮기는 여인. 그렇게 한참을 걷던 여인은 마을 밖, 외딴 일뤠당 앞에 이르러서야 걸음을 멈췄다. 그러고는 다시 한 번 주변을 살핀 여인은 아무도 없는 것을 확인한 연후에야 재빨리 당집 안으로 몸을 감췄다.

작은 호롱불이 켜진 허름한 일뤠당 안은 가끔씩 타닥, 호롱불의 심지 튀는 소리만이 들릴 뿐, 사방이 적막하였다. 그 안으로 들어선 여인은 잠시 사방을 살피더니 곧 오색 띠를 엮어 장식한 단 앞으로 갔다. 얼핏 보아서는 비념이라도 할 듯한 모양새였다. 그러나 그 모습 그대로 서 있을 뿐, 여인은 더 이상 아무런 움직임이 없었다. 그러자 잠시 후, 재단 뒤에서 몸을 감추고 있던 또 다른 여인 하나가 모습을 드러내었다. 갓 스물이나 되었을까? 앳되어 보이는 여인은 잔뜩 겁에 질린 얼굴로 너울 쓴 여자 앞에 꿇어앉았다.

"어르신!"

젊은 여인의 부름에, 어르신이라 불린 여인이 쓰고 있던 너울을 벗어내렸다. 그러자 일렁이는 불빛 아래 빙옥처럼 차가운 여인의 얼굴이 드러났다. 그녀는 다름 아닌 월중선이었다. 월중선은 꿇어앉은 여인을 내려다보며 말했다.

"지금껏 대체 어디 숨어 있었던 것이냐? 그것이 숨는다고 해결될 일이더냐?"

그러자 젊은 여인이 고개를 숙이며 울먹였다.

"죽여주십시오."

젊은 여인의 이름은 애랑으로 제주목의 관기였다. 창가를 잘 불러 근교에선 꽤 이름이 높은 가기歌妓였는데, 2년 전쯤 탐라에 발령받아 온 군관 하나와 눈이 맞아 살림을 차렸었다. 그런데 몇 달 전, 그 군관이 임기가 끝나 뭍으로 돌아간 후 애랑까지 함께 사라져버리는 바람에 관이 발칵 뒤집혔던 것이다.

"그러게 뭍 사내에게 마음 주지 말라, 그리 이르고 또 일렀거늘……."

서럽게 흐느껴 우는 애랑의 배는 이미 눈에 띌 만큼 부풀어 있었다. 잠시 그 모습을 처연하게 바라보던 월중선은 이내 표정을 굳혔다. 다시 냉정한 얼굴을 되찾은 월중선은 품에서 종이에 싼 약재 한 꾸러미를 꺼내어 애랑의 발치에 던졌다.

"받아라."

"어르신, 설마 이것은?"

"너에게서 그 사내의 흔적을 깨끗이 지워줄 것이다."

그것은 월중선이 고씨에게 부탁하여 지어온 아이를 떼는 약이었다.

"어르신! 안 됩니다! 이 아이는 그분의 아이입니다. 제발 한 번만 봐주십시오. 저를 어찌하셔도 좋으니, 제발 이 아이만은, 이 아이만은……."

함께 살던 군관이 떠나고 뒤늦게 임신한 사실을 깨달은 애랑은 아이를 살리기 위해 이곳저곳을 떠돌며 지난 몇 달을 숨어 지냈다. 그러다 몸이 무거워져 그마저 불가능해지자 지푸라기라도 잡는 심정으로 월중선에게 도움을 청했던 것이다. 허나 돌아온 것은 차디찬 월중선의 힐책뿐이었다.

"어리석은 것! 아직도 미망에서 벗어나지 못하였구나! 널 버리고 떠난 사내다. 그 사내는 널 욕정으로 품었을 뿐, 진정을 준 것이 아니란 말이다."

"하지만 제가 연모한 분입니다. 뱃속의 이 아이는 제가 연모한 분의 아이란 말입니다. 헌데 그 생명을 어찌 지우란 말이십니까?"

"착각하지 마라. 니가 낳을 그 아이는 니가 연모하였다는 그 사내의 아이가 아니라 기생의 아이다. 왕후장상의 씨를 받아도, 기생의 태胎를 타고나면 그것은 기생의 자식. 종모법에 따라 그 아이 또한 평생의 굴레를 지고 살아야 함을 니가 정녕 모르느냐?"

"압니다. 알고 있습니다. 하지만 그래도, 어르신!"

애랑은 말을 잇지 못하였다. 그 마음을 월중선이라고 왜 모르겠는가? 하지만 월중선은 애써 착잡함을 감추며 말했다.

"뭍의 기생은 때로는 한 님을 좇아 평생을 의지하며 산다지만, 탐라 기생은 떠나 보내고, 떠나보내고, 또 보낼 뿐, 죽어서도 이 섬을 떠날 순 없다. 그게 탐라 기생의 업業, 그런 모진 인생을 그 아이에게도 물려줄 셈이더냐?"

애랑은 부풀어오른 자신의 배를 감싸안고 서럽게 통곡하였다.

"이제 그만 놓아보내거라. 서러운 인생은 우리들로 충분하다."

애랑의 한 맺힌 울음 소리를 들으며, 월중선은 한탄하듯 조용히 두 눈을 감았다. 그러자 잊고자 했으나 끝내 잊지 못한 한 남자의 목소리가 당집 밖, 문을 열라 덜컹이는 바람 소리에 섞여 아련히 들려왔다.

'월月아! 사랑하는 나의 월아!'

그 소리를 쫓기 위해 월중선은 힘줄이 하얗게 불거지도록 두 손을 꼭 말아쥐었다.

"월아!"

단 둘이 있을 때면 군관軍官 정도필은 월중선을 월이라 불렀다. 그것은 둘만의 비밀스런 밀어蜜語로, 월중선은 정도필이 자신을 '월아' 하고 부를 때면 그 다정하고 애틋한 목소리에 세상을 다 가진 듯 행복하였다. 하지만 오늘 밤 자신을 부르는 그 목소리는 차갑고 냉랭하여 생경하기 그지없었다.

"나으리를 좇고저 이리 도망쳐왔습니다. 제발 절 거두어주십시오."

사람들의 눈을 피해 몰래 기방을 빠져나온 길, 월중선은 민가의 여인처럼 거친 갈옷을 입고, 가채를 얹어 구름 같던 머리를 풀어 수수하게 하나로 땋아내린 채 작은 보퉁이 하나만을 들고 있었다. 월중선은 이미 모든 것을 버리기로 결심한 터였다. 허나 정인인 정도필의 대답은 냉정하기 그지없었다.

"그만 돌아가거라! 나는 내일이면 한양으로 돌아갈 몸. 기생작첩은 나라에서도 엄히 금하는 일이거늘, 나라의 녹을 먹는 자로서 감히 국법을 어기란 말이더냐?"

"하오나 나으리, 이대로 돌아가면 저는 다시……."

"다시 무어냐? 다시 대정 현감의 살수청이라도 들러 가야 한다 그 말이더냐?!"

"나으리!"

오한이 든 듯 바르르 떨리는 입술, 월중선은 공포에 사로잡힌 채 정인의 눈을 올려다보았다. 한때 열정으로 빛나던 눈동자, 그 안에 혹시나 자신을 향한 애정이 아직 남아 있지 않을까 하여 찾아보지만, 분노와 배신감으로 퍼렇게 살기를 띤 정 군관의 눈빛은 그대로 비수가 되어 월중선의 가슴에 꽂힐 뿐이었다. 월중선은 절망했다.

보름 전, 사냥철을 맞아 제주 목사를 비롯해 대정현, 정의현 현감 등 삼읍의 수령이 모두 모인 연회에서 월중선은 독무(獨舞)를 맡았다. 그저 수순에 따라 평소와 다름없이 진행되었던 일, 그러나 어디선가

님이 보고 있을 거라는 생각에, 그리고 그날 밤 약속한 밀회를 떠올리며 평소보다 더 곱고 농염하게 춤을 추었던 것이 화근이라면 화근이었다.

밤이 깊고 연회도 얼추 끝나갈 무렵, 월중선은 정 군관을 찾아 몰래 술자리를 빠져나왔다. 그리고 약속 장소를 향해 걸음을 옮기는데, 심부름꾼 아이가 다가와 월중선에게 서찰을 건네었다. 펼쳐보니 서찰은 정 군관이 보낸 것이었다. 약속 장소를 바꾸자는 전갈이었다. 평소에도 가끔씩 몰래 서찰을 주고받았던 터라 월중선은 아무런 의심도 하지 않은 채 서찰에 적힌 대로 약속한 방에 들었다.

그러나 그곳에서 월중선을 기다리고 있던 사람은 정 군관이 아니라 뜻밖에도 대정 현감 조경수였다. 뒤늦게 뭔가 잘못되었다는 것을 깨닫고 방을 뛰쳐나왔지만, 월중선은 곧 뒤쫓아나온 조경수에게 팔목을 붙잡히고 말았다.

도무지 어찌된 영문인지 알 수가 없었다. 겁에 질린 채 몸부림치며 속으로 애타게 정인의 이름을 부르는데, 그 순간 거짓말처럼 객사 저편으로 정 군관이 나타났다. 정 군관은 마침 반대편 객사 기둥을 돌아 이쪽으로 다가오는 중이었던 것이다. 마치 어둠 속에서 한 줄기 빛을 만난 듯했다. 때마침 정 군관과 눈이 마주친 월중선은 차마 소리 내어 부르지는 못하고 자신의 정인을 향해 애타는 구조의 눈길을 보냈다. 그러나 안도했던 것도 잠시, 뜻밖에도 정 군관은 그 자리에 우뚝 멈춰 서더니 주춤, 뒤로 몇 발짝 물러났다. 그러더니 이내 등을 돌려 황황히 객사 뒤편으로 사라져버렸다.

너무나 순식간에 벌어진 일이었다. 하지만 그 짧은 순간, 월중선은 보고야 말았다. 조 현감에게 붙잡힌 자신의 손목에 이르러 싸늘하게 식어가던 정인의 눈빛을. 순간 그제껏 버텨왔던 월중선의 손아귀에서도 툭 힘이 빠져버렸다.

"나으리, 오해십니다. 그것은 결코 제 뜻이 아니었습니다. 저는 다만 거짓 연통에 속아……."

"그날 밤 내 너를 보았고, 너 또한 나를 보았다. 무의미한 변명은 이제 그만두거라!"

정 군관의 눈빛이 어찌나 싸늘하든지, 월중선은 온몸이 얼어붙는 것만 같았다. 무엇을 어찌해야 좋을지 몰라 그저 한참을 입만 달싹이던 월중선은 마지막으로 온 힘을 다 끌어모아 겨우 한마디를 물었다.

"저를 사랑한다 하시지 않았습니까?"

허나 돌아온 것은 경멸에 찬 시선뿐이었다.

"기생에게 진심을 기대한 내가 어리석었던 게지. 너 또한 다른 천박한 기생들과 별반 다를 게 없는 것을."

자신이 사랑했던 님은 더 이상 그곳에 없었다.

정 군관의 집을 나와 넋 나간 얼굴로 정처없이 거리를 배회하던 월중선은 결국 새벽 녘이 되어서야 기방으로 돌아왔다. 돌고 돌아 돌아온 곳이 다시 기방이라니, 월중선은 정신 나간 사람처럼 히쭉 웃었다. 그러더니 그대로 쓰러지듯 혼절해버렸다.

그로부터 며칠간 월중선은 지독한 열병을 앓았다. 환각 속에서 월중선은 몇 번이고 떠나간 님을 부르고, 그 바지가랑이를 붙들며 통곡하였다. 허나 그때마다 님은 차갑게 돌아설 뿐, 상처와 실연은 무한히 반복되었다. 그렇게 무간지옥과도 같은 시간이 흐르고, 월중선이 의식을 되찾은 것은 어둠이 달빛마저 삼킨 컴컴한 그믐밤이었다.

모든 이가 깊이 잠든 새벽, 예고도 없이 눈을 뜬 월중선은 어둠 속에서 열에 들뜬 눈을 번뜩였다. 아무것도 보일 리 없건만, 월중선은 눈에 보이지 않는 뭔가를 쫓고 있는 듯 보였다. 순간 벌떡 이불을 젖히고 자리에서 일어난 월중선은 그 길로 방을 나섰다. 흰 소복 차림에 신발도 신지 않은 맨발이었다. 다만 어디서 찾아내었는지 손에는 어느새 작은 호미가 들려 있었다.

기방을 나온 월중선은 산길을 따라 허위적 허위적 걸어갔다. 무섭지도 않은지 우거진 풀숲을 헤치며 자꾸만 안으로 안으로 걸어 들어가는 월중선은 흡사 뭐에 홀린 사람 같았다. 나뭇가지에 걸려 옷자락이 찢기고 가시덤불에 할퀴어 하얀 팔뚝에 핏방울이 맺히는데도 월중선은 아랑곳하지 않았다.

그렇게 한참을 나아가던 월중선의 눈앞에 문득 넓은 공터가 나타났다. 언젠가 아주 어린 시절, 아직은 자신의 신분도, 남녀 간의 정이 무언지도 모르던 때에 하나뿐인 언니와 함께 자주 찾았던 숲 속 공터였다. 워낙 외진데다가 아는 이도 없어, 어머니의 눈을 피해 소꿉장난을 하기에는 그만인 곳이었다.

"여기는 우리 둘만의 비밀 장소야. 절대로 절대로 아무한테도 얘기해주면 안 돼!"

언니의 다그침에 유치한 맹약盟約을 맺기도 했었건만…….

추억에 젖을 새도 없이 월중선은 곧장 공터 한켠, 버려진 무덤가로 다가갔다. 후손이 멸족했는지 아주 오랫동안 사람의 손길이 닿지 않아 쑥부쟁이만 무성한 무덤가에는 그 무덤을 지키는 석상 하나만이 우두커니 서 있었다.

"그거 알아? 애 못 낳는 여자가 돌하루방의 코를 갈아 먹으면 아들을 낳을 수 있대."

언니는 대견하다는 듯이 그 석상의 코를 쓰다듬으며 말했었다. 그때 언니의 얼굴은 미래에 대한 기대와 희망으로 햇살처럼 환하게 빛나고 있었던가? 하지만 언니는 알지 못했다. 그 석상은 돌하루방이 아니라 무덤가를 지키는 동자석童子石이란 사실을. 월중선은 호미를 쥔 손아귀에 힘을 주었다.

'언니! 진실이란 그저 잔인할 뿐이에요!'

민간에선 동자석의 코를 삶아 그 물을 마시면 아이를 지울 수 있다 하였다. 월중선의 뱃속에는 정 군관의 씨인지 조 현감의 씨인지, 아비를 알 수 없는 아이가 자라고 있었던 것이다.

'탕!' 한 번, '탕!' 또 한 번, 월중선은 온 힘을 다해 호미로 동자석의 코를 내리쳤다. 내리칠 때마다 공터를 둘러싼 사방의 나무들이 파드득 몸을 떨고, '윙, 윙' 바람이 비명을 내질렀다. 연약한 손아귀가 찢어져 피가 흐르고, 흐르던 피가 점점 차올라 월중선을 집어삼켰지만 월중선은 멈추지 않고 호미를 휘두르고 또 휘둘렀다. 나중에는 그 호미질에 찍히는 것이 동자석인지 자기 자신인지조차 구분할 수가 없었다.

월중선은 숨이 꼴딱꼴딱 막히고 정신이 아득해져옴을 느꼈다. 그렇게 의식이 흐릿해지는 가운데 어디선가 '에엥' 아기의 울음소리가 들려온 듯도 싶었다.

"허억!"

막혔던 숨을 몰아 쉬며 벌떡 일어나 앉았다.

"또 꿈인가……."

월중선은 힘없이 가슴을 쓸어내렸다. 아직도 '탕, 탕' 그 울림이 가슴속에 남아 있는 듯했다.

지난밤, 애랑에게 약 꾸러미를 던져주고 온 뒤로 심란한 마음에 밤새 뒤척였던 월중선은 새벽 즈음에서야 깜빡 잠이 들었다. 그런데 아니나 다를까 또 그 악몽을 꾼 것이다. 벌써 십년 전의 일이건만, 갈수록 그 꿈은 또렷해지기만 했다.

"저기, 아씨!"

그때 자신의 고함 소리를 들었는지 방 밖에서 천천네가 월중선을 불렀다.

"괜찮네. 악몽을 꾸었을 뿐이야."

"저, 그게 아니라 밖에……."

옷을 챙겨 입고 방 밖으로 나와보니, 천천네가 난감한 얼굴을 하고 댓돌 위에 서 있었다. 천천네가 눈짓으로 가리키는 곳을 보니, 마당 한가운데에 어린아이 하나가 서 있었다.

"너는 만덕이가 아니더냐?"

동이 트기 직전이라 마당은 아직 어두컴컴했다. 천천네가 들고 있는 등불에 의지하여 눈을 가늘게 뜨고 바라보던 월중선은 작은 보퉁이를 든 채 자신을 빤히 쳐다보고 있는 아이가 만덕이란 사실을 깨닫고는 놀라 물었다.

"갑자기 누가 이문간을 두드려대기에 나가보니 글쎄 저 아이지 뭡니까? 무슨 일이냐고 물어도 대답은 안 하고, 다짜고짜 아씨를 뵈어야 한다고 우겨대서……."

천천네가 변명하듯 말했다. 그 말을 들은 월중선은 만덕을 내려다보았다. 이 새벽에 자신을 찾아왔을 때는 그만한 이유가 있을 터였다.

"아직 날도 밝지 않았다. 보아하니 밤새워 걸어온 모양인데 무슨 일이냐?"

월중선을 올려다보는 만덕의 커다란 눈은 공포에 질려 있었다. 밤길에 급히 오다가 넘어졌는지 옷은 흙투성이에, 울었는지 얼굴은 눈물 자국으로 얼룩덜룩했다.

"이것을 팔아야 하는데, 도무지 어떻게 해야 할지 알 수가 없어서……."

밑도 끝도 없이 보퉁이를 내미는데, 말 끝에 또다시 눈물이 묻어 나왔다. 만덕이 내미는 보퉁이를 받다가 풀어본 천천네는 그 안에 든 물건을 월중선에게 보였다.

"이건 지난번에 내가 너에게 준 그 비단옷이 아니더냐?"

월중선의 목소리에 못마땅함이 묻어났다. 주고서도 마음이 썩 좋지는 않으나, 그래도 자신이 호의로 건넨 그 옷을 이제와 팔아야겠다니 괘씸한 생각이 먼저 들었다. 하지만 행색을 보건데 뭔가 심상치 않은 일이 벌어졌음을 직감한 월중선은 감정을 절제하며 말을 이었다.

"하기사 내 너에게 주었으니 팔든, 지니든 그것은 니 자유다. 하지만 그것을 다른 사람도 아니고 내게 되팔겠다 가져오다니, 참으로 맹랑한 계집이구나."

월중선은 부러 더 냉정하게 잘라 말했다. 만덕과 거리를 두려는 심산이었다. 왠지 모르게 자꾸만 시선을 끄는 아이 탓에 평소 안 하던 짓까지 하고 결국엔 후회만 했다. 월중선은 또다시 만덕의 일에 휘둘리고 싶지 않았다.

반면, 며칠 전까지만 해도 자신에게 호의를 보이던 월중선이 냉기가 뚝뚝 떨어지는 목소리로 자신을 대하자 만덕은 순간 당황스러웠다. 그러나 지금은 그런 걸 신경 쓸 겨를이 없는지라 만덕은 털썩 그 자리에 무릎을 꿇고 앉아 애원하기 시작했다.

"정말 죄송합니다, 어르신. 허나 제가 아는 사람 중엔 이만 한 물건을 사줄 사람이 아무도 없습니다. 욕을 하셔도 좋고, 절 때리셔도 괜찮습니다. 그러니 제발, 이 옷을 사주세요. 이 옷만 사주신다면 뭐든 하겠습니다."

"아니, 저것이 그래두!"

떨리는 목소리로 훌쩍이면서도 끝내 제 할말을 다하는 만덕을 보며, 천천네는 괘씸하다는 듯 눈을 부라렸다. 하지만 월중선은 미간을 찌푸릴 뿐, 만덕을 타박하지 않았다. 만덕의 눈에 담긴 절박함에 다시금 마음이 흔들린 때문이었다. 이상하게도 만덕에게만은 자꾸만 약해지는 월중선이었다.

"얼마면 되겠느냐?"

"아유, 아씨!"

한참 만에 월중선이 입을 열자, 천천네가 그러지 말라는 듯 손사래를 치며 말렸다. 그러나 월중선은 천천네의 만류를 무시하고 만덕을 향해 다시 한 번 물었다.

"그 비단옷을 얼마에 팔고 싶은지 물었다."

그러자 만덕이 손등으로 눈물을 닦으며 말했다.

"노루 두 마리 값이면 됩니다."

"노루 두 마리 값?"

"예, 그 돈이 있어야 제 오라방을 살릴 수가 있습니다."

지난밤, 나무를 하러 갔다가 밤늦도록 돌아오지 않는 만재를 기다리던 만덕은 헐레벌떡 뛰어온 이웃 사람에게서 청천벽력 같은 얘기를 들었다. 만재가 노루 목장엘 들어갔다가 관졸에게 붙잡혀갔다는 것이었다.

"노루 목장엘 왜요?"

"토끼를 잡으러 갔던 모양이더라. 요즘 흉년 탓에 산이고 들이고 산짐승들이 씨가 말랐잖냐? 그나마 노루 목장은 군졸들이 지키고 있어서 사람 손을 덜 탔으니까. 산토끼며 꿩이 꽤 많다는 얘기를 어디서 주워듣고는 숨어들었던 모양이야."

"그래도, 주인 없는 토끼 몇 마리 잡은 거잖아요. 우리 오빠 괜찮겠죠? 곧 풀려나겠죠? 네?"

"그게……, 하필 얼마 전에 목장에서 키우던 노루 몇 마리가 사라졌다지 뭐냐. 근데 마침 니 오빠가 운수 없이 걸려든 거야. 보나마나 군졸들이 지들 책임 면하려고 니 오빠한테 다 뒤집어씌울 게 뻔하다."

노루 목장은 조정에 진상하는 녹미鹿尾를 대기 위해 관에서 직접 관리하는 관용 목장이었다. 당시로서는 녹미가 워낙 고가의 물품이다 보니, 일반인들은 접근조차 불허하던 곳이었다. 그런 곳엘 몰래 들어갔으니 그것만으로도 경을 칠 노릇인데, 거기에 노루 도둑으로 몰리기까지 했으니 만재의 목숨은 바야흐로 바람 앞의 등불이었다.

"모두 제 탓입니다. 오빠는 저를 위해 그리 위험한 곳엘 들어간 거예요."

자책하는 만덕을 보니 월중선은 문득 며칠 전 고씨의 집을 찾아갔던 날, 만덕이 내민 감저를 내치며 상처받은 표정을 짓던 만덕의 작은오라비가 떠올라서 마음이 싸아해졌다. 식구들의 목숨을 구하려고 팔려가는 거나 진배없는 동생에게 저도 제 힘으로 뭔가를 해주고 싶었을 것이다.

"그래서, 그 옷을 팔아 니 오라비를 구명하겠다는 게냐?"

그러자 만덕이 마음이 급한지 무릎걸음으로 다가오며 말했다.

"예. 이웃 사람 말이, 노루 값을 물어주면 오라방의 목숨을 구할 수 있을지도 모른다고 했습니다."

허나 월중선은 고개를 저었다. 관의 생리를 누구보다 잘 아는 월중선이었다. 노루 값을 물어준다고 하여 만덕의 오라비가 풀려날 공산은 없었다.

"어리석은 생각이다. 니가 그 옷을 팔아 군졸들에게 노루 값을 치른다 해도 그뿐, 그 군졸들은 돈은 돈대로 챙기고 죄는 죄대로 물을 것이다. 그래야만 자신들이 목장 관리를 소홀히 한 책임을 면할 수 있기 때문이다. 그러니 쓸데없는 고생하지 말고 그만 돌아가거라."

그러나 만덕은 물러서지 않았다.

"안 됩니다! 전 제 오라방을 구하기 전엔 절대 돌아갈 수 없습니다!"

만덕은 쉬이 고집을 꺾을 기세가 아니었다. 울먹일 때마다 불쑥 일그러지는 입술에 힘을 주며 댓돌 위에 선 월중선을 똑바로 마주 보았다. 허나 힘도 쓸 데 써야 하는 법, 한숨을 쉰 월중선은 슬슬 만덕을 구슬렀다.

"딱한 사정은 알겠다만, 니 오라비를 구하자면 군졸들이 아니라 더 윗선에 줄을 대야 한다. 그러자면 얼마나 많은 돈이 드는 줄 알기나 하느냐? 니가 가진 그 옷으론 턱도 없단 말이다."

하지만 만덕의 절박함은 이미 이성을 넘어서고 있었다.

"그렇다고 이대로 가만히 있을 수는 없습니다. 뭐라도 해봐야 할 게 아닙니까! 아니면 오라방이 죽는단 말입니다!"

만덕이 바락, 절규하자 그때까지 침착함을 유지하고 있던 월중선도 더는 참지 못하고 버럭 호통을 쳤다.

"그래서 어쩌겠다는 것이냐? 니 몸뚱이라도 팔겠다는 것이냐?"

잠시 정적이 흘렀다. 그러나 다음 순간, 기가 막히게도 만덕의 눈에 희망이 감돌았다.

"제 몸을 팔면, 오라방의 목숨을 구할 수 있는 것입니까?"

할 수만 있다면 당장 제 몸이라도 팔 기세였다.

"너란 아이는 정녕!"

월중선은 설명할 수 없는 분노를 느꼈다. 그 희생정신에 박수라도 보내야 마땅할 터였지만, 월중선은 만덕의 어리석음에 그저 치가 떨릴 뿐이었다.

"정말이지 눈물겨워 못 보겠구나. 오라비를 위해 몸이라도 팔겠다? 허나 어쩌누? 니 몸은 이미 곡식 몇 섬에 정의현 사는 늙은 홀아비에게 팔리지 않았더냐?"

"어르신께서 그걸 어찌?"

만덕의 얼굴에 황망함이 스치고 지나갔다.

"어리석다, 어리석다, 내 너처럼 어리석은 계집은 보지 못했다. 재가 가진 것을 지키기 위해 남 해하기를 손바닥 뒤집듯이 하는 세상에 가진 것, 심지어 제 몸뚱아리까지 팔아 다른 사람을 구하겠다니! 니가 성인군자聖人君子라도 되는 줄 아느냐, 그런다고 그들이 네게 고마워할 줄 아느냔 말이다? 어림도 없는 소리! 그 사람들은 자기들 목숨 구하자고 널 팔아넘겼다. 너는 버려진 것이란 말이다!"

"아닙니다! 전 버려진 것이 아닙니다!"

만덕이 절레절레 고개를 저었다.

"저깟 비단옷은 처음부터 제 것도 아니었습니다. 팔아버려도 하나도 아쉬울 것 없습니다. 전 다만 제 가족들을 지키고 싶을 뿐입니다!"

허나 만덕의 항변에도 불구하고 월중선의 독설은 멈추지 않았다.

"그러니까 말이다. 이상하지 않느냐? 넌 겨우 열두 살짜리 계집아이일 뿐이다. 헌데 보아라, 니가 그 사람들을 지키겠다며 바둥대고 있을 때, 그 사람들은 대체 어디서 무얼 하고 있느냔 말이다. 아무리 부정해도 넌 그냥 버려진 것일 뿐이다!"

월중선의 말이 진실을 아프게 꼬집었다. 순간 만덕의 눈에서 시퍼런 불꽃이 번쩍 일었다.

"아니야! 내 가족들은 그런 나쁜 사람들이 아니야!"

듣고 있던 천천네의 어깨가 움찔 움츠러들 만큼 독기 가득한 목소리였다.

"당신이 뭘 알아? 우리 식구들은 그냥 힘없고 약한 것뿐이야. 나 때문이니까! 내가 재수없는 아이라서 아방도, 어멍도, 이젠 만재 오라방까지……."

말을 잇지 못하고 부르르 떨던 만덕은 남은 힘을 끌어모아 월중선을 향해 바락 소리를 질렀다.

"내 몸 내가 팔겠다는데 당신이 무슨 상관이야?!"

비명, 그것은 차라리 모진 운명을 향한 비명이었다. 그때였다. 맨발로 성큼성큼 마루를 내려온 월중선이 '철썩' 만덕의 뺨을 사정없이 올려붙였다. 그 바람에 만덕의 얼굴이 휙 돌아가자, 놀란 천천네는 '아이구머니나' 하며 입을 가렸다.

"팔자 때문에? 재수가 없어서? 그래서 니가 이런 일을 당한 거라고 했느냐? 핑계대지 마라! 그건 운명도 뭣도 아니다. 단지 니가 약하기 때문이다! 니가 약하기 때문에 업신여김을 당하는 것이고, 니가 약하기 때문에 사람들이 너를 이용하는 것이며, 니가 약하기 때문에 니 가족들 또한 지키지 못하는 것이다! 약한 것은 비겁한 것이다. 약한 것은 죄악이란 말이다!"

그 말은 만덕에게 하는 말이었지만, 동시에 자기 자신을 향해 던진 말이기도 했다. 어린아이의 여린 살갗에 닿았던 손을 꾹 말아쥐며 월중선은 손바닥보다 가슴이 더 크게 아려오는 것을 느꼈다.

"어쩌라구."

고개가 돌아간 채로 얼빠진 사람마냥 머리를 떨구고 있던 만덕이 벌레가 날개를 비비며 울듯이 바르르 여린 어깨를 떨며 작게 웅얼거렸다. 슬픔인지 혹은 분노인지 알 수 없었다.

"나보고 어쩌라고? 나도 무서워. 팔려가기 싫어. 그치만 나 땜에 식구들이 죽는 건 더 싫어. 죽으면 또 혼자니까. 난 또……."

차마 말을 맺지 못하는 아이의 슬픔이 처연했다. 세상 모든 실수가 다 자신에게서 비롯된 것만 같은 자책감. 그것은 아이에겐 차라리 형벌이었다.

"대체 내가 어떻게 해야 되는 건데? 어떻게 해야 강해지는 건데? 어떻게 해야 우리 오라방 살릴 수 있는 거냐구?!"

비쩍 마른 몸이 들썩일 정도로 온몸으로 비명을 내지르던 만덕은 그 순간 마치 몸 안의 공기를 다 써버린 사람처럼 그 자리에 스륵 쓰러져버리고 말았다. 월중선이 가까스로 허물어져 내리는 만덕을 부여잡았지만, 월중선 역시 탈진한 상태라 만덕의 몸을 붙들고 함께 주저앉아버렸다.

"아이구, 저걸 어째!"

놀란 천천네가 달려오는 사이, 서서히 동편 하늘에서 동이 터오고 있었다.

눈을 떠보니 낯선 방 안 풍경이 보였다. 자기 집의 좁고 허름한 방과는 비교할 수도 없을 정도로 넓고 깨끗한, 무엇보다 네모반듯한 천장. 하지만 좀 더 정신을 차리고 보니 그곳은 예전에도 한 번 와본 적이 있는 곳이었다.

"깨었느냐?"

"제가 어찌 여기?"

만덕은 그제야 자신이 월중선의 방에 누워 있다는 사실을 깨달았다. 당황한 만덕이 자리에서 일어나려고 하자, 옆에 있던 월중선이 가만히 만덕의 어깨를 잡아 도로 이불 위에 눕혔다. 햇솜을 넣어 구름처럼 가볍고 포근한 금침이었다.

"몇 시간 넘게 추운 밤길을 걸어온데다 그리 울고불고했으니 탈진할 만도 하지."

그제야 지난밤 자신의 행패가 떠올랐는지 만덕의 얼굴이 잘 익은 홍시처럼 빨개졌다. 할 수만 있다면 이대로 이불 밑으로 녹아들어 흔적도 없이 사라지고 싶은 심정이었다. 그러나 월중선은 만덕의 빨개진 얼굴이 열 때문이라고 생각했는지 희고 단정한 손을 뻗어 만덕의 이마를 짚었다.

"열이 아직 다 안 떨어졌는가?"

그러고 보니 몸이 무거운 것이 열이 나는 것도 같다. 손을 뻗어 자신의 이마를 짚어보는데, 또렷이 보이는 주변 풍경들. 창밖을 보니 이미 훤히 날이 밝아 있었다.

"앗, 벌써 시간이!"

만덕은 자리에서 벌떡 일어나 앉았다. 혼절하는 바람에 잠시 잊고 있었지만, 자신은 오빠를 구하기 위해 이곳에 온 것이었다.

"제가 쓰러진 지 얼마나 된 것입니까?"

신선들 바둑 두는 것 구경하느라 도끼자루 썩는 줄도 몰랐다던 나무꾼의 얘기에서처럼 혹시 그사이 시간이 훌쩍 지나버린 것은 아닌지, 다급한 마음에 만덕의 얼굴이 울상이 됐다.

"걱정 말거라. 이제 겨우 한 시진쯤 지났을 뿐이니."

만덕은 얼른 자리를 털고 일어나려다가 갑자기 방 이곳저곳을 두리번거리기 시작했다. 자신이 들고 왔던 옷 꾸러미가 보이질 않았던 것이다.

"무얼 찾느냐?"

"제가 들고 온 비단옷······."

지은 죄가 있는지라 목소리가 갈수록 기어드는데, 만덕을 빤히 보던 월중선이 한쪽 눈썹을 치켜올리며 되물었다.

"그건 이제 내 것인데, 어찌 찾느냐?"

"예?"

"간밤에 니가 네 오라비의 목숨 값으로 내게 되팔지 않았더냐? 설마 그것도 잊어버린 게냐?"

월중선의 말에 만덕의 얼굴이 멍해졌다. 잠시 값 흥정을 하긴 했었지만, 그걸로는 턱도 없는 일이라고 월중선 본인이 말하지 않았던가? 게다가 그나마 흥정도 결렬되어 물건을 팔지도 못했던 만덕으로서는 상황이 어찌 돌아가는 것인지 도무지 알 수가 없어 난감한 얼굴이 되고 말았다. 더 이상 놀렸다가는 또다시 울음이라도 터뜨릴 듯한 표정인지라, 월중선은 그쯤에서 장난을 멈추고 말했다.

"니 오라비는 지금쯤 풀려났을 것이다."

그 말에 만덕이 경칩 만난 개구리처럼 펄쩍 다가와 앉으며 물었다.

"그게 정말입니까?"

그러자 월중선이 슬쩍 눈을 흘겼다.

"내가 실없는 소리나 할 사람으로 보이느냐?"

"하지만 그 비단옷으로는 턱도 없다고······."

"알아보니 노루를 잡아간 진짜 범인이 잡혔다더구나. 그렇다고 해도 함부로 목장에 들어간 것은 큰 잘못이다. 군졸들에게 니 비단옷 판 돈을 쥐어주고 그 대가로 이번 한 번만 눈을 감아주기로 약조를 받았으니, 니 오라비에게도 다시는 그런 위험한 짓 하지 말라고 전하거라."

그제야 만덕의 얼굴에 안도의 빛이 떠올랐다. 만재가 무사히 풀려났다니, 밤새 가슴을 무겁게 짓누르던 돌덩이가 사라진 것만 같은 기분이었다.

"감사합니다. 감사합니다. 어르신!"

만덕은 연거푸 월중선에게 감사의 절을 올리며 활짝 웃었다. 월중선은 그런 만덕을 보며 그저 고개를 끄덕일 뿐이었다.

사실 노루 도둑이 잡혔다는 것은 거짓이었다. 도둑이 잡혀서 누명이 벗겨지기는커녕, 이웃 사람의 예상대로 군졸들은 만재에게 자신들의 실수까지 모두 뒤집어씌울 작정을 하고 있었다. 죄를 뒤집어씌우기에 말 못하는 벙어리만큼 적합한 인물도 없었다.

결국 사건을 무마시키기 위해 월중선은 평소 자신에게 흑심을 품고 치근대던 형방을 찾아갔다. 형방의 힘을 빌리는 대가로 잃어버린 노루 값에다 이런저런 유쾌하지 않은 밀약을 해야만 했던 것은 말할 것도 없었다. 하지만 그 덕분에 만재는 감옥에서 풀려났고 사건은 일단락되었다.

"넌 이제부터 어찌할 것이냐?"

한동안 물끄러미 만덕을 바라보던 월중선이 문득 입을 열었다. 허나 질문을 의도를 알 바 없는 만덕은 고개를 갸웃할 뿐이었다.

"네가 바라던 대로 네 오라비의 목숨을 구했다. 허니 이젠 어찌할 것이냐 말이다. 예정대로 네 가족들을 위해 시집을 갈 테냐?"

그 말에 만덕의 얼굴에서 웃음기가 사라졌다. 어린아이의 얼굴이라 하기엔 세상만사에 철이 들어버린 듯한 표정. 만덕의 입가에 씁쓸한 미소가 걸렸다.

"지난밤에 어르신께서 제가 약하기 때문에 비겁하다고 하신 말씀, 그 말씀이 맞습니다. 제가 할 줄 아는 것이라곤 밭 갈고, 물 긷고, 그게 전부라서 무슨 일이 생겨도 전 제 가족들을 지킬 힘이 없거든요. 그러니 차라리 잘된 건지도 몰라요. 제가 그 집으로 가면, 보리쌀 한 가마니가 생겨요. 그거면, 저희 가족들 올 겨울 무사히 나고, 내년 봄도 볼 수 있대요. 내년이면 두식이 키도 한 뼘은 더 자랄 테고, 두 수 새 이도 나올 텐데……."

새로 올 봄을 상상하는지 만덕의 얼굴에 얼핏 미소가 떠올랐다. 그러나 그 풀꽃처럼 여린 미소는 이내 다부진 결심에 가려 사라졌다.

"지금으로선 이게 제가 할 수 있는 최선이니까, 가려고요, 시집."

아이를 자라게 하는 것은 시간이 아니라 시련이라더니. 월중선은 만덕이 쓰러져 누워 있는 동안 아이의 얼굴을 물끄러미 들여다보았다. 대체 무엇이 자신의 마음을 이리도 끄는지, 형방과 내키지 않는 약속을 하면서까지 이 아이를 돕고 싶은 마음이 드는 까닭이 무엇인지 답을 내리기 위함이었다. 허나 아무리 들여다보아도 확신할 만한 답은 떠오르지 않았다. 그러나 그렇게 한참을 보다 보니 무언가 막연히 깨달아지는 것이 있었다.

"기생이 되겠느냐?"

"예?"

고개를 든 만덕이 의아한 얼굴로 월중선을 바라보았다. 방금 자신이 무슨 말을 들은 것인지 도무지 이해할 수 없다는 표정이었다.

"어찌하면 강해질 수 있느냐고 내게 물었지?"

'대체 내가 어떻게 해야 되는 건데? 어떻게 해야 강해지는 건데?'

지난밤 자신이 외쳤던 절규가 만덕의 귀에 환청처럼 다시 울려왔다.

"사람마다 제 길이 있을 게다. 허나, 난 다른 방법은 모른다. 기생의 길밖에는."

월중선의 칠흑처럼 검은 눈동자에 빨려들 것만 같다고 느낀 순간, 만덕은 다시금 낙하하는 물고기처럼 아찔한 현기증을 느꼈다. 월중선은 묻고 있었다.

'내가 너의 새로운 바람이 되어주랴?'

그 바람을 타면, 적어도 정의현 홀아비의 집 지붕으로 떨어지진 않을 것이었다. 허나, 그 바람이 자신을 어디로 데려갈지, 어떤 새로운 세상으로 이끌지, 그것이 지금보다 나은 곳일지는 아무것도 확신할 수 없었다. 그것은 다만 선택의 문제였다.

"니가 내 수양딸이 된다면, 니 가족이 받기로 했던 곡식을 대신 내어주마. 그리고 니 가족들과도 한 달에 한두 번은 만날 수 있게 해줄 것이다."

가족들과 계속 만날 수 있다는 말에 만덕의 가슴이 울렁거렸다.

"대신 너는 내 수련에 무조건 복종해야 한다. 그렇게만 한다면 너에게 힘을 얻는 방법을 알려주마. 그리되면, 너 또한 니가 지키고자 하는 것들을 자연히 지킬 수 있게 될 것이다."

홀린 듯 월중선의 말을 듣고 있던 만덕은 공손히 두 무릎을 모으며 물었다.

"하지만, 그리하여 어르신께서 얻는 것은 무엇입니까?"

만덕은 지금 이 순간 자신에게 벌어지고 있는 모든 일들이 너무나도 비현실적이라는 생각을 했다. 그리고 그중에서도 가장 이해할 수 없는 부분이 바로 그것이었다. 허나 월중선은 알 듯 모를 듯한 미소를 지을 뿐이었다.

"지금으로선 얻을지, 잃을지 알 수 없는 일이지. 큰 도박일수록 그 위험 또한 큰 법이니. 하지만 한 가지 분명한 것은, 너와 내가 닮았다는 것이다. 모녀의 연으로 이만한 것이 어디 있을까?"

월중선이 잠든 만덕을 보며 느낀 한 가지가 바로 그것이었다. 두 사람이 서로 닮았다는 것. 그것은 일종의 울림과도 같은 것이었다.

"곡식 섬에 팔려가 마소 가축이나 다름없는 허울뿐인 여염집 아낙이 되든, 천한 진흙 구덩이 속에서 피는 부용화, 탐라 최고의 기생이 되든, 선택은 네 몫이다. 하지만 기억하거라, 얘야. 네가 선택한 게 무어든 그 안에 달고 쓰고 매운 것이 모두 네 인생의 맛이란 것을."

마음의 갈등을 보여주듯 거센 맞바람에 휘말린 것처럼 출렁이던 만덕의 눈이 시간의 흐름에 따라 서서히 고요하게 가라앉았다.

드디어 결심이 선 듯 제법 단단한 표정으로 월중선을 바라보던 만덕은 이윽고 조용히 자리에서 일어났다. 그러고는 선 채로 두어 걸음 뒤로 물러섰다. 이젠 방을 나가려나 싶던 찰나, 두 손을 곱게 모은 만덕이 월중선을 향해 나붓이 절을 올렸다. 시집 가는 날을 위해 익혀두었던 큰절이었다.

"어르신!"

"어머니라 부르거라."

"어머니!"

예정대로 큰절과 함께 만덕은 자신의 유년과 작별을 고했다. 그러나 눈앞에 놓인 길은 예정에 없던 또 다른 길이었다. 그렇게 만덕의 인생에 새로운 바람이 불어오고 있었다.

3 영등맞이

'끼익, 끼이익.'

바람을 맞받은 돛이 만삭의 여인네처럼 배를 부풀리자, 바닷물에 삭아 오래된 돛대가 바람을 이기지 못하고 비명을 질러댔다. 덩달아 선원들의 발걸음도 바빠졌다.

"어이쿠, 돛 부러질라!"

"젠장, 이러다 물고기밥이 되겠네."

임시방편으로 돛을 묶은 밧줄을 풀어 바람을 눅이자, 이번엔 돛대를 놓치고 방향을 잃은 돛이 펄럭펄럭 도포 자락 휘날리는 소리를 냈다.

"쯧, 대체 뭔 죽일 짓을 저질렀길래 소털처럼 많은 날 중에 하필 골라도 영등날에 온대?"

"엄청시리 미움받을 짓을 했나 보지. 금선禁船기간이고 나발이고 당장 실어가라고 난리잖아."

뱃사람들끼리 여기저기서 쑥덕대는 소리가 들렸다. 그러자 보다 못한 군졸 하나가 흘금 눈치를 주었다.

"거 참, 조용히 해. 이 사람들아, 들어!"

114

군졸이 눈짓을 하는 곳에는 흰 무명 도포 차림에 삿갓을 쓴 중년의 사내 하나가 앉아 있었다. 삿갓에 가려 표정은 알 수 없었으나 아까부터 미동도 없이 한곳만 바라보고 있는 사내. 그 모습이 고까웠는지 젊은 선원 하나가 기어코 들으라는 듯이 볼멘소리를 내뱉었다.

"들으면? 우리가 뭐 틀린 말 했나? 젠장, 영등제 구경도 못하고 이게 무슨 생고생인지!"

바람의 신인 영등이 탐라에 머물다 가는 2월 초하루부터 열나흘 사이에는 날이 춥고 바람이 심해 섬 사람 누구도 배를 띄우려 들지 않았다. 심지어 섬 인근 해역을 도는 잠녀해녀들조차도 이때는 작업을 멈췄다. 그런데 이런 날씨에 뭍에서 사람을 실어오라 하니 선원들의 불만이 높아질 수밖에 없었다. 더구나 반가운 손님도 아니고 조정에서 쫓겨오는 귀양객이었으니.

전하, 김상로 형제는 자신들의 세도를 이용해 무능하고 용렬한 자들을 단지 인척姻戚과 혈당血黨이란 이유로 조정에 밀어올리고 있사옵니다. 또한 그러한 사실을 숨기기 위해 언로言路를 탄압하고 있사오니, 청컨대 이들을 하루빨리 척출斥黜하소서.

이조웅은 명문가의 자손으로 태어나 이름 높은 스승 밑에서 수학하고, 큰 어려움 없이 관직에 오른 전형적인 사대부였다. 게다가 중앙의 정치보다는 백성들의 삶에 관심이 많아 지방 목민관으로만 떠돌다 보니 실제 그의 정치 인생은 민망타 할 만큼 순탄하였다. 하여 나이 마흔에 대사간 직을 제수받았을 때, 그는 비로소 흉중에 큰 뜻을 품었었다.

'더 이상 어지러운 현실을 외면치 않고 정론正論으로서 나라를 바른 길로 이끄리라.'

그러나 그런 그의 의지는 꽃 한 번 피워보기도 전에 대번에 '붕당'이란 이름으로 부정되었다.

감히 조정 대신을 무고히 짓밟고 모함하다니! 이조웅의 뱃속엔 당심黨心이 가득한 것이 분명하다. 이조웅을 제주에 귀양 보내되 배도압송倍道押送하라!

신념을 담았던 한 장의 상소. 그러나 허망하게도 결국 그 상소는 이조웅의 신분을 한 달 만에 대사간에서 유배자의 신분으로 뒤바꿔 놓았다.

"어이! 거기 잡어. 어서!"

갑판에서 벌어진 소동으로 인해 상념에서 벗어난 이조웅은 아까부터 시선을 떼지 못하고 있던 망망대해에서 눈을 돌려 돛대 쪽을 바라보았다. 줄을 놓친 선원들이 돛의 줄을 다시 감기 위해 안간힘을 쓰고 있었다. 순간 이조웅의 시야에 줄이 풀려 바람에 정신 없이 펄럭이고 있는 돛의 모습이 들어왔다. 마치 신념을 잃은 깃발처럼 추레하게 찢기고 구겨진 누런 돛. 그 모습이 왠지 낯설지 않아 낮게 한숨을 내쉬는 이조웅이었다.

"벌써 씨드림이 시작된 겐가?"

"장단소리 요란한 걸 보니, 그런가 보이."

"이런 망할! 중요한 걸 놓쳐버렸잖어."

"살아서 북소리 듣는 것만도 천운인 줄 알어. 올해는 영등할망이 며느리를 데리고 왔나? 웬놈의 바람이 그리 억센지. 에휴!"

"아무리 그래도 설마 자네 마누라만 할라고?"

짓궂은 농담에 배에 타고 있던 사람들이 왁자하게 웃어댔다. 살아 돌아왔다는 안도감을 그리 표현하는 것이었다.

악전고투 끝에 탐라에 당도한 배는 다행스럽게도 무사히 화북포구에 닻을 내렸다. 파도에 휩쓸려가지 않도록 선원들이 배를 포구에 단단히 묶는 사이, 의금부 서리의 재촉을 받으며 하선下船 준비를 서두르던 이조웅은 '둥둥' 어디선가 들려오는 북소리에 고개를 들었다. 저 앞, 언덕배기쯤에서 빨갛고 파란 깃발들이 바람에 힘차게 휘날리는 것이 보였다. 오는 내내 뱃사람들이 말했던 영등제가 바로 저곳에서 벌어지고 있는 모양이었다.

"꽤 큰 제의祭儀인가 보이."

이조웅의 물음에 그를 강진에서부터 압송해온 사령이 대답했다.

"예, 일 년 농사가 달린 일인뎁쇼. 그중에서도 저기 사라봉 칠머리당 영등굿이 개중 볼 만합지요."

그의 말을 증명이라도 하듯, 이조웅이 서 있는 포구에서 칠머리당까지는 꽤 먼 거리임에도 불구하고 굿마당의 활기가 그대로 전해져 왔다. 게다가 마침 씨드림을 하던 참이라, 해안가까지 내려온 잠녀들이 어깨에 씨 망탱이끈이 달린 조그마한 주머니를 짊어진 채 한바탕 요란한 장단에 맞춰 신명나게 춤을 추어대는 중이었다.

벌건 대낮에 아무 거리낌 없이 벌어지는 아녀자들의 춤판. 그 생명력 넘치는 원초적 제의의 모습은 엄격한 유교사상이 지배하는 뭍에서는 좀처럼 보기 힘든 장관이었다.

"영등신이라……."

사령의 설명에 따르면, 영등신은 2월 꽃샘추위를 몰고 오는 바람의 신이자, 세경 넓은 들에 열두시만곡(12穀)의 씨를 뿌리고, 바다 밑 해전海田에 해초를 자라게 하는 풍농의 신이라고 했다. 이조웅은 그 말을 속으로 가만히 곱씹었다.

뼈를 얼릴 만큼 차디찬 바람이 역설적이게도 생명의 씨앗을 품고 있다니, 이 얼마나 절묘한 상상력인가? 이조웅은 자못 감탄했다. 그러한 믿음을 지닌 탐라 백성들의 심성을 알 듯도 싶었다. 그때였다.

"어르신!"

어디선가 들려오는 웬 계집아이의 짜랑한 목소리가 이조웅의 생각을 흩어놓았다. 본래 한 번 궁리에 빠지면 밥때도 잊고 한곳으로만 파고드는 성격인지라, 지금도 정신을 차리고 보니 의금부 서리가 영 못마땅하다는 표정으로 이조웅을 보고 서 있었다. 그러고 보니 어서 내리자는 재촉을 벌써 서너 번은 들은 듯싶다. 미안한 마음에 서둘러 배에서 내려 탐라 땅에 첫발을 내딛는데, 아까 자신의 사념을 방해했던 그 짜랑한 목소리의 주인이 눈에 들어왔다. 한 열서넛이나 먹었을까? 단정한 옷차림에 머리를 빈틈없이 총총히 땋아 내린 계집아이가 이조웅과 한 배를 타고 온 사령 하나를 붙들고 선착장 앞에서 실랑이를 벌이고 있었다.

"이건 약속이 틀리잖아요, 어르신."

"연지 값이 오른 걸 낸들 어쩌라고?"

"값이야 오른 만큼 쳐서 받으면 된다지만, 약조된 수량이 있는데 그보담 적게 사가지고 오시면 어떡해요. 누군 주고 누군 안 줄 수도 없는 노릇이고, 이러다 제 손님들 다 떨어져나가면 어르신이 책임지실 거예요?"

"그야 잘 설명해서 다음번 배 나갈 때 사다준다고 하면은……."

"사령 어르신! 이거 왜 이러셔요? 저 월향정 만덕이에요. 한 입 갖고 두말 안 하는 김만덕! 아시면서!"

만덕이 양손을 허리에 척 얹으며 말하자, 그 아비뻘 되는 사령이 꼼짝도 못하고 쓴 입맛만 다셨다. 아무래도 임자를 제대로 만난 듯했다.

"딴말 필요없고요, 내놓으세요."

"아무리 그래도 그건 안 돼, 이 녀석아."

만덕이 사령의 옷 여기저기를 뒤지며 재촉하자 사령이 몸을 뒤로 빼며 두어 걸음 물러섰다. 그러나 만덕은 영 물러설 기색이 아니었다.

"방물장수하는 달천이 아줌마 몫으로 사온 연지 몇 통 더 있잖아요. 그거라도 어서 주세요."

"달천댁은 우리 마누라 소꿉동무야. 이번엔 꼭 사다준다고 약속했단 말이다. 이번엔 나도 어쩔 수가 없어. 그러니 그것만 갖고 가. 어여!"

사령이 만덕의 등을 떠다밀며 손사래를 쳐보지만 만덕은 팔짱을 척 낀 채 꿈쩍도 하지 않았다. 오히려 실쭉 음흉하게 웃으며 일부러 다른 이들 들으라는 듯 큰 소리로 외치기 시작하는 것이었다.

"어르신 지난번에 애랑 언니한테 얼레빗 사다주셨죠? 그거 향나무로 만들었는지 냄새가 아주 그윽하던데, 댁에 계신 아주망도 아시나 몰라?"

그러자 당황한 사령이 얼른 만덕의 입을 틀어막았다.

"어헛! 내가 언제!"

허나 이미 만덕의 얘기를 들은 선원들은 짐을 나르다 말고 큭큭 웃어대기 시작했다.

"이보게, 이 사령! 그동안 나한텐 돈 없다고 탁배기 한 사발 안 사더니 기생한테 선물 사줄 돈은 있었나 보이? 자네 어부인께서 어찌 나올지 갑자기 나도 궁금해지는걸?"

동료까지 가세하여 놀려대자, 얼굴이 벌게진 사령은 서둘러 앞섶에서 주머니 하나를 꺼내 통째로 만덕의 손에 쥐어주었다.

"옛다! 너 다 가져라. 됐지?"

주머니를 열어본 만덕의 입가에 그제야 만족스런 미소가 걸렸다.

"진작에 그러시지!"

내처 주머니에서 연지를 꺼내 뚜껑까지 열어본 만덕은 과장된 감탄사를 연발했다.

"와, 이 때깔 고운 것 좀 봐! 역시 이 사령 어르신 안목이 제주목 나으리들 중에선 최고라니까요."

목적을 이룬 만덕은 변죽 좋게 공치사를 잔뜩 늘어놓더니, 밉지 않게 눈웃음을 흘리고는 제주성 쪽으로 사라져갔다.

"으이구, 저 망아지 같은 것. 내 번번이 저 밤톨만 한 것한테 당하기만 하니, 원!"

"예끼, 망아지라니! 새끼 여우도 여우는 여우라고, 구미호도 울고 갈 월중선의 수양딸 아닌가."

그 말에 모여 있던 사람들이 하나같이 동조의 미소를 지으며 '암, 그렇구말구' 하며 맞장구를 쳐댔다. 아마도 이곳에 모인 사람들 중에 이조웅과 한양서 온 의금부 서리를 빼고 모두들 만덕을 잘 알고 있는 듯했다. 이조웅이 호기심에 차서 물었다.

"저 아이가 대체 누구길래 그러나? 보아하니 다들 잘 아는 모양인데."

그러자 지나가던 선원이 대답했다.

"만덕이라고, 퇴기 월중선의 수양딸입니다."

그 말에 이조웅이 의외라는 듯 되물었다.

"그럼 저 아이가 기생이란 말인가?"

"예. 아직 머리 안 올린 애기 기생이긴 합니다만, 기생 딸이니 기생은 기생입죠."

"헌데 아직 머리도 안 올린 동기가 저 많은 연지는 다 어디 쓰려 저럴꼬?"

그 말에 뭘 그리 당연한 걸 묻냐는 듯 선원이 심드렁하게 대꾸했다.

"그야 당연히 팔려고 그러는 게죠."

"팔아? 저 어린 계집아이가 장사를 한다는 말인가?"

그러자 선원이 말 말라는 듯이 손을 내저었다.

"하다 뿐이게요? 탐라에선 흔한 일입지요. 그중에서도 특히 저 아이는 원체 유명해서 모르는 선원들이 없는걸요? 뭍에 가는 군졸들한테 부탁해서 여자들 장신구며 화장품을 떼어다 파는 것은 말할 것도 없고, 들리는 소문엔 고리채도 놓는답니다요. 나이도 어린 것이 어찌나 악착같은지, 저 아이 손에 한번 들어갔다 하면 밑 떨어진 고쟁이 한 장 도로 나오는 법이 없으니, 오죽하면 별명이 석장포석창포일깝쇼?"

석장포. 탐라 들녘에서 지천으로 피는 이 야생초는 어찌나 그 생명력이 끈질긴지 뽑아도 뽑아도 다시 돋아나서 농부들이 학을 떼게 만드는 존재였다. 심지어 뽑아서 석달 열흘 동안 말렸던 석장포도 밭에 가져다 심으면 도로 살아난다 할 정도였으니.

"석장포라……"

뭍에서는 기생이라 하면, 주로 살짝 건드리기만 해도 툭 떨어질 듯 가녀린 꽃에 비유되곤 하였는데 꽃은 꽃이로되 질기디 질긴 잡초라……. 이조웅의 눈엔 이 또한 이채로웠다.

"탐라 기생 우습게 보시다간 큰 코 다치십니다요. 겉모습이야 어떨지 몰라도 나붓나붓한 뭍 기생들하고는 영판 다르다니까요. 가능하면 처음부터 아예 관심을 두지 않는 것이 상책입지요."

이조웅이 걱정됐는지, 선원이 마지막으로 경고 아닌 경고를 덧붙였다. 그 말에 이조웅은 설핏 웃었다. 기생에게 관심이라, 자신은 그럴 마음도 없거니와 그럴 처지도 아니었다.

하지만 바람결에 나폴대며 멀어져가는 만덕의 검은 댕기가 얼핏 힘차게 날아오르는 제비를 닮은 듯도 하다고 생각하는 이조웅이었다.

"또 포구에 다녀오는 게냐?"

들킬까 조용히 대문을 들어서던 만덕은 갑자기 들려온 인기척에 화들짝 놀랐다. 막 정주간에서 나오던 천천네였다.

"잠깐 가서 물건만 받아왔어요."

들고 있던 꾸러미를 등 뒤로 감추며 만덕이 겸연쩍게 웃자, 천천네가 못 말리겠다는 듯 쯧쯧 혀를 차며 말했다.

"으이구, 어린 것이 벌써부터 돈 맛은 알아가지고. 저러다 아씨한테 들키면 또 한 소리 듣지."

"하지만 어머니께서도 장사는 금전 감각을 익히는 데 도움이 된다고 괜찮다고 하셨는 걸요?"

만덕이 마알간 얼굴로 대꾸를 하자 말문이 막힌 천천네가 실쭉 눈을 흘겼다.

"하여간 말이나 못하면은! 연습은 하고 돌아다니는 게야?"

"하러 가요!"

만덕이 월중선의 양녀가 되어 월향정에 함께 살게 되면서부터 은근히 만덕에게 시어머니 노릇을 하고 있는 천천네였다. 첫인상부터가 영 고분고분하지가 않았던 터라 그냥 두어선 피곤하겠다 싶어 일종의 텃세를 부리고 있는 것이었다. 하지만 잔소리는 심해도 원체 속정이 깊은지라 이것저것 챙겨주는 것 역시 천천네였다. 그에 비하면 오히려 정말 어려운 상대는 필요할 때 이외엔 일절 말이 없는 월중선이었다.

이곳에 들어온 지 이틀째 되던 날이었다. 무엇을 가르치지도, 심지어 일을 시키지도 않는 월중선에게 만덕은 성급한 마음에 앞으로 자신은 무엇을 어찌해야 하는 것이냐고 캐물은 적이 있었다. 그때, 마른 수건으로 결을 따라 난초 잎사귀에 앉은 먼지를 한 올 한 올 닦아내던 월중선은 미동도 없이 차분한 음성으로 대답했었다.

"내 수양딸이 된 이상, 내 말에 무조건 따라야 한다는 것을 잊진 않았겠지. 그것은 침묵에도 해당되느니. 내가 알려주기 전에 먼저 나서서 알려 하지 마라. 네게 필요한 것은 때가 되면 그때 그때 일러줄 것이다. 넌 그저 내 명을 충실히 따르면 되는 것이야."

그날 이후 만덕은 월중선이 시키는 대로, 말하는 것은 물론이고 심지어 숨 쉬고 침묵하는 것에 이르기까지 모든 것을 월중선의 명에 따라 행했다. 그러다 보면, 때로는 보름 내내 월중선과 변변한 대화는커녕 얼굴조차 보지 못할 때도 있었다. 하지만 그것이 월중선의 교육방식이었다. 그제야 만덕은 자신이 월중선을 처음 만났을 때 보았던 모습—화를 내거나 활짝 웃거나 하는—이 그녀로서는 정말로 이례적인 일이었음을 깨달았다.

그렇다고 해서 월중선이 만덕을 무작정 방치하는 것은 결코 아니었다. 그녀의 말처럼, 월중선은 그때 그때 만덕에게 필요한 것들을 차분히 가르쳐나갔다. 다만 월중선의 가르침은 복잡한 기예보다는 좀 더 본질적인 것들에 치중해 있다는 점이 좀 다를 뿐이었다.

"술기術技가 중요치 않다는 것이 아니다. 기생에게 있어 기예는 곧 힘이기 때문이다. 허나 그 역시 올바른 의지로 지탱이 되지 않는다면 사상누각과 다를 바 없다. 사소한 예의범절과 고루한 형식을 따지기 이전에 자기 마음줄부터 다스릴 줄 알아야 한다는 말이다."

월중선은 기예를 가르치는 틈틈이 만덕이 지녀야 할 기생으로서의 마음가짐에 대해 누차 강조했다.

"아무것도 믿지 마라. 교방에선 온갖 달콤한 언약들이 오고 가지만, 그것은 남녀가 찰나를 두고 벌이는 일종의 연희演戱와 같은 것이다. 교방문을 나서는 순간 깨어질 신기루 같은 것이란 뜻이다. 허니 넌 그들의 벗이 되어주고, 정인이 되어주고, 어미가 되어주되 그 문을 나설 때는 모든 것을 두고 나와야 한다."

월중선은 만덕에게 기생이 되려면 탈을 쓰고 벗듯 표정을 입고 벗는 일에도 능숙해져야 한다고 했다.

"바보처럼 웃기만 하는 기생은 표정이 없는 꽃과 같다. 한 번 꺾어서 취하고 나면 금방 싫증이 나게 마련이지. 우선은 타인의 감정을 읽어내는 연습을 하거라. 그러고 나면, 네 얼굴을 화선지 삼아 그 위에 갖가지 표정을 입히는 연습을 하는 것이다."

만덕은 한동안 매일같이 사찰을 찾아 나한전에 봉안된 오백나한도五百羅漢圖 속의 얼굴을 바라보며 희, 노, 애, 락, 인간의 다양한 감정들을 관찰하고 마음속으로 상상하며 하나하나 머릿속에 각인시켰다. 때로는 미륵불처럼 온화한 미소를 띠우다가 돌아서면 사천왕처럼 엄숙한 표정을 짓는 것, 그것이 그날 그날의 만덕의 과제였다. 그러는 동안 갈수록 만덕의 얼굴은 잘 반죽한 찰흙처럼 부드러워지고 표정은 하루가 다르게 풍부해져갔다.

"하지만 이 모든 것에 앞서 결코 네가 잊지 말아야 할 것이 있다. 절대로 너의 진심을 내어주지 마라. 특히 뭍 남자에게 마음을 주어서는 안 된다. 그들은 언제고 뒤도 돌아보지 않고 이 섬을 떠날 사람들이고, 우리는 죽어서도 이 섬을 나갈 수 없는 탐라 기생이다. 허니 그들이 건네는 값싼 정에 기대지 마라. 차라리 기대고 싶거든, 니 재주에 기대고, 니 몸뚱이에 기대고, 니 손에 거머쥔 돈에 기대라. 그것이 바로 탐라 기생이다."

천천네를 피해 방으로 들어온 만덕은 연지를 팔아 번 돈을 일일이 세어보고는 방 한구석에 놓인 궤짝 앞으로 다가갔다. 밖에 누가 없나 확인한 만덕은 궤짝 밑 나무 판자를 슬쩍 들어낸 후 그 아래서 재빨리 쌈지 하나를 꺼냈다. 돈 주머니였다.

만덕은 굳이 월중선의 당부가 아니더라도 돈 모으는 일에 누구보다 열심이었다. 아직 머리도 올리지 않은 동기인지라 관아에서 하는 일이라고는 기껏해야 어른들 심부름이 다였지만, 가끔씩 관원 나리들이 귀엽다며 술김에 던져주는 용돈을 모아뒀다가 장사를 시작한 지가 어언 일 년째였다.

처음엔 그 돈으로 사려니오름 사는 숯가마꾼한테서 목탄과 유연油煙을 싸게 사다가 선배 기생들에게 팔았다. 그러다 점점 종자돈이 모이자 정기적으로 뭍에 나가는 관졸들에게 부탁해 화장품이며 장신구들을 떼어다 팔기에 이른 것이다. 그동안 그렇게 모은 돈이 제법 되었다.

제가 모은 돈을 흐뭇하게 바라보던 만덕은 좀 전에 세어놓은 동전들도 마저 쌈지 안에 쓸어 담았다. 꽤나 묵직한 느낌에 뱃속까지 든든한 느낌.

만덕은 이 돈이 다 모이면, 암말을 사야겠다고 생각했다. 말을 잘 키워 그 암말이 새끼를 낳고, 그 새끼가 또 새끼를 낳고……. 그래서 언젠가 큰돈이 모이면, 만덕은 예전에 봐둔 소금빌레소금밭를 사들일 작정이었다.

탐라에서 소금은 늘 아쉽고, 곡식만큼이나 귀한 것이었다. 그래서 소금빌레를 가진 집은 대대로 손꼽히는 부잣집이었다. 만덕은 항상 그게 부러웠다. 원하면 언제든 소금을 마음껏 먹을 수 있고, 급할 때는 가져다 팔 수도 있으니.

"그렇게만 되면, 우리 식구들도 예전처럼 다시 모여 살 수 있을 거야."

희망에 차서 중얼대는 만덕이었다. 하지만 그렇게 되기까지는 아직 멀고도 먼 얘기였다. 당장은 외숙모를 비롯한 식구들이 만덕을 보려고도 하지 않았기 때문이다.

노루 목장 사건 이후, 월중선은 약속대로 만덕을 데려가기 위해 외숙의 집을 찾아왔다. 그때까지만 해도 만덕은 비록 자신이 예정과 다른 길을 선택하기는 했지만, 그것이 앞으로 자신의 인생에 그렇게나 큰 파장을 미칠 것이라고는 미처 생각하지 못했다.

뭣 모르는 어린애였다는 얘기가 아니다. 만덕은 기생이 무엇인지도 알고 있었고, 지금까지의 인생과 앞으로의 인생이 전혀 다르리란 것도 어렴풋하게나마 짐작하고 있었다. 다만, 만덕의 기준에서는 홀아비에게 원치 않는 시집을 가서 자기 또래의 딸을 키우며 사는 것이나, 기생이 되어 평생을 북, 장구 장단에 맞춰 사는 것이나 크게 다르지 않다 느꼈을 뿐이었다. 어차피 보리쌀 한 섬에 팔려가기는 마찬가지였기 때문이다. 그렇다면 만덕은 선택 가능한 경우의 수 중에서 차악次惡을 선택하고 싶었다. 그리고 기생이 되는 것이 만덕에게는 바로 그 차악이었다. 하지만 외숙과 가족들에게는 그 차악의 기준이 달랐던 모양이다.

만덕이 정의현 사는 홀아비에게 시집가는 대신 기생이 되겠다고

하자, 가족들은 모두 펄쩍 뛰었다. 특히 외숙모 장씨는 월중선에게 순진한 여염집 아이를 꼬셔다가 들병이를 만들려 한다며 욕을 퍼부어댔다. 그나마 외숙부 고씨가 중재를 하지 않았다면 장씨는 월중선의 머리채라도 휘어잡았을 것이었다.

그날 고씨는 잠시 습관처럼 빈 곰방대를 빨아대다가 차분한 음성으로 만덕에게 물었다.

"정말 기생이 되고 싶냐?"

만덕은 기생이 되고 싶다기보단 언제고 가족들이 다시 모여 살자면 먼 정의현으로 시집가는 것보다는 제주목에서 기생이 되어 돈을 버는 것이 나을 듯싶어 그런다는 구구절절한 설명 대신, 그저 짧게 '예'라고 대답했다. 대답이 길든 짧든, 결론은 달라질 게 없었기 때문이다.

"그래, 기생이 되면 적어도 굶어 죽지는 않겠지."

씁쓸한 얼굴로 고개를 끄덕인 고씨는 만덕의 바람대로 만덕을 월중선에게 딸려 보냈다. 다음날, 월중선은 약속대로 보리쌀에다 혼사를 어긴 데 대한 위자료 명목으로 무명 한 필을 더해 인편에 외숙의 집으로 보내주었다. 그리고 그것으로 모든 인연이 갈무리 되었다.

"넌 이제 그 집 딸이다. 그러니 아무리 힘들어도 다시는 이곳으로 돌아오지 말거라."

초라한 옷 보퉁이를 껴안은 만덕에게 고씨가 마지막으로 당부한 말은 그게 다였다. 허나 그 말처럼 외숙 가족들은 그 이후로 만덕을 만나주지 않았다. 다만 친오빠인 만재만이 간간이 만덕을 보러 제주성까지 몰래 찾아올 뿐이었다.

"나도 알아. 외숙부랑 외숙모가 나 미워서 그러는 거 아니라는 거."

만재는 만덕을 볼 때마다 손짓, 발짓으로 몇 번이고 그 말을 전하기 위해 애썼다. 하지만 만덕은 듣지 않아도 이미 알고 있었다.

만덕이 떠나던 날, 끊이지 않던 외숙부의 헛기침이 실은 비어져 나오는 한숨을 감추기 위한 것이었다는 것도, 마중조차 나오지 않은 외숙모가 봉당에 앉아 남몰래 눈물을 훔치고 있었다는 것도. 월향정에 도착해 옷 보퉁이를 열었을 때, 그 안에는 외숙모가 며칠 밤낮을 새워 고치고 고친 혼례복만이 말 못한 진심을 얘기해주듯 곱게 개켜져 들어 있었던 것이다.

만덕은 들고 있던 쌈지를 도로 궤짝 밑에 숨겨두고는 크게 심호흡을 했다. 그러자 바늘구멍처럼 작은 눈물샘을 통해 게진게진 밀려나오던 감정의 자국들이 쑥 밀려들어갔다. 지금은 지난 일에 빠져 있을 때가 아니었다. 되찾고 싶은 것, 지키고 싶은 것들을 위해서라도 힘을 길러야만 했다. 그러자면 당장은 기생이 되는 것, 그것이 만덕의 당면 과제였다.

만덕이 자신의 당면 과제와 직면하고 있는 사이, 이조웅 또한 나름의 고민에 골몰해 있었다.

관아에서 나와 객사를 거쳐 북문으로, 거기서 다시 배소配所로 배정받은 성 밖 산짓골까지는 대략 한 식경 거리. 이조웅은 점고占考를 위해 매일 아침 차 한 잔 마실 시간이면 충분한 그 거리를 산보 삼아 세월아 네월아 걷는 중이었다.

거친 갈옷에 억새로 엮은 미투리, 거기에 정당벌립제주 지역에서 자생하는 댕댕이덩굴로 결은 차양이 있는 모자까지 갖춰 쓴 모습은 탐라에 도착한 지 이제 막 한 달이 지났을 뿐이건만, 벌써 적응을 마친 듯 영락없는 탐라 사람이었다. 다만 오랜 세월 햇빛을 못 봐 흰 얼굴과 노동을 모르는 고운 손만이 그가 본래 이곳 사람이 아니었음을 알려줄 뿐이었다.

섬에 도착한 이후로 그의 생활은 한양에서와는 크게 달라졌다. 신분이 바뀌고 환경이 변했으니 당연한 일이기는 하였지만, 굳이 비유하자면 그것은 삼다三多라 할 만했다. 탐라에서 본디 삼다라 하면, 바람, 돌, 여자를 뜻하는 것이었지만, 이조웅에게 있어 삼다란 벼룩, 관심, 시간을 말하는 것이었다.

벼룩이야 보수 주인배소로 정해진 집의 주인이 있다고는 하나 살림 서툰 남자가 혼자 살다 보니 자연스레 생기는 것이었고, 한양서 온 유배객에 대한 지나치다 싶을 정도의 관심 또한 시간이 흐르면 자연스레 무뎌질 것이었으니 이 또한 어찌어찌 참아낼 수 있었다. 허나, 시간에 대한 문제만큼은 뭔가 별다른 궁리가 필요하다고 절감하는 이조웅이었다. 요즘 들어 하루가 별스럽게 길었다. 갑작스레 넘쳐나는 시간을 감당하기가 갈수록 곤욕이었던 것이다.

기실 유배온 선비가 할 수 있는 일은 그닥 많지 않았다. 더구나 이조웅의 경우 조정에서 쫓겨오기는 했으되 정3품 대사간의 벼슬을 지내다 온 선비 중의 선비인지라 지레 위축된 관아에서는 이조웅에게 그 어떤 부역도 지우질 않았다. 지금은 비록 유배인의 신분일망정 언제고 다시 신분이 회복되지 말란 법도 없는 것이 붕당과 사화가 난무하던 당시의 정세였기 때문이다. 덕분에 이조웅은 서책을 읽고 연구하는 것 외에는 달리 할 일을 찾지 못했다. 그나마도 서책 구하기가 쉽지 않아 연구는 원활히 진행되지 않았다. 하여 이조웅은 궁여지책으로 오늘처럼 산보를 하는 중에 자연스레 마주치게 되는 탐라의 독특한 풍물에 점차 관심을 가지는 중이었다.

그중에서도 특히 이조웅의 눈길을 끄는 것은 '돌'이었다. 탐라는 돌로 이루어진 화산섬이라 토양층이 얕고, 밭을 개간하려 땅을 파면 곧 바위에 부딪힌다고 했다. 덕분에 지천에 널린 돌이 생활 깊숙이 침투되어 있었다. 방아나 맷돌은 말할 것도 없고, 뭍에서는 보통 나무로 짜 만드는 여물통마저 커다란 돌을 옮겨다 통째로 파들어간 것을 보고 어찌나 놀랐던지.

이조웅은 지금도 크고 작은 돌들을 오밀조밀하게 쌓아 올려 집집마다 둘러친 올레담장를 보며 그 솜씨에 감탄하는 중이었다. 어찌 저리 구멍이 숭숭 뚫리게 얼기설기 쌓아놓았는데도 바람에 넘어가지 않는지, 혹 풀을 바른 것은 아닌지 이런저런 궁리를 하며 천천히 걷고 있는데, 마침 민가 앞에서 두 여자가 실랑이를 벌이고 있는 것이 보였다. 자신과는 무관한 일인지라 그냥 지나치려는데 문득 낯익은 얼굴 하나가 이조웅의 눈길을 사로잡았다.

"저 아이는?"

가만 보니 실랑이를 벌이는 두 여자 중 하나가 지난번 화북포구에서 보았던 어린 기생, 만덕이 아닌가. 만덕은 팔짱을 척 낀 채로 상대편 아낙을 한창 몰아세우고 있는 중이었다.

"지난번에 저한테 곡식 빌려갈 때 뭐라 하셨어요? 이번엔 무슨 일이 있어도 날짜를 꼭 지키겠다고 하셨죠? 헌데 이제 와서 자꾸 딴소리 하실 거예요?"

그러자 집주인인 듯한 아낙이 앓는 소리를 해댔다.

"지금은 정말 갚고 싶어도 갚을 돈이 없어서 그래. 정 못 믿겠으면 들어가서 쌀독이라도 한번 뒤져보던지. 솥덕에 불 부쳐본 지가 언젠지 기억도 안 난다니까 그러네."

듣자하니, 만덕이 그 집 아낙에게 곡식을 꿔주었는데 아낙의 형편이 나아지질 않아 약속날짜가 되었는데도 갚을 수가 없다고 버티는 모양이었다. 지난번 선원의 말이 장사는 물론이고 고리채도 놓는다 하더니 그 말이 사실이었던 듯했다. 간만에 흥미를 느낀 이조웅은 가던 길을 멈추고 두 사람의 대화에 귀를 기울였다.

"그러지 말고 한 번만 사정 좀 봐줘."

"이틀 전에도 그리 말씀하셨잖아요? 저도 더 이상은 못 기다려요!"

"아유, 몰라! 먹고 죽을래도 없으니 날 잡아 잡숫든가."

들어보니 먹어놓고 배 째라는 참으로 전형적인 상황인지라 이조웅은 피식 웃었다.

'녹록치 않구나!'

나이도 어린 것이 제법 강단 있게 빚 독촉을 한다 싶기는 했으나 이조웅이 보기엔 만덕이 꿔준 곡식을 돌려받기란 요원해 보였다. 아낙의 입성이나 집안 꼴을 보건대 털어도 곡식 한 톨 안 나오게 생겼던 것이다. 이자는커녕 원금이나 거둘 수 있을까 하여 보고 섰는데, 만덕은 처음부터 이런 상황을 모두 짐작하고 있었다는 듯, 아낙을 보며 코웃음을 쳤다.

"이거 왜 이러실까? 정말 이런 식으로 나오시기예요?"

"내가 뭘?"

아낙은 적반하장이었다. 허나 만덕이 한 수 위였다.

"엊그제부터 미역해경 시작됐잖아요. 어제 불턱에서 미역 다듬던 사람, 거 아주망이더만!"

그제야 허를 찔린 듯, 아낙이 움찔했다.

"그야 그렇지만 미역 마르려면 아직 한참 멀었는데……."

'하아안참' 하고 길게 말을 빼는데, 이미 꼬투리를 잡은 만덕은 미역줄기 끊듯 야멸차게 아낙의 말허리를 툭 끊어버렸다.

"아, 마르고 안 마르고는 내 알아서 할 터이니, 돈으로 못 갚으면 미역으로라도 갚으셔요. 아니면 밀린 기간만큼 이자 더 붙는 거 아시죠?"

만덕의 채근에 결국 아낙이 울며 겨자 먹기로 물었다.

"허면 얼마나 받을 건데?"

"두 오리!"

"뭐어? 두 오리?! 아니, 내가 지난 가을께 꿔다 먹은 보리가 겨우 서 말인데, 어찌 두 오리야? 미역 한 오리면 쌀이 서 말이구먼!"

만덕의 말에 기함을 한 아낙이 따지고 들자 만덕이 오히려 정색을 하며 대꾸했다.

"지난 가을에야 추수철이라 보리 값이 쌌으니 말이지요. 요즘 보릿고개라 뭍에서 보리 한 말 값이 얼마나 올랐는 줄이나 아세요?"

"아니, 아무리 그래도 그렇지, 내 입에 들어온 보리는 겨우 서 말인데, 그게 반년 만에 미역 두 오리로 튀는 게 말이나 돼?"

"그거야 그새 물건 값이 올랐으니 그리된 거지, 저는 원금에 이자 조금 쳐서 받는 것뿐이라고요. 자, 보세요. '정말심은 빌려간 보리서 말을 약속한 기한까지 갚되, 갚을 때는 그때의 보리 시세를 따져 이자와 함께 엽전으로 갚는다.'"

만덕이 차용증을 들이밀자 아낙은 대번에 울상이 되었다. 그새 보리 값이 크게 오른데다가, 미역철이라 상대적으로 미역 값은 크게 떨어져 거기에 이자까지 더하고 보니 어느새 갚아야 할 돈이 원금의 여섯 배 가깝게 불어나 있었던 것이다. 이치상으로만 따지자면 만덕의 말이 맞기는 한데 뭔가 억울한 느낌이었다. 허나 딱히 반박할 말도 없는지라 아낙은 애꿎은 제 가슴팍만 쿵쿵 내리칠 뿐이었다.

헌데 그때였다. 길 저편에서 갑자기 버럭, 추상 같은 목소리가 들려왔다.

"보자 보자 하니, 날강도가 따로 없구나!"

놀란 아낙과 만덕이 돌아보자, 그때까지 골목 한켠에 서서 조용히 그들의 얘기를 엿듣고 있던 이조웅이 성큼성큼 다가왔다.

"뉘신데 남의 일에 끼어드십니까?"

만덕이 묻는데, 먼저 이조웅을 알아본 아낙이 황망히 고개를 숙이며 알은체를 했다.

"아이구, 선주船主 댁에 머물고 계신 한양서 온 나으리가 아니십니까?"

아낙의 말에 만덕이 미간을 찌푸렸다. 낡은 갈옷에 정동벌립, 딱 보아도 시골 촌부 같은 차림의 남자가 한양서 온 양반이라니……. 그리고 보니 얼핏 얼마 전에 한양서 선비 하나가 귀양을 왔다는 말을 들은 기억이 났다. 눈앞의 양반을 천천히 훑어보는데, 이조웅이 망설임없이 입을 열었다.

"내 지나가다 우연히 두 사람의 얘기를 들었네만, 듣자 하니 그냥 지나칠 수가 없어서 말일세. 그 차용증을 좀 볼 수 있겠나?"

그 말에 아낙은 혹시나 도움이 될까 하여 얼른 들고 있던 차용증을 이조웅에게 건넸다. 만덕 역시 손도장을 찍은 정식 차용증이겠다, 꿀릴 게 없는지라 담담히 그 광경을 지켜보았다. 허나 차용증을 훑어보던 이조웅은 '허허어!' 하고 크게 장탄식을 뱉어내었다.

"가을엔 곡식으로 빌려주고 초봄에 돈으로 받는다?"

거상巨商들은 물론 관에서까지 손을 대어, 종종 조정에서도 크게 논의된 바가 있는 고리채의 폐단이 이 작은 섬에까지 퍼져 있다니 개탄스러운 일이었다. 더군다나 이 어린 아이가! 이조웅은 눈썹을 치켜떴다.

"가을에 곡식 값이 헐할 때 곡식으로 빌려주었다가 초봄에 곡식 값이 천정부지로 치솟으면 돈으로 받는다. 이것은 시세 차익을 노린 전형적인 고리채의 한 방편이다. 게다가 반년 만에 원금의 여섯 배라니! 고리채도 이 정도면 도둑질이나 진배없는 것이 아니더냐!"

이조웅이 버럭, 만덕을 꾸짖자, 듣고 있던 아낙이 '그러니까 말입니다요, 어쩐지 내 뭔가 속은 것 같더라니' 하며 신이 나서 거들어댔다. 그러나 만덕은 기가 눌리기는커녕 당황한 기색도 없이 오히려 이조웅을 똑바로 올려다보며 따져 물었다.

"도둑질이라니요? 전 나으리만큼 배우지는 못했으나, 쌀 때 사들였다가 비쌀 때 내다 파는 것이 장사의 기본이라는 것은 알고 있습니다. 이 또한 시세 차익을 바라고 하는 것인데, 그렇다면 이 땅의 모든 장사치가 도둑이라는 말씀이십니까?"

이조웅은 만덕의 반박에 혀를 내둘렀다.

"제법 도리를 따지고 드나, 너의 말은 견강부회하는 것이다. 장사꾼 또한 백성이다. 자신이 치룬 노동으로 그에 합당한 이득을 얻는다면 그게 어찌 잘못이겠느냐? 허나 노력은 하지 않고 비겁한 술수로 다른 이의 등을 쳐서 자신의 배만 불리려 한다면, 그것은 장사꾼이 아니라 협잡꾼인 것이다."

협잡꾼이란 말에 만덕이 또다시 발끈했다.

"나으리의 말씀은 받아들이기 힘듭니다. 노력은 하지 않고 비겁한 술수만 쓴다 하시는데, 저는 이제껏 돈 한 푼, 곡식 한 톨도 쉽게 얻어본 적이 없습니다. 그리 힘들게 모은 것을 저 아주망께서 사정이 딱하다 하여 빌려준 것인데, 이제 와 갚지 못하겠다고 하면, 진정 빌려준 이가 도둑입니까? 아니면 빌리고도 갚지 않는 자가 도둑입니까?"

"아니 내가 뭘 어쨌다고, 언제 안 갚는다고 했나? 시간을 좀 더 달라는 얘기였지."

도둑이란 말에 곡식을 빌린 아낙이 울상을 지었다. 한편 이조웅 역시 당돌한 만덕의 대꾸에 순간 말문이 막혔다. 하기사 저 아이 또한 빌려준 돈을 받지 못한다면 제 어미에게 크게 꾸지람을 들을 테지. 그런 생각이 들자 이조웅은 조금 누그러진 어투로 만덕을 얼렀다.

"그래. 니 말도 아주 틀린 것은 아니다. 허나, 그렇다고는 해도 여섯 배는 너무 가혹한 것이 아니냐?"

그 말을 들은 만덕은 곤란하다는 듯 얼굴을 찌푸렸다.

"허니 깎아주라는 말씀이십니까? 하지만, 만약 제가 그 곡식을 저 아주머니께 빌려주지 않고 그것으로 반년간 장사를 했더라면 저는 그보다 배는 많은 이문을 남겼을 것입니다."

그러면서 흔들림없이 당당한 눈빛으로 이조웅을 곧게 올려다보는 만덕이었다. 그 안에서 날카로운 예기銳氣를 느낀 이조웅은 가만히 만덕의 눈을 마주 보았다. 그러더니 무슨 결심을 했는지 품속에서 작은 붓통을 꺼내는 것이었다.

"정 그렇다면 나와 새로이 거래를 하는 것은 어떠하냐?"

"나으리와요?"

예상치 못한 제안에 놀란 만덕이 반문하자, 이조웅이 고개를 끄덕였다.

"그래. 너는 빌려준 돈과 이자를 모두 받아야겠고, 저 아낙은 그걸 모두 갚을 여력이 안 된다. 허니, 너는 저 아낙에게 원래 빌려주었던 대로 보리 서 말만 받는 것이다."

"그럼, 나머지는요?"

"너는 나이는 어리지만 장사꾼이라지?"

"예. 그렇습니다."

"돈도 많이 벌고 싶을 게고?"

"그야 당연한 것 아니겠습니까?"

만덕이 돈 싫어하는 사람 있냐는 표정으로 바라보자, 이조웅이 크게 고개를 끄덕이더니 사뭇 진지한 표정을 지었다.

"허나 진정 장사꾼으로서 성공하고 싶다면, 이런 어설픈 차용증

같은 것으론 어림도 없느니라."

 그러더니 붓통을 열고 들고 있던 차용증에 뭔가를 쓱쓱 적어넣었다.

 "어! 뭐 하시는 겁니까, 지금?"

 만덕이 얼른 빼앗았지만 차용증에 적혀 있던 석 삼三 자는 이미 가획이 되어 다섯 오五 자가 된 뒤였다.

 "이게 뭡니까? 남의 차용증을 이리 함부로 바꾸시면 어쩝니까?"

 만덕이 울상을 지으며 말하자, 이조웅이 만덕이 들고 있는 차용증을 가리키며 물었다.

 "그건 네가 직접 쓴 것이겠지?"

 언문과 한자가 뒤섞인 그 차용증은 만덕이 자그마치 한 식경 동안이나 심혈을 기울여 작성한 것이었다. 아는 한자라고는 이방 어르신이 기생 점고 때 기적에 적어넣던 일一, 이二, 삼三, 사四, 숫자가 전부인지라 본인 딴엔 중요하다고 생각된 금액 부분만을 한자로 떡하니 적어놓았던 것이다. 그런데 그걸 이리 바꿔 놓았으니······. 만덕은 부아가 치밀어 올랐다.

 "나으리는 제가 그리 못마땅하십니까? 왜 저를 이리 못살게 구시는 겁니까?"

 씩씩대는 만덕을 본 이조웅이 빙그레 웃으며 대꾸했다.

 "잘 보아라. 슬쩍 손을 보았을 뿐인데 금액이 바뀌었다. 만약 이것이 니가 다른 장사꾼에게 써준 차용증이었다면 어찌 되었겠느냐?"

 "그야······."

 그제야 만덕은 퍼뜩 깨달아지는 것이 있었다.

 "그렇다면, 저는 원래 빌린 것보다 훨씬 많은 돈을 갚아야 하니 큰

손해를 보았을 것입니다!"

"그래, 그렇지. 그래서 장사꾼들은 문서에 금액을 적을 때 이런 글자를 사용하지 않는다. 뜻과 음은 같으나 좀 더 복잡한 '갖은자'로 적어 위조를 막는 것이지."

내친 김에 이조웅이 종이 한켠에 갖은자로 석 삼 자를 적어 보여주자 만덕의 눈이 휘둥그레졌다. 전혀 몰랐던 사실이었다. 만덕은 흥분한 얼굴로 이조웅에게 내처 물었다.

"그럼, 일一과 이二는요? 그것도 달리 적는 법이 있습니까? 어떻게 쓰는 것인데요? 보여주세요!"

호기심으로 한껏 달뜬 만덕이 밥 달라고 졸라대는 제비새끼마냥 이조웅에게 들러붙어 졸라댔다. 그러자 붓통을 갈무리하던 이조웅이 부러 늑장을 부려대며 대답했다.

"일一과 이二뿐이겠느냐? 십十, 백百, 천千, 다 제각각 갖은자를 가지고 있다."

그 말에 만덕은 마른침을 꿀꺽 삼켰다. 그 모습이 마치 먹이를 눈앞에 두고도 먹지 못하고 입맛만 다시는 왜가리 같아 왠지 모르게 유쾌해지는 이조웅이었다.

"가르쳐주랴?"

이조웅이 마치 큰 선심이라도 쓰는 양 물었다. 그러자 만덕이 위아래로 크게 고개를 끄덕였다. 두 번 물을 것도 없었다.

"좋다, 가르쳐주마. 대신 저 아낙의 이자는 이걸로 갚은 셈 치자꾸나."

이조웅의 제안에 잠시 고민하는 듯하더니 이내 다시 세차게 고개를 끄덕이는 만덕이었다. 그러더니 만덕은 들고 있던 차용증을 이조웅에게 내밀며 빈 공간을 가리켰다. 문서로 적으라는 것이었다. 피식 웃은 이조웅은 붓을 들어 시원시원하게 적어 내려갔다.

정말심은 김만덕에게 이자를 제하고 원금인 보리 서 말만 갚는다. 대신 이조웅은 김만덕에게 글을 가르친다.

그날 이후, 만덕은 시간 나는 틈틈이 이조웅을 찾아와 글을 배우기 시작했다.
만덕은 기억력이 좋고 총명한 덕분에 첫날 이미 갖은자를 다 외우더니, 이어서 천자문도 빠르게 익혀나가기 시작했다.
생각보다 붙임성도 좋아, 글을 배우러 오는 날이 아닐 때에도 종종 찾아와 집을 치운다, 반찬을 만든다 소란을 피워댔다. 오늘도 본래 오는 날이 아니건만 짬이 나서 들렀다며 갑자기 들이닥쳐서는 온 방 안을 돌아다니며 걸레질을 하고 있는 중이었다.
"나으리, 서책도 좋지만 좀 치우고 사십시오. 제가 아무리 치운다고 치워도 매번 도로 방을 이리 어질러놓으시니 벼룩이 친구하자 자꾸 덤비는 게 아닙니까?"
밤톨만 한 것이 하도 잔소리를 해대기에 쫓아내려 했더니, 그래도 스승님 건강을 제자가 안 챙기면 누가 챙기냐며 변죽 좋게 웃는다. 그런 만덕을 보며 기가 차서 마주 웃고 마는 이조웅이었다.
물론 처음부터 만덕을 제자로 받아들일 생각이었던 것은 아니었다. 사내아이도 아니고 계집아이, 게다가 나이 어린 동기를 상대로 글을 가르친다는 것은 아무리 유배자의 신분이라지만 양반으로서 자칫 지탄을 받을 만한 일이었으니. 허나 이조웅은 그날 만덕의 눈에서 비루한 신분의 거죽으로도 감출 길 없는 날카로운 예기銳氣를 보았었다.

'칼은 칼이로되 양날의 칼이로다.'

예리한 칼일수록 잘 쓰면 사람을 구하는 법이지만, 잘못 쓰면 자기 자신은 물론 여러 사람을 상하게 하는 법, 이조웅은 만덕이 지닌 총기가 올바르게 쓰이길 바랐다. 어쩌면 그래서 스스로 글 선생을 자초하고 나선 것인지도 모를 일이었다.

"스승님, 먹을 더 갈까요?"

잠시 생각에 잠겨 있던 사이, 어느새 걸레질을 마치고 곁으로 다가온 만덕이 거의 비어가는 벼루를 가리키며 물었다.

"아니, 되었다. 이제 거진 다 썼으니……."

이조웅은 들고 있던 붓에 남은 먹물을 고루 묻혀 붓끝을 가지런히 다듬어 세운 다음, 종이 위에 단번에 적어 내려갔다.

流配人 李趙雄유배인 이조웅

"스승님, 헌데 이게 무엇입니까?"

이조웅이 쓰던 것을 마치고 붓을 내려놓자, 아까부터 호기심 어린 표정으로 지켜보고 있던 만덕이 물었다.

"호구단자戶口單子라는 것이다."

"호구단자요?"

"그래. 그 집에 누가 살고 있는지 상세히 적어서 매년 관아에 제출하는 게다. 새 식구는 몇이나 늘었는지, 혹 분가하거나 이사를 간 자는 없는지, 그사이 명을 달리한 사람은 없는지 적어 올리는 것이지."

그 말을 들은 만덕이 무릎을 치며 아는 척을 했다.

"아하! 기생장부랑 비슷한 거네요."

"기적은 노비안奴婢案이긴 하다만, 자신이 속한 곳이 어디인지 증명해준다는 점에선 비슷한 효용이 있지."

자신이 속한 곳. 그러고 보니 내가 속한 곳은 어디인가? 이조웅은 본인의 말에 문득 의문을 느꼈다.

글을 모르는 배소 주인의 부탁으로 별 뜻 없이 그 집의 호구단자를 대신 써주던 중이었다. 그러나 호구단자의 말미에 '유배인 이조웅'이라고 자신의 존재를 새겨넣고 보니, 이조웅은 이제야말로 자신의 적籍에 대해 돌아보게 되는 것이었다.

근 사십 년을 살아오며 지금껏 단 한 번도 의문을 품어본 적이 없는 문제였다. 태어나면서부터 이미 자신의 성씨와 가문은 정해져 있었고, 심지어 어떤 스승 밑에서 배울지, 후에 조정에 나아가서는 어느 줄에 서야 하는지까지 결정되어 있었다. 자신이 미처 깨닫기도 전에 자신의 인생은 이미 누군가에 의해 철저히 계획되어 있었던 것이다.

하지만 이조웅은 그것을 전혀 의식하지 못했다. 아니, 의식할 필요조차 없었다. 전체全體의 유지와 존속을 위해 개인個人은 그 조직이 요구하는 이데올로기를 충실히 좇아가면 그뿐, 그 밖에 무엇이 있는지, 자신이 누구인지와 같은 존재론적 고민은 무의미한 일이었던 것이다.

그러고 보니 자신이 내뱉은 말들, 소위 신념이라고 이름 붙인 것들이 실은 자신의 것이 아니라 자기도 모르는 새에 체화된 전체의 사상일지도 모른다는 생각에 이조웅은 뒷골이 서늘해지는 기분이었다.

'나는 전하의 지적대로 정말 붕당朋黨이었던 것은 아닐까?'

지금껏 본인의 판단에 따라 행동하고 스스로의 의지에 어긋남 없이 살아왔다고 자부했건만, 이조웅은 이제 그마저도 확신이 서질 않았다.

전주 이씨의 후손, 그러나 지금은 탐라 어느 바닷가 마을, 이름없는 백성의 호구단자에 얹혀 있는 이조웅의 지난 생生이 큰 지진을 만난 듯 통째로 흔들리고 있었다.

그때였다.

"헌데 말입니다, 스승님. 이것도 돈 있고, 힘 있는 사람들만 쓰는 것은 아닌지요?"

만덕의 질문으로 인해 사념에서 빠져나온 이조웅은 그게 무슨 말이냐는 표정을 지었다. 그러자 만덕이 다시 정색을 하고 물었다.

"호구단자 말입니다. 이것도 혹, 돈 있는 사람들만 쓰는 게 아닌가 해서요."

"어찌 그리 생각했느냐?"

이조웅의 물음에 문어처럼 입을 쑥 내민 만덕이 작게 꿍얼댔다.

"사실이 그렇잖습니까? 어디 나라에서 힘없고 가난한 사람들을 백성으로 여기기나 하나요?"

이조웅은 쓴웃음을 지었다. 몇 달 전만 하더라도 이런 말을 들었다면 대번에 무엄하다며 불호령을 내렸을 테지만, 민가의 백성들과 살을 맞대어 살다 보니 그들 마음속에 스며든 체념과 분노를 어렴풋하게나마 이해하게 된 이조웅이었다. 그것은 일종의 그림자와도 같은 것이었다.

"햇빛이 구름에 가렸다 하여 해가 없는 것이 아니듯이 임금님의 성은 또한 당장에 닿지 않는다고 해서 존재치 않는 것은 아니란다. 언젠가는 음지가 양지가 되고, 양지가 음지가 되는 법이니."

이조웅이 어르듯 말했다. 허나 여전히 입술을 뾰족히 내민 만덕은 고집스럽게 대꾸했다.

"치, 저는 제 눈에 보이고 제 손에 잡히는 것만 믿습니다."

확고한 만덕의 어조에 이조웅이 설핏 미소를 지었다. 그래, 단순명료하지만 그런 게 바로 신념일 테지. 고개를 끄덕인 이조웅은 만덕을 향해 애써 밝게 말했다.

"허나 호구단자는 부자든 가난한 사람이든, 힘 있는 자든 힘없는 자든, 이 땅의 백성이라면 누구나 올릴 수 있고, 올려야 하는 것이란다."

"그게 참말입니까? 그럼, 저처럼 호패가 없는 계집아이들도 제주목 백성이란 것을 증명해주는 것입니까?"

"증명해주고 말고. 호패가 없어도 증명하여준다."

그 말에 만덕이 그제야 납득한 듯 '그렇구나!' 하며 고개를 끄덕였다.

"그래, 그러니 잘 지켜야 하는 게지."

그 말을 들었는지, 혹은 듣지 못하였는지 모를 일이었다. 다만 만덕은 신기한 듯 거듭 호구단자만 곰곰이 들여다보았다. 그리고 그런 만덕을 보며 왠지 모를 쓸쓸한 기분에 휩싸이는 이조웅이었다.

그로부터 며칠이 흘렀다.

요 며칠 훈련이 고되어 글을 배우러 가지 못한 만덕은 그날도 어김없이 월중선이 내린 훈련을 묵묵히 수행하고 있는 중이었다.

"오늘은 주막에 중요한 손님이 오실 것이니 너도 주막일을 돕거라."

월중선의 분부에 후원 뜰에 깔아놓은 멍석 위를 오전 내내 걷고 있던 만덕이 드디어 걸음을 멈추었다. 집중해서 걸었던지라, 그것도 훈련이라고 이마에 땀이 송골송골 맺혀 있었다. 소매에서 손수건을 꺼내 땀을 닦고 있는데, 푸성귀를 담은 대구덕을 들고 들어오던 천천네가 기어코 한 소리를 내뱉었다.

"걸음마 못 뗀 돌잡이도 아니고, 대체 아씨는 뭔 생각으로 저리 요상한 짓만 시키시는지 원! 그럴 시간이면 차라리 오늘처럼 부엌일이나 좀 거들게 하시면 좀 좋아?"

요상한 짓. 남들이 보기에 월중선의 교육은 확실히 이상한 구석이 많았다. 기생 수업을 시킨다면서 표정 연습을 시키질 않나, 춤이나 악기를 가르치지는 않고 계절마다 수상한 짓, 예를 들면 한겨울에 맨손으로 눈밭을 헤치고 상수리 열매를 주워오라든지, 지금처럼 멍석 위에 화선지를 깔아놓고 그 위를 지칠 때까지 걸라고 하는 등의 이해하기 힘든 행동들을 시키곤 했던 것이다.

물론 그럴 때마다 가장 답답하고 힘든 것은 만덕이었다. 허나 만덕은 월중선과 약조한 대로 왜냐고 묻는 일 한 번 없이 그녀가 시키는 일들을 묵묵히 해냈다. 마음 깊은 곳에 월중선에 대한 신뢰, 그녀가 자신을 탐라 최고의 기녀로 만들어줄 것이라는 믿음이 있었기 때문이다. 그리고 굳이 묻지 않아도 월중선이 시키는 일을 성심껏 따르다 보면, 그 이유가 자연스레 깨달아지기도 했다.

손가락을 부러 차게 하여 손끝을 단단하고 야물게 만들면 가야금을 연주할 때 훨씬 곱고 좋은 소리가 났다. 멍석 위의 화선지가 찢기지 않도록 허리를 곧게 펴고 가볍게 걷는 연습을 하다 보면 춤을 출 때 보다 빠르고 맵시 있는 동작이 만들어졌던 것이다. 그렇게 시간이 흐를수록 만덕은 자신도 모르는 새에 기예의 기초를 탄탄하게 쌓아가고 있었다.

"호흡! 무엇을 하든, 호흡을 한 시도 흐트러뜨리지 말라 했거늘."

월중선의 지적에 차를 따르던 만덕의 몸이 움찔 긴장했다. 손님의 찻잔에 차를 따르다가 순간 화려한 갓끈에 눈을 빼앗겨 그만 찻물이 출렁 흔들렸던 것이다. 그것을 놓칠 리 없는 월중선이 가차없이 만덕을 꾸짖었다. 그러자 만덕이 얼른 허리를 곧추세우며 자세를 바로잡았다. 허나 이미 손님의 흰 도포 자락에는 옥색의 찻물이 튄 후였다.

"찻물 따르는 것 하나에도 소홀함이 없는 것을 보니, 과연 월중선이로구면."

"과찬이십니다. 아직 수련 중인 아이라 실수를 하였습니다. 부디 너른 마음으로 양해해주시기 바랍니다."

"양해는 무슨. 찻물 조금 튄 걸 가지고. 되려 옷에 다향茶香이 배었으니 이 또한 풍취가 있지 아니한가?"

만덕은 사람 좋게 껄껄 웃는 손님을 흘끔 올려다보았다. 둥그스름

하니 부처처럼 후덕해 보이는 얼굴에 나이는 한 마흔 살 안팎 되었을까? 오늘 저녁에 있을 연회의 주최자인 그는 본격적인 손님 접대에 앞서 빠진 것들은 없는지 준비사항들을 확인하고자 먼저 도착한 길이었다.

만덕은 아직 동기인지라 연회에 정식으로 참여해본 적은 없었다. 대신 심부름을 다니며 주막을 드나드는 손님들의 얼굴은 웬만큼 익히고 있는 편이었다. 헌데 오늘 온 손님은 아무래도 낯이 설었다. 세련된 입성이나 말투로 봐서는 예사 손님은 아닌 듯한데……. 잠시 생각에 잠겨 있는데 그 손님이 먼저 만덕에게 말을 걸어왔다.

"그래, 네가 월중선의 수양딸이라고? 그렇다면 친부모님은 어디 계시냐?"

손님의 질문에 만덕이 주저주저하자, 월중선이 가만히 고개를 끄덕였다. 대답해도 괜찮다는 신호였다. 그에, 만덕이 공손히 머리를 조아리며 대답했다.

"아버지는 본시 장삿배의 격군이셨는데 풍랑에 배가 난파되어 생사를 알지 못하옵고, 어머니는 그 충격으로 쓰러지셨다가 결국 역병을 얻어 돌아가셨습니다."

만덕의 대답에 손님이 쯧쯧 혀를 찼다.

"어린 것이 조실부모하고 고생이 많았겠구나."

"괜찮습니다. 양어머니께서 친어머니처럼 잘 돌보아주십니다."

그러자 찬찬히 고개를 끄덕이는 손님이었다.

"그래. 힘든 일이 있더라도 용기를 가지고 살아야지. 비록 친어머니는 돌아가셨다고 하나 이렇게 훌륭한 양어머니가 계시고, 네 아버지 또한 실종됐다고는 하나 어딘가 살아계실는지도 모를 일이잖니."

그 말에 만덕이 고개를 번쩍 치켜들었다.

"예? 그게 무슨 말씀이십니까? 어딘가 살아계실지도 모른다니요?"

손님께 말대꾸라니, 게다가 눈까지 똑바로 치켜뜨고! 월중선은 만덕의 무례한 행동을 나무랐다. 그러나 손님은 그저 빙그레 웃을 뿐, 괜찮다며 손을 내저었다.

"폭풍을 만난 배들은 대부분 침몰하지만 개중엔 말이다, 운이 좋으면 표류하여 다른 나라에 닿는 경우도 있단다. 그런 경우엔 시간은 좀 오래 걸리지만 다시 조선으로 돌려보내지기도 하지."

"그것이 참말입니까?"

믿을 수 없다는 듯 만덕이 거듭 물었다.

"그래. 내 알기론 왜에는 그런 자들을 보호하였다가 본국으로 돌려보낼 때까지 특별히 가두어두는 감옥도 있다더구나."

순간 만덕의 가슴이 거세게 두방망이질치기 시작했다. 아버지가 살아 있을지도 모른다니! 지금껏 만덕은 막연히 예전처럼 가족이 모여 사는 꿈을 꾸었을 뿐, 아버지가 정말 살아 돌아올 수 있다고는 감히 상상도 하지 못했다. 그도 그럴 것이 아버지가 실종된 지 어언 일 년, 그동안 소식은커녕 물에 빠진 갑판 한 조각조차 건지질 못했다. 그러니 지레 포기할 수밖에. 헌데 표류라니!

만덕의 가슴에 새로운 희망이 움트기 시작했다. 비록 작은 가능성일 뿐이었지만, 그 일말의 희망만으로도 바람을 맞받은 돛처럼 한없이 부풀어오르는 만덕이었다.

오랜만에 이조웅의 배소를 찾아온 만덕은 글 공부를 하다 말고 종일 실없이 히죽대며 웃었다. 누가 보면 글자 연습을 위해 흙을 담아 놓은 상자 안에 황금알이라도 숨겨놓은 줄 알 지경이었으니, 아까부터 말없이 그 광경을 지켜보던 이조웅이 살풋 얼굴을 찌푸렸다.

"봄이 오니 바람이라도 든 것이더냐? 어찌 그리 집중을 못하고 헤실거려?"

평소 같으면 벌써 넉 줄은 더 익혔을 것인데 벌써 한 식경째 같은 구절만 반복하고 있으니 결국 한마디 듣고 마는 만덕이었다. 하지만 어찌된 영문인지 만덕은 야단을 듣고도 전혀 개의치 않는 기색이었다. 오히려 붓 대신 들고 있던 나뭇가지를 내려놓고 이조웅 앞으로 한 걸음 다가들며 묻는 것이었다.

"스승님, 혹시 장기도長崎島 나가사키란 곳을 아십니까?"

"장기도라면 왜국의 포구가 아니냐? 무척 번성한 곳이라 들었다만, 헌데 그곳은 왜?"

이조웅의 말에 역시나 하는 표정을 지은 만덕이 신이 나서 대답했다.

"그곳에 가면 바다에서 길을 잃고 표류한 조선인들을 보호하는 곳이 있다고 합니다."

"그래, 그 얘기는 나도 들어 알고 있다."

지금으로부터 몇 년 전, 조정에 있을 때 이조웅 역시 왜국 사신으로부터 그런 얘기를 들은 적이 있었던 것이다.

"그뿐만이 아니랍니다. 표류인 중에는 유구국琉球國 오키나와과 안남국安南國 베트남, 대만부臺灣府로 흘러드는 사람까지 있어서 비록 시간이 오래 걸리기는 하지만 살아서 돌아오는 경우도 있다지 뭡니까?"

만덕은 흥분한 기색이 역력했다. 허나 영문을 알 바 없는 이조웅으로서는 점점 더 오리무중일 뿐이었다.

"그래서, 그것이 대체 네가 글 공부에 게으름을 피우는 것과 무슨 상관이란 말이냐?"

듣다 못한 이조웅이 설핏 짜증을 내자 사방을 살핀 만덕이 무슨 엄청난 비밀 얘기라도 되는 양 이조웅의 곁으로 다가앉았다. 그러더니 눈을 빛내며 속삭이는 것이었다.

"어쩌면 제 아비가 살아 돌아올지도 모릅니다!"

만덕에게 뜻하지 않게 희망을 불어넣어준 손님은 박시열이라는 한양 상인이었다. 한때 역관이었던 그는 청나라를 오가며 모은 재산으로 장사를 벌여 큰돈을 벌었다고 했다. 특히 비단과 도자기 같은 고가품을 주로 다루던 그는 탐라의 녹미와 우황이 돈이 된다는 얘기를 듣고 직접 탐라를 찾아온 것이었다.

그는 탐라에 도착하자마자 예전에 한양서 온 양반이 살던 기와집을 사들여 그곳에 상단을 차리고, 그날로 토착 상인들과 힘 있는 관리들을 찾아다니며 터를 닦았다.

처음에는 외지인의 등장에 경계의 눈빛을 보내던 사람들도 서글서글한 그의 인상에 점차 마음을 열었다. 무엇보다 그는 돈에 인색한 사람이 아니었다. 기생들을 불러다가 연회를 베풀고, 청국서 가져온 신기한 물건들을 선물하는데 싫다 할 사람은 없었다.

그러다 보니 점차 그의 주변엔 사람들이 몰려들기 시작했고, 짧은 시간 내에 그는 탐라에서 꽤나 유명인사가 되었다. 덕분에 생각보다 쉽게 그의 정보를 얻은 만덕은 월중선이 연회에 불려나가 주막을 비운 사이 몰래 박시열의 객주를 찾아갔던 것이다.

"너는 월향정 안주인의 양녀가 아니더냐?"

"김가 만덕이라 하옵니다."

"그래, 그렇구나. 헌데 무슨 일로 나를 찾아왔을꼬?"

"지난번에 표류인에 관해 하셨던 말씀 말입니다."

만덕은 자신의 아비가 실종된 자초지종을 설명하며, 혹 자신의 아버지가 타국에 표류하지는 않았는지, 그 생사를 확인할 방도는 없는지를 물었다.

"글쎄다. 그게 쉬운 일은 아니로구나."

만덕의 얘기를 시종 진지하게 들어주던 박시열은 아버지의 생사를 확인하고 싶다는 만덕의 부탁에 이르러 역시나 곤란하다는 표정을 지었다.

"송구한 부탁인 줄은 압니다. 하지만 어르신께서는 한때 청나라를 오갔던 역관이셨다 들었습니다. 그렇다면 조정에 이를 확인해줄 만한 사람을 알고 계시지 않겠습니까?"

만덕이 재차 간곡히 부탁하자, 박시열이 쓴 입맛을 다셨다.

"그래, 역관 시절 동료 중에 여전히 그 일을 하는 사람들이 있지. 허나, 사람이 있다 한들 그들 역시 항상 외국을 제집 드나들 듯 드나드는 것은 아니란다. 사신 행렬에 꼭 든다는 보장도 없고. 게다가 니 아비는 어디쯤에서 실종되었는지도 모르니, 왜국으로 흘러 들어갔는지 아니면 청국이나 안남국까지 흘러 들어갔는지조차 알 수 없질 않느냐?"

박시열의 말은 비관적이었다. 허나 어떻게 얻은 희망일진데, 만덕은 쉽게 포기할 수가 없었다. 지푸라기라도 잡고픈 심정으로 만덕은 박시열에게 거듭 간청했다.

"시간은 얼마가 걸린다 해도 상관없습니다. 제 아비의 소식을 알 수만 있다면 뭐든지 하겠습니다."

애원하는 만덕을 안쓰럽게 바라보던 박시열은 가지런히 정리된 자신의 턱수염을 쓰다듬으며 곰곰이 생각에 잠겼다. 머릿속으로 일의 성사 가능 여부를 타진해보는 듯했다. 일각이 삼추와 같이 흐르고, 드디어 입을 연 박시열이 만덕의 간절한 눈빛을 마주 보며 말했다.

"아무리 생각해도 너처럼 어린아이가 쉬이 감당할 만한 일이 아니다. 시간도 시간이려니와 비용도 꽤나 소요될 것이다. 하여 난 웬만하면 네가 니 아비를 잊고 지금처럼 열심히 살았으면 좋겠다만, 네 눈빛을 보니 너의 의지가 쉬이 꺾일 것 같지도 않구나."

박시열의 말 속에서 일말의 여지를 느낀 만덕은 재빨리 그에게 매달렸다.

"이미 돌아가셨다는 소식이라도 상관없습니다. 아주 가망이 없는 것도 아닌데 이대로 포기해버린다면 제겐 평생의 한으로 남을 것입니다. 돈이라면 많지는 않지만 그동안 모아둔 것도 있습니다. 그것으로 부족하다면 벌어서라도 조금씩 갚겠습니다. 그러니 제발 부탁드립니다."

만덕의 애원에 박시열이 드디어 고개를 끄덕였다.

"네 마음이 정 그렇다면, 좋다. 한번 힘을 써보자꾸나."

만덕은 거듭 감사의 절을 올렸다. 그러고는 되었다는 말에도 불구하고 혹여 박시열의 마음이 바뀌지는 않을까 싶어 가져갔던 돈 꾸러미를 청탁금 조로 맡기고 돌아왔던 것이다.

"잘되었구나."

만덕의 설명을 들은 이조웅은 묵묵히 고개를 끄덕였다. 사연없는 사람이 어디 있을까만은, 또래보다 배는 조숙한 만덕을 보면서 뭔가 말 못할 사연이 있을 거라 대충 짐작은 하고 있었던 이조웅이었다. 하지만 그동안 딱히 물을 기회가 없었다가 오늘에야 뜻하지 않게 만덕의 사연을 알게 된 것이었다.

"헌데, 그걸 굳이 니 양어머니께 숨길 필요가 있느냐?"

"그것은……"

이조웅은 만덕이 월중선 몰래 박시열을 찾아간 까닭을 묻고 있는 것이었다. 사실 만덕도 자신이 왜 굳이 월중선의 눈을 피해 박시열을 찾아갔는지 설명하기 어려웠다. 월중선은 만덕이 가족을 만나는 것을 반대하거나 막지 않았다. 오히려 한 달에 한두 번, 만덕이 만재를 만날 수 있게 허락해주었다. 그러니 만덕이 친아버지의 소식을 찾는다 해도 크게 반대하거나 하지는 않을 것이었다. 하지만 배신감이랄까? 정확히 설명할 수는 없지만, 자신이 이제 와 실종된 아버지를 찾는 것이 왠지 월중선을 배신하는 일인 것만 같다는 느낌을 지울 수가 없는 만덕이었다.

"안 그래도 바쁜 분인데, 괜히 신경 쓰시게 할까 봐서요."

대충 둘러대는데, 그 말에 이조웅이 불쑥 쏘아붙였다.

"그래, 니 양모는 바쁜 사람인데 나는 일없이 한가로워 보이더냐? 계속 공부에 집중 안 하고 딴짓 할 양이면 썩 돌아가거라, 이 괘씸한 녀석아!"

허나 이조웅의 퉁박에도 이미 익숙해질 대로 익숙해진 만덕은 그저 빙글빙글 웃기만 했다.

"에이, 스승님은 괜히 속에도 없는 말씀이셔. 하루라도 제가 안 오면 허전하고 적적하고 그러시면서."

"어림없는 소리. 네 녀석이 없어야 좀 잠잠해질 테지. 나도 할 일이 태산이니 옆에서 조잘대지 말고 그만 돌아가거라."

말을 마치자마자 휙 돌아앉아서 서안書案 위에 놓아두었던 종이를 펼쳐 드는 이조웅이었다. 그 모습이 정말 중요한 일이 있어 보여 만덕은 그만 입을 다물었다. 이조웅은 호기심 많은 만덕이 온갖 잡다한 질문을 할 때에도 그닥 귀찮아하지 않고 대꾸를 해주는 편이었지만 때때로 혼자만의 연구에 빠져들 때에는 옆에서 방해하는 것을 무척이나 싫어했기 때문이다. 지금이 바로 그때인 듯싶어서 조용히 돌아갈 채비를 하는 만덕이었다.

만덕은 본인이 쓰던 천자문 책과 글씨 상자를 정리하여 다락 위에 가지런히 올려두었다. 그러고는 내처 다락 위에 어지럽게 흩어져 있는 서책들을 차곡차곡 정리하였다. 그러다 만덕은 서책들 사이에서 원통형의 길쭉한 물건 하나를 발견했다. 양팔을 펼친 넓이 정도 될까? 돌돌 말려 있는 모습이 서책같지는 않고, 월중선의 방에 걸려 있는 족자와 비슷한 모양이었다.

'그림인가?'

그러고 보면, 이조웅은 아주 가끔씩 그림을 그리는 듯도 했다. 직접 본 적은 없지만 방을 치우다가 안료가 말라붙은 접시가 굴러다니는 것을 본 적도 있었다.

호기심에 찬 만덕은 곁눈질로 이조웅을 흘깃 확인하고는 두루마리의 매듭을 조심스럽게 풀었다. 겉을 싼 습윤지를 벗기고 막 두루마리를 펼치려는 찰나 누군가 만덕의 팔을 덥썩 잡았다. 화들짝 놀라 돌아보니 어느새 다가온 이조웅이었다.

"여기 있는 물건들은 네가 함부로 건드릴 것들이 아니다."

낮지만 단호한 목소리였다. 게다가 평소와 다른 엄숙한 표정에 만덕은 대답 대신 조용히 고개만 끄덕였다. 그사이 이조웅은 만덕의 손에서 두루마리를 빼앗아 다시 잘 여민 뒤 다락 한쪽에 올려두었다. 한 걸음 뒤로 물러서서 그 모습을 지켜보던 만덕은 왠지 모를 서운함이 드는 것을 막을 수 없었다.

만덕은 며칠째 마음이 절반쯤 허공에 떠 있는 기분이었다. 한양에 갔던 박시열이 곧 돌아올 예정이었기 때문이다. 이번 한양길에 사역원司譯院에 들러 아버지의 생사를 알아봐주기로 했으니, 며칠 후면 무슨 소식이든 들을 수 있을 터였다. 그래서 그런가? 만덕의 마음은 가벼운 듯 무겁고, 설레는 듯 불안하였다.

'제발 좋은 소식 물어오기를!'

날아가는 까치만 보아도 두 손을 모으고 비념을 하는 만덕이었다.

수업이 끝나고 교방에서 월향정으로 돌아가는 길, 목질청을 지나 막 골목길로 들어서는데 담장 곁에 낯익은 뒷모습이 보였다.

"오라방?"

뜻밖에도 만덕을 기다리고 있던 사람은 대정현에 테우리로 떠났던 큰오빠 만석이었다. 한달음에 달려간 만덕은 반가운 마음에 만석의 두 손을 덥썩 부여잡고 눈물을 글썽였다.

"오라방! 여긴 어떻게 왔어?"

"외삼촌한테 연락받았다."

그사이 말수가 더 줄어든 듯 과묵해진 만석은 일 년 사이 훌쩍 커버려 이젠 제법 처녀티가 나기 시작한 막내 동생을 가만히 훑어보았다.

"그새 더 컸네."

그 말이 신호라도 된 듯, 풀잎에 맺힌 이슬처럼 만덕의 눈가에 대롱대롱 매달려 있던 눈물 방울들이 속절없이 툭툭 굴러 떨어지기 시작했다.

"왜 이제 왔어, 왜?"

만덕은 하마 놓칠세라 만석의 소맷자락을 꼭 부여잡고 소리없이 눈물만 흘렸다. 그동안 울지 말라고 해서 무작정 눈물을 참았고, 기다리라고 해서 안간힘을 쓰며 기다렸던 만덕이었다. 그러느라 또래보다 조숙해진 만덕이었지만, 큰오빠 앞에서만큼은 여전히 어쩔 수 없는 막내둥이였다.

"헌데 여긴 어쩐 일이야?"

한참 만에야 눈물을 거둔 만덕이 애써 남은 눈물을 닦아내며 물었다. 그러자 한동안 망설이던 만석이 어렵사리 입을 열었다.

"외삼촌한테 들었어. 니가 기생이 됐다고……."

그 말을 꺼내는 만석의 표정은 괴로움을 참는 듯 미간이 잔뜩 일그러져 있었다. 아마도 지켜주지 못한 미안함 때문이리라. 자신 또한 만재 오빠가 관졸들에게 끌려갔을 때 그런 마음이었으니. 그렇게 생각한 만덕은 애써 미소를 지으며 대답했다.

"집이 많이 어려웠어. 곡식도 떨어지고. 정의현에 사는 농부한테 시집갈 뻔도 했는데, 오라방이 그랬잖아. 기다리라고. 근데 그 집에 가면, 다시는 못 만나니까. 그래도 양어머니가 얼마나 잘해주시게? 가족들도 만날 수 있게 해주시고, 돈도 벌게 해주고……."

그때였다. 묵묵히 만덕의 말을 듣고만 있던 만석이 별안간 버럭 고함을 쳤다.

"이 바보야!"

그 소리에 화들짝 놀란 만덕이 두 눈을 크게 떴다.

"오라방?"

"내가 기다리랬지 언제 기생짓 하랬어? 남자들 앞에서 술 따르고 몸 팔고! 누가 그런 짓 하랬냐고!"

만덕은 불같이 화를 내는 만석을 보며 당황했다. 그러나 다음 순간 만석의 눈가에 주루룩 흘러내린 눈물을 보고는 그만 망연자실해졌다. 대체 왜? 만덕은 애써 혼란스러운 마음을 추스르며 변명하듯 말했다.

"기생, 그렇게 나쁜 거 아니야. 어머니, 아니 양어머니가 그랬어. 기예만 열심히 익히면 훌륭한 기생이 될 수 있다고. 훌륭한 기생이 되면 힘도 생기고, 돈도 많이 벌 수 있고 그리고 남들도 함부로 하지 못한데. 그렇게만 되면……."

허나 만석은 듣기 싫다는 듯 만덕의 말을 잘랐다.

"힘? 돈? 그게 무슨 소용이야? 뒤에선 다들 손가락질할 텐데! 앞으로 동네 사람들 얼굴은 어떻게 보려고 그래? 친척들은? 죽어서 어멍이랑 아방 얼굴은 어떻게 볼래?"

만석의 고함에 만덕은 퍼뜩 정신이 들었다. 아버지! 그 이야기를 해야만 했다.

"내가 찾으면 돼. 내가 찾을 거야! 아방 아직 살아 있을지도 모른다고 했단 말야!"

"무슨 소리야, 그게?"

갑작스런 만덕의 말에 만석은 꽤나 혼란스런 기색이었다. 만덕은 그런 만석에게 그동안의 자초지종을 간략히 설명했다.

"아방 행방만 찾으면, 그 담엔 내가 어떻게 해서든 돌아오실 수 있게 할 거야. 돈은 많이 들겠지만 상관없어. 오라방이랑 나, 지금처럼 조금만 더 고생하면, 우리 가족 모두 예전처럼 모여 살 수 있어!"

얼떨떨한 표정을 짓고 있던 만석은 그러나 만덕의 얘기가 끝나자 슬픈 눈으로 만덕의 얼굴을 물끄러미 바라보았다. 희망에 찬 만덕과는 대조적으로 지극히 현실적인 얼굴이었다. 만석은 가만히 고개를 저었다.

"아니, 그렇게 될 수 없어. 아방이 살아계실지도 모른다는 말도 안 믿기지만, 설혹 살아 있다 하더라도 니가 여기 있는 한은 우린 절대 예전으로 돌아갈 수 없어."

그러더니 만석은 만덕의 손을 꼭 부여잡았다.

"만덕아, 기방에서 나와. 아직은 괜찮아. 사람들도 모를 거야. 보리쌀은 내가 당숙한테 부탁해서 어떻게든 마련해볼 테니까 지금이라도 당장 집으로 돌아가자."

만석이 만덕을 향해 애원하였다. 허나 만덕은 힘없이 고개를 저었다.

만석은 전혀 이해하지 못하고 있었다. 자신이 왜 기생이 되기로 마음먹었는지를. 단지 곡식에 팔려 갈 거였다면 기생이 되는 것이나 홀아비에게 시집가는 것이나 크게 다를 것이 없었다. 하지만 만덕은 가족들, 자신이 사랑하는 사람들을 지킬 수 있는 힘을 얻고 싶었다.

올해 흉년은 운 좋게 넘기더라도 내년, 내후년을 기약할 수 없는 척박한 현실. 그 현실을 뛰어넘을 수만 있다면 사람들의 손가락질쯤은 감내할 자신이 있었다.

그리고 이제는 아버지를 위해서라도 만덕에겐 힘이 필요했다. 만약 지금 기생을 그만둔다면 설혹 아버지가 살아계시더라도 아버지를 모셔올 만큼 큰 돈을 모을 길은 영영 요원해질 것이었다. 결국 만덕은 만석의 애원을 외면한 채 힘겹게 고개를 떨궜다.

"미안."

쏴아, 갑자기 찾아온 침묵 속에 흙바닥을 구르는 메마른 바람 소리만이 일었다.

툭, 그 순간 만석은 쥐고 있던 만덕의 손을 힘없이 놓아버렸다.

타인. 이미 서로를 이해할 수 없는 그들은 타인과 다르지 않았다. 서로 헤어져 있던 지난 일 년 동안 만덕과 만석은 이미 이만큼이나 서로에게서 멀어져 있었던 것이다.

만석은 만덕을 원망 어린 눈길로 바라보다가 그대로 차갑게 등을 돌려 왔던 길을 되돌아갔다. 홀로 남겨진 만덕은 멀어져가는 만석의 뒷모습을 바라보며 또다시 울음을 삼킬 뿐이었다.

만석이 다녀간 지 보름이 지났다. 그사이 만덕은 눈에 띄게 말수가 줄어들었다. 평소처럼 교방에서 배운 창가를 흥얼거리지도 않았고, 그렇게나 열성적이던 장사에도 시들하였다. 그저 습관처럼 집과 교방을 오갔을 뿐, 만덕의 얼굴은 갈수록 수척해졌다.

  그도 그럴 것이, 자신이 하고 있는 기생 수업에 자부심까지는 아니더라도 '가치 있는 일'이라는 자신 정도는 있었던 만덕이었다. 헌데 가장 가깝다 여긴 가족으로부터 그 일을 부정당하고 보니 모든 일이 예전처럼 반짝반짝 빛나 보이지가 않았다. 그저 되게 삶긴 나물처럼 풀 죽어보일 뿐.

  그날도 만덕은 교방에서 돌아와 안채에 있는 제 방으로 돌아가는 길이었다. 헌데 마침 마당 한켠에서 애랑과 천천네가 뭔가를 쑥덕대고 있는 것이 보였다.

  "뭐어? 정말?"

  "그게 그렇다니까요. 그래서 지금 성 안이 아주 발칵 뒤집어졌어요."

  뭐가 그리 흥이 나는지 두 사람은 손뼉까지 마주쳐가며 한창 새로운 소문에 열을 올리고 있는 중이었다.

  기생 사회에서 소문이란 관계를 이어주는 윤활유이자, 일종의 화대花代였다. 기생들은 술자리에서, 혹은 베갯머리에서 들은 소문을 서로 공유하며 유대감을 강화하는가 하면, 그것을 정보력 삼아 장사에 이용하기도 했다. 하여 기생들에게 소문은 일상의 소소한 재밋거리면서 동시에 얼마나 정확히, 또 얼마나 많은 소문을 알고 있느냐에 따라 그 자체로 권력을 형성하기도 했다.

  덕분에 지금처럼 기생집 앞마당에 삼삼오오 모여앉아 속살대는 광경은 기생들에게는 무척이나 친숙한 것이었다. 평소 같으면 만덕도 대번에 흥미를 보이며 끼어들었겠지만, 지금은 마음이 울적해서 도저히 그럴 기분이 아니었다. 모른 척 지나치려는데 애랑의 입에서 나온 낯익은 이름 하나가 만덕의 발길을 붙잡았다.

"박시열 그자가……"

박시열, 그는 바로 만덕에게 아버지의 소식을 알아봐주기로 약조한 상인이었다. 안 그래도 한양에서 돌아오기로 한 날짜가 꽤 지났는데도 여직 소식이 없어 궁금해하던 차였다. 우뚝 걸음을 멈춘 만덕은 재빨리 애랑에게 다가갔다.

"방금 박시열이라 하셨어요? 혹, 그분한테 무슨 일이라도 생겼나요?"

만덕이 최대한 아무렇지도 않은 척 심상하게 물었다. 그러자 애랑이 말도 말라며 손을 내저었다.

"그분은 무슨, 글쎄 박시열 그자가 말이다……"

만덕은 치맛자락을 휘날리며 박시열의 객주를 향해 뛰고 또 뛰었다. 바람결에 머리칼이 흩어지고, 발에 밟힌 옷자락이 헝클어지는데도 만덕은 개의치 않았다. 그저 '내 돈, 내 돈!' 하고 애타게 읊조릴 뿐이었다.

"글쎄, 박시열 그자가 한양서 온 부상대고富商大賈는 고사하고 말짱 사기꾼이었다지 뭐니?"

좀 전에 애랑에게서 들은 말이 만덕의 귓가를 왕왕 울렸다.

"번듯한 객주까지 벌여놓고 왕년에 역관이었네 뭐네 그럴듯한 말을 해대니 안 속고 배겨? 양반이며 관리들까지 너나 할 거 없이 그

161

자에게 돈을 댔단다. 헌데 그자가 그 돈을 몽땅 챙겨서는 도망을 갔다지 뭐니? 돈 좀 벌어보려다 다들 옴팡 썰 게지."

 박시열이 한양에 다녀오겠다며 탐라를 떠난 지 달 반. 처음엔 다들 배편 때문에 길이 늦어지나 보다 했다고 한다. 원체 바닷길이 험해 그런 일이 잦은데다가, 무엇보다 탐라에 있는 상단이 매일 멀쩡히 문을 열었으니 아무도 의심을 하지 않은 것이었다. 허나 약속 날짜가 지나도 감감 무소식이자 불안해진 사람들은 그의 행방을 찾기 시작했다. 그중에 마침 한양에 연고가 있는 사람이 있어 급히 연통을 넣었는데, 한양에 박시열이라는 역관 출신 상인이 있는 것은 사실이나, 그는 지난 몇 개월 동안 탐라는커녕 한양을 떠나본 적도 없더라는 것이었다.

 "바다 건너 천 리, 만 리나 떨어진 탐라 땅서 한양 사는 상인 얼굴이 어떻게 생겼는지 알게 뭐야?"

 쯧쯧 혀를 차는 애랑의 목소리 너머로 만덕은 자신을 향해 자애롭게 웃던 박시열의 얼굴이 아득히 멀어져가는 것을 느꼈다. 모든 것이 거짓이었다니…….

 '아냐, 절대 그럴 리가 없어!'

 세차게 고개를 저은 만덕은 드디어 박시열의 상단 앞에 당도했다. 막상 도착하고 나니 쉬이 발길이 떨어지질 않아 만덕은 받은 숨을 몰아쉬며 그 자리에 우뚝 멈춰섰다.

 문을 두드리고 자시고 할 것도 없었다. 이미 대문은 활짝 열어젖혀져 있었다. 만덕은 한 걸음, 힘겹게 안으로 들어섰다. 여기저기 나뒹구는 세간살이들이 보였다. 마루 위에는 먼저 도착한 빚쟁이들이 집을 지키고 있던 하인들을 붙들고 추궁 중이었다.

"저도 정말 몰라요. 전 그냥 매달 새경 받은 대로 일해준 것뿐이라니까요."

어떤 이는 발을 구르고, 어떤 이는 잡히는 대로 광폭하게 집기들을 때려 부수는가 하면, 어떤 이는 마당에 퍼질러 앉아 대성통곡을 해댔다.

"아이고 내 돈! 그 돈이 어떤 돈인데! 입을 것 안 입고, 먹을 것 안 먹어가며 평생 모은 피 같은 재산인데!"

만덕 역시 그 자리에 털썩 주저앉아버렸다. 소식을 듣고 월향정을 뛰쳐나올 때만 해도 손발이 부들부들 떨리고 눈물이 앞을 가리더니, 막상 눈앞에서 이런 광경을 보고 나니 하도 어이가 없어 눈물조차 나오지 않았다.

갑자기 며칠 전 보았던 만석 오라방의 얼굴이 떠올랐다. 이어, 이 꼴을 보면 불같이 화를 낼 월중선의 얼굴도. 그리고 아버지, 아버지…… 만덕은 차라리 눈을 감아버렸다.

이조웅은 자신의 배소로 들어서려다 말고 멈칫 멈춰섰다. 어깨엔 억새로 엮은 망태기를 매고, 한 손엔 호미를 든 채였다.

"빈집에 무에 훔쳐갈 게 있다고……!"

산에 약초를 캐러 가기 전에 분명히 걸어두었던 정낭이 비스듬히 내려져 있었던 것이다.

탐라에선 정낭이 정주목에 걸려 있는지 내려놓여 있는지에 따라 집주인의 부재 여부를 가늠할 수 있었다. 그중에서도 정낭이 세 개

모두 걸려 있을 때는 먼 곳에 출타 중이니 돌아갔다가 나중에 다시 오라는 뜻이었다. 그럼에도 불구하고 부득부득 그 집에 들어가는 사람이 있다면, 그것은 오로지 도둑뿐이었다.

"도둑이 네 녀석이더냐?"

이조웅이 마당으로 들어서며 심드렁하게 묻자, 낭간에 앉아 있던 만덕이 일손을 멈추고 알은체를 했다.

"오셨어요? 어째, 오늘은 쓸 만한 약재 좀 캐셨어요? 날씨가 덥지요?"

이조웅은 매고 있던 망태기를 기둥에 걸어놓다가 만덕이 들고 있는 것을 흘끔 돌아보았다.

"왠 놋대야냐?"

만덕은 짚을 뭉쳐 까맣게 녹슨 놋대야를 벅벅 문질러 닦고 있었다.

"닦아서 쓸 만하면 팔아볼까 해서요."

그 말에 이조웅이 코웃음을 쳤다.

"이제 연지도 모자라서 고물장수로까지 나선 것이냐? 잘하면 곧 북장구 대신 엿 장단도 치겠구나?"

일부러 짓궂게 놀리는데도 만덕의 표정엔 변함이 없었다. 오히려 땀까지 송골송골 맺혀서 진지하기 이를 데 없는 모습. 만덕은 들고 있던 놋대야를 이리저리 돌려보더니 이조웅을 향해 말했다.

"이게 이래 뵈도 자그마치 오십 냥짜리 놋쇠대야거든요."

갈수록 가관이라더니, 이조웅이 만덕을 보며 빈정댔다.

"허! 네 녀석 입심 센 건 내 잘 알고 있었다만은, 어떤 정신 나간 인사가 그 개밥그릇만도 못한 것을 오십 냥에 사준다더냐?"

그러자 만덕이 짚을 문지르던 손길을 멈추고 말했다.

"제가요."

"뭬야?"

"제가 오십 냥 주고 샀다고요."

기가 찬 이조웅이 눈만 껌벅거리고 있는데, 만덕은 이내 말을 돌리려는 듯 혼잣말을 중얼거리며 딴청을 피워댔다.

"에이! 이게 왜 이리 안 닦여? 잿물을 써야 되나?"

그제야 농담이 아님을 깨달은 이조웅이 장난끼를 거두고 진지하게 물었다.

"어찌된 일이냐?"

그러자 만덕이 정말 별거 아니라는 듯 심드렁하게 대답했다.

"별거 아니예요. 지난번에 말씀드렸던 박시열이라는 한양 상인 있잖아요. 제 아방 소식을 알아봐준다던. 오늘 알았는데, 그자가 글쎄 사기꾼이었대요."

남 얘기하듯 덤덤한 목소리로 대꾸한 만덕은 이마에 맺힌 땀방울을 옷소매로 스윽 닦아내더니 이조웅을 향해 픗 웃었다.

"장사에 고리채까지, 그동안 정말 별의별 욕 다 들어가면서 악착같이 모은 돈이었는데 몽창 떼이고 나니 억울해서 그냥 나올 수가 있어야지요. 그나마 다 털어가고 쓸 만한 것은 이 녹슨 대야밖에 없길래 이거라도 들고 가야지 싶어서 가져온 거여요."

"허……!"

만덕의 말에 이조웅은 혀를 찼다. 저런 말을 저리 멀쩡한 얼굴로…… 기이하다 여겨질 만큼 만덕은 지나치게 담담했다.

"그나마 저는 양반이에요. 호방 어르신은 자그마치 오백 냥이나 사기를 당했다지 뭐예요? 그동안 여기저기 등쳐서 모은 재산을 홀라당 날렸으니 벌 받은 게지요. 아랫마을 이 진사댁은 밭마지기 판 돈 삼백 냥, 강부식 상단도 미역 대금 삼백 냥, 박시열 그자가 탐라 바닥에 굴러다니던 돈이란 돈은 죄다 긁어갔더라고요. 어쨌든 그에 비하면 저야 뭐 새 발에 피니까, 그죠? 장사를 하다 보면 벌 때도 있고, 잃을 때도 있고 그런 거잖아요. 그냥 이번 일도 크게 공부한 셈 치면……."

만덕은 옆에 있는 이조웅에게 동조까지 구해가며 작금의 상황을 애써 합리화하고 있었다. 차라리 성이라도 낼 것이지, 그 모습이 더 안쓰러워 보여 두르고 있던 수건을 툭, 던져주는 이조웅이었다.

"참으면 병 된다. 울고 싶으면 그냥 울어, 이 녀석아!"

무심하기 짝이 없는 말투였다. 그러나 그 한마디에 쉴 새 없이 재잘대던 만덕의 입이 거짓말처럼 딱 멈추었다. 그러더니 서서히 만덕의 입가가 일그러지기 시작했다.

실은 너무나 불안했다. 미칠 듯이 불안해서 부지런히 손이라도 움직이고, 뭔가 말이라도 하지 않으면 가슴이 그대로 뻥 터져버릴 것만 같았다.

"흐어엉!"

만덕은 이조웅이 던져준 수건을 꼭 쥐고는 서럽게 울기 시작했다. 대체 소리 내어 울어본 지가 언제던가, 그렇게 한 번 터져버린 울음은 시간이 지나도 멈출 줄을 몰랐다.

저러다 탈진이라도 하지 싶은데, 평소 무뚝뚝한 성격 탓에 어찌

위로를 건네야 할지 모르는 이조웅은 그저 말없이 옆에 서서 한참을 지켜볼 뿐이었다. 그러다 겨우 손을 들어 숱 많은 만덕의 머리를 어색하게 두어 번 쓰다듬어주는데,

"어허엉!"

잦아들기는커녕 만덕의 울음소리는 더욱더 커지기만 했다. 이제는 울음을 넘어서 '꺼이꺼이' 숫제 통곡을 해대는 통에 이조웅은 이러지도, 저러지도 못하고 난감해했다. 그러다 불현듯 무슨 생각이 들었는지 방으로 들어가는 이조웅이었다.

잠시 후, 방에서 나온 이조웅은 만덕 앞에 뭔가를 내려놓았다. 부스럭 소리에 눈물 너머로 넘겨다 보니 언젠가 다락에서 봤던 두루마리였다. 그때는 손도 못 대게 했던 물건이었건만. 이조웅은 망설임 없이 매듭을 풀더니 두루마리를 펼쳤다. 그 순간 만덕의 눈앞에 한 장의 거대한 그림이 드러났다. 그것은 놀랍게도 세계지도였다.

곤여만국전도. 청나라를 통해 들여온 그 세계지도 안에는 언젠가 만덕의 아버지 김응렬이 들려주었던 파사국과 대식국, 저 멀리 대진국까지 머나먼 이국의 땅들이 상세히 그려져 있었다.

"이곳이 조선이다. 그리고 그 옆에 이 커다란 땅이 청나라지."

거짓말처럼 만덕의 눈에서 눈물이 잦아들기 시작했다. 그런 만덕을 보며 빙긋 웃은 이조웅은 멈추지 않고 조곤조곤 설명을 이어나갔다.

"여기 바다 건너 길쭉하게 늘어서 있는 섬나라가 바로 왜국인데, 네 아버지가 살아 있을지도 모른다는 장기도가 바로 이 섬이란다. 듣자 하니, 파란눈을 한 아란타네덜란드 상인들까지도 드나드는 아주 큰 포구라더구나. 그리고 청나라 아래쪽에 붙은 이것이 대만부, 좀

더 옆으로 가면 안남국이 나오고…….”

만덕은 홀린 듯 이조웅의 손끝을 바라보았다. 그 손끝을 따라 만덕은 자신의 아버지가 있을지도 모를 넓은 세상을 한줄기 바람처럼 떠돌았다. 그것은 참으로 설레고도 신비한 경험이었다. 어느새 눈물을 멈춘 만덕이 이조웅을 향해 물었다.

"탐라는, 제가 살고 있는 탐라는 어디입니까?"

훗날, 아주 오랜 시간이 흐른 뒤에도 만덕은 그날의 일을 잊지 못했다. 나지막하게 울리던 목소리, 커다랗고 다정한 그 손길이 가슴속에 맺힌 속박을 풀어내고 자신을 드넓은 세상으로 이끌어주었던 열 네살 그 어린 날의 추억을.

그로부터 보름 후, 만덕은 초경을 치르고 여인이 되었다.

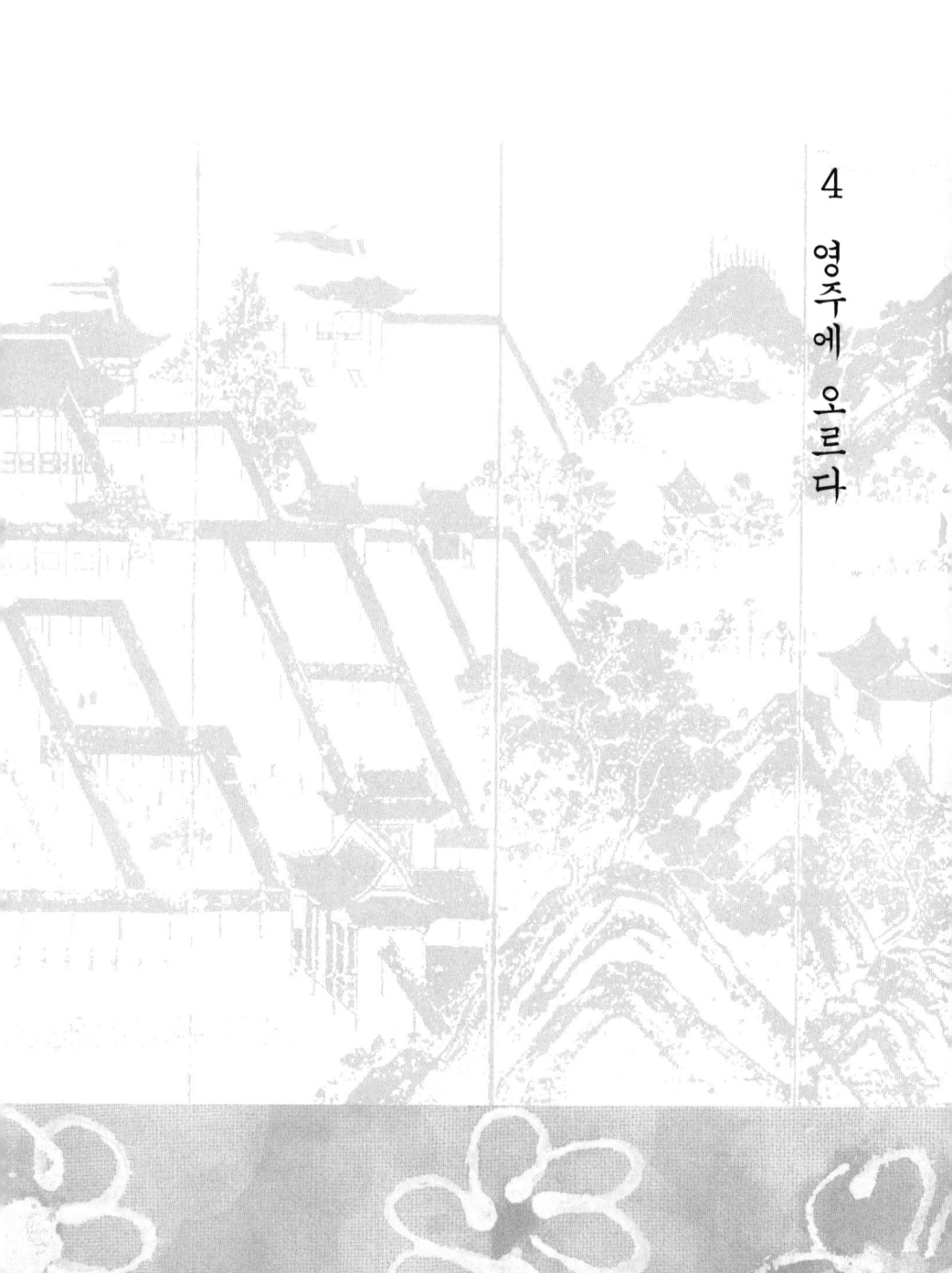

간만에 눈이 그친 정월 초닷새, 심약審藥 윤지천을 비롯한 제주목 관리 몇몇이 월향정에 모여 때 이른 술판을 벌이고 있었다. 방풍목으로 심은 삼나무 가지마다 쌓인 눈이 따스한 햇살에 녹아내리며 구슬로 발을 엮은 듯 반짝이는 오후였다.

"어디, 내 올해는 한양으로 올라갈 수 있겠느냐?"

"윤 심약 나으리께서 궁금하신가보다. 얼른 알려드리렴."

그 말에 붉은 댕기가 공중으로 휙 날아올랐다가 나폴, 홍화꽃잎처럼 마룻바닥에 내려앉았다.

"얼씨구, 금박金箔이로구나!"

"경하드리옵니다."

정자 위에 둘러앉은 남녀가 박수를 치며 왁자지껄 웃어댔다.

이미 술이 몇 순배 돈 듯 거나하게 취한 관원들은 신년 운세를 점친다며 동기점童妓占을 보고 있었다. 동기점이란 그 즈음 탐라 기방에서 유행하던 놀이로, 동기 아이의 댕기를 던져 알아보는 일종의 운세運勢 맞추기였다.

먼저 질문을 한 연후에 댕기를 던져 금박이 나오면 소원이 성취되는 것이고 금박이 박히지 않은 밋밋한 면이 나오면 실패한 것으로 간주하였는데, 댕기란 것이 본래 부드럽고 나폴나폴한 것이다 보니 절반은 금박이 나오고 절반은 뒤집히는 등 변수가 많았다. 그럴 때는 뒤집힌 금박의 개수로 운수를 점쳐보는 것이었다.

"금박이 세 개나 나왔으니, 혹 단오 전에 가시는 것이 아닙니까?"

"단오 전이라! 그 즈음이면 도목정사고려·조선 시대에 이조·병조에서 벼슬아치의 치적을 심사하여 면직하거나 승진시키던 일가 있을 터이니 그럴 수도 있겠지."

"그럼, 이년 단오 머리는 누가 빗겨준단 말입니까? 떠나시는 것을 이리 기꺼워하시니, 이년 서운해지려고 하옵니다."

애랑이 저고리 고름을 쥐고 짐짓 애달픈 척 콧소리를 내자 윤 심약이 애랑의 허리를 담쏙 껴안으며 얼굴을 부볐다.

"요 곰살맞은 것, 안 그래도 내 한양으로 가고 나면, 니 간드러진 콧소리가 듣고 싶어서 어쩔꼬 걱정하고 있느니라."

그러자 애랑이 자못 진지한 표정으로 눈을 내리깔며 구슬프게 대답했다.

"가시기 전에 이년에게 정표라도 하나 주고 가시어요. 그러면 이년 평생 그 정표를 나으리라 여기며 가슴에 품고 놓지 않을 것입니다."

정자 한켠, 가야금을 잠시 내려두고 동기점을 치느라 풀렀던 댕기를 고쳐 묶던 만덕은 애랑의 손을 꼭 부여잡는 윤 심약을 보며 속으로 코웃음을 흘렸다. 그동안 윤 심약에게 여러모로 공을 들였던 애랑이었다. 하여 윤 심약이 떠나기 전에 한몫 제대로 챙겨내려고 술수를 쓰고 있는 게 분명할진데, 그것도 모르고 그저 감격하여 간도 쓸개도 다 내줄 듯한 저 표정이라니.

어차피 기생과 양반의 연애란 한판의 걸판진 연희演戱와도 같은 것이었다. 헌데도 돈을 주고 맺어진 기생에게서 진심을 기대하는 양반님네들의 모습이 조금은 안쓰럽기도 했다. 하지만 그들 덕에 먹고 사는 것이 또한 기생일지니.

"내가 대신 매어주랴?"

댕기의 모양을 옳게 잡느라 잠시 신경을 팔고 있던 사이, 어느새 다가왔는지 예방 심옥구가 만덕의 어깨를 잡으며 수작을 걸어왔다. 많이 취했는지 갓은 정수리 뒤로 절반쯤 넘어가 있고, 술띠는 풀려 옷섬이 헤벌어져 있었다. 절로 눈살이 찌푸려질 정도로 술냄새를 풀풀 풍기고 있었지만, 만덕은 아무렇지 않은 척 미소를 지으며 예방의 손길을 피해 한 걸음 물러나 고개를 숙였다.

"괜찮사옵니다, 나으리!"

그러나 집요한 예방은 아예 만덕의 댕기를 거머쥔 채 지분대기 시작했다.

"괜찮기는! 매듭이 이리 삐뚤어지지 않았느냐? 내가 이래 뵈도 예방이다. 내 손으로 묶고 푼 기생들 옷고름이 어디 한두 갠 줄 아느냐? 내가 묶어준대두?"

질척대는 농담에 좌중에 둘러앉은 관리들이 키득키득 웃어댔다.

"예방 나으리, 순진한 아일 너무 놀리지 마셔요. 그러다 울음보라도 터뜨리면 어쩌시려고요?"

보다 못한 애랑이 애교 섞인 말투로 만류했지만, 이젠 반대편에 앉아 있던 호방까지 도포 자락을 걷어붙이고 보란듯이 무릎을 탁탁 치며 한 수 거들고 나섰다.

"어이구, 그러면 쓰나? 이리 오너라. 내 얼러줄 터이니."

갈수록 노골적인 농담들이 오가자 설핏 얼굴이 굳어진 애랑이 월중선을 바라보았다. 허나 월중선은 그 소란을 다 듣고 있으면서도 묵묵히 앉아서 술만 칠 뿐, 남 일인 양 본 척 만 척이었다. 외려 당황한 것은 애랑이었다.

만덕 역시 양어미인 월중선을 바라보았다. 허나 모른 척하는 월중선을 보면서도 만덕은 그닥 당황치 않았다. 오히려 월중선의 의도를 알아채고 싱긋 미소 짓는 만덕이었다. 이 정도도 스스로 감당치 못한다면 기생이라 할 수 없을 터, 월중선은 만덕을 시험하고 있는 것이었다.

만덕은 우선 얼굴을 눈처럼 하얗게 비웠다. 그러고는 그 위에 복사꽃처럼 수줍은 미소를 틔워올렸다.

"예방 나으리, 나으리께서 정녕 제 댕기를 매어주시렵니까?"

"그래, 그렇대두!"

그러자 만덕은 반쯤 묶은 자신의 붉은 댕기를 툭, 풀어 내리더니 연회상 앞으로 다가갔다. 연회상 위에는 기름기가 자르르한 맥적이며 신선한 해산물, 송화가루를 눌러 만든 다식에 갖가지 과일까지 온갖 산해진미가 한 상 그득히 차려져 있었다. 허나 만덕은 수많은 안주를 마다하고 그중에서 유독 자그맣고 동그란 귤 한 덩이를 집어 들더니 자신의 댕기로 둘러 묶었다. 그러고는 다시 예방 앞으로 다가가서는 무릎을 꿇고 앉아 다소곳이 자신의 댕기를 바쳐올리는 것이었다.

"이것이 무엇이냐?"

예방이 묻자, 만덕이 부끄럽다는 듯 고개를 외로 꼬며 대답했다.

"동정귤洞庭橘이옵니다."

"도 동정귤?"

동정귤은 탐라에서 나는 상품上品의 귤 중 하나로, 보통 12월에 거두며 그 빛깔은 짙은 녹색이고 크기는 밤송이처럼 자그마했다. 고운 향기와 함께 입에 넣으면 부드럽고 상쾌한 맛이 나는데, 알이 굵고 단맛을 내는 유감에 비해 작고 새콤한 맛이 마치 순진하고 새침한 소녀와 같았다. 비유하자면 유감이 농염한 기생이라면, 동정귤은 아직 덜 여문 듯한 동기랄까.

"어찌 내게 이 귤을 주는 게냐?"

좌중들의 시선도 이미 예방과 만덕에게 모여 있었다. 만덕이 어떤 대답을 내놓을지 호기심에 가득 찬 표정이었다. 드디어 만덕이 입을 열었다.

"예방 어르신께서 이년의 댕기를 매어주신다 하니, 감히 어느 명이라고 거역하겠나이까? 다만, 기생의 댕기는 첫 정情과 같으니, 풀은 연후에나 다시 매실 수 있음이옵니다. 이 동정귤을 댕기에 매어 올림은, 이년 아직 이 동정귤과 같아 시고 떫으니 예방 어르신을 잘 뫼실 수 있을까 저어 되어 그리 하였나이다."

"아직 동정이라!"

얄궂게도 동정귤의 동정洞庭과 동정童貞이 그 음이 같으니, 자신이 아직 숫처녀임을 은근히 강조하는 것이었다. 마찬가지로 동기 아이의 댕기를 푼다함은 화초머리를 얹어준다는 뜻과도 같으니, 자신의 댕기를 매어주려거든 그만한 대가를 치르고 정식으로 절차를 밟으라는 무언의 압박이었던 것이다.

"아하하하! 이보게 예방, 자네가 제대로 한 방 먹었구만! 꽃을 꺾자면 그에 합당한 화초값을 치뤄야지. 암, 그렇구 말구!"

좌중이 모두 박장대소를 터뜨렸다. 심지어 만덕에게 무안을 당한 예방마저도 그 재치에 껄껄 웃고 말았다. 예방은 여전히 무릎을 꿇고 앉은 만덕을 일으켜 세우며 말했다.

"그 댕기는 그만 넣어두려무나. 너같이 영특하고 고운 아이를 거두자면, 내 와가를 몽땅 쏟아부어도 부족할 터, 어디 겁나서 그 댕기를 받겠느냐?"

예방의 엄살에 기생이고 손님이고 할 거 없이 다시금 와그르르 웃어댔다.

"월중선, 저 아이가 자네 양녀라고 했지?"

겨우 웃음을 멈춘 윤 심약이 눈가에 맺힌 눈물을 닦아내며 묻자, 월중선이 빙그레 미소를 지으며 고개를 숙였다.

"그 어미의 그 딸이로고. 재치 있고 맵싸한 말솜씨가 앞으로 남정 여럿 잡겠어. 누가 저 아이를 거둘지 벌써부터 기대가 되는구만."

그 말에 화사하게 미소를 띤 월중선이 자리로 돌아가는 만덕을 바라보며 답했다.

"저 아이도 이제 방년芳年, 곧 인연이 닿겠지요. 허나, 저 정도 재색에 와가 한 채 값이 아깝다 하겠습니까?"

월중선의 얼굴에 자부심이 가득했다. 자신의 시험을 가볍게 통과할 만큼 만덕은 이미 성장해 있었던 것이다. 열여섯, 기생으로서 한 사람의 몫을 해낼 나이. 드디어 만덕이 세상에 첫선을 보일 때가 온 것이었다.

"스승님!"

귤밭에 앉아 있는 이조웅을 본 만덕이 저 멀리서 손을 흔들며 달려왔다. 그 모습이 흡사 초원에 풀어둔 망아지 같아 쯧쯧 혀를 차는 이조웅이었다.

"나이는 얼루 먹었누?"

다 큰 처자가 조심성이 없다며 나무라는 데도 만덕은 간만에 만난 스승이 그저 반갑고 좋은지 헤헤 웃을 뿐이었다. 웃는 얼굴에 침 못 뱉는다고 결국엔 이조웅도 더는 말 못하고 슬쩍 눈을 한 번 흘겨주고 말았다. 남들이 어찌 보건, 이조웅의 눈엔 아직 어린아이인 만덕이었다.

"이번엔 귤이어요?"

가까이 다가온 만덕이 이조웅의 화첩을 들여다보며 말했다. 방금 붓질을 마친 듯, 화선지 위에는 아직 물감이 채 마르지 않은 당유자가 금방이라도 단물을 뚝뚝 떨굴 듯 생동감 있게 묘사되어 있었다.

"지난번엔 돌만 줄창 그리시더니."

만덕이 또 시작이라며 핏한 표정을 지었다.

"학문이 책 속에만 있다더냐? 돌 무더기 속에도 있고, 귤나무 가지에도 있는 것이지."

유배생활을 시작하고 틈틈이 탐라의 풍물을 기록해 온 이조웅이었다. 당대의 학풍인 실학의 영향을 받은 데다 본래도 관찰하고 궁리하길 좋아하는 성품인 이조웅의 눈에 탐라는 거대한 연구대상이었던 것이다.

허나 스승의 그런 연구벽이 마냥 좋지만은 않은 만덕이었다. 뭔가에 한번 빠졌다 하면 끼니를 거르는 것은 기본이요, 아침 일찍 집을 나가 한밤중이 되도록 돌아올 줄을 모르니 보는 사람으로서는 걱정일 수밖에 없었다. 더구나 이제 건강도 생각해야 할 나이이건만.

"아무리 학문이 좋다지만, 몸도 생각하셔야죠. 그렇게 하나하나 다 연구하시다가는 곧 잠녀들 따라 물질도 하시겠어요."

만덕이 삐죽 입술을 내미는데, 화구를 정리하던 이조웅이 심드렁하게 대꾸했다.

"마침 미역과 전복의 식생植生도 궁금하던 참인데, 그도 나쁘진 않겠구나."

그 말에 오히려 뜨악한 만덕이 큰 눈을 동그랗게 뜨며 되물었다.

"참말이셔요? 진짜 바닷속에 들어 가시게요? 그럼 옷은요?"

만덕은 순간 잠녀들처럼 물소중이물옷를 입은 이조웅의 모습이 떠올라서 저도 모르게 깔깔 웃었다. 귤밭 가득 발랄한 웃음 소리가 귤향기처럼 싱그럽게 퍼져나갔.

이조웅은 햇살 아래서 금빛으로 물드는 만덕의 눈을 지긋이 바라보았다. 말로는 나이를 헛먹었다 야단을 쳐댔지만, 만덕은 그야말로 막 터지기 직전의 꽃망울 같았다. 큰 키에 호리호리한 몸매, 흰 살빛과 더불어 오똑한 콧날과 붉은 입술은 귀골스러운 인상을 주었다.

그리고 무엇보다도 호기심이 가득한 생기 넘치는 눈망울은 햇빛을 받으면 금륜金輪처럼 환하게 빛났다. 그 눈은 때때로 무심한 이조웅의 마음조차 덜컥 내려앉게 하는 힘을 품고 있었다.

"잔망스런 녀석!"

부러 핀잔을 주어 시선을 돌린 이조웅은 해가 저물기 시작한 서쪽 하늘을 바라보며 스치듯 말했다.

"바닷속까지는 아니더라도 탐라에 왔으니 죽기 전에 영주한라산는 한번 올라봐야겠지."

만덕이 돌아봤을 때, 스승은 저 멀리 저녁 햇살에 비낀 한라산을 바라보고 있었다. 허나 그 표정은 왠지 모르게 쓸쓸했다.

북으론 봉래금강산요, 남으론 영주한라산라, 두 영산靈山을 오르는 것은 당대 선비들의 꿈이었다. 이조웅 역시 종종 입버릇처럼 언젠가는 한라산과 금강산을 두루 둘러볼 것이라며 공언하곤 했다.

"한라산은 영주요, 금강산은 봉래니, 이 두 산을 모두 오르고 나면 나도 반은 신선이 아니겠느냐?"

하지만 머나 먼 금강산은 차치하고서라도 눈앞의 한라산조차 오르지 못하는 게 유배자의 현실이었다.

"까짓 한라산이야 언제든 오르면 되지요. 한라산이 문젭니까? 금강산, 백두산…… 마음만 먹으면 어디든 못 가겠습니까?"

부러 기세등등하게 말해보는 만덕이었지만 그게 쉽지 않음은 본인이 더 잘 알고 있었다. 한라산을 오르려면 못해도 이틀은 걸릴 것인데, 그러자면 점고에 나갈 수가 없기 때문이었다. 그 역시도 관속들에게 잘만 얘기하면 불가능한 일은 아니었지만 그런 융통성을 발

휘할 이조웅도 아니었다. 결국 이제나, 저제나 유배가 풀리길 기다릴밖에. 이런저런 생각에 빠져 있는데 이조웅이 불쑥 만덕을 향해 물었다.

"수업은 어찌하고 또 여길 온 게냐?"

그러자 만덕이 제법 도도하게 턱을 치켜들며 대꾸했다.

"다 마치고 왔습니다. 제가 만날 게으름만 피우는 줄 아십니까? 이래 뵈도 교방에선 꽤 괴임받는 수제자란 말입니다."

허나 같잖다는 듯 피식 코웃음을 흘리는 이조웅이었다.

"밤낮 괴임 받는 수제자면 뭐하누? 아직 머리도 못 올린 동기녀석 주제에."

빙글빙글 놀리는 그 말에 약이 오른 만덕이 입을 쭉 내밀며 씩씩거렸다. 안 그래도 만덕 또래의 동기들 중 이미 머리를 올린 아이들이 여럿이었다. 덕분에 동기들 사이에선 보이지 않는 경쟁이 날로 치열해지고 있는 참이었다.

"저도 곧 머리를 올릴 것입니다. 어머니께서도 이제 때가 됐다고 하셨단 말입니다."

오기가 나서 그렇게 대답하기는 했지만, 기실 만덕은 자신이 정말 머리를 올리고 싶은 것인지 아닌지 그 조차도 잘 알 수가 없었다. 화초머리를 올리는 것이 본래 기생이 하고 싶다고 해서 되는 것이 아니라 상대의 선택이 있어야만 가능한 것이니 벌써부터 '제 마음' 운운하는 것이 우스운 일이기는 했으나, 만덕은 잘 알지도 못하는 남자에게 제 몸을 내주어야 한다는 것이 쉽게 상상이 가지 않았다. 그래서 그런지 곧 만덕의 표정은 우울해지고 말았다. 그런 만덕의 기분을 알아챈 이조웅이 화제를 바꾸며 물었다.

"그나저나 네 아비 소식을 알아본다더니, 그건 어찌 되었느냐?"

"아! 잘하면 연줄을 댈 수도 있을 것 같습니다."

언제 그랬냐는 듯 대번에 얼굴빛이 밝아진 만덕은 이조웅을 붙들고 한양에 간 양반이 어떻고, 그 사돈의 팔촌이 어디에서 일을 하는데 하며 조잘조잘 수다를 떨어댔다. 그런 만덕의 얘기를 말없이 들어주던 이조웅은 빙긋 웃었다. 3년 전쯤, 자신의 옷자락을 붙들고 눈물 콧물을 쏟아가며 서럽게 울어대던 어린 만덕이 떠올랐기 때문이다.

처음 탐라에 도착하던 날 포구에서 본 만덕은 야물고 총명한 아이였다. 그리고 얼마 후, 해변가 마을에서 우연히 마주친 만덕은 당돌하고 대차기 그지없었다. 하지만 그날, 만덕이 돌아오지 않는 아비를 부르며 애닮게 울던 날, 이조웅은 비로소 만덕의 여린 속내를 알게 되었다. 만덕이 가족을 위해 독하고 모질어질 수밖에 없었던 사연도.

'내게 예전처럼 힘이 있었다면 니가 그토록 원하는 것들을 이루어 줄 수도 있었으련만……!'

저토록 작은 어깨에 너무도 많은 짐을 짊어지려고 하는 것이 안타까워, 이조웅은 만덕을 연민 어린 눈으로 바라보았다.

"지금은 어려울지 몰라도, 꼭 제 손으로 찾을 것입니다. 포기하지 않으면 실패가 아니다! 스승님이 그러지 않으셨습니까?"

만덕이 동의를 구하듯 이조웅을 바라보았다.

'그래, 넌 강한 아이지!'

이조웅은 대답 대신 가만히 고개를 끄덕여주었다. 그것만으로도 천군만마를 얻은 듯, 만덕은 활짝 웃었다. 이제 막 무르익기 시작한 싱그러운 귤 향기가 천지간에 가득했다.

"시간이 너무 늦질 않았느냐? 어서 돌아가거라."
겨울이라 짧은 해가 뉘엿뉘엿 지기 시작하자 이조웅이 만덕을 재촉했다. 하지만 만덕은 붓이며 벼루를 담은 이조웅의 화구 보따리를 가슴에 안은 채 배시시 웃었다.
"괜찮습니다. 오늘은 어머니께서 마을에서 열리는 큰 연회에 가셔서 늦으실 것입니다."
"예끼, 이 녀석아. 신독愼獨이라 하였다. 누가 본다 해서 삼가고, 누가 보지 않는다 해서 방만하단 말이더냐?"
"그런 것이 아니오라……"
이래저래 말꼬리를 늘이던 만덕은 자꾸만 재촉하는 스승이 영 야속했던지 결국 팩 토라지고 말았다.
"진정 너무하십니다! 이게 얼마 만에 뵙는 것인데, 절 이리 못 쫓아보내 안달이십니까?"
최근 들어 월중선을 따라 연회에 참석하는 일이 부쩍 잦아진 만덕이었다. 덕분에 예전과 달리 이조웅의 배소에 자주 드나들 수가 없었다. 게다가 이즈음 이조웅도 집을 비우는 날이 많아져 글공부는 둘째치고, 얼굴 보기도 쉽지가 않았던 것이다.
"글이라면 소학에 시경까지 익혔으니 그 정도면 충분치 않으냐? 과년한 처자가 남자 혼자 사는 집에 자꾸 드나드는 것도 보기 안 좋다. 서책이라면 빌려줄 터이니, 앞으론 찾아오지 말고 혼자 수학하거라."

그렇게 말하고 앞서 걷는데 뭔가 낌새가 이상했다. 하여 뒤돌아보니 만덕이 그 큰 눈에 그렁그렁한 눈물을 담고 이조웅을 바라보고 있었다.

"그 말이 진심이십니까?"

진심이라고 했다간 또다시 눈물바람을 해댈까봐 쉬이 대답을 못하는 이조웅이었다. 그저 난감한 표정을 짓고 있는데, 눈물을 쏟을 줄 알았던 만덕이 옷소매로 눈물을 쓰윽 닦더니 한 걸음 다가서며 이조웅을 똑바로 올려다보았다. 그 눈빛이 고집스럽기 그지없었다.

"진심이든 거짓이든 상관없습니다. 스승님이 싫다 하셔도 전 계속 지겹게 쫓아다닐 것입니다."

이조웅이 움찔 놀라 만덕을 내려다보았다. 만덕의 눈빛은 전에 없이 깊고 그윽해, 어렴풋이 여인의 향내를 풍기고 있었다. 허나 다음 순간 만덕이 다시금 아이처럼 배시시 웃으며 말했다.

"제가 없으면 뉘라서 스승님의 버선을 기워드리고, 벼룩을 잡아드린단 말입니까? 보나마나 저 없으면 스승님은 보름만에 못난 홀아비 꼴이 되실 겁니다."

장난스럽게 히죽 웃고는 앞서서 달려 나가는 만덕을 보면서 그제야 이조웅은 참았던 한숨을 내쉬었다. 여인과 아이의 경계를 아슬아슬하게 줄타기하듯 넘나들면서도 정작 본인은 느끼질 못하고 있으니, 이조웅으로서는 참으로 난감한 노릇이었다. 설레설레 고개를 내저은 이조웅은 만덕을 향해 소리쳤다.

"이 녀석아, 갈 때 가더라도 내 화구는 주고 가야지."

그때였다. 저 앞 귤림橘林 끝, 방풍림과 맞닿은 큰 길가에 도달한 만덕이 순간 우뚝 멈춰섰다. 만덕 앞에 전혀 예상치 못한 사람이 나타났던 것이다. 그 사람은 바로 만덕의 양어미 월중선月仲仙이었다. 쓰개치마를 벗어내린 월중선은 우선 이조웅을 향해 공손히 허리를 굽혀 보이고는 이내 매섭게 만덕을 꾸짖었다.

"가야금 연습을 하라 일렀거늘, 예서 뭐하고 있는 게냐?"

월중선의 얼굴은 마치 밀랍으로 빚어놓은 듯 싸늘하기 그지없었다. 하필 이런 곳에서 마주치다니. 잔뜩 주눅이 든 만덕은 평소의 말재간은 다 어디 갔는지 대꾸도 못한 채 고개만 수그렸다.

"해가 진다. 앞서거라."

허나 월중선의 명에도 만덕은 이조웅과 월중선을 번갈아 바라볼 뿐, 엉거주춤 그 자리에 선 채 움직이지 못했다. 방금 전까지만 해도 스승과 함께 걷던 길이었다. 헌데 이제와서 월중선을 따라 휑하니 돌아가기에는 참으로 난감한 상황이었다. 그저 눈치만 보고 섰는데, 이조웅이 먼저 발걸음을 옮겼다.

아마도 이 어색한 상황을 마무리 지으려는 듯, 월중선을 향해 고개를 까딱해 보인 이조웅은 아무 말없이 그대로 두 사람을 지나쳤다. 그러고는 귤림 사이로 난 큰길을 따라 홀로 휘적휘적 멀어져갔다. 화구 보따리는 여전히 만덕의 손에 들린 채였다.

"뭍 남자는 믿지 마라 하였다."

"하지만 스승님은 제게 아버지와 같은 분이십니다."

"아무도 믿지 마라 했다. 약한 자만이 타인을 믿는 것이다."

"하오나……."

"나와의 약속을 어기지 마라."

만덕은 말문이 막혔다. 덩달아 꽉 막힌 가슴은 천지사방을 막아버린 것처럼 한없이 답답해졌다. 그저 들고 있던 화구 보따리만 꼬옥 보듬어안는 만덕이었다.

시간은 빠르게 흘러 어느덧 봄이 지나고, 녹음이 우거진 여름이 되었다. 그사이 만덕의 기생 수업은 더욱 바빠졌다. 허나 그러는 와중에도 만덕은 월중선의 눈을 피해 틈틈이 이조웅의 집을 드나들었다. 이조웅은 그런 만덕을 멀리하려는 듯 부러 더 자주 집을 비우곤 했다. 그러나 만덕은 개의치 않고 빨래며 청소 등 변함 없이 잔시중을 이어갔다.

월중선이 탐탁치 않아 하든, 이조웅이 반기지 않든, 만덕에게 있어서 인연이란 항상 손가락 사이로 빠져나가는 바람처럼 느껴져서 버릇처럼 한번 쥔 손은 쉬이 놓을 수가 없는 까닭인지도 몰랐다.

탐라 기생에게 7월은 그 어느 때보다도 바쁜 달이었다. 칠석과 백중은 말할 것도 없고, 매년 음력 7월 기망旣望 16일이면 용연龍淵에서 뱃놀이가 벌어졌기 때문이다.

고려조 말부터 이어져 왔다는 이 놀이는 소동파가 7월 기망에 적벽강에 배를 띄우고 술을 마셨다는 고사에서부터 유래한 것이었다. 그 풍류를 따라 같은 날이 되면 선비들은 용연계곡에 배를 띄우고 앉아 시를 읊고 술을 마셨다. 그리고 기생들은 흥취를 돋우기 위해 여악을 준비했다.

만덕은 기생이 된 후에 아직 한번도 이 뱃놀이에 참여해 본 적이 없었다. 그도 그럴 것이 용연 뱃놀이는 기생 중에서도 최고의 인기를 구가하는 일류 기생들만이 참여할 수 있는 연희였기 때문이다. 그러니 아직 머리조차 올리지 못한 만덕이 탐라의 연희 중에서도 가히 백미라 불릴 만한 용연 뱃놀이에 끼지 못하는 것은 당연지사였다. 허나 올해는 상황이 달랐다. 기생명단에 만덕의 이름이 들어간 것이다. 물론 그것은 순전히 월중선의 힘 덕분이었다.

아직 구체적인 그림이 떠오른 것은 아니지만 월중선은 이번 뱃놀이에서 만덕의 화초 상대를 정할 계획이었다. 아무래도 탐라의 내로라하는 관리부터 양반, 풍류객이 한자리에 모이는 연회이니만큼 내심 격에 맞는 상대를 고를 수 있으리라 기대하는 것이었다.

기생에게 있어서 첫 남자란 중요한 존재였다. 단순히 첫정이란 의미에서가 아니라, 추후 그 기생의 몸값을 결정짓는 데 있어 매우 상징적인 존재였기 때문이다. 하여 기생의 화초머리를 얹어준 상대가 누구냐에 따라 종종 그 기생의 품격이 달라지곤 했다. 허나 그것은 단순히 화초값을 얼마나 받느냐 하는 금액의 문제완 달랐다. 아무리 돈이 많아도 졸부는 외려 격이 낮은 법, 때로는 아무 대가 없이 몸을 던진다 해도 영예로운 상대가 있게 마련이었다.

그런고로 화초상대를 고르는 것은 무척이나 까다롭고 복잡한 과정이었다. 기생을 곁에 둘 만큼 경제적 여유를 지니되, 동시에 적당한 사회적 지위도 갖춘 사내여야 했다. 그런 사내를 물색한다는 게 생각처럼 쉬운 일이 아니다 보니 기생 어미들은 제 딸의 첫 상대를 고르는 데 있어 여러모로 신중을 기할 수밖에 없었다.

월중선 역시 만덕을 대충 아무 사내에게나 떠넘길 마음은 없었다.

만덕은 월중선이 지닌 금은보화 가운데 최고의 보물이었다. 그 보물의 가치를 높이자면 사내 또한 그에 걸맞아야만 했다.
 '사내가 기생을 산다 누가 그러더냐? 내 너의 머리를 얹어줄 놈이 아니라 네 날개가 되어줄 놈을 골라주마!'
 슬밋 미소를 띠는 월중선이었다.

 용연 뱃놀이는 막 보름을 지난 농염한 달이 밤하늘에 둥실 떠오름과 동시에 시작되었다.
 물가에 댄 배들이 미끄러지듯 용담 위로 띄워지자 마중하듯 나루터에 오색 깃발이 휘날리고, 달과 경쟁하듯 범주泛舟에 매단 연등이 불을 밝혔다. 호수 위로 점점이 흩어지는 불빛들, 그 모습은 마치 하늘의 은하수를 옮겨놓은 듯했다. 바람은 청명하고 물결은 잔잔하여 연희를 즐기기에는 더 없이 좋은 밤이었다.
 뱃놀이에는 세 척의 배가 동원되었다. 만덕은 그중에서 목사와 판관을 태운 천막선天幕船에 올랐는데, 선미船尾에 앉으니 용연의 밤 풍취가 고스란히 시야에 들어왔다. 깎아지른 절벽 사이 온갖 기암괴석이 수십 리에 걸쳐 펼쳐지고, 양쪽 언덕에는 귤과 석류가 울창한 숲을 이루고 있어 바람이 불 때마다 그 싱그러운 향기가 정신을 맑게 하였다.
 낮에는 그 푸른 빛깔이 강물에 비쳐 완연한 비취빛을 띤다 하여 그 옛날 임제는 이곳을 취병담翠屛潭이라 불렀다던가. 만덕은 문득 허리를 숙여 강물을 내려다보았다. 그러자 어둠에 잠긴 용연은 낮과는 달리 검은 능라를 펼쳐놓은 것처럼 매끄럽게 반짝였다. 허나 그

심연은 용이 살고 있다는 전설만큼이나 깊고 아득해 만덕은 가벼운 현기증을 느꼈다.

　손으로 이마를 짚으며 뱃전에 기대어 먼 강물을 바라보니, 사공이 노를 저을 때마다 이지러지는 달빛이 강물 위 점점이 떠 있는 불빛에 더해 어둠 속으로 별빛처럼 흩어져갔다. 마치 모든 시간이 한점에 멈춘 듯 꿈결 같은 광경이었다. 만덕은 그제야 사람들이 왜 용연의 뱃놀이를 영주 12경 가운데 하나로 꼽는지 알 듯했다.

　만덕은 이번 뱃놀이에 세 명의 악기樂妓중 하나로 참여했다. 본시 양모이자 스승인 월중선에게서 춤을 사사받은 만덕은 춤에도 제법 소질을 보였으나 그보다는 가야금을 더 가까이했다. 현을 퉁기고 뜯을 때마다 손끝으로 전해지는 소리의 울림, 만덕은 공기 중으로 흩어져가는 그 아련한 울림을 아꼈다. 그 울림을 바람결에 실어 보내다 보면, 어느새 만덕의 가야금 소리는 눈물이 되고, 한숨이 되고, 그리움이 되곤 했다.

　"그 옛날 소동파는 퉁소 소리에 슬퍼 옷깃을 적셨다더니, 용연의 가야금 소리 또한 그 못지않은 비감함이 있도다."

　한 풍류객이 감상에 젖어 장탄식을 뱉어내자, 옆에 있던 관원이 거들고 나섰다.

　"소리도 소리이거니와 월하미인月下美人만큼 연심憐心을 끄는 것이 또 있겠습니까?"

　연주에 몰입해 있던 만덕은 그제야 좌중의 시선이 자신에게 쏠려 있는 것을 깨닫고 나붓이 몸을 낮췄다. 제 감정에 취해 그만 연회에 맞지 않게 지나치게 구슬픈 가락을 연주한 탓이었다. 서둘러 다음

곡을 연주하려는 데 그제껏 조용히 술잔만 기울이고 있던 목사 김몽규가 입을 열었다.
"밝은 달빛 아래 도화눈桃花嫩이라!"
복사꽃은 복사꽃이되, 아직 봉오리를 틔우지 않은 맹아萌芽. 시인 두보杜甫가 홍입도화눈紅入桃花嫩이라 읊은 것을 인용해 만덕이 아직 어린 기생임을 암시하는 말이었다. 김몽규는 만덕이 절을 올릴 때 나무뿌리처럼 하얀 목덜미 위로 가지런히 땋아 내린 머리채를 넌즈시 훑어보았던 것이다.
"니 이름이 무엇이냐?"
김몽규의 물음에 만덕이 다시금 다소곳이 고개를 숙여 대답했다.
"만덕이라 하옵니다."
"만덕?"
김몽규가 설핏 콧방귀를 뀌었다. 솔직히 김몽규는 만덕의 존재가 썩 유쾌하지 않았다. 풍류를 즐기는 자리에 풋내기 동기 아이로 하여금 수발을 들게 한다는 사실이 왠지 자신을 우습게 여기는 것처럼 느껴졌기 때문이다. 게다가 기생의 이름이 만덕이라니······. 김몽규의 불편한 심기를 눈치챈 월중선이 화사하게 웃으며 재빨리 해명하였다.
"아직 머리도 올리지 못한 동기 아이옵니다. 꽃을 불러준 이 없으니, 이름 또한 없을 수밖에요."
"이름을 불러준 이가 없다?"
아직 손을 타지 않은 깨끗한 아이라는 암시였으니 월중선의 그 말은 확실히 김몽규의 호기심을 자극하였다. 그러고 보니 활짝 흐드러진 꽃처럼 농염한 향기를 뿜어내는 기생들 사이에서 수줍은 듯 풋풋하게 앉아 있는 만덕은 확실히 이채로웠다.

"고개를 들어보아라."

목사의 명에 만덕이 조심스레 고개를 들었다. 흰 피부와 단아한 얼굴, 단정하게 뻗은 콧날이 기생이라는 천한 신분에도 불구하고 제법 요조窈窕한 맛을 풍기고 있었다. 그리고 그것만으로는 설명하기 힘든, 눈을 잡아 끄는 무엇이 있었으니······.

"지금 내가 보고 있는 것이 올바른 것이더냐? 아니면 달빛에 취해 헛것을 보고 있는 것이냐? 저 아이의 눈이 하늘에 걸린 보름달과 같구나!"

순간 좌중에서 '오호!' 하며 낮은 탄성이 터져나왔다. 김몽규의 말처럼 고개를 든 만덕의 눈동자는 밝은 연등 불빛에 비치어 둥근 보름달처럼 은은한 금빛으로 빛나고 있었던 것이다.

"옳게 보셨사옵니다. 저 아이의 눈빛은 평소엔 그저 다른 사람들보다 조금 옅을 뿐이오나, 빛을 받으면 기이한 광채를 보입지요."

월중선의 말에 사람들이 너나 할 것 없이 신기한 일이라며 입을 모았다.

"달나라 월궁에 항아가 산다더니, 그것이 진정 사실이 아닙니까?"

한 선비가 입을 열자, 사람들이 앞다투어 만덕의 신묘한 눈빛을 칭송하기 시작했다. 그러나 정작 당사자인 만덕은 이러한 상황이 어색할 뿐이었다. 지금껏 살아오면서 자신의 특이한 눈동자가 사람들로부터 혐오와 배척의 대상이 되었으면 되었지, 칭송의 대상이 되었던 적은 단 한번도 없었기 때문이다. 당황한 만덕은 월중선을 바라보았다. 그러나 월중선은 그저 빙그레 웃을 뿐 아무런 말도 하지 않았다.

사실 월중선은 처음부터 어느 정도 이런 상황을 예측하고 있었다. 억새밭에서 만덕을 처음 만났던 그 순간부터 월중선은 만덕의 눈빛이 사람을 잡아끄는 힘을 가지고 있다고 확신했던 것이다. 하여 그 점을 강조하고자 무리를 해서라도 만덕을 이 배에 태운 것이었다. 그리고 그런 월중선의 예측은 보기 좋게 맞아 떨어졌다.

"월아용태라……."

낮게 읊조리는 김몽규를 보며, 월중선은 생각보다 꽤 큰 물고기가 잡혀들었음을 직감했다. 제주 목사라면 그야말로 탐라 최고의 권력자가 아니던가. 그런 목사가 만덕에게 관심을 가졌으니 이번 일이 성사되기만 한다면 크게 한밑천 잡는 것은 물론이요, 탐라 교방 내에서 만덕과 자신의 입지 또한 더욱 공고해질 것이 분명했기 때문이다. 허나 아직 기뻐하긴 일렀다.

목사 김몽규는 사람이 교활하고 음흉한 구석이 있었다. 만일 그가 만덕을 하룻밤 노리개로 여긴다면 기방의 관례 따윈 무시하고 만덕을 억지로 범할 수도 있는 노릇이었다. 말이 좋아 예인이지 달리 보면 기생은 관에 소속된 노비와 다를 게 없었기 때문이다.

주인이 노비를 범했다 하여 책임질 필요가 없듯이, 목사가 어린 기생 하나 건드렸다고 해서 문제될 것은 없었다. 그저 억울하더라도 국으로 닥치는 수밖에.

월중선은 어떻게 하면 좀 더 유리한 패를 쥘 수 있을까 선유船遊 내내 고심했다. 그러나 우려와 달리 해결책은 뜻밖의 곳에서 나왔다.

天地之間(천지지간) 하늘과 땅 사이에

物各有主(물각유주) 사물에는 제각기 임자가 있는지라

苟非吾之所有(구비오지소유) 진실로 내 것이 아니면

雖一毫而莫取(수일호이막취) 비록 털끝 하나라도 취하지 말라

시구가 끝나자 좌중들 사이에서는 침 삼키는 소리만이 들려왔다. 술잔을 쥔 김몽규의 손이 분노로 부들부들 떨리고 있는 것과 달리 방금 시를 읊조린 이조웅은 천연덕스러울 정도로 침착했다. 비록 초라한 갈옷에 정당벌립 차림이었지만 목사의 위세 앞에서도 전혀 주눅 든 기색이 아니었다.

"그 시를 내게 들려준 의도가 뭐요?"

김몽규가 낮게 으르렁대자, 이조웅이 대답했다.

"적벽부로 묻기에 적벽부로 답한 것일 뿐이외다."

그날 이조웅은 근처 애월에 다녀오는 길이었다. 요사이 만덕을 피해 멀리 돌아다니다 보니 귀가가 늦어진 참이었다. 헌데 용두 근처를 지나다가 마침 안면을 트고 지내던 유생 하나와 마주쳤던 것이다.

그저 인사나 나누고 헤어졌으면 좋았을 것을, 평소 이조웅을 존경하던 유생은 날도 늦었는데 함께 가서 저녁이나 드시자며 이조웅을 붙잡았다. 이조웅 역시 저녁 챙기기가 귀찮던 차라 별 생각 없이 유생을 따라 나섰다. 헌데 그게 하필 용연 뱃놀이일 줄이야. 뒤늦게 아차 싶었으나 이미 목사의 눈에 띈 연후였다.

김몽규는 이조웅이 명문 사림 출신의 전 대사간임을 듣고 지대한 관심을 보였다. 스스로 학자연學者然하던 터라, 김몽규는 유배죄인임

에도 불구하고 이조웅을 직접 자신의 막사로 불러들였다. 그렇게 손수 술을 대접하고는, 시 한 수를 청하기에 이르렀던 것이다.

첫 수는 김몽규가 먼저 읊었다. 날이 날이니만큼 소동파의 적벽부 중 한 구절이었다.

桂棹兮蘭獎(계도혜난장) 계수나무 돛대에 목란 삿대로
擊空明兮泝流光(격공명혜소류광) 물에 비친 달그림자를 부수며 흐르는 달빛을 거슬러 오르네
渺渺兮余懷(묘묘혜여회) 아득하도다 내 마음이여
望美人兮天一方(망미인혜천일방) 하늘 저 한 곳에 있는 미인을 그리노라

마지막 구절을 읊으며 김몽규는 막사 한켠에서 숨죽이고 있던 만덕을 가리켰다. 만덕을 '하늘 저 한 곳에 있는 미인' 즉 달에 비유한 것이었다. 그제야 이조웅도 지금껏 가야금을 뜯던 기생이 만덕이라는 사실을 알아챘다.

그도 그럴 것이 자신과 있을 때의 만덕은 화장기 없는 맨 얼굴에 항상 수수한 옷차림이었다. 그에 비해 지금 눈앞에 앉아 있는 만덕은 얇게 동여맨 허리에 풍성한 치마, 가녀린 어깨를 강조하듯 끝으로 갈수록 소매가 좁아지는 노랑 회장저고리를 입고, 머리부터 발끝까지 완벽한 성장盛裝을 하고 있었다. 누가 봐도 혹할 만큼 우아한 기생의 모습이었다.

그래서였을까. 김몽규가 만덕을 향해 뻗었던 손으로 내처 만덕의 귓볼을 슬쩍 어루만졌다. 순간 놀란 만덕이 가시에 찔린 나비처럼

얇은 비단으로 감싼 어깨를 바르르 떨었다. 덩달아 이조웅의 손아귀에도 불끈 힘이 들어갔다. 만덕을 바라보는 김몽규의 느믈느믈한 시선이 역겹기 그지없었다. 그러고 나서 이조웅이 답시로 읊은 것이 바로 '천지지간'으로 시작하는 역시 소동파의 적벽부 중 한 구절이었던 것이다.

이조웅이 읊은 시에는 두 가지의 뜻이 담겨 있었다. 하나는 어린 동기 아이를 희롱하는 김몽규의 음탕함을 경계하는 것이었고, 다른 하나는 김몽규의 불미스러운 과거지사를 꼬집는 것이었다.

"한때나마 대사간이셨다니, 제가 사간원에 진 빚이 있다는 것도 알고 계시겠군요."

좀 전까지만 해도 호의적이던 분위기가 금세 살얼음판으로 변하였다.

"그 빚이 이산부 백성들에게 진 빚이라는 것 정도는 알고 있소이다."

이조웅도 지지 않고 대꾸했다.

지금으로부터 한 십 년 전인 영조 21년1745년, 당시 이산 부사였던 김몽규는 사간원 정언이었던 이응협으로부터 '탐욕스러운 데다 불법을 자행하여 원망이 무더기로 일어나고 있다'는 탄핵을 받고 파직된 적이 있었다. 그것은 김몽규 개인으로서는 천추에 잊지 못할 치욕이었고, 두고두고 곱씹어온 상처였다. 그런데 이조웅이 지금 시구를 빌려 그 일을 지적하고 나선 것이었다. 비록 당시의 일과는 무관한 인물이었지만 묵은 상처를 건드렸다는 이유만으로도 김몽규는 이조웅에 대해 적의가 솟구치는 것을 느꼈다.

"허나 이미 다 지난 일이오."

짐짓 여유로운 척 미소를 지었으나 김몽규의 관자놀이엔 핏대가 선명했다.

"전복후계前覆後戒라. 군자로서 과거의 잘못을 반복하는 어리석음을 행하지 않길 바라는 충언에서 올린 경구警句일 뿐이라오."

짐짓 웃고는 있지만 서로를 바라보는 눈빛에서 시퍼런 불꽃이 일었다. 좌중에 둘러 앉은 사람 중 누구 하나 감히 그들의 대화에 끼어들지 못했다. 그저 마른침을 삼키며 어서 이 자리가 파하길 빌 뿐이었다.

오직 월중선만이 김몽규와 이조웅 그리고 그들 사이에 어색하게 끼어 있는 만덕을 보며 흥미롭다는 듯 미소를 지었다. 뜻밖에도 이 위험천만한 관계가 월중선 자신에게는 어부지리를 가져와줄 것으로 보였기 때문이다.

상황이야 어찌되었든 그날 용연에서의 뱃놀이로 인해 만덕은 탐라 교방 최고의 화젯거리로 떠올랐다.

"순간 하늘에서 빛이 쭈욱 내려오더니 글쎄 그 아이의 눈이 달빛의 정기를 받아……."

"황금색으로 투명하니 마치 커다란 호박琥珀 같았다네!"

흥분한 사람들은 그저 흥미본위로 떠들어대었다. 그러다 보니 어느 순간부터는 소문이 소문을 낳아 종국엔 무엇이 진실이고, 무엇이 거짓인지조차도 모호해지고 말았다. 그럴수록 상황은 점점 더 각색되어 갔다.

김몽규와 이조웅의 대립 또한 엉뚱한 방향으로 흘러가고 있었다.

본래 사람들은 무거운 정치 얘기보다는 남녀간의 치정에 더욱 열광하는 법. 김몽규와 이조웅의 시회 사건은 어느덧 신비로운 동기 아이를 사이에 둔 현 목사와 전 대사간 사이의 애정다툼으로 비화되었다.

"그 동기랑 전 대사간이 그렇고 그런 사이인데, 유배죄인이 무슨 힘이 있겠나? 목사가 중간에서 가로챈 게지."

"아닐세. 그 반대라던걸? 그 동기랑 목사가 연회에서 만나 서로 마음을 확인하였는데 갑자기 나타난 전 대사간이 훼방을 놓은 거라네."

"거참 그래서 대체 누가 누구랑 통했단 말인가?"

"거야 두고 보면 알겠지."

사람들은 세 사람의 삼각관계가 어찌 발전될 것인지 예의 주시했다. 동시에 그렇게나 대단한 두 남자를 단번에 사로잡았다는 미기美妓를 보기 위해 월향정 문턱이 닳도록 드나들었다.

"단골인 김 초시댁에서 하인까지 직접 보내왔는데, 이번에도 그냥 돌려보낼까요?"

천천네가 방문 밖에서 난감한 표정을 지었다. 허나 월중선은 그저 손을 내저을 뿐, 결국 툴툴대며 물러가는 천천네였다.

"기생의 가치란 절로 매겨지는 것이 아니라 만들어지는 것이다."

월중선이 마른 수건으로 난잎을 닦으며 혼잣말처럼 중얼거렸다.

벌써 한 시진째, 월중선은 만덕을 불러다 놓고 가타부타 말도 없이 난잎만 닦고 있었다. 뭔가 고심 중인 듯, 중요한 결정을 앞두고 난초를 보듬는 것은 월중선의 오랜 버릇이었다. 만덕 역시 그것을 잘 알고 있었다. 허나 꼬리에 꼬리를 무는 생각에 결국 참지 못하고 먼저 입을 여는 만덕이었다.

"아무것도 묻지 말라 하셨지만 하나만 여쭙겠습니다. 혹 그날 스승님이 그 자리에 온 것이 어머님의 계획이셨습니까?"

뱃놀이 이후 급증한 관심을 피해 만덕을 집안에만 머무르게 하고 있는 월중선이었다. 덕분에 만덕은 벌써 보름째 집 밖으로 한 발짝도 나가지 못하고 있었다.

처음에는 그저 며칠 그러고 말겠거니 했다. 그러나 그게 하루, 이틀 점점 더 길어질수록 만덕은 애가 바짝바짝 타들어갔다. 스승인 이조웅의 안부가 걱정되었던 것이다.

아무리 한때 대사간이었고 양반이라지만, 지금은 유배인의 신분. 그런 그가 탐라 내에서는 무소불위의 권력을 가진 제주 목사의 심기를 건드렸으니 당장이라도 무슨 사단이 날 것만 같았다. 어쩌면 이미 뭔가 벌어졌는지도……. 만덕은 그날 막사 안에서 보았던 김몽규의 살벌한 표정을 떠올렸다. 그러자 온몸이 저절로 부르르 떨려왔다.

'왜 하필 그런 자리에서 마주쳤을꼬.'

만덕은 문득 이 모든 일이 우연이 아닐지도 모른다는 생각을 했다. 스승은 본래 그런 자리를 좋아하는 사람이 아니었다. 외려 스승의 문명文名을 들은 향반들이 자리를 청할 때조차도 불편하다며 빠져나갈 구멍만 찾는 인사였다. 헌데 그런 분이 갑작스레 연회에 나타난 것도 그렇고, 지난번 귤림에서 월중선과 마주쳤던 것도……. 월중선은 항상 생각보다 더 치밀한 사람이 아니던가? 게다가 가치를 만든다는 둥 하는 애매한 말도 월중선이 뭔가 심상치 않은 계획을 세우고 있다는 방증이었다. 결국 의심을 품은 만덕은 월중선을 추궁하기에 이른 것이다.

하지만 정작 만덕의 질문을 들은 월중선은 재밌는 발상이라는 듯 피식 웃었다. 나름 예리한 질문이라고 생각했는데 그게 아니었던 모양이다.

"너는 내가 도박꾼으로 보이느냐? 물론 큰 돈을 벌기 위해 때론 장사에 도박도 필요한 법이지. 허나 공을 들인 물건일수록 그 물건을 내놓을 때는 신중해야 하는 법이다. 헌데, 그 중요한 자리에 니 스승을 불렀다? 내가?"

잘 닦은 난화분을 바람이 통하는 창가에 올려두고는 월중선이 고개를 돌리고 만덕을 바라보았다.

"기생이 배라면, 소문이란 바람과 같은 것이다. 기생을 흥하게도 하고, 망하게도 하지. 지금 네가 그 좋은 예다. 용연에서의 소문으로 삽시간에 탐라에서 가장 주목을 받는 기생이 되지 않았더냐? 허나, 니 스승과 너의 관계는 좋은 바람이 아니다. 아무리 스승과 제자의 사이라고는 하나 그 또한 남녀. 머리도 올리지 않은 동기가 혼자 사는 사내의 집을 무시로 드나들었다 하면 과연 사람들이 어찌 보겠느냐? 그런 구설수는 처음부터 피하는 것이 득이다."

허나 만덕은 여전히 월중선의 말을 믿을 수가 없었다. 그 말을 있는 그대로 받아들이기엔 월중선의 행보에 미심쩍은 부분들이 많았던 것이다.

"어머님의 말이 사실이라면, 어째서 항간에 떠도는 소문은 그냥 두시는 겁니까? 스승님과 제가 연모하는 사이라뇨? 그 소문으로 혹여 평판이라도 떨어진다면……."

순간 월중선이 만덕의 말을 가로챘다.

"평판이라? 누구의 평판? 기생으로서의 니 평판을 말하는 것이냐? 아니면 니 스승의 평판을 말하는 것이냐?"

"그건……."

"후자를 말하는 것이라면, 그래 고고한 선비의 명성에 누가 되겠지. 허나 전자를 말하는 것이라면, 글쎄다! 너도 나만큼 나이가 들면 알게 될 것이다. 때로는 천길 낭떠러지라고 느꼈던 것이 새로운 세상으로 나아가는 문임을 말이다."

그 말을 끝으로 월중선은 다시 입을 다물어버렸다. 만덕은 그저 무릎을 꿇고 앉아 답답한 마음을 삭히는 것 밖에 달리 아무것도 할 수가 없었다. 무력한 자신이 무던히도 원망스러웠다. 창밖으로 시선을 던지니 담 너머 하늘이 서서히 붉게 물들어가고 있었다.

해 저문 동헌에 어둠이 내려앉자 관아 이곳 저곳의 등경돌 위에 솔각불관솔불이 타올랐다. 저녁 수비를 교대하느라 군졸들의 바쁜 발걸음 소리가 들려오는 가운데 제주 목사 김몽규는 연희각 내 자신의 집무실에 앉아 형조의 장부를 훑어보고 있었다. 유배인 이조웅에 관한 자료들. 촛불이 꿈틀대며 김몽규의 얼굴에 그림자를 드리웠다.

전주 이씨 명문 사대가의 후손. 서너 대代만 올라가면 왕실과 얽혀 있고, 아버지와 할아버지, 그 윗대까지 줄줄이 고관대작을 지낸 막강한 배경의 소유자. 그런 가문의 출신답게 본인 역시 젊은 나이에 조정에 출사하여 여러 외관직을 두루 거쳐가며 경험을 쌓은 후, 결국 중앙에 무난히 안착하였다. 거기까지 읽은 김몽규는 실쭉 비틀린 웃음을 지었다.

'선택 받은 자의 삶이라…… 하긴 그러니 세상 물정 모르고 신념이니 뭐니 배부른 소리를 해댔겠지.'

그대로만 쭉 갔더라면 앞길이 탄탄히 보장된 삶이었다. 그러나 시류를 거스른 상소 한 장 때문에 결국 유배자 신세가 되어 머나먼 절도로 쫓겨왔다.

'그깟 상소 한 장 때문에! 그깟 상소 한 장과 자신의 인생 전체를 바꾸다니!'

이조웅과 달리 김몽규는 그닥 보장된 삶을 살지 못했다. 문반文班도 아닌 무반武班, 한미한 양반 집안의 자식으로 태어나 이조웅처럼 집안의 넉넉한 뒷받침도 받지 못했을뿐더러, 과거에 붙어 겨우겨우 출사하고도 줄곧 외관직으로만 떠돌았다. 그렇게 중앙 무대 한 번 밟아보지도 못한 채 끝날 운명이었다.

어쩌면 그래서 기회에 더욱 집착했는지도 모른다. 금전과 명예, 손에 쥘 수 있는 것이라면 그것이 무엇이든 집착하고 욕망하는 것은, 결핍의 고통을 아는 자들의 뼛속 깊이 새겨진 본능과 같은 것이었다.

결국 그 때문에 탄핵을 받고 파직된 지 십 년. 살아보겠다고 자원하다시피 내려온 탐라에서 김몽규는 자신의 신념을 지킨다며 쫓겨 내려온 이조웅과 마주쳤다. 헌데 문제는 이조웅이 아무것도 아니라는 듯 표표히 던져버린 그것이 바로 김몽규 자신이 평생 그렇게도 꿈꿔왔던 자리란 사실이었다. 흡사 자신의 꿈이 더럽혀진 느낌마저 들었다. 순간 김몽규는 마치 이조웅이 자신의 얼굴에 침이라도 뱉은 듯, 떨칠 수 없는 굴욕감을 느꼈다.

그리고 뱃놀이에서 자신을 대하던 이조웅의 태도. 생각이 거기에 미치자 김몽규는 보고 있던 장부를 쾅 소리가 나게 덮어버렸다. 자신은 목사이고 그는 유배자였다. 헌데도 거침 없이 자신의 치부를 들춰낸 것도 모자라 자신은 비굴한 자이고 그는 마치 순교자라도 된 양 당당하기 그지없은 태도라니!

참을 수 없는 분노가 밀려 들어 김몽규는 부숴버릴 듯 서안書案의 모서리를 움켜쥐었다. 김몽규는 이조웅의 존재를 도저히 용납할 수가 없었다.

그때였다. 밖에서 작은 인기척이 났다.

"영감, 안에 계시옵니까?"

"누구냐?"

"이년, 월중선이옵니다."

뜻밖의 방문에 김몽규는 미간을 찌푸렸다.

"야심한 시각에 무슨 일이냐?"

"요사이 영감께서 늦게까지 동헌에 머무르시며 격무에 시달리신다 들었사옵니다."

나붓이 절을 올린 월중선이 들고 있던 비단 꾸러미를 내밀었다.

"한라산 우황이옵니다. 보잘것없지만 작은 성의라 생각하고 받아주시옵소서."

"작은 성의라?"

김몽규가 픽 웃었다. 그는 그리 어리숙한 자가 아니었다.

"진짜 하고 싶은 말이 무어냐?"

"실은 그것이……."

월중선은 짐짓 주저하는 척 말꼬리를 늘렸다. 역시나 본심은 따로 있었던 듯 김몽규의 눈치만 살피자, 안 그래도 신경이 날카로워져 있던 김몽규가 버럭 짜증을 냈다.

"너마저 말을 빙빙 돌리며 나를 우롱하자는 것이냐?! 대체 할 말이 무어야?"

그러자 월중선이 당치 않다는 듯 얼른 머리를 숙이며 대답했다.

"감히 이년이 그런 발칙한 마음을 품었겠사옵니까? 다만, 이런 말을 전해 올리는 것이 영감께 송구스러워……."

"말하라."

"실은 다름이 아니옵고, 최근 제주성 안에 감히 듣기 민망한 소문이 돌고 있기에……."

월중선은 입에 담기도 송구하다는 반듯한 이마를 찌푸렸다.

"어떤 소문 말이더냐?"

"목사 영감과 제 여식 만덕에 관한 일이옵니다."

"만덕?"

그제야 김몽규는 용연 뱃놀이에서 보았던 만덕을 떠올렸다.

"그 특이한 눈을 가진 아이 말이더냐?"

웬만해서는 잊기 힘든 아이였다. 허나 요 며칠 정신을 온통 딴 데 쏟고 있었던 통에 그만 깜빡 잊고 있었다.

"헌데 그 아이와 내가 왜?"

"어디서 나온 말인지는 모르겠사오나 송구스럽게도 영감께서 그 아이에게 특별한 마음을 품고 있다는 소문이 돌고 있나이다."

김몽규는 한껏 머리를 낮춘 월중선을 내려다보았다. 피식, 입가에 비웃음이 걸렸다. 어떻게든 자기 여식과 김몽규를 엮어보려는 술책임이 분명했다. 감히 누구를 떠 보려고……

물론 만덕이 흥미로운 아이인 것은 사실이었다. 하지만 기껏해야 관비, 그깟 동기 아이쯤 욕심이 난다면 당장이라도 취하면 그만이었다. 실컷 데리고 놀다 버린다 한들 이 탐라 땅에서 감히 자신을 나무랄 이는 아무도 없었다. 김몽규는 다음 대답을 빤히 예상한다는 듯 여유만만하게 물었다.

"그래서?"

제발 자기 딸을 거두어 달라며 바지가랑이라도 붙들고 늘어질 참인가 생각했으나, 월중선은 전혀 뜻밖의 말을 꺼냈다.

"제 딸 만덕을 제주목에 유배와 있는 전 대사간 이조웅과 맺어줄까 하여, 영감께 허락을 구하고자 왔나이다."

"무어라?"

이조웅. 또 그 이름인가? 김몽규는 그 이름을 듣는 순간 저도 모르게 부드득 이를 갈았다.

"이조웅이라니, 그게 무슨 말이냐?"

김몽규의 살벌한 기세에 주눅이 든 월중선이 어렵사리 입을 열었다.

"실은 이 말씀까지는 아뢰지 않으려 하였으나…… 좀 전에 고해 올린 그 소문에 전 대사간 이조웅도 끼어 있는지라……."

월중선이 고한 소문의 내용은 대충 이러했다. 김몽규가 뱃놀이에서 만덕을 보고 마음에 두었고 만덕 역시 싫지 않은 눈치였다. 허나 갑자기 나타난 이조웅이 시를 빌어 김몽규를 망신 주는 바람에 만덕의 마음이 돌아섰다. 결국 김몽규가 닭 쫓던 개 신세가 되었더라는 소문이 온 제주성 안에 파다하게 퍼졌다는 것이었다.

"목사 영감께서 제 딸아이에게 특별한 마음이 있으시다니요? 그깟 천한 아이가 무어라고 영감께서 그런 마음을 가지실 리가 있겠사옵니까? 다른 사람들이 뭐라 하든 이년은 영감의 곧은 성품을 잘 알고 있나이다. 허나 상황이 이러하니, 이대로 두었다간 근거 없는 소문이 일파만파 퍼져나갈 것은 시간 문제, 이년은 추호도 영감의 덕망에 누를 끼치고 싶지 않사옵니다. 하여 더 이상 구설수에 오르지 않도록 제 딸년의 머리를 하루라도 빨리 올려주고자 하나이다."

"헌데 왜 하필 이조웅이란 말이냐? 소문대로 니가 나를 욕 보이고 싶은 것이더냐!"

김몽규의 인내심이 결국 한계에 다다랐다. 월중선을 향해 버럭 호통을 치자, 월중선이 기겁을 하며 바닥에 납작 엎드렸다.

"절대 아니옵니다! 감히 제가 어느 안전이라고 그런 천인공노할 생각을 하겠나이까?"

허나 김몽규는 이미 머리 끝까지 화가 치밀어 오른 상태였다.

"그것이 아닌데 어찌 니 딸년을 이조웅에게 던진단 말이냐? 사람들이 대체 날 어떻게 보겠느냐? 기껏해야 다 떨어진 갈옷이나 주워 입고 다니는 귀양다리에게 계집이나 빼앗긴 한심한 놈으로 보지 않겠느냔 말이다!"

김몽규가 서안을 쾅 내리치자, 월중선이 온몸을 바들바들 떨며 머리를 바닥에 찧었다.

"이년이 생각이 짧았나이다. 이 불측한 년을 죽여주시옵소서. 이년은 다만 딸년을 급히 치워버릴 요량에……, 그래도 어미 된 마음에 생판 남보다는 스승으로 가깝게 모셔왔던 이가 나을 듯하여……."

당장이라도 군졸을 불러들여 월중선을 끌어낼 듯 씩씩대던 김몽규가 순간 멈칫했다.

"스승? 방금 스승이라 했느냐?"

그러자 월중선이 슬쩍 고개를 치켜들며 대답했다.

"예. 전 대사간 이조웅이 이년의 딸, 만덕의 글 스승이옵니다."

김몽규의 머리가 빠르게 돌아갔다. 그리고 보니 뱃놀이 날 만덕을 바라보던 이조웅의 눈빛이……, 허면 그 시구도?

"크하하하하!"

별안간 김몽규가 파안대소를 터뜨렸다. 좀 전까지의 불쾌했던 기분이 싹 사라지며 참을 수 없이 유쾌해지는 김몽규였다.

"그래, 그랬단 말이지? 그런 것이었단 말이지?"

김몽규는 자신 앞에서 한없이 도도하게 굴던 이조웅의 얼굴을 떠올렸다. 지조 높은 선비인 척, 온갖 잘난 척은 다하더니 뒤로는 어린 기생에게 홀려 글방 스승 노릇이나 자처하고 있었다니. 웃음을 멈춘 김몽규가 넌지시 물었다.

"글 스승이라면 인연이 꽤 오래되었겠군?"

"햇수로 삼 년쯤 되옵니다."

"삼 년이라, 남녀 간에 삼 년이면 충분히 긴 시간이 아닌가?"

이미 익을 대로 익은 사이가 아니냐는 뜻이었다. 허나 그 말에 펄쩍 뛰는 월중선이었다.

"아닙니다! 절대 그런 일은 없사옵니다. 보셨다시피 제 딸 아이가 본래 양가 출신이라 워낙 부끄럼이 많고 성품이 음전하여 절대 그런 일을 저지를 아이가 못되옵니다."

양가 출신이라는 말에 김몽규는 그날 배 위에서 보았던 만덕의 모습을 떠올렸다. 확실히 다른 기녀들과는 달리 요조한 맛이 있기는 했다. 그래서 이조웅도 마음이 동하였던가? 허나 그래봐야 기생인 것을…….

"남녀 간의 정분에 그런 일을 저지를 아이와 저지르지 않을 아이가 따로 있다더냐?"

그러자 월중선이 억울하다는 듯 말했다.

"남녀 간의 정분이라니요. 워낙 어린 시절부터 보아온 터라 이조웅과는 아비와 딸이나 다름 없는 지간이옵니다."

아비와 딸이라……. 김몽규는 어느새 여유를 되찾고 실쭉 웃었다. 월중선은 펄쩍 뛰었으나, 그날 용연 호수가에서 본 이조웅의 눈빛은 결코 아비의 눈빛만은 아니었다. 월중선의 말을 듣고 지금에서야 깨달았지만 그 눈빛은 같은 사내라면 누구나 알아볼 수 있는 것이었다.

"소문이라…… 이조웅……, 만덕!"

생각에 잠겨 조용히 읊조리는 김몽규의 얼굴에 음험한 미소가 떠올랐다. 그런 김몽규를 보면서 역시 남몰래 미소 짓는 월중선이었다. 예상했던 것보다 상황이 훨씬 더 흥미롭게 돌아가고 있었다.

다음날 오후, 월향정으로 비단과 패물을 바리바리 실은 함이 들이닥쳤다. 제주 목사로부터 온 것이었다. 공손히 함을 받아든 월중선은 그 길로 만덕을 불러들였다.

"화초 올릴 준비를 하거라."

월중선의 명은 군더더기 없이 명료했다. 만덕 또한 어느 정도 예상하고 있던 터라 월중선의 명을 담담히 받아들였다. 허나 동요되는 마음을 완전히 감출 길은 없었다.

"제 머리를 올려주실 분이 누구십니까?"

만덕의 질문에 월중선이 함에 담겨온 은파랑 비녀를 들여다보며 대답했다.

"목사이신 김몽규 영감이시다."

만덕은 용연 뱃놀이에서 자신의 귓볼을 어루만지던 김몽규를 떠올렸다. 그 생각만으로도 목 뒤로 오소소 소름이 돋았으나 만덕은 내색하지 않았다. 어차피 기생의 화초란 그런 것이었다. 마음이 아닌 몸을 건네는 의식, 허나 그 순간 왜 스승의 얼굴이 떠올랐는지는 설명할 길이 없는 만덕이었다.

"준비는 천천네가 도와줄 것이다. 날짜는 이달 스무 날이니 몸을 정갈히 하고 흠 잡힐 일 없도록 행실을 조심하거라."

대답 대신 머리를 숙인 만덕은 조용히 자리를 돌아나왔다. 월중선의 방을 나온 만덕은 생각에 잠겨 후원의 연못가로 갔다.

스승의 얼굴을 못 본 지도 벌써 보름이 넘어가고 있었다. 뱃놀이 이후로 월중선의 금족령이 풀리질 않았기 때문이다. 만덕 역시 월향정을 드나드는 기생들을 통해 항간에 떠도는 소문은 익히 들어 알고 있었다. 하여 자중하라는 월중선의 말에 군소리 없이 따라왔다. 허나 오늘은…….

만덕은 이조웅을 만나러 가야 할지, 말아야 할지 고민했다. 화초가 정해졌다는 것을 알리기 위함만은 아니었다. 다만, 날짜가 다가올수록 점점 더 분주해지리라는 생각에 스승을 만나 잠시 안부라도 전하고 싶은 것이었다.

'그래, 잘 계신지 안부만 여쭙고 돌아오자.'

결심한 만덕은 곧 나갈 차비를 하였다. 허나 준비를 마치고 나와 보니 어느새 후원 뜰 앞에는 월중선이 서 있었다.

"어딜 가는 게냐?"

당황한 만덕은 쉬이 대답을 하지 못했다. 허나 월중선은 이미 모든 것을 꿰뚫고 있었다.

"대사간 영감께 가는 게냐?"

"예. 오랫동안 인사를 드리지 못해 문안을 여쭙고자 합니다."

만덕은 순순히 실토했다. 어차피 거짓말이 통할 월중선도 아닌 바에야 차라리 솔직한 편이 나았다. 허나 예상했던 것처럼 월중선은 단호히 고개를 저었다.

"좋은 생각이 아니다."

"오래 머무를 것이 아닙니다. 그저 안부만……."

그러나 월중선은 역시 고개를 저었다. 얼굴엔 만덕을 나무라는 표정이 역력했다.

"항간에 떠도는 소문을 몰라서 이러느냐? 너와 니 스승은 이미 구설수에 올라 있다. 사람들의 주목을 받고 있단 말이다. 그런데 목사 영감과 화초가 결정된 마당에 네 스승을 찾아? 대체 사람들이 뭐라 생각하겠느냐? 널 좋게 봐주신 목사 영감의 입장은 둘째 치고라도, 니가 아버지처럼 생각한다는 그 분께 정녕 오명을 씌울 작정이더냐?"

월중선의 말이 옳았다. 당사자들의 본심과는 상관없이 자신들의 구미에 맞춰 잣대를 들이대는 것이 세상이었다.

"제 생각이 짧았습니다."

만덕은 순순히 인정하고 발길을 돌려 자신의 방으로 돌아갔다. 방문이 닫히는 것을 확인한 월중선은 이내 큰 소리로 천천네를 불렀다. 그러자 천천네가 정주간에서 일하다 말고 행주치마에 손을 닦으며 쌩하니 달려나왔다. 그런 천천네에게 목소리를 낮추어 말하는 월중선이었다.

"만덕이 집 밖으로 나가지 못하도록 잘 감시하게. 그리고 내가 지난밤에 했던 말 기억하고 있겠지?"

"물론입죠."

천천네가 고개를 끄덕였다. 얼굴엔 긴장한 기색이 역력했다.

"화초가 끝날 때까지 절대 그 얘기가 저 아이 귀에 들어가도록 해서는 안 되네. 그러니 입단속들 철저히하게."

월중선은 다시 한 번 닫힌 만덕의 방문을 흘끔 쳐다보았다. 밖의 상황을 알 리 없는 방 안에선 고요하니 아무런 소리도 들려오지 않았다.

만덕의 화초 준비는 순조롭게 진행되었다. 만덕은 피부를 맑게 하기 위해 매일같이 향유에 목욕을 하고 녹두를 갈아 얼굴을 문질렀다. 천천네는 만덕의 머리결에 윤기를 더하기 위해 창포 삶은 물로 머리를 감기고 동백기름을 발라 곱게 빗겨주었다.

그리고 만덕은 기예 연습에도 박차를 가했다. 화초를 올리고 나면 그때부터는 정식 기생, 그런 만큼 기생의 본분 또한 게을리할 수는 없는 일이었다.

8월도 보름이 얼마 남지 않은 어느날, 만덕의 의복을 지을 바느질꾼 아낙이 찾아왔다. 한가위 준비로 월향정이 한창 소란스러울 때였다. 바느질꾼 아낙은 얼굴이 뾰족하고 입술이 얇아 전체적으로 가벼워 보이는 인상의 여자였다. 만덕이 방 안으로 들어서자 자리에서 일어난 아낙은 자로 만덕의 몸 치수를 재기 시작했다.

"아휴, 얼굴도 이리 고우니 이 비단으로다 옷을 지어 입으면 정말 월궁 항아님이 따로 없겠네! 목사 영감께서 얼마나 좋아 하실꼬?"

바느질꾼 아낙은 입으론 호들갑을 떨면서도 무슨 까닭인지 연신 흘끔흘끔 만덕의 눈치를 살폈다. 그러다 만덕과 눈이 마주칠라 치면 급히 어색하게 웃음을 짓는 것이었다.

"제게 무슨 하실 말씀이라도 있으십니까?"

보다 못한 만덕이 먼저 물었다. 그러자 기다렸다는 듯이 입을 여는 아낙이었다.

"그게, 실은 내 궁금한 게 있어서 말이오."

아낙은 누구 듣는 사람이 없는지 주변을 둘러보고는 소리를 낮춰 만덕에게 은밀히 물었다.

"항간에 목사 영감이 이녁 때문에 전 대사간 영감을 엄청시리 미워한다던데 그 말이 사실이오?"

만덕은 얼굴을 찌푸렸다. 도대체 소문이란……, 얼토당토 않은 사람들의 상상력에 그저 고개를 저을 뿐이었다.

"그런 일 없습니다."

만덕이 단호하게 대답하자, 아낙이 고개를 갸웃했다.

"그럼, 이녁이 전 대사간 영감을 마음에 두고 있다는 소문도 다 헛소문인 게요?"

아낙의 말에 만덕이 잠시 멍해졌다. 연모의 마음이라니……, 그런 생각은 단 한번도 해본 적이 없었다. 그사이에도 아낙의 집요한 눈빛은 만덕의 표정을 샅샅이 훑고 있었다. 얼른 표정을 수습한 만덕은 상대방이 기가 죽을 정도로 도도한 얼굴로 아낙에게 쏘아붙였다.

"쓸데없는 소문을 좋아하는 사람치고 제 몫을 하는 사람도 드물지요. 어머님께 말해서 거래처를 바꾸시라 해야겠군요."

그러자 아낙이 화들짝 놀라 손으로 제 입을 틀어막았다. 그녀에게 있어서 월향정은 밥줄이 걸린 큰 거래처였다. 만일 월향정의 일감이 끊긴다면 이 흉년에 당장 손가락만 빨아야 할지도 몰랐다.

"아이구, 이 놈의 입방정! 정말 미안하게 됐소. 내가 그만 딱 미쳤었나보오. 보는 사람마다 전 대사간 영감이 모슬포로 쫓겨간 것이 이번 일 때문이라고 하도 말들을 해싸서……."

"지금 뭐라고 하셨습니까? 모슬포요?"

시종 냉랭한 표정을 짓고 있던 만덕의 얼굴이 손쓸 새도 없이 참담하게 일그러졌다.

"예, 모슬포요. 그 유배인들 많이 가는……, 모르셨소? 배소가 바뀌어서 한 보름 전쯤 떠나셨는데."

만덕은 더 생각할 겨를도 없이 와락 방문을 열고 뛰쳐나갔다. 그 뒤로 '어머니껜 제발 비밀로 해주시오!' 하는 바느질꾼 아낙의 당부가 뒤따랐지만 흥분한 만덕의 귀엔 들리지 않았다.

벌컥, 월중선의 방문을 열고 들어선 만덕은 보료에 기대어 앉아 있는 월중선을 노려보았다. 월중선은 장부를 펼쳐놓고 한창 주판알을 튕기는 중이었다.

"방에 들고 날 땐 어찌해야 되는지, 기본부터 다시 가르쳐야 하는 것이냐?"

월중선이 고개도 들지 않고 말했다. 그 말에 울그락불그락 하던 만덕의 얼굴이 차갑게 가라앉았다. 성큼성큼 월중선 앞으로 다가간 만덕이 월중선을 향해 물었다.

"알고 계셨습니까?"

"무엇을 말이냐?"

"스승님께서 모슬포로 쫓겨가신 것 말입니다."

"그래. 알고 있었다. 그게 뭐 어쨌다는 게냐?"

"그래서, 그래서 절 일부러 못 나가게 하신 겁니까?"

만덕의 입가가 경련하듯 바르르 떨렸다. 그제야 장부에서 눈을 떼고 만덕을 바라보는 월중선이었다.

"이거였습니까? '천길 낭떠러지가 새로운 문이 된다!' 이걸 염두에 두고 하신 말씀이셨냔 말입니다!"

"듣는 사람이 많다. 목소리를 낮추거라!"

버럭 소리를 치는 만덕에게 차갑게 대꾸하는 월중선이었다.

"유배죄인의 배소를 결정하는 것은 관의 일, 일개 기생이 관여한다고 해서 될 일이 아니다."

허나 더 이상 월중선의 말을 믿지 않는 만덕이었다.

"거짓말 마십시오. 화초 날짜가 정해졌다 말씀하시기 전날, 우황 꾸러미를 들고 목사 영감을 찾아가지 않으셨습니까?"

월중선의 미간이 좁아졌다.

"지금 그 일로 네가 나를 추궁하려는 것이냐? 겨우 우황 한 꾸러미로 전 대사간을 오지로 밀어내었다? 어찌 이리 아둔해졌누? 그리고 설혹 그렇다 한들 어쩔 것이냐? 니가 지금 감히 내게 대서겠다는 것이냐?"

언제나 이런 식이었다. 월중선 앞에서 만덕은 단 한번도 제 목소리를 내본 적이 없었다. 마치 앵무새처럼 울라는 대로 울고, 지저귀라는 대로 지저귀었을 뿐. 그래도 자신에게 그런 것은 수긍할 수 있었다. 그것은 월중선의 양녀가 되기로 선택한 순간 이미 받아들인 일이었으므로. 허나 스승인 이조웅의 앞길까지 마음대로 휘두르는 것만은 도저히 참을 수가 없었다.

"그분이 대체 무슨 죄입니까? 죄라면 그저 추잡한 소문에 휩싸인 것뿐, 그 또한 저 때문입니다. 헌데 어찌 그분이 이런 고초를 당해야 합니까?"

"어리석은 것! 그래서? 니 잘못이니 니가 대신 죄라도 받겠다 그것이냐? 내가 너를 그리 가르쳤더냐?"

월중선이 서안을 쿵 내리쳤다. 그러자 만덕이 애원하듯 말했다.

"다른 곳도 아니고 모슬포입니다. 그분이 그 모진 비바람을 어찌 감당한단 말입니까?"

당시만 해도 대정현의 모슬포는 탐라의 세 읍 중에서 가장 외지고 척박한 곳이었다. 하여 유배인 중에서도 역모에 연루된 자들이나 중죄인들이 모슬포로 귀양을 가곤 하였다. 헌데 그곳의 환경이 어찌나 열악하였던지 사람들은 모슬포를 '못살포'라고 부를 지경이었다.

만덕은 스승이 그 모진 곳에서 고생할 것을 생각하니 가슴이 미어졌다. 눈가엔 어느새 쏟아질 듯 그렁그렁 눈물이 맺혔다. 허나 그 모습은 오히려 월중선의 화를 돋우었을 뿐이었다. 누구에게도 마음 주지 말라고 그리 일렀거늘!

"네가 이리 약하고 아둔해진 것은 그래, 그자 때문인 게지. 언제부턴가 네게서 독기를 앗아간 장본인이 아니더냐! 더욱더 곁에 두어선 안 될 자로구나. 꼴 보기 싫다. 당장 나가거라!"

힘 없이 자신의 방으로 돌아온 만덕은 쓰러지듯 그 자리에 털썩 주저앉아버렸다.

자기 때문이었다. 월중선은 아니라고 했지만, 사람들의 입방아에 오르내린 대로 기망일에 만덕과 김몽규 사이에 있었던 일이 어떤 식으로든 영향을 미쳤음이 분명했다. 하지만 안타깝게도 만덕이 할 수 있는 것이라고는 아무것도 없었다. 커다란 무력감이 만덕의 여린 어깨를 짓눌러왔다.

그 순간 방 한구석에 놓아둔 낡은 궤짝이 눈에 들어왔다. 만덕이 어린 시절부터 이런저런 개인적인 물건들을 보관해오던 궤짝. 그 안엔 만덕이 월향정으로 오던 날 외숙모 장씨가 들려보내준 초라한 혼례복이며, 이조웅이 직접 필사해준 천자문책, 어머니, 아버지의 제삿날과 가족들의 생년월일을 적은 작은 책첩이 차곡차곡 들어 있었다.

성큼 다가가 궤짝을 연 만덕은 그중 가장 위에 놓여진 보따리 하나를 꺼내 들었다. 그것은 이조웅의 화구 보따리였다. 지난번 귤림에서 엉겁결에 만덕이 들고 온 후로 월중선의 눈에 띄지 않게 보관

한다고 넣어두었던 것을 그동안 하도 많은 일들이 있어서 깜빡 잊고 있었던 것이다. 순간 울컥 서러움이 솟구쳐 올랐다.
'안부도 여쭙지 못했는데…….'
만덕은 보따리가 스승이라도 되는 양 안타까운 마음에 하염없이 바라보았다. 그때였다. 뿌옇게 흐려지던 만덕의 눈에 점점 어떤 결심이 서리기 시작했다. 드디어 이를 꽉 문 만덕은 화구 보따리를 들고 자리에서 벌떡 일어섰다.

"이럇, 이럇!"
달그닥 달그닥, 말 발굽 소리가 울릴 때마다 하늘로 곧게 뻗은 자작나무 숲과 젖가슴처럼 동그스름하게 자리 잡은 오름들이 휙휙 스쳐 지나쳤다. 이조응의 화구 보따리를 들고 방을 뛰쳐나온 만덕은 그 길로 말을 빌려 모슬포로 달려가는 중이었다. 화초 날짜도 얼마 남지 않은 판국에 만덕이 뛰쳐나간 걸 알면 월향정이 발칵 뒤집어지겠지만 이미 모든 것을 각오한 만덕이었다.
'딱 한 번, 이번 한 번만…….'
그동안 제 감정을 억누르며 살아온 만덕이었다. 아무리 억울하고 슬퍼도 그저 묵묵히 참고 견뎌왔다. 하지만 만덕도 감정이 있는 사람이었다. 게다가 펄떡펄떡 심장이 뛰고 뜨거운 피가 용솟음치는 열여섯 청춘이었다. 허니 이번 한 번만이라도, 평생의 단 한 번이라도 좋으니 제 마음이 이끄는 대로 따르겠노라 결심하는 만덕이었다.
반나절 동안을 쉬지 않고 말을 달려 드디어 대정현에 도착한 만덕은 물어물어 근처 채석장으로 향했다. 이조응의 배소로 찾아갔더니,

배소 주인이 이조웅이 그곳에 있다고 알려주었던 것이다. 도대체 이게 얼마만인지, 자그마치 한 달만에 스승의 얼굴을 뵐 생각에 만덕의 마음은 벌써부터 한껏 달떴다.

만덕이 채석장 앞에 도착했을 때는 벌써 서편 하늘이 붉게 물들어가고 있었다. 갈가마귀가 가오가오, 긴 그림자를 끌며 날아가고, 노역을 마친 인부들이 하나둘 제집으로 돌아가고 있었다.

"저, 말씀 좀 여쭙겠습니다. 혹 이조웅이란 분이 여기 계신지요?"

허나 고된 노역에 지친 사내들은 세상만사 다 귀찮다는 표정으로 고개를 절레절레 저을뿐이었다.

"이곳에선 서로 모르는 게 약이라오. 괜히 아는 척했다간 역당들끼리 모의한다고 트집 잡히기 일쑤니."

지나던 노인 하나가 겨우 대꾸하였다.

"허면, 이곳은 뭐하는 곳입니까?"

만덕이 묻자, 노인은 피폐한 제 몸을 가리키며 말했다.

"보면 모르오? 유배자들이 노역하는 곳이지. 제주 목사가 옹중석翁仲石 돌하루방을 만든다 하여 다들 돌을 캐고 있잖소."

요 몇 년 거듭되는 흉년과 역병으로 많은 사람들이 죽어나갔다. 그렇게 죽은 사람들이 귀신이 되어 산 사람들을 괴롭힌다는 흉언이 떠돌자 제주 목사인 김몽규는 육지의 장승을 대신해 사람 키만한 커다란 옹중석을 만들어 제주성 동, 서, 남문에 세우기로 했던 것이다. 그 돌을 이곳 유배인들이 변변한 연장도 없이 맨손으로 캐고 있었다. 이조웅은 바로 이런 곳에 유배를 와 있는 것이었다. 만덕의 가슴이 저며들었다.

그때였다. 저 앞 채석장 입구 쪽에 낯익은 모습이 보였다. 태양을 역광으로 받아 얼굴은 잘 보이지 않았으나, 긴 그림자를 끌며 지친 발걸음으로 터덜터덜 걸어오는 사람은 바로 스승 이조웅이었다.

"스승님!"

만덕은 반가운 마음에 한달음에 달려갔다. 그러나 스승의 모습이 온전히 보이는 거리에 이르자 만덕은 그만 그 자리에 장승처럼 우뚝 멈춰서고 말았다.

스승은 머리끝부터 발끝까지 뽀얀 먼지를 뒤집어 쓰고 있었다. 게다가 고된 노동에 몸이 상해 며칠 새 십 년은 늙어버린 듯한 모습이었다. 그 모습을 본 만덕은 참담함에 차마 말을 잇지 못했다.

"스승님!"

뒤늦게 만덕을 발견한 이조웅도 갑작스런 만덕의 등장에 놀란 듯 한동안 말을 잇지 못했다. 그저 확인하듯 몇 번이고 만덕의 얼굴을 훑어볼 뿐이었다.

"네가 어찌?"

좀 전까지 고단해 보이던 이조웅의 얼굴에 노을이 지듯 자애로운 미소가 번져나갔다.

"이거 전해드리려고요."

슬픔을 감추려 애써 미소를 지은 만덕이 들고 있던 화구 보따리를 내밀었다. 핑계치고는 참으로 빈약했다. 그러나 스승과 제자는 그것을 알면서도 서로 아무런 내색도 하지 않았다.

"그래 고맙구나."

이조웅은 손을 내밀어 그저 담담히 보따리를 건네받았다. 그때였다. 만덕의 눈이 파도치듯 출렁 크게 요동쳤다.

"스승님! 소…… 손이!"

그 단정하고 곱던 이조웅의 손이 온통 멍들고 까져 있었다. 심지어 오른손 검지 손톱은 곧 빠지려는지 시커멓게 죽어 있었다. 보따리를 받으려 손을 내밀었던 이조웅은 겸연쩍은 듯 얼른 손을 말아쥐며 감추었다.

"어떻게, 어떻게!"

가슴 한켠이 와르르 무너져 내림을 느끼며, 만덕은 스승의 거친 손을 자신의 두 손으로 감싸쥐었다. 그 위로 애써 참았던 감정이 눈물이 되어 떨어져내렸다.

"울 일도 많구나."

아무것도 아니라는 듯 자못 불퉁하게 대꾸하면서도 이조웅은 끝내 만덕의 손을 뿌리치지 않았다. 그렇게 스승과 제자는 저무는 저녁 노을 속에서 한참을 말없이 서 있었다.

이조웅은 밥을 먹다 말고 상 건너편의 만덕을 멀거니 바라보았다. 이조웅과 겸상을 한 만덕은 지실을 넣고 지은 차조밥을 숨도 쉬지 않고 꾸역꾸역 입으로 밀어넣고 있는 중이었다. 기가 막힌 이조웅은 만덕의 앞에 물그릇을 밀어놓으며 말했다.

"이 녀석아, 누가 쫓아오기라도 한다더냐? 천천히 먹거라. 체할라!"

정말 누가 쫓아오기라도 할 듯, 급하게 밥을 먹던 만덕은 이조웅을 보며 씨익 웃다가 결국 사레가 들려 쿨럭댔다.

"대체 언제 돌아갈 게냐?"

만덕이 이조웅을 찾아온 지도 벌써 이틀째인지라 걱정이 된 이조웅이 내처 물었다. 그러자 만덕은 또다시 일 핑계를 댔다.

"생각보다 일거리가 많더라고요. 마당에 자란 잡초도 뽑아야 되고, 비 땜에 미뤄둔 빨래도……."

만덕은 어머니께 허락을 받고 온 것이라고 둘러대었지만, 그 말을 믿을 리 없는 이조웅이었다. 제주성에 무슨 일이 있는 것이 분명했다. 하지만 아무리 다그쳐봐도, 혹은 슬슬 구슬려봐도 그 일에 관해서 만큼은 벙어리처럼 입을 꾹 다무는 만덕이었다.

"주인집에 양해는 구했다지만, 언제까지 그집 딸 방을 차지하고 있을 셈이냐? 니 어머니도 걱정하고 계실 테니 이제 그만 돌아가거라."

그제껏 꾸역꾸역 밥만 밀어넣을 뿐 아무런 대답이 없던 만덕은 이제 더 이상 밀어넣을 밥도 없는지 고개를 들며 말했다.

"며칠만……, 며칠만 더요."

그 그렁한 눈을 보면 어김없이 마음이 약해지고 마는 이조웅이었지만 오늘만은 모질게 마음을 다잡았다. 채석장에 나가기 위해 자리에서 일어선 이조웅은 만덕을 향해 무겁게 말했다.

"니 응석 받아주는 데도 한계가 있다. 어른이면 어른답게 쓰든 달든 책임질 줄도 알아야지. 내 너를 그리 가르쳤더냐? 돌아왔을 땐 니 얼굴 안 보았으면 좋겠구나."

이조웅은 간다는 말도 없이 그대로 방을 나섰다. 뒤늦게 따라 일어서 보았지만, 이미 이문간을 지나 오솔길을 따라 저만큼 사라져버린 이조웅이었다.

만덕은 스승이 저리 모질게 구는 까닭을 누구보다 잘 알았다. 혹여나 만덕의 앞길에 누가 될까 걱정하는 것이었다. 허나, 알면서도 일견 서러워지는 마음만은 어쩔 수가 없었다.

"쳇, 그런다고 누가 돌아갈 줄 알고?"

한번 봇물처럼 터진 마음은 본인조차도 쉽사리 막을 수가 없는 법. 그럴수록 입술을 삐죽이며 더욱 고집을 부리는 만덕이었다.

늦은 오후, 가을 볕에 잘 마른 빨래를 거두어들이며 만덕은 고민에 빠져 있었다. 좀 있으면 이조웅이 돌아올 시간인데 자신이 돌아가지 않은 이유를 어떻게 설명해야 할지 막막했다. 그저 다짜고짜 능청스럽게 뭉개볼까 생각도 해봤지만 그 또한 어림도 없었다. 스승은 한 번 한다 하면 하는 사람이었다. 그대로 만덕을 말에 묶어 제주성으로 보내버릴지도 모를 일이었다. 아니면 또다시 본인이 훌쩍 떠나버릴지도…….

이런 저런 생각에 빠져 있는데 뒤에서 저벅, 발걸음 소리가 들렸다. 이조웅이라 생각한 만덕은 빨래 걷던 손을 멈추고 움찔 긴장하였다. 아직 핑계 거리를 미처 생각해 내지도 못하였는데……, 그래도 설마 웃는 얼굴에 침이야 뱉으랴 생각한 만덕은 급한 대로 얼굴에 함박웃음을 지으며 뒤돌아섰다.

"스승님 벌써 오셨……?"

돌아서던 만덕의 발치에 금방 걷은 버선 한 짝이 툭 떨어졌다.

"도망친 곳이 겨우 여기더냐?"

만덕의 눈앞에 서 있는 사람은 다름 아닌 월중선이었다.

허름한 집안을 휙 둘러본 월중선은 만덕이 들고 있던 빨래뭉치로 시선을 옮겼다. 바지 저고리며 사내의 것이 분명한 옷가지들. 그 옷을 저리 껴안고 있는 만덕을 보자니 배신감을 넘어 노기가 치밀어 오르는 월중선이었다. 저러자고 내 저를 그리 살뜰하게 가르쳤던가!

그사이 만덕은 허리를 숙여 땅에 떨어진 버선을 주워들었다. 버선에 묻은 흙을 탁탁 털어 낭간 위에 올려놓은 만덕은 조용히 정주간으로 들어가 물 한 그릇을 떠왔다. 어차피 언제고 닥치리라 예상했던 일, 만덕은 예상 외로 담담하였다.

"그만 돌아가자."

물 그릇을 내밀자 월중선이 먼저 입을 열었다.

"먼 길 오셨는데, 대접할 게 이것밖에 없습니다."

"만덕아!"

말을 돌리는 만덕을 보며 월중선은 끓어오르는 화를 애써 눌러 참았다. 청춘의 반항심이라는 게 다그쳐봐야 더욱 엇나가고 마는 것이 아니던가. 월중선은 만덕을 달래고 얼렀다.

"니가 이런다고 해서 달라지는 것이 무엇이냐? 고집 그만 피우고 나와 함께 돌아가자."

그러나 만덕은 완강히 고개를 저었다.

"전 돌아가지 않습니다."

"그럼 어찌할 것이냐? 약속한 화초 날짜가 코앞이다. 이대로 이곳에 머물고 있다가 목사 영감의 분노를 사서 니 스승도, 너도 그리고 이 어미까지 모조리 물고를 당해야 속이 시원하겠느냐? 어찌 일을 이리 극단적으로 몰고 가누?"

월중선의 핀잔을 묵묵히 듣고 있던 만덕은 아까보다는 조금 누그러진 어투로 천천히 입을 떼었다.

"지난 며칠간 생각하고 또 생각해 보았습니다. 제가 무엇을 어찌해야 하는지. 헌데 아무리 생각해 보아도 달라질 게 없었습니다. 지난 삼 년간 그리 노력을 하였는 데도 여전히 제 힘으로 할 수 있는 것이라곤 아무것도 없었습니다. 전 여전히 힘 없는 어린아이였을 뿐입니다."

그 말을 하는 만덕은 몹시 괴로워 보였다. 월중선은 그런 만덕을 향해 한 걸음 다가서며 말했다.

"그래, 안다. 그러니 나와 함께 돌아가자. 내가 널 도와주마. 니가 힘을 거머쥐고, 이 탐라를 네 손에 쥘 수 있도록 만들어주마!"

허나 만덕은 월중선이 다가선 만큼 한 걸음 뒤로 물러섰다. 만덕이 천천히 고개를 저었다. 그런 만덕을 보며 월중선은 왠지 모를 불안감을 느꼈다. 만덕이 낯선 여인의 얼굴을 하고 있었다.

"아니오. 저는 이제 아무것도 하지 않으려 합니다. 힘을 거머쥐는 일 따위, 이제는 하지 않을 것입니다."

"그게…… 무슨 말이냐?"

당황한 월중선의 목소리가 갈라져 나왔다. 하지만 만덕은 여전히 침착하게 말을 이어갔다.

"제가 힘을 얻고자 한 것은 소중한 사람들을 지키고 싶어서였습니다. 전 그것을 단 한순간도 잊어본 적이 없습니다. 헌데 소중한 사람을 버려야만 그 힘을 얻을 수 있는 거라면, 저는 그 힘을 얻지 않을 생각입니다."

 월중선은 순간 다리에 힘이 풀려 자신도 모르게 기둥을 짚고 섰다. 자신의 말이라면 반항 한 번 하지 않던 만덕이었다. 가끔 볼멘소리를 한 적은 있어도 그때조차 만덕의 마음이 자신과 다르다고 생각해 본 적은 없었다.

 만덕은 운명의 끈으로 엮인 월중선의 분신이었고, 월중선 자신이었다. 헌데 만덕이 지금 그 끈을 스스로의 손으로 끊어내려 하고 있었다.

 "네가, 네가 어찌 감히 내게 이럴 수 있단 말이냐! 이조웅 그자가 대체 뭐라고!"

 참을 수 없는 분노와 실망감에 휩싸인 월중선의 몸이 부르르 떨렸다. 그런 월중선을 보며 만덕 역시 착잡해지는 기분을 금할 길이 없었다.

 "어머니께 실망을 드려 죄송합니다. 하지만 어머니께서 제게 소중한 분이이듯이 스승님 또한 제겐 둘도 없이 소중한 분이십니다. 어머니가 제게 살라 하셨다면, 그 분은 제게 사람답게 살라 하셨습니다. 제게 사람의 도리를 가르쳐주신 분입니다."

 월중선은 인정할 수 없었다. 사람답게 살아? 사람의 도리? 제 한 몸 지키기도 힘든 세상에 대체 누가 사람의 도리를 지키며 산단 말인가?

 월중선이 보기에 그것은 모두 허울 좋은 변명일 뿐이었다. 목숨이 붙어 있어야 사람으로 살든, 짐승처럼 살든 선택할 수가 있는 법이다.

 "그래서? 그 허울뿐인 도리를 지키기 위해 죽음이 빤히 보이는 길을 택하겠다 이거냐? 니가 그리 어리석은 아이였더냐?!"

월중선의 질책에 만덕이 순간 털썩 무릎을 꿇었다.

"어머니. 저는 어느 누구도 다치길 원치 않습니다. 저 때문에 다치는 것은 더욱 싫습니다. 허니 어머니께서 도와주십시오. 저에겐 힘이 없지만 어머니껜 그럴 만한 힘이 있지 않습니까?"

허나 그 모습조차 보기 싫어 고개를 돌려버리는 월중선이었다. 어찌 저리 쉽게 무릎을 꿇는단 말인가? 그것도 그런 자 때문에. 만덕의 애원은 계속되었다.

"저 때문에 이 오지까지 쫓겨오신 분입니다. 그런 스승님을 두고 저 홀로 돌아간다면 저는 평생 제 자신을 용서할 수 없을 것입니다. 그러니, 제발 도와주셔요."

배신감을 넘어 허탈함이 밀려왔다. 정情, 그깟 게 대체 무엇이라고 이리도 지독하게 사람을 옭아맨단 말인가?

"어리석은 것!"

월중선은 다시금 설명할 길 없는 애증의 덫에 목이 옥죄어 오는 것을 느끼며 그대로 눈을 감아버렸다. 고개를 돌린 월중선은 참을 수 없는 상실감에 서둘러 이조웅의 집을 빠져나갔다. 막 밖커리를 돌았을 때, 담벼락 뒤에 서 있던 이조웅과 마주쳤지만 월중선은 걸음을 멈추지 않았다. 아마도 지금 자신의 얼굴은 허깨비와 같으리라. 허나 지금은 그 또한 돌아볼 여력이 없었다. 그대로 이문간을 나선 월중선은 그렇게 저녁 어스름 속으로 홀로 사라졌다.

"가서 빨래 좀 해오거라."

"지금 이 시간에 말입니까? 곧 해도 질텐데…….."

월중선이 다녀간 지 며칠 후, 평소보다 조금 일찍 집에 돌아온 이조웅은 들어오자마자 옷을 갈아입는다 했더니 뜬금 없이 빨래타령을 하고 있었다.

"니 입으로 밥값은 하겠다 하지 않았느냐?"

그 말에 꼬리를 내린 만덕은 투덜대면서도 빨래 바구니를 챙겨 들었다.

월중선이 돌아가고 반 시진쯤 후 집에 돌아온 이조웅은 걱정과는 달리 만덕을 내쫓거나 하지는 않았다. 그저 뚱하니 저녁 내내 침묵할 뿐이었다. 그래도 화를 내지 않는 것만도 어디냐 하는 생각에 만덕은 저녁 밥상을 앞에 두고 조심스럽게 말을 꺼내었다.

"밥값은 하겠습니다. 허니, 당분간 쫓아내지만 말아주십시오."

이조웅은 가타부타 대답이 없었다. 허나 침묵은 곧 긍정이라고, 그날 저녁 이후로 일종의 협정을 맺은 그들이었다.

"다녀오겠습니다."

빨래 바구니를 든 만덕은 볼이 퉁퉁 부어서는 인사도 하는 둥 마는 둥 집을 나섰다. 그런 만덕이 이문간 밖으로 사라지는 것을 보고서야 그제사 피식 웃는 이조웅이었다. 저럴 때 보면 아직도 영락없는 어린아이건만…….

그날 담벼락 뒤에 서서 만덕과 월중선의 얘기를 본의 아니게 엿들은 이조웅이었다. 안 그래도 만덕을 돌려보내려던 참이라 월중선이 온 것을 보고 자리를 피하려던 이조웅은 '힘을 얻기 위해 소중한 사람을 버려야 한다면 차라리 힘을 버리겠다'는 만덕의 말에 그 자리에 멈춰섰다.

　소중한 사람.

　만덕이 무엇 때문에 기생이 되고자 했는지 누구보다 잘 알고 있는 이조웅이었다. 만덕에게 기생의 길은 가족을 지키는 길이고, 아버지를 찾는 길이며, 자신의 꿈을 좇는 길이었다. 헌데, 만덕은 그 모든 것을 걸고서라도 못난 스승을 지키려 하고 있었다.

　순간 가슴 속에 말 못할 안타까움과 미안함이 교차했다. 어차피 이조웅과 만덕의 일신에 닥친 회오리는 그들의 힘으로는 어쩔 수 없는 불가항력이었다. 그런데도 그에 맞서는 만덕이 안타까웠고, 동시에 지금껏 홀로 맞서게 한 것이 못내 미안했다. 그래서 그 이후로 돌아가라는 등 일체의 간섭을 거둔 이조웅이었다.

　바구니를 든 만덕이 오솔길 너머로 사라졌다. 담장 너머로 그 모습을 확인한 이조웅은 그제야 방으로 들어갔다. 그러고는 낡은 반닫이지함에서 보따리를 꺼내어 그 안에 든 물건들을 하나하나 꺼내어 놓았다. 만덕이 들고 온 화구들이었다. 마지막으로 아껴두었던 화선지 한 장을 꺼내어 바닥에 펼친 이조웅은 그 앞에 다소곳이 정좌했다.

　눈을 감은 이조웅은 머릿속에 떠오르는 하나의 얼굴에 집중했다. 희고 갸름한 얼굴, 오똑한 콧날 그리고 햇빛을 받아 밝게 반짝이는 눈동자. 이조웅은 만덕의 초상을 그릴 참이었다.

　그날, 만덕의 무거운 진심을 알게 된 이조웅은 만덕을 떠나 보내기 전에 자신 역시 어떤 식으로든 마음을 전해주어야겠다 결심했다. 하지만 신변조차 자유롭지 못한 유배자의 몸, 이조웅이 할 수 있는 일에는 한계가 있었다. 그래서 생각 끝에 떠올린 것이 만덕의 초상을 선물하는 것이었다.

이조웅은 손끝에 힘을 주어 붓을 잡았다. 검지 손톱이 빠져 그마저도 쉽진 않았지만 다른 손가락들로 붓을 단단히 고정시켰다. 그러고는 유연한 붓질로 머릿속에 떠오르는 윤곽들을 잡아나갔다.

흰 종이 위로 붓 길이 생겨날 때마다 아련한 묵향이 그리움처럼 피어올랐다. 다정한 눈가, 입가에 떠도는 미소, 할 수만 있다면 숨결까지 그려넣고 싶어 마음이 다급해졌다. 허나 그것은 부질없는 마음. 대신 마지막으로 만덕의 생기 넘치는 눈동자를 그려넣는 것으로 이조웅은 그림을 완성했다.

그 시각, 빨래를 마친 만덕은 서둘러 집으로 돌아오고 있었다. 마을에서 한참이나 떨어진 해변가 용천까지 다녀오는 길, 만덕은 내일 가도 될 일을 굳이 다 저녁에 시킬 것은 무어냐고 투덜대면서도 스승의 저녁밥이 늦어질까봐 발걸음을 재게 서두르고 있었다.

"스승님, 다녀왔습니다. 식사 준비할까요?"

벌써 해가 졌는데 많이 시장하시겠지. 집에 돌아오자마자 빨래 바구니를 낭간마루에 올려 놓은 만덕은 큰구들을 향해 소리쳤다. 그러나 안쪽에선 아무런 대답도 들리지 않았다.

"피곤해서 그새 잠드셨나?"

고개를 갸웃하는데, 그러고 보니 댓돌 위, 신발이 있어야 할 자리가 텅 비어 있었다. 순간 왠지 모를 불안감이 밀려왔다. 다시 한 번 스승을 부른 만덕은 내처 행주치마에 손을 닦으며 방문을 활짝 열어젖혔다. 그러나 스승이 있어야 할 자리는 텅 비어 있었다. 대신 그곳엔 한 장의 그림과 함께 은은한 묵향만이 떠돌고 있을 뿐이었다.

만덕은 자신이 이곳까지 어떻게 달려왔는지 기억조차 나지 않았다. 배소 주인으로부터 이조웅이 어명을 받고 군졸들에게 끌려 화북포로 갔다는 얘기를 듣자마자 말을 달려 정신 없이 제주성으로 돌아온 길이었다. 만덕은 말에서 내리자마자 단숨에 월향정의 문을 밀고 들어갔다.

"만덕이 아니냐?"

놀란 천천네의 목소리를 뒤로 하고 만덕은 곧장 월중선이 머물고 있는 안채로 달려갔다. 저녁 손님을 맞기 위해 한창 단장 중이던 월중선은 갑자기 문을 열고 들어오는 만덕을 보며 놀란 표정을 지었다.

"네가 어찌?"

들고 있던 누에고치를 분첩 위에 내려놓는 사이 월중선 앞까지 성큼성큼 걸어온 만덕은 다짜고짜 그 앞에 털썩, 무릎을 꿇었다.

"도와주세요!"

갑작스런 행동에 당황한 월중선은 이내 만덕의 난입이 짜증스러운 듯 미간을 찌푸렸다.

"또 그 얘기더냐!"

성을 내려던 월중선은 그러나 고개를 든 만덕의 눈에서 하염없이 흘러내리는 눈물을 보고 입을 다물었다. 뭔가 큰 사단이 벌어진 것이 분명했다.

화북포의 객사인 연북정. 밤이지만 오가는 사람들로 북적대는 그곳은 곧 뭍으로 떠날 사람과 뭍에서 들어온 사람들이 일시적으로 머물다 가는 장소였다. 그 앞으로 쓰개치마를 뒤집어쓴 월중선과 나이

지긋해 보이는 나장 하나가 걸어 나왔다.

"이거, 정말 이러면 안 되는 건데……."

"사례는 섭섭치 않게 챙겨드리겠습니다."

월중선이 척 보기에도 꽤 묵직해 보이는 돈 꾸러미를 은밀히 나장의 손에 쥐어주자, 나장이 괜스레 헛기침을 하며 다시 객사 안으로 사라졌다. 그리고 얼마 안 있어 나장의 손에 이끌려 초췌한 얼굴의 이조웅이 모습을 드러냈다.

"딱 이틀이오! 그나마 날이 궂어 배가 못 떠서 얻은 말미이니, 그 이상은 나도 어쩔 수가 없소."

신신당부를 한 나장이 객사 안으로 사라지자 이조웅이 월중선에게 물었다.

"이게 어찌된 일인가?"

그러자 월중선이 나지막이 대답했다.

"전 오늘 이곳에서 영감을 뵌 적이 없습니다. 영감은 다만 배가 연착되어 탐라에 이틀 더 머무르게 되신 것입니다. 그사이 무슨 일을 하시든 그 역시 저와는 무관한 일입니다."

알 수 없는 말을 남긴 월중선은 그대로 이조웅을 스쳐 지나갔다. 뒤에서 만덕이 '스승님'하며 이조웅을 부르는 소리가 들려왔지만 월중선은 뒤돌아보지 않았다.

'한 번만 도와주세요, 제발. 시키시는 일이라면 무엇이든 하겠습니다.'

자신 앞에 무릎을 꿇고 애원하던 만덕의 얼굴이 순간 그 옛날 애욕에 몸부림치던 자신의 얼굴과 겹쳐졌다. 모든 것은 결국 수레바퀴처럼 돌고 도는 것인가?

어쩌면 젊음이란 것이 가장 큰 어리석음일지도 모르겠다고 생각하는 월중선이었다. 그렇다면 그 또한 한번은 거쳐야 할 풍파인 것을, 막으려 한다 해도 성난 파도는 결국 인간이 애써 쌓은 제방을 하찮다는 듯 집어삼키고 말 것이었다.

"이것이 내가 어미로서 해줄 수 있는 마지막이다."

홀로 읊조린 월중선은 만덕과 이조웅을 남겨둔 채 조용히 어둠 속으로 사라졌다.

아직 새벽 별빛이 여울기도 전, 두 남녀가 힘겹게 한라산 자락을 오르고 있었다.

산에 오르기 전까지만 해도 바람이 꽤 거셌건만, 울울한 숲속에 들어오자 마치 다른 세상인 듯 바람마저 잦아들었다. 앞서가는 사내 뒤로 긴 치맛자락을 단단히 여민 여인이 가쁜 숨을 몰아쉬며 뒤따랐다. 그때마다 훅훅, 짙은 흙 냄새가 풍겨왔다. 새벽 이슬이 내려앉고 있었다.

몇 십 년 혹은 몇 백 년이 쌓여 이루어진 것인지도 알 수 없는 부엽토, 그 위에 올 가을 새로 떨어진 낙엽이 뒹굴고 다시 이슬이 맺히자 땅은 생각보다 미끄러웠다. 뒤따르던 여인이 자꾸만 처지자 앞서가던 사내가 뒤돌아보았다.

"괜찮으냐?"

"전 괜찮습니다, 스승님."

거리를 좁히자 어둠 속에서도 제법 또렷하게 서로의 얼굴을 분간

할 수 있었다. 두 남녀는 만덕과 이조웅이었다. 월중선의 도움으로 이틀의 말미를 얻은 두 사람은 해도 뜨지 않은 새벽, 평소 이조웅의 바람대로 한라산 산행에 나선 길이었다.

주위를 두리번거리던 이조웅은 급한 대로 지천에 널린 조릿대를 꺾어 만덕의 신발에 묶어주었다.

"곧 해가 뜰 것이다."

고개를 끄덕인 만덕은 다시 이조웅을 좇아 산을 올랐다.

한결 걷기 수월해진 만덕은 어둠 속에서 하얗게 보이는 이조웅의 등을 바라보며 어제 저녁의 일을 떠올렸다.

이조웅이 어명을 받고 끌려갔다는 얘기를 들은 순간 만덕은 당황스러움에 어찌할 바를 몰랐다. 지금껏 대정현으로 쫓겨간 스승을 구하겠다며 월중선에게 대서면서도 기껏해야 거리가 멀어질 뿐이지 그가 영영 탐라를 떠날 수도 있다는 생각은 미처 해보지 못했던 만덕이었다. 헌데 그가 곧 한양으로 떠날 것이란 사실을 깨닫자 만덕은 덜컥 겁이 났다.

'다시는 보지 못할지도 모른다.'

그 생각을 하는 것만으로도 만덕은 그늘 한 점 없는 삼복 태양 아래 선 것처럼 숨이 턱턱 막히는 느낌이었다.

'이조웅 그자가 대체 무엇이라고?'

지금에사 생각해 보니 월중선의 그 말이야말로 만덕 스스로가 풀어야 할 숙제였다. 다만 시간이 얼마 남지 않았음이 못내 아쉬울 뿐이었다.

해가 떠도 상황은 밤과 크게 달라지지 않았다. 사방이 짙은 안개에 둘러싸여 한 치 앞도 내다볼 수 없었기 때문이다. 오히려 밤에는 흐리나마 투명하게 식별되었던 사물들이 불투명한 연무의 장막 뒤로 숨어버리자, 나 자신 이외에는 아무것도 존재하지 않는 절대 무無의 세계에 빠져드는 느낌이었다. 이조웅은 문득 어쩌면 지금의 상황이야말로 자신의 처지와 별반 다르지 않다는 생각을 했다.

탐라로 쫓겨올 때는 모든 것이 급작스럽긴 했으나 그나마 확고불변한 신념이란 것이 있었다. 내 생각, 판단, 결단 그 모든 것이 내 신념에 따라 부끄러움 없이 행해졌다는 믿음. 그러나 변방에서의 시간이 길어질수록 이조웅은 그 모든 것의 경계가 모호해짐을 느꼈다.

'과연 그 신념이란 내가 선택한 것일까? 아니면 누군가에 의해 이미 결정되어 있던 것일까?'

비단 도포와 갓을 벗자 자신은 더 이상 양반이 아니었다. 붓을 쥐던 손에 호미 자루를 들자 더 이상 선비도 아니었다. 지금껏 '나'라고 믿어 의심치 않았던 모습들이 한 꺼풀씩 벗겨져 나가자 그저 남는 것은 먹고, 자고, 배설하고, 숨 쉬는 인간 이조웅, 그 이상도 이하도 아니었다. 그런 자에게 신념이란 한 끼 밥보다도 무의미한 것이었다.

'한양의 이조웅과 탐라의 이조웅은 같은 사람인가? 그리고 지금 이 안개 속을 헤매는 나는 또 누구인가?'

언젠가 배소를 배정받고 호구단자를 쓰다가 떠올렸던 의문이 다시금 고개를 들었다. 아무것도 보이지 않는 안개 속에서, 이조웅은 역설적이게도 스스로의 내면을 그 어느 때보다 또렷이 들여다보고 있었다.

'까아악! 까아아악!'

산 중턱에서부터 쫓아오던 까마귀 소리가 정상에 가까워질수록 더욱 그악스러워졌다. 해가 중천에 떠오르고 어느 순간 주변을 감싸고 있던 안개가 사라지자 눈앞에 기이한 광경이 펼쳐졌다.

마치 하얀 해골을 흩뜨려놓은 듯 앙상한 가지를 뻗치고 있는 구상나무 군락이었다. 생장의 기간이 있기나 하였을까? 그 모든 것을 단번에 뛰어넘어 마치 처음부터 죽음만이 존재하였던 것처럼 생명의 낌새라곤 조금도 찾아볼 수가 없는 모습이었다.

만덕은 문득 울컥 치밀어 오르는 슬픔을 느꼈다. 탐라에서의 이별은 죽음과 다르지 않았다. 다시 만날 것을 기약하지 않는 영 이별, 그래도 살아만 있다면 언젠가 한 번쯤은……. 만덕은 한라산 정상에서만 보인다는 남극노인성南極老人星을 볼 수 있기를 마음속으로 빌고 또 빌었다.

"그 별을 보면 무병장수한다 합니다. 그러니 조금만 더 기다려 보십시오."

여인의 배꼽처럼 오목한 한라산 정상엔 호수처럼 잔잔한 생명수가 고여 있었다. 신선이 흰 사슴을 타고 내려와 물을 마셨다는 백록담. 막상 그곳에 오르고 보니 하늘은 구름에 가렸고 만덕이 그토록 바랐던 별은 어디에서도 보이지 않았다. 만덕의 고집으로 한참을 그곳에서 머무른 이조웅은 자신들이 뚫고 온 산 중턱의 자욱한 안개 숲을 내려다보며 말했다.

"자꾸 뒤처지기에 발이 무거워 그런가 했더니, 정작 무거운 건 니 마음이었구나. 그것이 사람이든 별이든, 모든 것은 다 인연이 아니겠느냐?"

빙그레 웃은 이조웅은 처음부터 정상엔 아무런 의미도 두지 않았던 것처럼 미련 없이 산을 내려가기 시작했다. 만덕만이 아쉬운 마음에 자꾸만 뒤를 돌아볼 뿐이었다. 그사이 변덕스런 신선이 산다는 백록담은 그런 만덕을 나무라듯 또다시 구름을 모아들이고 있었다.

산속의 밤은 솔칵 태우는 냄새와 함께 성큼 다가왔다.

정상에서 시간을 많이 지체한 탓에 결국 만덕과 이조웅은 산 중턱에 자리잡은 암자에서 하루를 묶게 됐다. 암자라고는 하나 토질이 약해 흙벽과 기와 대신 나무판자로 벽과 지붕을 대어 만든 허름한 집이었다. 게다가 방도 부족해 어쩔 수 없이 한방에 묶게 된 만덕과 이조웅은 아쉬운 대로 띠를 엮어 만든 돗자리를 방 한가운데 치고 일찍 자리에 누웠다. 그러나 새벽같이 암자를 출발해야 함에도 불구하고 두 사람 모두 각자의 상념에 빠져 쉬이 잠을 이루지 못했다.

만덕은 월향정을 나서기 전, 월중선과 맺었던 약속을 떠올렸다. 월중선은 만덕에게 이틀의 말미를 주는 대신 예정대로 제주 목사 김몽규와 화초를 올리라 명했다. 그 말에 고개를 끄덕이면서도 만덕의 눈가엔 눈물이 맺혔다.

'억울하냐? 그렇다면 힘을 길러라!'

조롱인지 연민인지 모를 월중선의 말을 뼛속 깊이 새기며 만덕은 결심했다. 더 이상은 나의 나약함으로 인해 소중한 사람을 잃지 않으리라.

한편 이조웅은 이조웅대로 마음이 심란하였다.

'스승님께서 죽기 전에 영주 한번 오르는 게 소원이라 하셨잖습니

까?'

월중선이 자리를 뜨고 이조웅이 전후 사정을 물었을 때 만덕은 그저 미소를 지으며 그렇게 말했을 뿐, 그후로도 구체적인 내막은 함구하고 있었다. 그러나 보나마나 뭔가 모종의 거래가 있었음이 분명했다. 내일이면 자신은 이제 영영 탐라를 떠날 터인데 홀로 남겨질 만덕이 걱정이었다.

"스승님, 주무십니까?"

"아니다."

이조웅이 대답하자 돗자리 반대편에서 부스럭거리는 소리가 들려왔다. '탁, 탁' 잠시 부싯돌 치는 소리가 들리더니 곧 만덕이 등잔에 불을 붙이고 이조웅을 불렀다.

"잠시 드릴 말씀이 있습니다."

두 사람 사이를 가로막고 있던 돗자리가 걷히고, 만덕이 이조웅 앞에 다소곳이 무릎을 꿇었다.

"스승님께 청이 하나 있습니다."

"무어냐? 말해 보거라."

만덕은 대체 무슨 말을 하려는지 한참이나 뜸을 들이다가 드디어 결심이 섰는지 이조웅을 바라보며 나지막이 불렀다.

"나으리!"

"나으리라니? 갑자기 왜 이러느냐?"

이조웅이 짐짓 당황하여 물었다.

"이년, 나으리의 여자가 되고 싶습니다."

"만덕아!"

두 사람 사이에 침묵이 흘렀다. 만덕은 제가 말을 꺼내놓고도 심히 부끄러웠던지 차마 고개를 들지 못했다. 먼저 입을 연 것은 그래도 만덕보다는 세상 연륜을 더 쌓은 이조웅이었다.

"고맙구나. 허나 네 고운 마음만 받으마."

그러자 어렵사리 용기를 그러모았던 만덕이 고개를 들고 원망 어린 눈으로 이조웅을 바라보았다.

"어째서입니까? 제가 마음에 차지 않으십니까? 여전히 열세 살 어린 동기로만 보이십니까?"

이조웅이 부질없이 뛰는 마음을 다잡으며 천천히 고개를 저었다.

"나라고 어찌 꽃의 아름다움을 모르겠느냐? 내 나이가 조금만 더 젊었던들 욕심을 내었을지도 모르지. 허나 방년의 꽃다운 너와 아무리 맞춰 본들 내 나이 삼십 년 전 열여섯이다. 늙고 병들어 정욕마저 사그러든 몸이 어찌 너를 탐하겠느냐?"

"하지만 나으리께서 떠나시고 나면 전 어차피 기생의 본분에 따라 원치 않는 남자에게 안겨야만 합니다. 이년 비록 비천한 기생이지만 사모하는 마음은 여염의 여자와 다르지 않습니다. 저 역시 제가 마음에 품은 분께 단 한번만이라도 제 진정을 바치고 싶습니다."

만덕의 눈에 안타까운 눈물이 어렸다. 그런 만덕을 보는 이조웅의 마음도 애달팠다.

"울지 말거라. 니가 울면 예나 지금이나 어찌해야 할 바를 모르겠구나."

이조웅이 그 옛날 아비를 부르며 울던 어린 만덕을 달래던 때처럼 만덕의 숱 많은 머리칼을 쓰다듬었다.

"남녀 간의 정이 어찌 연모의 정뿐이겠느냐? 너는 내게 제자이고, 혈육이고, 벗이었느니. 내 이미 너에게 지극한 정을 품고, 또 이리 큰 마음까지 받았으니 그걸로 충분하다."

"허나 스승님마저 이대로 가버리시면 저는 이제 또 누굴 믿고 의지해야 합니까?"

만덕은 자신을 떠나버린 사람들의 얼굴을 떠올렸다. 아버지, 어머니, 오라버니……. 어떤 이는 돌아오지 않았고, 어떤 이는 돌아올 수 없었고, 또 어떤 이는 돌아섰다. 그리고 이제 다시 이별이었다. 만덕은 이별 앞에 무너지는 마음을 가눌 길이 없었다.

"만덕아, 나는 말이다. 너만은 누구의 딸도, 누구의 누이도, 누구의 여인도 아닌 그저 네 이름 석 자, 김만덕으로 살았으면 좋겠구나!"

그것은 한라산을 오르고 내리는 내내 이조웅을 사로잡았던 화두와도 일맥상통하는 것이었다. 만덕이 애써 눈물을 거두고 이조웅을 바라보았다. 마지막 모습을 눈물로 기억되게 하고 싶지는 않았다.

"살다보면 기쁘고 즐거운 날보다는 모질고 험한 날들이 더 많을 게다. 너는 탐라의 아이니 잘 알겠지. 나는 그때 니가 의지할 곳이 다른 누구도 아닌 네 자신이었으면 좋겠다."

자신의 이름 석 자로 산다! 만덕에게는 너무나 어려운 말이었다. 그래도 스승이 원하는 바라면…….

"스승의 명이십니까?"

만덕의 말에 이조웅이 빙그레 미소를 지었다.

"너를 제 몸처럼 아끼는 자의 부탁이자 당부이다."

그제야 만덕이 희미하게나마 미소를 띠었다. 비록 몸을 섞진 않았지만, 이 순간 두 사람의 마음이 면면히 하나로 흐르고 있는 것만은 확실했다. 그것만으로도 충분했다.

만덕은 자리에서 일어나 이조웅에게 나붓이 절을 올렸다. 그리고는 품속에서 반듯하게 접은 면보자기 하나를 꺼냈다. 그 보자기를 펼치자 안에서 이조웅이 그려둔 만덕의 초상이 나왔다.

"이걸 네 몸에 지니고 있었더냐?"

원래 정념이 깃든 물건은 아무리 멀리 떨어져 있어도 주인을 찾아가는 법이라더니.

"스승님의 말씀 잊지 않도록 글월로 남겨주셔요."

고개를 끄덕인 이조웅이 품에서 붓통을 꺼내 처마에 맺힌 이슬로 먹물을 적셨다. 그리고 조금 전 자신이 했던 말을 네 줄의 경구警句로 단번에 써내려갔다.

勿化某之子(물화모지자) 누구의 자식으로 살지 말고,
勿化某之弟(물화모지제) 누구의 동생으로 살지 말며,
勿化某之娘(물화모지낭) 누구의 아낙으로도 살지 말고,
唯生以萬德(유생이만덕) 오직 만덕으로 살거라.

"헌데 스승님, 제 이름 석 자로 사는 것은 어찌 사는 것인지요?"

마지막으로 자신의 호를 적어넣는 이조웅에게 만덕이 물었다.

"그것을 알아내는 것은 너의 몫이겠지."

이조웅이 알 듯 모를 듯한 미소로 답했다.

'내 이름 석 자, 김만덕으로 산다……!'

그밤, 만덕과 이조웅은 밤새 못다한 이야기들로 정회를 달랬다. 어느새 달도 서편 하늘로 기울고, 야속한 이별의 시간은 다가오고 있었다.

다음날 약속대로 만덕은 월향정으로 돌아왔다. 그리고 이조웅을 태운 배가 북녘 바다로 멀어져가던 시각, 만덕은 정인에 대한 연모의 정과 그가 남긴 경구를 화인火印처럼 가슴에 새긴 채 목사 김몽규에게 자신의 화초를 던졌다. 그렇게 만덕은 탐라 기생 영주瀛州로 다시 태어났다.

5 이름을 되찾다

"탐라에 와서 영주에 오르지 못한다면 어찌 사내대장부라 이를 손가?"

한량 하나가 소리 높여 말하자, 좌중이 술잔을 부딪히며 환호했다. 그들은 모두 호남 출신의 선비들로 탐라를 둘러보기 위해 온 유람객들이었다. 그중에서도 영주를 구경하는 것이 그들의 제일 목표임은 말할 것도 없었다.

"그나저나 영주는 아직이더냐?"

그 말에 댓돌 위에 선 시종이 '예, 곧 옵니다요.' 하고 대꾸했다. 영주라면 창밖으로 보이는 저 높은 한라산을 말하는 것일진데, 머리에 구름을 이고 앉은 산이 어찌 곧 온다는 것인지…….

"탐라 이묘二妙라, 높고 우뚝한 영주산을 두루 구경하였으면, 의당 곱고 아담한 기생 영주도 품어 보아야지."

그 말에 껄껄, 호탕하게 웃는 선비들이었다.

기생 영주. 호남 선비가 말한 영주란 바로 만덕을 지칭하는 것이었다.

머리를 올린 만덕은 스스로의 기명妓名을 영주瀛州라 지었다. 정인인 이조웅이 사랑하였던 영주산, 그와 함께 그 산을 올랐던 추억을 기리며 일편단심 굳은 절개를 다짐하였던 것이다. 허나 그 사연을 알 바 없는 사내들은 기생 영주를 영주산과 더불어 '탐라이묘'라 일컬으며 정복의 대상으로 여겼다. 허나 원체 도도한 영주였으니, 그 역시 쉬운 일은 아니었다.

"영주산은 우뚝하여 오르기 힘들고, 기생 영주는 아담하니 품기 쉽다 뉘 그러시더이까?"

마침 미닫이 문이 소리 없이 열리며 하얀 외씨 버선 하나가 성큼 문지방을 넘어 들어왔다. 순간 좌중이 고요해지며 모두의 시선이 방금 질문을 던진 이에게 모여들었다. 머리에 구름 같은 가채를 얹은 기생 영주, 만덕이었다.

"그 말씀, 듣는 영주는 참으로 서운하옵니다. 영주산은 오르기 힘든 영산靈山이요, 이년 영주는 꺾기 쉬운 노류장화路柳牆花라는 뜻이 아니옵니까?"

만덕이 짐짓 뾰루퉁한 표정을 짓자 선비들이 난색을 표했다. 원체 인기 많은 기생인지라 어렵사리 청을 넣어 마련한 자리이건만 처음부터 저리 기분을 상하게 하였으니…….

"그런 말이 아닐세. 그저 다들 어서 자네를 만나 보고픈 마음에……."

먼저 말을 꺼냈던 선비가 해명을 하는데, 방금 전까지만 해도 팩 토라져 있던 만덕이 언제 그랬냐는 듯 좌중을 향해 금세 샐쭉, 요염한 미소를 지어보였다.

"이년 영주와 저 영주산 중 과연 누구의 콧대가 더 높을지는 재 본 사람만 알 일이지요."

그러고는 풍성한 치맛자락을 부풀리며 나붓이 절을 올리는 것이었다. 넋을 잃고 지켜보던 선비들도 그제야 만덕의 말이 농이었음을 깨닫고 껄껄 웃기 시작했다.

"과연 영주의 마음 얻기가 백록담 오르기보다도 더 어렵다더니, 영주의 콧대가 영주산을 누르고도 남음이 있구나!"

말 한마디로 좌중을 쥐락펴락하는 만덕의 재주에 새삼 탄복하는 선비들이었다.

그랬다. 만덕은 출중한 외모와 함께 춤과 음율, 그리고 기생으로서는 드문 문재文才까지 두루 갖춘 탐라 최고의 기생이었다. 게다가 알싸하니 빼어난 말솜씨는 뻣뻣한 서생들의 애간장까지 살살 녹여내었으니, 만덕에게 목을 맨 사내들도 부지기수였다. 허나 그뿐, 정작 만덕은 누구에게도 진심을 내어주는 법이 없었다. 그러나 그 도도함마저도 호승심好勝心 넘치는 이들에게는 또 다른 매력이었으니, 오죽하면 그 소문이 뭍까지 퍼져나가 기생 영주를 보기 위해 생사를 무릅쓰고 바다를 건너온다는 말이 나돌 정도였다.

'딸랑, 딸랑' 말방울 소리가 울릴 때마다 남녀노소 할 거 없이 행인들의 시선이 한곳으로 모여들었다. 말을 탄 채 너울로 얼굴을 가린 만덕이었.

주름을 잡아 풍성하게 부풀린 다홍색 겉치마, 맵시 있게 올려 묶은 그 아래로 눈 부시도록 하얀 속치마와 속바지가 선명한 대비를 이루었다. 그리고 너울 주위로 안개처럼 낙낙하게 두른 회색 견사, 그 안쪽으로 바람이 불 때마다 황금빛 떨잠이 햇빛을 희롱하듯 일룽거렸다.

"다 왔습니다."

말고삐를 쥔 시동이 조랑말을 말팡돌디딤돌 옆에 세우자 만덕이 시동의 도움을 받아 말에서 내렸다. 순간 너울 너머로 언뜻 비치는 갸름한 얼굴, 하마 볼 수 있을까 하여 행인들이 발걸음을 멈추었다. 허나 옷 매무새를 가다듬은 만덕은 눈길 한번 주지 않고 이내 꿈결같이 월향정 대문 안으로 사라졌다. 그때까지도 사람들의 눈길은 만덕에게서 떨어질 줄 몰랐다.

"다녀왔습니다."

마당으로 들어선 만덕은 양어머니인 월중선을 발견하고는 형식적인 인사를 건넸다. 월중선도 그저 고개만 까딱하였을 뿐, 두 사람 사이엔 서먹한 분위기가 감돌았다. 간만에 월향정을 찾은 애랑만이 월중선과 대화를 나누다 말고 반갑게 아는 척을 해왔다.

"만덕이구나! 아니, 이제는 영주라고 불러야 하나?"

허나 만덕은 그저 목례로 답하였을 뿐, 별다른 대꾸 없이 휑하니 자신의 방으로 들어가버리는 것이었다.

"저 아인 어째 갈수록 찬바람만 쌩쌩이네요. 어릴 적엔 말도 많고 호기심도 왕성한 것이, 참 귀여웠는데."

이제는 현역에서 물러나 동기들에게 노래 선생 노릇을 하고 있는 애랑이 안타까운 듯 말을 꺼냈다.

"기생이 호기심은 많아 뭐하누? 괜한 분란만 일으키지."

말로는 심드렁한 척하면서도 월중선 역시 만덕에게 신경이 쓰이기는 매한가지였다. 손님들이 있는 연회 자리에서는 웃기도 하고 여전히 재기 넘치는 말솜씨로 좌중을 사로잡는 만덕이었지만, 일 이외의 사적인 공간에서는 필요한 말 이외에는 이 한 번 드러내 보이는 일이 없었던 것이다. 그건 월중선을 대하는 태도에서도 마찬가지였다. 예전엔 종종 우스개 소리도 하고, 속상한 일들도 털어놓곤 했었는데, 요새는 말이 없으니 그 속을 통 알 수가 없었다.
 '아마도 수년 전 그 일 때문이겠지……'
 월중선은 이조웅과 함께 사라졌던 만덕이 약속대로 이틀 만에 월향정으로 돌아와 이른 아침, 후원 정자 위에 홀로 서 있던 그 모습을 기억했다. 마침 새벽부터 가을비가 추적추적 내려 마당에 떨어진 낙엽들이 보기 싫은 멍 자국처럼 늘어붙어 있던 날이었다. 만덕은 비에 흠뻑 젖은 머리카락이 흘러내려 얼굴에 달라붙는 것도 개의치 않고 화북포가 있는 북쪽 하늘을 멀거니 바라보고만 있었다.
 "씻거라. 영감께서 기다리신다!"
 월중선의 말에 만덕은 대답 없이 두 주먹만 꼭 쥐었던가. 그날 이후 만덕은 월중선이 그렇게나 바랐던 대로 제 마음줄쯤은 능란하게 숨길 줄 아는 진짜 기생이 되었다.
 "그래도 이젠 마음을 다잡고 착실히 기생 노릇을 하고 있으니 얼마나 다행이에요?"
 애랑이 한때 만덕이 화초 날짜를 앞두고 가출했던 일을 들먹이며 말했다. 그러고 보면 확실히 만덕은 그사이 마치 천생 기생이라도 된 양, 탐라 기방에서 자신의 세를 착실히 넓혀왔다. 결국 머리를 올린

지 6년 만에 탐라 최고의 기생, 행수 기녀의 자리에까지 올랐으니.

'착실한 기생 노릇이라…….'

허나 월중선은 왠지 꺼림칙한 기분을 떨칠 수가 없었다. 뭔가 터지기 직전의 화약고처럼 조마조마한 기운이랄까? 다른 이는 몰라도 월중선은 느낄 수 있었다. 허나 심증만 가지고 다그칠 수도 없는 일이니.

"마음이야 어떻든 제 몫만 다 해준다면야!"

곰방대를 빨며 혼잣말을 중얼거리는 월중선이었다.

신사년1761년 7월, 전 제주 목사 이창운이 1년 만에 한양으로 돌아가고, 신임 목사 신광익이 새로 부임하여 왔다. 덕분에 탐라 교방은 신임 목사의 취임연就任宴 준비로 눈코 뜰 새 없이 바빠졌다.

"춤은 역시 우리 탐라 교방이 자랑하는 소고무로 준비하는 게 좋겠지요?"

만덕 또래의 수하 기생이 행수 기녀인 만덕에게 의견을 물었다. 그러자 아까부터 교방 상석에 앉아 조용히 다향을 즐기고 있던 만덕이 우아한 손짓으로 찻잔을 내려놓으며 말했다.

"벌써 수년째 관아의 연회마다 소고무를 선뵈고 있네. 그때마다 둥둥 가죽구슬 소리만 요란하니, 탐라 기생들 음기 세다는 소문이 나도는 게 아닌가?"

만덕의 말에 둘러앉은 기녀들이 얼굴을 붉히며 킥킥대고 웃었다. 소고의 둘레에 끈을 묶어 장식한 구슬이 춤을 출 때마다 양쪽으로 덜렁대는 모습이 사내의 물건과 닮았다 하여 하는 우스개 소리였다.

허나 이내 정색을 하는 만덕이었다.
 "웃음들이 나오는가?"
 순간 거짓말처럼 기생들의 얼굴에서 웃음기가 싹 가시었다. 눈을 가늘게 뜬 만덕이 그런 기생들을 싸아하게 훑어보았다.
 "어디 소고무가 탐라 교방의 자랑이 되고자 해서 된 것인가? 춤이라야 그것밖에 출 줄 모르니 그리된 게지. 벌써 수년째 새로운 춤을 배울 생각도, 연구를 하는 자도 없질 않은가? 이래서야 어찌 신임 목사께 좋은 인상을 줄 수가 있겠나?"
 좀 전까진 아무렇지 않게 어울려 농담을 늘어놓다가도 만덕은 어느 순간 이치에 어긋남 없이 엄하게 나무랐다. 긴장을 늦출 수 없게 사람을 쥐락펴락하는 능력, 이것이 바로 만덕이 탐라 교방을 틀어쥐게 된 비결이었다.
 "그렇다면, 이번엔 어떤 춤을?"
 머쓱해진 수하 기생이 쭈뼛하며 묻자, 잠시 좌중을 둘러보던 만덕이 말석에 앉아 있던 한 기녀를 지목하며 말했다.
 "소화야, 네가 한번 말해 보거라."
 만덕의 부름에, 그때껏 있는 듯 없는 듯 숨 죽이고 있던 소화라는 기생이 고개를 들었다. 그제야 다른 기생들도 넙데데한 얼굴에 나이는 꽤 되어 보이는 데도 아직 머리조차 올리지 못한 박색薄色의 기생을 쳐다보았다.
 "거…… 검무를 추는 것이 어떨는지요?"
 허나 뜻밖의 대답에 눈을 동그랗게 뜨는 기생들이었다.
 "검무? 배운 적도 없는 춤을?"

기생들은 턱도 없다며 고개를 저었다. 허나 개의치 않는 만덕이었다.

"왜 그런 생각을 했는지 이유를 설명해 보거라."

그러자 용기를 얻은 소화가 제법 또릿한 목소리로 대답하였다.

"이방 어르신께 여쭤보니, 새로 오실 목사님께서는 무과에 장원을 하신 무관 출신이시랍니다. 허니 이번엔 아기자기한 소고무보다 호방한 기상을 담은 검무가 좋지 않을는지요."

만덕이 이치에 맞는 말이라며 고개를 끄덕였다. 그러나 화려한 가채를 얹은 기녀가 당장 이의를 제기하고 나섰다.

"물론 취지야 좋습니다. 하지만 우리 중 검무를 추어 본 사람이 없질 않습니까?"

그러자 만덕이 대답했다.

"춤은 소화가 출 것이네."

"예에?"

만덕의 말에 기녀들 모두 눈을 휘둥그렇게 뜨고 소화를 바라보았다. 열일곱이 될 때까지 기부妓夫는커녕 마땅히 불러주는 이도 없어, 가난한 살림에 한 벌밖에 없는 외출복까지 여기저기 기워 입고 다니는 바람에 별명이 '누더기'인 아이였다. 그런 소화에게 그 중요한 신임 목사 취임연의 주무主舞를 맡기다니! 바위에 붙은 전복이 웃을 일이었다.

"납득할 수 없습니다. 저희들 중 저 아이의 검무를 본 사람은 아무도 없습니다. 교방에서 가르친 적도 없고요."

그 말에 소화가 반박하고 나섰다.

"교방에서 배운 것은 아니나, 저는 분명 검무를 출 수 있습니다."

"가르친 자도 없건만, 네가 어찌 검무를 춘단 말이냐? 혼자서 부엌칼이라도 휘두르며 만든 모양이지?"

그러자 소화가 대답했다.

"무보舞譜를 보았습니다!"

그 말에 교방 안이 다시 소란스러워졌다. 직접 배운 것도 아니고 겨우 무보에 적힌 것만 보고 그 까다로운 검무를 익히다니 믿을 수 없다는 눈치였다. 그중 유난히 입이 작은 기생 하나가 앞으로 나서며 말했다. 그녀는 탐라 교방에서도 춤 좀 춘다는 측에 끼이는 무기舞技 계월이었다.

"행수님, 저 아인 아직 머리도 못 올린 얼짜입니다. 그런 아이의 말만 믿고 어찌 주무로 세울 수가 있겠습니까? 게다가 저리 박색인 아이를…… 저 아이를 주무로 세우면 탐라 기녀 모두가 웃음거리가 되고 말 것입니다."

자못 걱정이라는 듯 말했지만 기실은 비아냥이었다. 계월의 말에 모여 앉은 기생들이 저마다 맞장구를 쳐대자 가여운 소화의 얼굴이 잘 익은 홍시처럼 붉어졌다. 그 모습을 본 만덕은 속으로 혀를 찼다.

'자신들의 게으름과 빈약한 재능은 부끄러워할 줄 모르면서 외모만으로 사람을 저리 조롱하다니!'

만덕은 치미는 노기를 지긋이 누르며 오히려 얼굴엔 빙긋 미소를 띠웠다.

"자네 말도 일리가 있군. 좋네, 그렇다면 계월이 자네와 소화 두 사람이 모두가 보는 앞에서 춤을 겨뤄봄이 어떠한가?"

그 말에 계월이 얼굴을 찌푸리며 코웃음을 쳤다.

"춤을 겨룬다 하셨습니까? 제가 저런 아이와 말입니까?"

허나 마알간 얼굴로 되묻는 만덕이었다.

"왜? 싫은가? 설마 탐라에서도 손꼽히는 무기라 칭송 받는 자네가 저 아이보다 못한 춤을 출까봐 불안하여 그런 것은 아니겠지?"

만덕이 계월의 자존심에 불을 지폈다. 이쯤 되면 정면승부를 피할 수 없는 법이었다.

기생들이 귤림당 안뜰에 모여들었다. 춤 대결을 위해 장소를 야외로 옮긴 것이었다. 그 소란에 지나가던 아전과 군관들도 발을 멈췄다. 모처럼의 구경거리에 사방이 시끌시끌했다. 그 소란을 잠재우며 만덕이 한 걸음 앞으로 나섰다. 사람들이 얼추 모인 것을 확인하고 경합을 시작하려는 것이었다.

"모두 모였으니 시작하도록 하지. 규칙은 간단하네. 각자 가장 자신 있는 춤을 추게. 차례로 겨루어 모두에게 보다 높은 점수를 얻는 사람이 이번 취임연의 주무가 되는 것이네. 동의하는가?"

만덕의 말에 계월과 소화 모두 고개를 끄덕였다. 어차피 시작된 승부, 승복할 만한 결과가 아니고서는 끝나지 않을 것이었다.

먼저 계월이 오색 비단끈으로 묶은 장고를 매고 나섰다. 자신의 장기인 장고춤을 선 볼 모양이었다. 그러자 여기저기서 성급한 관전평이 나왔다.

"승부고 뭐고 끝났네. 계월의 장고춤에 넋 나간 양반 한량들이 어디 한둘이야? 차례로 줄만 세워도 한라산을 세 바퀴는 돌리고도 남을 것을."

계월의 춤사위는 세요細腰라는 장고의 별칭에 걸맞게 발랄하고 요염하기 그지없었다. 오른손엔 대나무를 깎아 만든 장고채를 들고 버들가지처럼 하늘하늘 희롱하는가 하면, 왼손으론 북채 대신 손바닥으로 둥둥 소가죽을 두드리는 중간중간 슬쩍슬쩍 치맛자락을 들어 올리며 발놀림을 했다. 그때마다 모양 좋게 빠진 하얀 외씨 버선의 날랜 코가 반짝 고개를 쳐들었다가 사뿐 바닥 위로 떨어지는 것이 마치 흰 제비와 같았다.

시선 또한 교태스럽기 그지없었다. 장고를 안고 돌 때마다 고개를 살짝 외로 꼬아 부끄러운 듯 피하면서도 정작 어깨 너머로 은근한 추파를 던졌다. 그 모습이 마치 새초롬한 암고양이 같아서 귤림당 담장 밖에 서 있던 젊은 군관들은 물론이고 늙은 아전들까지 군침을 흘릴 지경이었다.

만덕은 어릴 적부터 월중선에게서 다양한 춤을 사사 받아 춤에는 나름 식견이 있었다. 그런 만덕의 눈으로 보기에도 계월의 장고춤은 흠 잡을 데 없이 훌륭했다. 특히 계월은 장고춤의 요염한 매력을 살려내는 데 탁월하였다. 아무래도 오랜 세월 구경꾼들을 상대로 실전 경험을 쌓아온 덕분일 터. 그래서일까? 계월이 몸을 움직일 때마다 여기저기서 즉각적인 반응들이 터져 나왔다. 구경하던 기생들은 시샘에 겨운 탄성을 질렀고, 번을 서던 군졸들마저 '얼쑤, 좋다' 추임새를 넣었다. 그렇게 계월의 흥겨운 춤판이 끝나자 여기저기서 박수갈채가 쏟아져 나왔다. 계월은 가쁜 숨을 고르면서도 만면에 만족스러운 미소를 지었다. 승리를 확신하는 표정이었다.

"다음은 소화 차례다."

만덕이 소화의 이름을 부르자 그사이 옷을 갈아입은 소화가 굴림당 뜰 한가운데로 걸어나왔다. 그러자 지켜보던 기생들이 킥킥, 경박스럽게 웃어대기 시작했다. 복식은 물론 장신구 일습까지 완벽하게 갖추었던 계월과 달리 소화는 교방 동기들이 춤 수업 때나 입는 수수한 연습복을 입고 있었던 것이다.

"우리 누더기, 무복 살 돈이 없었나 보지? 불쌍해서 눈물이 앞을 가리네!"

여지없이 비웃음이 따랐다. 그러나 그 웃음은 곧 멈추었다. 소화가 왼손에 들고 있던 긴 장검을 칼집에서 꺼내어 좌중을 향해 매섭게 겨누었던 것이다. 정적. 그것은 달빛도 베어버릴 듯 잘 벼려진 진검이었다.

진양조의 느린 북소리가 두둥, 장검무長劍舞의 시작을 알리자 소화는 마치 무사가 된 듯 비장한 얼굴로 검술의 초식을 닮은 춤 동작을 절도 있게 짚어나가기 시작했다. 검신檢身을 왼쪽 팔부터 어깨에 걸친 채 반대쪽 손의 검지와 중지를 펴서 천천히 앞으로 뻗다가 어느 순간 날쌔게 몸을 앞으로 날리며 검으로 정적을 가르듯 베었다.

정중동. 다시 칼끝을 눕혀 양손으로 떠받들 듯 머리 위로 들어올리자 칼이 번쩍 예기銳氣를 뿜어냈다. 그와 동시에 소화의 눈빛도 마치 잘 벼려진 단검처럼 날카롭게 빛났다. 좀 전의 수줍던 모습은 오간 데 없고 춤사위 하나하나에 자신감이 실려 있었다. 그 순간만큼은 마치 다른 이의 혼魂이 씐 듯 사람마저 달라 보였다.

거의 요기妖氣라 할 만큼 소름이 끼치도록 요염한 자태. 그러나 그것은 살을 비비듯 친근한 계월의 춤사위와는 달리 어딘지 모르게 기품이 있으면서도 비장함마저 깃들어 있어, 이 세상 것이 아닌 듯한 착각마저 불러일으켰다.

지나던 미풍마저 걸음을 멈추고, 좌중엔 숨소리조차 들리지 않았다. 그 순간 '챙그랑' 정적을 깨는 소리가 들려왔다. 번을 서던 갓 열여섯 살의 어린 군정 하나가 넋을 잃고 춤을 구경하다가 그만 쥐고 있던 창을 놓친 것이었다.

잠시 좌중의 시선이 흐트러졌다 느낀 순간, 지금까지 느리게 진행되던 춤사위가 점점 빨라지기 시작하더니 허리를 젖힌 소화가 검을 둥글고 크게 휘두르며 제자리에서 빙글빙글 돌기 시작했다. 그 회전은 갈수록 빨라지더니 종당엔 신들린 듯 자진모리로 휘몰아쳤다. 휘날리는 치맛자락이 마치 커다란 회오리 같았다. 회오리 바람이 살아있는 모든 것들을 집어삼키듯, 사람들의 시선은 삽시간에 소화의 춤사위 속으로 빨려들어갔다. 그리고 마침내 '두둥', 시작과 마찬가지로 강렬한 북소리와 함께 소화의 춤이 끝났다.

한동안 사람들은 정신을 차리지 못했다. 방금 자신들의 눈앞에서 무슨 일이 벌어졌는지조차 미처 깨닫지 못하고 있는 사이, '짝짝짝' 만덕이 먼저 박수를 치기 시작했다. 그러자 아까 창을 놓쳤던 어린 군졸을 비롯해 구경하던 아전과 군관들도 덩달아 박수를 쳤다. 경외에 찬 탄식도 섞여 있었다. 처음엔 쭈뼛쭈뼛하던 동료 기생들조차도 하나 둘 소화에게 진심에서 우러나온 박수를 보내기 시작했다.

춤은 흥興에서 나와 물 흐르듯 자연스럽게 흐르는 것이지만 예藝, 그것은 지극한 정제와 단련 속에서만 꽃피는 순정純正한 감정의 정수와도 같은 것이었다. 소화와 계월, 두 사람의 춤은 모두 훌륭했지만 눈이 있는 자라면 이번 승부가 누구의 것인지는 대번 알 수 있었다.

만덕은 역시 자신의 눈이 틀리지 않았음을 확신했다. 소화는 비록 남루한 껍질에 가려져 있지만 진흙 속에 묻힌 진주임에 틀림없었다. 남들이 미처 발견해내지 못한 보석을 골라내고 제값을 매기는 것, 그것은 오랜 세월 장사로 닦인 만덕의 내공이었다. 만덕은 어느새 원래의 모습으로 돌아와 수줍어하는 소화를 향해 가만히 고개를 끄덕여주었다.

신임 목사 신광익은 무인의 기질을 지닌 호방한 자였다.

"어허허허! 제주에 발령이 났다니까 보는 사람마다 제주 기녀, 제주 기녀 하기에 대체 뭣 때문에 그런가 했더니, 오늘에사 그 연유를 알겠구만. 보게, 저 정도면 지금 당장 군영에 배치시켜도 손색이 없질 않겠는가!"

제주 세 읍의 수령과 육방관속, 탐라의 토호들까지 모두 모인 취임 축하연 자리에서 신광익은 소화의 장검무를 보고 크게 기꺼워했다. 보통의 목사들이 첫 대면식에서 있는 대로 점잔을 빼며 데면데면하게 구는 것과는 사뭇 다른 태도였다.

당시 탐라로 발령이 난다 함은 보통 좌천에 가깝다는 인식이 지배적일 때였다. 오가다 조난 사고를 당할 위험이 있는 데다, 기후와 토질이 척박해 목사 자신이 살기에도, 다스리기에도 어려운 땅이었기 때문이다. 게다가 워낙 오지인지라 중앙에서 소외된다는 기분도 한몫했다.

그러다 보니 탐라에 처음 발령을 받아온 목사들은 보통 뚱한 표정을 짓고 있거나, 토착세력들과의 힘겨루기로 상대를 경계하는 듯한 분위기를 풍기기 일쑤였다. 그런 목사의 마음을 풀어주는 자리가 바로 취임 축하연이었다. 헌데 신임 목사 신광익은 뚱하긴커녕 오히려 다른 이들의 흥까지 돋우고 있으니, 그런 목사를 보며 사심 없이 빙긋 웃는 만덕이었다.

"영감께서 이리 즐거워하시니 이는 탐라 만민의 광영이옵니다. 옛사람들이 이르길 진정한 대장부는 풍류를 안다 하였는데, 오늘 보니 영감께서야말로 진정한 풍류남아이시옵니다."

"풍류남아라? 허허허허!"

만덕의 추임새에 호탕하게 웃어 젖히는 신광익이었다. 얼핏 보아도 성격이 맺히거나 모난 구석이 없는 사람이었다.

반면, 이번에 신광익과 함께 발령받아온 판관 한유추는 뭐가 그리 못마땅한지 아까부터 시종 꽁한 얼굴을 하고 있었다.

"혹, 어디 몸이라도 안 좋으십니까?"

양 미간 사이에 내 천 자 주름을 잡고 있는 폼이 흡사 위병이라도 걸린 사람 같아 말을 꺼내는 만덕이었다. 그러자 어느새 끼어든 신광익이 손을 내저으며 말했다.

"걱정 마라. 어디 몸이 상해 저런 것이 아니라 원래 저러느니. 성격이다, 성격!"

"그래도 혹, 땅 설고 물 설어 탈이라도 나신 게 아닌지?"

만덕 딴에는 걱정이 되어 우려의 말을 꺼내는데, 불퉁하게 받아치는 한유추였다.

"나는 됐으니 신경 쓰지 말게."

머쓱해진 만덕은 그만 입을 다물어버렸다. 외려 그 광경을 본 신광익이 만덕을 대신해 한유추를 나무랐다.

"저, 저 잔정 없는 인사하고는. 묻는 사람 무안하게시리!"

쯧쯧 혀를 찬 신광익은 한유추를 대신하여 만덕에게 말했다.

"너무 기분 상해하지 마라. 저 사람이 말만 저렇지 사람이 숫기가 없고 워낙 진중해서 저런단다. 흉금을 터놓고 보면 저만큼 믿을 만한 사내도 없느니."

만덕은 목사의 빈잔에 술을 채우면서 한편으론 흘끔 한유추의 얼굴을 훔쳐보았다. 정오품 판관. 문관 출신인 그는 듣자하니 신광익과는 정반대로 꼼꼼한 성품을 지닌 자라 했다. 매사에 자기 관리가 철저하고 일에 있어서도 철두철미하여 빈틈이 없기로 유명했다. 게다가 원체 과묵하여 그 속을 알 수가 없으니 함부로 접근하는 자도 없어, 관의 업무가 끝나고 나면 늘상 혼자라던가.

허나 그에 대한 목사의 신임은 결코 가볍지 않았으니, 들리는 바에 의하면 한양에서부터 각별한 인연이 있던 사이였고, 이번 발령도 신광익의 추천으로 이루어진 것이라는 소문이었다.

'외지 발령에 데리고 올 정도라면 그만큼 심적으로도 의지하고 있다는 뜻이겠지.'

미루어 짐작하고 있는데, 문득 신광익이 만덕을 향해 물었다.

"듣자하니, 네 가야금 솜씨가 일품이라던데?"

그 말에 만덕이 겸허하게 대꾸했다.

"겨우 음률이나 맞추는 비루한 솜씨이옵니다."

허나 곧이듣지 않는 신광익이었다.

"네 가야금 곡조가 어찌나 유명하던지 바다를 건너 이미 한양까지 당도해 있거늘, 혹 내겐 그 솜씨를 들려주기 싫어 그러느냐?"

그 말에 만덕이 가당치 않다는 듯 고개를 저으며 말했다.

"고곡주랑顧曲周郎이라, 변방에서 명주실이나 튕기는 자가 영감의 심미안을 어지럽힐까 두려울 뿐, 어찌 감히 그런 불측한 생각을 하겠사옵니까?"

그 말에 신광익이 껄껄 유쾌하게 웃었다.

고곡주랑. 오나라의 명장이었던 주유가 무예뿐 아니라 음악에도 조예가 깊어 술에 취한 와중에도 악사가 음을 틀리면 대번에 알아채고 뒤를 돌아봤다는 데서 비롯된 고사였다.

만덕은 은근히 자신의 탄금 실력을 낮추면서도 신광익을 삼국지에 등장하는 천하의 명장 주유에 비견해 추켜올렸던 것이다.

"얼굴만 천하일색인줄 알았더니 사람의 마음을 즐겁게 하는 말솜씨에 더불어 겸손함까지 갖추었구나. 과연 탐라의 이묘二妙로고!"

흥이 난 목사가 만덕에게 술을 권하였다. 두 손으로 공손히 술을 받은 만덕이 고개를 돌리며 단숨에 술잔을 비우자 좌중에서 다시금 와, 하고 웃음이 터져나왔다. 더할 나위 없이 흥겨운 분위기. 허나 그런 광경을 먼 발치에서 의미심장한 눈길로 지켜보는 자가 있었으니, 아직은 자신을 향해 다가오는 검은 그림자를 미처 눈치채지 못한 만덕이었다.

동헌 우측의 서과원西果園, 만덕은 우거진 귤림 사이에 홀로 서 있었다. 잠시 잔치마당의 소란스러움을 피해 온 길, 그러나 담장 너머

왁자지껄한 소리는 예까지 들려왔다.

'이젠 이골이 날 만도 하건만……'

만덕은 과음으로 열이 오른 이마를 짚었다. 취기로 인해 살짝 어지럼증도 돌았다.

머리를 올리고 정식으로 기녀가 된 지도 어언 6년. 이제는 사내들의 음탕한 눈길이나 지분대는 손길에도 왠만큼 이골이 난 만덕이었다. 허나 술만은 아무리 마셔도 영 적응이 되질 않았으니, 지금도 여기저기서 받아 마신 술 때문에 만덕은 속이 울렁거렸다. 허나 행수 기생 체면에 다른 이들 앞에서 술에 휘둘리는 모습을 보일 수는 없는 법, 잠시 자리를 물러나온 만덕이었다.

만덕은 속을 다스리려 눈을 감고 폐 속 깊숙이 싱그러운 귤 향기를 들이켰다.

'할 수만 있다면 이 귤 내음으로 이 들큰한 분첩 냄새를 모조리 지우고 싶구나.'

만덕은 귤 향기를 맡을 때마다 노을 지던 귤밭에서의 추억을 떠올렸다. 그 풍경 속에는 항상 그리운 사람의 얼굴이 있었다. 이제는 눈을 감아야만 불러볼 수 있는 이름. 그러나 만덕은 곧 다시 눈을 떴다. 현실을 외면할 만큼 만덕은 어리석지 않았다. 두 눈을 모두 부릅뜨고 있어도 헤쳐나가기 쉽지 않은 세상.

만덕은 이왕에 이것이 자신에게 주어진 현실이라면 그 안에서 최고가 되고자 결심했다. 그래서 자신이 동원할 수 있는 것이라면 그게 무엇이든, 하물며 제 몸까지 던져가며 기생으로서 최고의 지위를 거머쥐었다. 하지만 문득 문득 떠오르는 화두가 있었다.

'누구도 아닌 네 이름 석 자, 김만덕으로 살거라.'

'스승님, 대체 어찌 살아야 제 이름으로 사는 것입니까?'

만덕은 붉은 혀끝으로 바싹 마른 제 입술을 적셨다. 지독한 갈증이 만덕을 괴롭혔다.

'그것은 앞으로 니가 풀어야 할 숙제겠지.'

이미 궁극의 답을 알고 있다는 듯, 스승의 웃음소리가 만덕의 귓전에 메아리쳤다.

"허나 스승님, 사람들은 이미 저를 기생 영주라 부릅니다."

만덕의 눈가에 이슬이 맺혔다. 속절없이 사라져가는 웃음소리의 여운을 붙들며 홀로 조용히 읊조리는데, 순간 어디선가 만덕의 상념을 깨는 목소리가 날아들었다.

"크하하하! 내가 이제 취선이 되려는가? 눈앞에 선녀가 보이니, 여기가 말로만 듣던 극락인가 보구나!"

헤벌어진 옷자락에 정수리까지 넘어간 갓, 술에 취해 비틀거리는 사내 하나가 만덕을 향해 비척비척 다가오고 있었다. 그 모습을 본 만덕이 얼른 표정을 갈무리하였다. 어느새 행수 기생 영주의 얼굴을 하고 돌아서는데, 저 멀리서 사내의 일행인 듯한 남자 하나가 황급히 이쪽으로 뛰어오고 있는 것이 보였다.

"아이고, 이보게! 측간에 간다하더니 예서 뭐하는가?"

아마도 술에 대취하여 길을 잘못 든 듯, 연회에서 이런 일은 흔하디 흔한 일인지라 만덕은 눈앞의 사내를 향해 빙긋 미소 지으며 말했다.

"측간은 저쪽이옵니다."

허나 사내는 만덕의 말을 못 알아들었는지 만덕을 빤히 쳐다볼 뿐이었다. 그러더니 헤쭉 웃으며 아는 척을 하는 것이었다.

"가만, 가만. 귤밭에 웬 선녀인가 했더니, 그러고 보니 그 유명한 행수 기생 영주가 아닌가? 동헌 마루 밖으로는 발도 딛지 않는 귀하신 몸께서 이 외딴 곳까진 어인 일이실까? 혹, 사내랑 정분이 나서 밀통이라도 하기로 하신 겐가?"

그 말에 만덕의 미간이 살풋 이지러졌다. 허나 겉으론 태연한 표정을 짓는 만덕이었다.

"술이 과하신 듯합니다. 마침 뵈실 분이 온 듯하니 전 이만."

살짝 고개를 숙인 만덕이 서둘러 자리를 피하려는데, 사내가 별안간 만덕의 손목을 덥석 거머쥐며 행패를 부렸다.

"네 이년, 기생년 주제에 니가 감히 날 무시하는 게냐? 사람이 말을 물었으면, 대답을 해야지. 감히 도망을 쳐?"

도망이라니! 기가 막힌 만덕은 사내의 얼굴을 쏘아보았다. 허나 술 취한 사람을 붙들고 실랑이를 벌여보았자 소용없는 짓이었다. 만덕은 뒤늦게 쫓아온 일행을 향해 말했다.

"나으리께서 많이 취하신 모양입니다. 어느 댁 자제이신지 말씀해주시면 제가 곧 사람을 불러 댁까지 모셔다 드리겠습니다."

만덕의 말에 반색을 한 일행이 대답했다.

"대정현 강 좌수座首댁 자제시네."

그 말에 만덕이 속으로 코웃음을 쳤다. 강 좌수의 아들이라. 대정현 좌수이자 모슬포 상단의 행수인 강익주의 아들 덕윤은 천성이 어리석은 데다 성품이 난폭하고 하는 짓이 난잡하여 근방에서는 불한

당 소리를 듣는 자였다. 그나마 대정에선 행세깨나 하는 아비 덕에 대놓고 무시 당하는 일이 없다 뿐이지, 또래는 물론이고 기생들 사이에서조차도 따돌림을 당하기로 유명했다. 이자가 바로 그자였다니. 역시나 싶어 고개를 끄덕이는데, 체면 따위는 애저녁에 팔아먹은 덕윤이 또다시 망동을 부려댔다.

"내가 누구냐고? 내가 누군지 물었더냐? 나는 모슬포 상단의 강대방이니라! 머지않아 탐라를 내 발 아래 둘 것이라 이 말이다!"

소리친 덕윤은 내처 잡고 있던 만덕의 손목을 휙, 끌어당겨 제 품 안에 부둥켜 안았다.

"네년도 나중에 후회치 않으려면 미리미리 내게 잘 보여두는 것이 좋을 게다. 어떠냐? 오늘밤 내 수발을 들 테냐? 응?"

만덕은 있는 힘껏 덕윤을 뿌리쳤다. 허나 아무리 술에 취했다지만 그 또한 사내인지라 억센 손아귀에서 벗어나기란 쉽지 않았다.

"저, 저!"

당황한 덕윤의 일행은 입만 벙긋댈 뿐, 속수무책이었다. 헌데 바로 그때였다.

"네 이놈! 그 손 당장 놓지 못할까?!"

어디선가 버럭, 벼락 같은 호통소리가 터져나왔다. 순간 만덕을 비롯하여 놀란 덕윤과 그 일행이 소리나는 곳을 바라보았다.

"아…… 아버님."

때마침 나타난 이는 덕윤의 부친 강익주였다. 좀 전까지만 해도 인사불성이던 덕윤은 막상 제 부친의 얼굴을 보자 정신이 번쩍 들었는지 잡고 있던 만덕의 손을 황급히 놓았다. 강익주는 여전히 무시

무시한 눈으로 그런 덕윤을 노려보았다.

"행실을 조심하라 그리 일렀거늘, 예가 감히 어디라고 경거망동이더냐!"

"저…… 그것이 아니옵고, 저는 싫다는 데도 이 기생이……."

제 아비의 기세에 눌린 덕윤이 전전긍긍, 앞뒤도 안 맞는 변명을 늘어놓았다. 그러나 단박에 말을 자르는 강익주였다.

"시끄럽다! 내 너를 모를까? 꼴도 보기 싫으니 당장 집에 가서 근신하고 있거라!"

기가 죽은 덕윤은 별다른 대꾸도 못한 채 그 즉시 제 일행을 이끌고 쭈뼛쭈뼛 외대문 밖으로 사라졌다. 그제야 숨을 돌린 만덕이 강익주를 향해 고개를 숙였다.

"송구합니다, 어르신!"

그러자 강익주가 만덕을 보며 물었다.

"괜찮으냐?"

"예."

고개를 들던 만덕은 순간 움찔하였다. 자신을 빤히 쳐다보고 있던 강익주와 정면으로 눈이 마주친 것이었다. 마치 자신을 잘 알고 있다는 듯 미묘한 표정. 무엇보다 그 날카로운 눈빛이 왠지 낯설지 않았다.

"혹 이전에 뵌 적이 있는지요?"

그러나 강익주는 그저 빙그레 웃을 뿐이었다.

"글쎄다. 허나 앞으로는 종종 보게 될 게다."

의미심장한 말을 남긴 강익주는 먼저 자리를 떴다.

홀로 과원에 남겨진 만덕은 머릿속으로 강익주에 대한 정보들을 하나하나 떠올려 보았다. 허나 세세한 소문까지 훑어 보아도 딱히 짚히는 것이 없었다.

"종종 보게 되리라니……, 대체 무슨 뜻인가?"

그가 남긴 말의 진의를 고민하는 만덕이었다. 허나 그 말의 의미는 오래지 않아 밝혀졌다.

강익주가 월향정을 찾아온 것은 그로부터 사흘 후였다.

"어르신께서 이 시간에 이곳까진 어인 일이십니까?"

손님을 맞기엔 아직 이른 오전께, 마당에서 화병에 장식할 꽃을 꺾고 있던 만덕은 이문간을 들어서는 강익주를 보고 놀라움과 호기심을 감추지 않았다.

"곧 또 보게 될 것이라 하지 않았느냐?"

여전히 아리송한 대답이었다.

그때였다. 안채 쪽에서 월중선의 목소리가 들려왔다.

"누가 오셨느냐?"

인기척을 듣고 마당으로 걸어 나오던 월중선이 만덕을 향해 물었다. 그러나 다음 순간, 만덕과 나란히 서 있는 강익주를 보고는 그 자리에 우뚝 멈춰서는 월중선이었다. 마치 오래된 망령이라도 본 듯 월중선의 얼굴이 눈에 띄게 해쓱해졌다. 그런 월중선의 반응에 외려 당황한 만덕이었다. 근 십 년을 그 밑에 있어왔지만 월중선이 저런 표정을 짓는 것은 처음 보았던 것이다. 반면 강익주의 표정은 태연했다.

"오랜만이구나."

"어찌 이곳에!"

"벌써 햇수로 이십 년 만이던가?"

강익주가 감회에 젖어 말하자, 월중선이 발끈 노했다.

"그때 이미 어르신과의 연은 끊긴 것으로 압니다만, 그만 제 집에서 나가 주시지요!"

허나 피식, 쓴웃음을 짓는 강익주였다.

"선아, 그것이 어디 끊는다고 끊어지는 연이더냐?"

"그리 부르지 마십시오!"

파르르, 월중선의 눈에서 시퍼런 불꽃이 일었다. 강익주마저도 그 기세에 잠시 주춤하는 듯했다. 그러나 이내 흥분한 월중선을 대신하여 만덕에게로 눈을 돌리는 강익주였다.

"갑작스런 일이라 네가 더 놀랐겠구나."

아닌 게 아니라 만덕은 영문을 알 수 없어 어리둥절하던 차였다. 두 사람이 아는 사이였던가? 대체 어떤 관계이길래 저리 날 선 반응이 나온단 말인가? 그런 만덕의 의문을 눈치챘는지 의뭉스럽게 웃는 강익주였다.

"저런, 아직 아무것도 모르는 게로구나? 니 에미가 아무 말도 안 해주더냐?"

그 말에 월중선의 얼굴이 하얗게 질렸다.

"아버님!"

당황한 월중선이 크게 소리쳐 부르고는, 아차 싶어 자신의 입을 틀어막았다. 그러나 이미 주워담기엔 늦어버렸다.

"그래, 오냐. 네게서 아버지란 말을 참으로 오랜만에 듣는구나."

강익주가 뻔뻔하게 웃었다. 대정현 좌수座首 강익주와 기생 월중선, 그들은 피로 이어진 친부녀 사이였던 것이다. 그러고 보니 어딘가 낯익다 느꼈던 강익주의 싸늘한 눈매는 양어머니인 월중선과 놀랍도록 닮아 있었다. 만덕은 저도 모르게 들고 있던 꽃다발을 툭 떨구었다. 예상치 못한 재회로 인해 마당 안에는 한동안 깊은 침묵만이 감돌았다.

"신임 목사의 첩이라뇨? 그럴 순 없습니다!"

방으로 자리를 옮긴 월중선은 상석에 앉은 강익주를 향해 버럭 소리를 질렀다.

"왜 안 된다는 것이냐? 면천免賤을 할 수 있는 좋은 기회다. 그 뿐이냐? 다른 사람도 아니고 목사이다. 되기만 한다면야 대갓집 부인도 부럽지 않을 부귀영화에 권세를 누릴 수 있는 자리이건만."

"권세라고요? 권세라면 그 아이가 아니라 어르신께서 얻고 싶으신 것이겠지요!"

신임 목사의 환영연에서 목사와 만덕의 다정한 모습을 보고 이미 모종의 계획을 세운 강익주였다. 허나 자세한 내막까지는 알 수 없어도 그 흉계를 모를 리 없는 월중선이었으니……. 월중선은 강익주를 힘껏 노려보았다. 한 치의 물러섬도 없는 팽팽한 신경전이 이어졌다.

아버지가 아니라 차라리 원수였더라면 나았을까? 그사이 머리카락은 검은 가닥을 세는 것이 더 쉬울 만큼 하얗게 바랬고 얼굴엔 주름도 자글자글하여 세월의 흔적을 실감케 하였건만, 칼로 그어놓은 듯 얇고 새빨간 입술과 번들거리는 눈동자는 그의 욕망이 세월 앞에서 사그라들기는커녕 옆으로 옆으로 번져 나가는 무덤 위의 이끼처럼 더욱 깊고 음험해졌음을 여실히 보여주고 있었다.

'저로는 부족하십니까? 아직도 당신의 욕망 때문에 더 많은 희생을 보아야만 합니까?'

월중선은 이를 악물었다.

이십여 년 전, 월중선에게 거짓 편지를 보내어 월중선의 첫정을 파국으로 몰고갔던 자가 바로 강익주였다. 대정 현감 조경수가 월중선에게 마음이 있다는 사실을 눈치채고 관의 뒷배를 얻기 위해 음모를 꾸며 월중선을 조경수에게 안겼던 것이다. 그 일로 오해를 산 월중선은 결국 정인인 정도필에게 버림받았다.

"그때 제 나이 겨우 열일곱이었습니다. 삼 년만에 어미의 집을 찾아오셔서는 별안간 제게 아버지라 부르라 하셨지요."

기생의 딸은 기생인지라 철 들기 전부터 아버지를 아버지라 부르지 못하고 어르신이라 불러야만 했던 월중선이었다. 월중선의 눈에 회한이 어렸다.

"그때 알았어야 했습니다. 어르신이 얼마나 비정한 분인지."

그때나 지금이나 조금도 달라지지 않았다. 그저 필요에 의해 이용당할 뿐. 월중선은 더 이상 대를 이어 되풀이 되는 비극 따위는 보고 싶지 않았다. 그러려고 만덕을 양녀로 들인 것이 아니었다. 월중선이 단호하게 잘라 말했다.

"영주는 제 딸입니다. 그 아이의 앞날은 오직 어미인 제가 결정합니다."

허나 월중선의 말에 피식 웃는 강익주였다.

"그래, 네 말이 옳다. 따지고 보면 내가 이러는 것도 다 그 아이가 네 딸이기 때문이 아니더냐? 그 아이가 네 딸이면, 네 아비인 나에게는 사사로이 손녀가 되는 것이니."

월중선이 질렸다는 듯 진저리를 쳤다.

"이미 말씀드렸지 않습니까? 어르신과 저의 관계는 제가 대정현을 떠나던 이십 년 전 그날 모두 끝났습니다. 잊으셨습니까?"

허나 갈수록 여유만만해지는 강익주였다.

"잊지 않았지. 잊지 않았고말고. 어찌 그 일을 잊을 수가 있겠느냐? 내게는 첫 손주를 얻은 날인 것을."

강익주가 음흉한 미소를 지었다. 월중선의 얼굴은 이제 하얗다 못해 파랗게 질렸다.

"그 아이 일은 입 밖에도 내지 마십시오! 저도 참는 데 한계가 있습니다!"

월중선의 목소리가 날카롭게 높아졌다. 그러나 강익주는 멈추지 않았다.

"영주라는 네 양녀, 본래 이름이 만덕이라지? 그 아일 양녀로 들인 이유가 무엇이더냐? 혹 그 아일 보며 만희를 떠올린 것이냐? 네가 버리고 온 니 친아들 만희 말이다!"

"……!"

장지문 밖에서 몰래 두 사람의 대화를 엿듣고 있던 만덕은 만희라는 이름을 듣는 순간 뒤통수를 세게 얻어맞은 듯 묵직한 충격을 느졌다. 월중선에게 아들이 있었단 말인가? 게다가 그 아이의 이름이 만희? 만덕은 모든 것이 혼란스러웠다. 하지만 다음 순간 갑자기 드르륵, 장지문이 열리는 바람에 만덕은 오래 혼란스러워할 겨를도 없었다. 미처 피하지 못한 사이 방을 나오던 강익주와 마주친 것이다. 강익주는 만덕을 보더니 빙긋 미소 지었다.

"너 또한 궁금한 게 많겠지. 허나 오늘은 니 어미가 많이 예민한 듯해서 이만 가봐야겠구나."

말을 마친 강익주는 몇 걸음 걷다 말고 멈춰서서 말했다.

"다음번에 내 따로이 연통하마."

만덕은 그저 멀거니 마당을 가로질러 멀어져가는 강익주를 바라볼 뿐이었다.

강익주가 다녀간 지 며칠 후, 8월 초하루 소분날이었다.

시간을 내어 어머니의 묘소를 찾았던 만덕은 마침 벌초를 하러 온 만석과 만재하고 마주쳤다.

"같이 올 거였으면 나한테도 미리 연락을 하지 그랬어? 그랬음 참이라도 싸오는 건데……."

어머니의 묘소에 바치려고 제주祭酒를 들고 왔던 만덕은 술병을 흔들며 부러 밝게 말했다. 허나 어색한 분위기는 피할 길이 없었다. 기실 두 사람이 일부러 자신에게 연통을 하지 않았다는 것쯤은 미루어 짐작하고 있는 만덕이었다. 만덕이 기생이 되기로 결심한 이후부터 만덕을 피하고 있는 만석은 둘째치고라도, 엊그제 만났던 만재마저도 오늘 벌초를 하기로 했다는 언질은 해주지 않았던 것이다. 아마도 이처럼 불편한 분위기가 될 것을 예상한 때문일 터. 하지만 서운한 마음이 드는 것은 어쩔 수 없었다. 결국 돌려서 투정을 부려보는 만덕이었다. 그 순간 만큼은 두 오라비 역시 미안한 마음이 들었는지 괜스레 만덕의 눈을 피했다. 허나 그때였다.

"기생이 어디 감히 조상 묘에 절을 한다더냐?"

침묵을 깨고 들려온 목소리. 꼬장꼬장한 호통에 고개를 돌려보니 연세 지긋한 노인이 만재 또래의 젊은이의 부축을 받으며 이쪽으로 다가오고 있는 것이 보였다.

"숙부님!"

노인을 발견한 만석이 얼른 달려가 반대편 팔을 부축했다. 그제야 만덕은 노인을 알아보았다. 그 노인은 바로 십여 년 전 외삼촌 고씨의 집에 찾아와 만석을 데려갔던 오촌 당숙이었다. 그리고 그 옆의 젊은 남자 또한 어디선가 본 듯한 낯익은 얼굴이었으니, 곰곰이 생각하던 만덕은 그가 얼마전 제주 목사 환영연에서 덕윤과 함께 있던 일행이라는 사실을 기억해냈다.

'저 사람이 당숙의 아들이었던가?'

그러고 보니 당숙의 큰 아들인 만거가 대정현에서 향리 노릇을 하고 있다는 말을 들은 적이 있었다. 헌데 하필 이렇게 마주치다니. 만덕은 그날 서과원에서의 일을 떠올리며, 봉변을 당하고도 마치 죄를 지은 듯한 묘한 감정에 빠졌다.

"썩 물러가거라! 기생은 성도 뿌리도 없는 법! 기생이 성묘라니, 그런 법도는 들어본 적이 없다."

한때는 만덕의 마음을 설레게 했던, 그러나 이제는 쪼글쪼글하고 군데군데 검버섯이 핀 앙상한 손을 휘저으며 오촌 당숙이 역정을 냈다. 그 모습이 마치 썩어들어가는 고목을 보는 듯해, 만덕의 마음이 착잡했다. 만덕은 순순히 말했다.

"잘 알겠습니다. 곧 돌아갑지요. 그래도 제가 가져온 제주는 받아주십시오."

어차피 기생이란 당숙의 말처럼 성도 이름도 없는 존재였다. 오로지 기명妓名만이 존재할 뿐. 그렇다고 어찌 낳아준 부모에 대한 정情마저 부정할까? 만덕은 예의만이라도 갖추게 해달라며 거듭 부탁하였다. 허나 당숙은 그마저도 허락치 않았다.

"만거야!"

말 섞기도 싫다는 듯 아들의 이름을 부르자, 만거는 쉽게 물러서지 못하는 만덕에게 당숙을 대신해 쐐기를 박듯 말했다.

"부정한 음식은 젯상에 올리지 못하네."

순간 만덕의 얼굴이 굳어졌다. 그 술은 만덕이 일 년 전 이맘 때 직접 누룩을 띄워 만든 소주였다. 어머니의 묘소에 바칠 생각으로 정성을 다해 빚었건만 단지 만덕이 기생이란 이유로 그 정성마저 부정당하다니. 부정한 음식이란 말에 오물을 뒤집어 쓴 듯 비참한 기분을 느끼는 만덕이었다.

참담한 기분으로 집에 돌아와 보니 강익주의 연통이 기다리고 있었다. 강익주가 보낸 하인이 월중선의 눈을 피해 대문 밖에서 기다리고 있다가 만덕을 보자마자 다가와 서찰을 건넸던 것이다.

"어르신께서 기다리고 계십니다."

만덕은 하인을 따라 강익주의 상단을 찾았다. 새로 단장한 듯 말끔하게 꾸며진 상단 안으로 들어서자 강익주가 만덕을 반갑게 맞아들였다.

"안 올지도 모른다고 생각했는데, 와주었구나."

"서로 원하는 바가 있는데, 굳이 안 올 이유가 없지 않습니까?"

그 말에 강익주가 만덕의 얼굴을 물끄러미 바라보았다. 감회에 젖은 표정이었다.

"닮았구나."

"무슨 말씀이신지요?"

만덕이 되묻자 강익주가 빙긋 웃었다.

"너와 네 어미말이다. 친모녀라해도 믿을 만큼 닮았어. 그 말투며 성격, 특히 그 도도한 네 태도 말이다. 그것은 제 스스로를 신뢰하는 자만이 가질 수 있는 것이지."

어쩌면 은연 중에 양모인 월중선에게서 영향을 받았는지도 모른다. 항상 누구에게도 마음 주지 말고 오로지 제 자신만 믿으라 했던 월중선이었으니. 허나 강익주에게서 그런 말을 듣고 싶지는 않은 만덕이었다.

"유독 제 신상에 관심이 많으시군요. 뒤늦게 손녀 재롱이 보고 싶은 것은 아니실 테고……. 월향정을, 저와 제 어머닐 찾아오신 연유나 말씀해 보시지요."

싸늘한 만덕의 대꾸에 감상에 젖은 표정 따원 금세 걷어 치우는 강익주였다. 어차피 가족상봉 따위에 관심 없기론 피차 마찬가지였으니.

"그래, 쓸데없는 얘기에 시간을 허비할 필요는 없겠지. 듣자하니 너 또한 꽤 유능한 장사꾼이라 들었으니, 날 찾아오기 전에 이미 웬만한 것들은 다 알아보았을 터. 허면 본론만 말하마. 난 네가 신임목사의 마음을 얻어주었으면 한다."

그제야 본론을 꺼내놓는 강익주였다. 그러나 그것은 이미 방문 밖에서 엿들은 이야기로 만덕이 정말 궁금해하는 것은 그게 아니었다.

"이제 그만 진짜 패를 내놓으시지요. 단지 그것이 목적일 리는 없을 터, 어르신께서 정녕 얻고자 하는 것이 무엇입니까?"

만덕의 날카로운 추궁에 외려 씨익, 만족스러운 미소를 짓는 강익주였다.

"역시 말이 통하는 아이로구나."

강익주 역시 만덕에 대해 이미 알아볼 만큼은 알아본 터였다. 영악한 데다가 배짱 또한 두둑하다던가. 게다가 무슨 사연인지 제 양모와도 삐걱댄다 들었다. 허면 의외로 말이 통할지도 모르겠다고 생각한 강익주는 은밀한 미소를 지었다.

"공납권이다. 이제 우리 모슬포 상단도 뭍으로 발을 넓힐 때가 되었지."

당시 탐라는 뭍과의 교역을 통해 곡식과 소금 등 생존에 필요한 물품들을 들여오고 있었다. 그러나 전통적으로 유배 죄인이 많은 데다 출륙금지령 등 외부와의 접촉을 제한하는 제도 때문에 장삿배가 뭍으로 나가는 것 자체가 쉬운 일이 아니었다. 또한 한 번 나가려면 출선기를 발급받아야 하는 등 절차마저 복잡했다.

그런 면에서 공납은 탐라의 장삿배가 관의 허락 하에 공공연히 뭍을 드나들 수 있는 좋은 기회였다. 갈 때는 공납 물품을 싣고 갔다가 돌아올 때는 빈 배에 뭍의 물건을 싸게 사들여 올 수 있었기 때문이다. 게다가 공납권은 그 자체만으로도 큰 상징성을 지니고 있었다.

"탐라에서도 손꼽히는 상단만이 명실공히 공납권을 손에 쥘 수 있는 법, 처지에 비해 야심이 남다르시군요."

그랬다. 모슬포 상단은 탐라의 여러 군소 상단 중 하나일 뿐, 아직 공납권을 따낼 정도로 힘 있는 상단이 아니었다. 그렇기 때문에 꼼수를 부리는 것이었고, 그래서 만덕을 필요로 하는 것이었다.

"허면 그 대가로 제가 얻는 것은 무엇입니까?"

만덕의 질문에 강익주가 눈을 가늘게 뜨며 대답했다.

"너를 기적에서 빼주마. 면천 말이다."

면천免賤. 그 말에 만덕의 표정이 미세하게 흔들렸다. 그 찰나를 놓치지 않은 강익주는 노회한 표정으로 말을 이었다.

"면천을 하려면 속량전이 있어야 하지. 허나 그게 다는 아니다. 특히나 너처럼 쓸모 많은 기생의 경우엔 더더욱 말이다."

만덕은 강익주가 하려는 말이 무엇인지 누구보다도 잘 알고 있었다. 기생의 면천은 나라에서 금하는 일이기에 기적에서 빠져 나오려면 돈과 권력, 그 두 가지를 모두 갖추어야만 했던 것이다.

"공납권을 가져오거라. 내가 원하는 것을 가져다주기만 한다면, 나 역시 네가 원하는 것을 줄 것이다."

만덕은 한참 동안이나 아무런 대답이 없었다. 그저 상대의 밑천을 가늠하듯 날카로운 눈빛으로 강익주를 노려볼 뿐. 그렇게 한참을 바라보던 만덕이 별안간 까르륵 웃음을 터트렸다.

"어르신께선 이 영주를 세상물정 모르는 어린 아이로 아시는 모양입니다. 제가 그리 순진해 보이십니까? 사탕 따위로 울음을 그칠 나이는 이미 지났지요."

화사한 미소를 지을수록 반대로 만덕의 얼굴은 싸늘하게 식어갔다. 덩달아 강익주의 얼굴에도 웃음기가 사라졌다.

"다른 것도 아니고 공납권입니다. 걸린 이익이 큰만큼 노리는 자들도 많지요. 특히 저를 찾는 손님 중엔 탐라에서 행세깨나 하는 상인들도 많답니다. 헌데 저보고 공납권을 빼돌리라? 자칫 잘못했다간 속량도 되기 전에 기생노릇마저 위태로워질 것입니다. 겨우 사탕값 받자고 뛰어들만한 일이 아니지요."

"허니 면천으로는 부족하다 이거냐?"

강익주의 질문에 만덕이 대답 대신 빙그레 미소를 지었다. 그러자 강익주가 얇은 입술을 비틀며 거듭 물었다.

"그럼 원하는 게 무엇이냐?"

그러자 만덕이 기다렸다는 듯이 대답했다.

"공납선의 이 할. 공납을 마치고 돌아올 배의 교역권 중 이할을 제게 주십시오."

"무어라?"

강익주의 얼굴이 대번에 굳어졌다. 사실 공납을 수행하고 관아에서 받는 돈보다는 돌아오는 배편에 사들여 오는 물건값이 훨씬 짭짤하다는 것은 세 살짜리 어린아이도 아는 사실이었다. 헌데 그중에 2할이라니! 속량전쯤은 단번에 채우고도 남을 금액이었다. 게다가 공납이라는 것이 한 번으로 끝나는 것이 아니니……

"망설이시는 겝니까?"

만덕이 샐쭉한 표정을 짓자 강익주가 곤란한지 대답을 망설였다.

"탐라 상단 중에서도 말단 축에나 끼는 모슬포 상단을 공납에 끼워넣는 일입니다. 일을 성공시키기만 한다면 그 정도 대가는 그리 큰 것도 아닐 터인데요.?"

만덕이 말꼬리를 끌었다. 그러나 그것도 잠시, 미련 따위 접으면 그만이라는 듯 표정을 싹 바꾸는 만덕이었다.

"저의 거래조건이 마음에 안 드신다면 다른 방도를 찾아보십시오. 헌데 달리 공납권을 얻을 방법이 있을지 모를 일이로군요."

강익주는 여유만만한 얼굴로 살랑살랑 부채질을 해대는 만덕을 아니꼽게 바라보았다. 허나 만덕의 말이 영 틀린 것은 아니었다. 모슬포 상단으로서는 현재 만덕 말고는 쟁쟁한 경쟁자들을 따돌릴 만한 다른 대안이 없었다.

'공납권을 따낼 수만 있다면야……!'

강익주는 머릿속으로 재빨리 주판알을 튕겼다. 당초 기대했던 것보다야 이익이 줄어들겠지만 자신의 입장에서 보자면 결코 손해보는 장사는 아니었다. 게다가 그 덕에 만덕이 적극적으로 나와주기만 한다면야. 계산을 마친 강익주는 제법 호방한 척 말을 꺼냈다.

"그래, 능력이 있는 자를 쓰려거든 그만한 대가를 치루어야겠지. 그리 자신만만한 것을 보니 오히려 안심이 되는구나!"

그러나 이내 본성을 드러내듯 허연 송곳니를 드러내는 강익주였다.

"다만, 네 말이 허언虛言이 아니길 빈다."

일이 성사되지 않을 시엔 반대로 그에 상응하는 대가가 있을 것이라는 협박이었다. 그러나 그에 기죽을 만덕이 아니었다.

"허언이라……, 기생의 세 치 혀에 과연 진실이 있기나 하겠습니까? 다만 목적에 따라 달큰한 봉밀蜂蜜도 되었다가 날카로운 단검短劍이 되기도 하는 것이지요."

"나야 봉밀이든 단검이든 좋다. 그저 목사의 마음만 휘어잡아다오."

나이는 어리지만 만만치 않은 만덕의 배포에 내심 기대를 걸어보는 강익주였다. 저 정도 내공이라면 목사의 마음을 좌지우지하는 것도 결코 희망사항만은 아닐 터. 허나 뜻밖의 말을 꺼내는 만덕이었다.

"마침 말이 나와서 말입니다만, 목사 영감을 목표로 삼는 것이 과연 좋은 수겠습니까?"

이제 와서 별안간 회의적인 태도를 보이는 만덕 때문에 얼굴을 찌푸리는 강익주였다.

"그럼 목사를 빼고 공납권을 논할 것이냐? 공납은 어차피 제주 목사의 권한인 것을."

허나 만덕의 생각은 달랐다.

"수결은 의당 목사 영감의 몫이지요. 허나 수결만 한다고 해서 그것이 꼭 목사의 뜻이라는 법은 없지 않습니까?"

"허면, 네 말은……?"

"판관 한유추입니다."

순간 강익주가 무릎을 탁 쳤다. 과연 만덕의 말이 옳았다. 제주 관아에서 시행되는 모든 령은 비록 목사의 수결을 받아 시행되었지만 그 근본은 판관 한유추의 머릿속에서 비롯되었다. 성격은 호방하나

치밀치 못한 신광익 목사를 대신해 군권 이외의 모든 내치內治는 한유추가 돌보고 있었던 것이다. 그만큼 한 판관에 대한 목사의 신임도 두터워, 한 판관이 올린 문건이라면 내용도 보지 않고 수결할 정도였다. 그러니 목사보다는 한유추를 회유하는 것이 어쩌면 여러모로 실질적인 도움이 될 것이었다.

"허나 한 판관은 고지식한 인물이다. 듣자하니 기생은커녕 여자에게는 관심도 없고 오로지 일과 서책밖에는 모르는 사람이라던데, 아무리 너라지만 그런 자의 마음을 얻을 수 있겠느냐?"

그 말에 자못 진지한 표정을 짓는 만덕이었다.

"나으리께선 기생의 가장 큰 무기가 무엇이라 생각하십니까?"

그러자 강익주는 조금의 망설임도 없이 대답하였다.

"그야 당연히 미색美色이 아니겠느냐?"

만덕은 피식 웃었다. 언젠가 같은 물음에 '기예技藝'라고 대답했던 월중선이었다. 그러나 만덕의 생각은 달랐다.

"사람마다 각기 다른 맹점이 있기 마련이지요. 허나 두고 보십시오."

그저 목적을 이루면 그뿐, 굳이 설명할 필요를 느끼지 못한 만덕은 이러저러한 설명 대신 한유추의 마음을 얻어보이겠노라고 장담하고는 자신만만하게 상단을 나섰다. 창을 통해 그런 만덕의 뒷모습을 물끄러미 바라보는 강익주였다.

'물건은 물건일진데……!'

허나 제 손에서 다룰 수 있는 물건일지는 여전히 미지수였다.

이러저러한 생각에 빠져 있는데 방 밖에서 어슬렁거리던 덕윤이 강익주의 눈치를 보며 슬금슬금 집무실로 들어왔다. 무릎을 꿇고 앉은 덕윤은 강익주의 의중을 떠보려는 듯 슬쩍 물었다.

"정말 저 아일 믿으시는 겁니까? 그래봐야 말만 번드르한 기생이 아닙니까?"

아무런 대답이 없자 무언의 동의라 지레짐작한 덕윤이 내처 용기를 내어 말했다.

"그러다 괜히 일이라도 망쳐 놓으면 큰일이 아닙니까? 차라리 제게 이천 냥만 내어주시면 제가……."

"못난 놈! 그 입 다물거라."

강익주가 버럭 역정을 냈다. 제 앞가림도 못해 항상 남에게 뒤통수나 맞고 다니는 주제에. 강익주는 자신의 아들이 한심스럽다 못해 개탄스러울 지경이었다. 첩에게서 낳은 딸들도 각자 제 몫은 해내건만, 어쩌자고 본처 자식만이 저 모양 저 꼴인지. 쯧쯧 혀를 찬 강익주는 덕윤을 향해 말했다.

"쓸데없는 생각하지 말고, 넌 저 아이 뒤나 잘 쫓거라. 말은 저리 했지만 속을 알 수 없는 아이다. 약속을 지키는지 잘 감시하란 말이다."

못마땅한 얼굴로 연신 수염을 쓸어내리는 강익주였다.

늦은 저녁, 만덕은 평소보다 더 공을 들여 머리를 빗고 화장을 했다. 부러 화려한 장신구는 빼어놓고 옷도 수수한 남색 치마에 고상한 느낌을 주는 흰색 저고리를 받쳐 입었다. 자칫 고루해 보일 수 있는 옷차림이었으나 큰 키에 늘씬한 만덕이 입으니 몸의 윤곽을 부드럽게 감싸주어 그마저도 한결 우아해 보였다. 마지막으로 희고 긴 손가락에 옥으로 만든 쌍가락지를 낀 만덕은 거울 속 자신의 모습을 다시 한 번 확인하고는 쓰개치마를 들고 자리에서 일어났다.

방 밖으로 나와 보니 주막이 있는 바깥채 쪽에서 시끌벅적한 소리가 들려왔다. 벌써 손님들이 들어차기 시작했는지 마당을 오가는 불빛이 분분하였다. 허나 오늘은 주막 쪽이 아니라 뒷문 쪽으로 방향을 잡는 만덕이었다.

"기어코 가는 게냐?"

후원을 반쯤 가로질렀을 때, 어둠 속에서 누군가의 목소리가 들려왔다. 만덕은 이미 예상하고 있었다는 듯 발걸음을 멈추고 소리 나는 방향을 향해 몸을 돌렸다.

툇마루 위에는 아래위로 흰 모시적삼을 입은 월중선이 우뚝 서 있었다. 달빛을 받아 푸르스름하게 빛나는 얼굴은 평소보다도 한층 굳어져 보였다.

"다녀오겠습니다."

허리를 숙여 인사한 만덕은 망설임 없이 도로 몸을 돌렸다.

"후회하게 될 게다."

허나 월중선의 말에 다시금 걸음을 멈추는 만덕이었다.

"외지양반의 첩이 되었다가는 결국 언젠가 헌신짝처럼 버려지고 말 것이다. 땅을 치고 울며 후회한들 그땐 아무런 소용이 없다. 정녕 그리 살고 싶은 게냐?"

순간 만덕의 얼굴에 핏 하니 웃음이 어렸다 금세 사라졌다.

"그야 어머니처럼 마음을 내어주면 그리되겠지요. 그래서 제게 물에서 온 남자는 믿지도, 마음을 주지도 마라 그리 혹독하게 가르치신 것이 아닙니까?"

허를 찔린 듯 월중선의 어깨가 움찔 굳어졌다. 덩달아 관자놀이의 힘줄이 파르르 떨렸다. 그 사이 만덕의 자조가 이어졌다.

"허나 마음이 고고한들, 어차피 기생의 몸입니다. 한 놈에게 굴리든, 여러 놈에게 번갈아 굴리든 기생질 시작한 이상 제것 아니기로는 매한가지인 몸뚱이 아니었습니까?"

말을 마친 만덕은 그대로 후원을 가로질러 월중선의 시야에서 사라졌다. '쿵' 후문을 여닫는 소리가 마치 제 가슴 속에서 들려오는 메아리인 듯하여 월중선의 가슴은 속절없이 허물어져 내렸다.

다만 모진 운명이 되풀이 되지 않기만을 바랐던 것 뿐이었다. 보리쌀 한 섬에 팔려가는 만덕을 보면서 아버지의 야망에 팔려가야만 했던 자신의 지난날을 떠올린 것은 차라리 필연이었다.

여러 모로 자신을 닮은 아이, 어쩌면 영혼마저 잇닿아 있다고 느낀 그 아이를 보란 듯이 강하게 키워내고 싶었다. 그리하여 그 아이가 날개를 펼치고 찬란하게 날아오르는 날, 자신의 인생도 슬프지만은 않았다고, 꽃이 진 자리에 열매를 맺어내는 나무처럼 그 아이를 통해 다시 사는 것이라고 믿고 싶었다. 허나, 운명이란 벗어나려 발버둥치면 칠수록 더욱 옥죄어 오는 올무와도 같은 것인가.

'마음을 지키라 했지 버리라 한 것이 아니었다.'

미처 전하지 못한 진심만이 교교한 달빛 속에 허망하게 부서져 내렸다.

한편 월향정을 나온 만덕은 그제야 긴 한숨을 몰아쉬었다. 애써 평정심을 유지하려 하였지만 그마저도 쉽지는 않았다. 탐라 최고의 행수 기생 영주, 그 모습을 지키기 위해 냉정을 가장하고 위엄을 자처하지만 월중선 앞에서만은 결국 덜 자란 속내를 보이고 만다. 그만큼 그들은 서로를 속속들이 알고 있었다. 어쩌면 그래서 더 애잔하고, 그만큼 더 가까이 갈 수 없는 것인지도 몰랐다.

 잠시 마음을 가라앉힌 만덕은 들고 있던 쓰개치마를 머리에 둘러쓰고 길을 재촉했다. 당직 군관에게서 한 판관이 집무실에 있다는 얘기를 들은 지 벌써 반 시진이나 지나 있었다. 요즘 일이 많은지 퇴청이 늦다는 얘기는 들었지만 자칫 잘못하다가는 헛걸음이 될지도 모를 일이었다.

 만덕이 한 판관의 집무실인 찰미헌 앞에 당도했을 때, 다행히 집무실 안에는 아직 불이 켜져 있고 창호를 바른 창문에도 어른어른 인영이 비치고 있었다. 만덕은 미리 다방茶房에 들러 찻상을 보아오는 길이었다.

 "한 판관 나으리! 안에 계십니까?"

 만덕이 부르자 잠시 틈을 두고 안쪽에서 대답이 들려왔다.

 "밤늦게 누구더냐?"

 "행수 기녀 영주이옵니다. 차를 가져왔습니다."

 잠시후 찻상을 든 만덕이 찰미헌 안으로 사라지자 기다렸다는 듯 굴림당 뒤편에서 넙데데한 얼굴 하나가 빼꼼히 고개를 내밀었다. 강익주의 아들 덕윤이었다. 강익주의 명을 받고 벌써 며칠째 만덕을 감시하던 덕윤은 월향정에서부터 쭈욱 만덕의 뒤를 밟아온 길이었다.

"흥! 기생 주제에 온갖 도도한 척은 다하더니 결국 힘 있는 놈 앞에서 엎어지기는 네년도 마찬가지로구나."

덕윤의 얼굴에 비아냥이 어린 것도 잠시, 어서 아버지에게 모든 일이 순조롭게 진행되고 있다는 소식을 알리기 위해 촐랑대는 걸음으로 내대문을 빠져 나가는 덕윤이었다.

한 판관과 만덕이 서로 좋아지낸다는 소문은 제주성 내에 빠르게 퍼져나갔다. 밤이면 밤마다 만덕이 한 판관의 집무실에 들었다가 새벽 녘이 되어서야 돌아간다는 것이었다. 그 광경을 목격한 이가 한둘이 아니었다. 이쯤 되고 보니 사람들은 궁금증을 이기지 못했다. 다른 이도 아니고 그 목석 같은 한 판관을 도대체 어찌 구워 삶은 것인지…….

허나 그럴수록 강익주의 입꼬리는 하늘 높은 줄 모르고 치솟고 있었다. 이대로만 잘된다면 모슬포 상단이 공납권을 얻는 것도 결코 꿈이 아닐 듯 싶었다.

'참으로 생각할수록 신통방통한 아이가 아닌가?'

하기사 피는 안 섞였을 망정 어쨌든 자신의 손녀였다. 비록 이번 일이 끝나더라도 만덕을 쉬이 놔줄 수 없다고 생각하는 강익주였다.

예정대로 모든 일은 착착 진행되어가고 공납권 발표일도 점점 다가왔다. 그사이 강익주는 뭍으로 나갈 준비를 하느라 여기저기서 자금을 변통하는가 하면, 수시로 만덕에게 들러 일의 진척 상황을 묻고 만덕의 마음이 변치 않도록 거듭 단도리를 했다.

"우린 이미 한 배를 탄 동업자다. 네 하기에 따라 우리 상단의 명운은 물론 너와 네 어미의 팔자까지 달려 있다는 것을 잊지 말거라."
 그때마다 만덕은 밤마실을 위한 화장을 준비하며 면경 너머로 빙긋이 미소를 지었다. 모든 것이 의심할 바 없이 생각대로 흘러가고 있었다.

 드디어 공납권 발표가 나는 날, 강익주는 상단 일꾼들은 물론 자신의 사업에 자금을 댄 재력가들까지 모조리 이끌고 보무도 당당하게 관청 안으로 들어섰다. 이미 많은 상단들이 도착해 초조하게 발표를 기다리고 있는 중이었다.
 강익주는 여유작작하게 그들의 면면을 훑어보았다. 모르긴 몰라도 그들 역시 육방관속이며 그 부인과 식솔에 이르기까지 이번 공납권과 관계된 자라면 그게 누구든 필사적으로 줄을 대어놓았을 것이었다. 그러나 결과는 이미 불 보듯 뻔한 일. 실세 중의 실세인 한 판관을 넘어설 수 있는 뒷배를 가진 자가 대체 강익주 자신 말고 누가 있단 말인가? 강익주의 얼굴엔 그 어느 때보다 자신감이 흘러넘쳤다.
 "믿어도 되는 거겠지요?"
 "걱정 마시오. 내가 어디 희언을 하는 것 보았소?"
 초조해 하는 투자자에게 다시 한 번 확답을 해주고는 보기 좋게 다듬은 흰 수염을 슬슬 쓰다듬는 강익주였다. 이제는 기다리는 일만 남아 있었다. 그때였다.
 "아버님, 곧 발표가 나려나 봅니다!"
 덕윤이 막 질청문을 밀고 나오는 아전을 가리키며 말했다. 아니나 다를까, 아전의 손엔 이번 공납권의 경합 결과가 적힌 방문이 들려 있었다. 종종걸음으로 걸어와 연단 위에 선 아전은 헛기침을 두어 번 하더니 사람들 앞에서 들고 있던 방문을 펼쳐 들었다.

"에헴, 그럼 결과를 발표하겠소. 이번 공납권은 두 곳이 나누어 맡게 되었소."

'두 곳이라?'

본래 공납권은 워낙 그 덩어리가 크다 보니 한 곳에서 맡는 경우는 드물었다. 보통 서너 개의 상단이 나누어 맡곤 하였는데, 올해는 그중 두 곳만이 선정된 것이었다. 생각 같아서는 모두 독점하고픈 마음도 없지 않았지만 첫해부터 너무 욕심을 내어서 좋을 게 없다고 자위하는 강익주였다. 너무 무리하게 되면 그만큼 경쟁 상단들의 질시와 견제도 거세어질 테니.

"그럼 그 두 상단의 이름을 발표하겠소."

아전의 말에 질청 앞마당이 일순 조용해졌다. 긴장감이 감도는 가운데 사람들의 시선이 집중된 찰나, 드디어 아전이 입을 열었다.

"그 두 상단은 화북포 부정한 상단과 조천포 김도술 상단이오!"

순간 강익주는 자신의 두 귀를 의심했다. 부정한, 김도술이라니!

"뭣이 어째! 이런 말도 안 되는!"

강익주는 모여 있던 사람들을 거칠게 헤치며 앞으로 나아갔다. 벽에는 군졸들이 방금 붙여놓고 간 방이 덜 마른 풀냄새를 풍기고 있었다.

화북포 부정한 상단, 조천포 김도술 상단

붓으로 시원스럽게 써 내려간 한 판관의 글씨 밑에는 제주 목사의 인장이 선명하게 찍혀 있었다. 몇 번을 다시 봐도 틀림이 없었다.

"이런! 망할!"

분명 아침까지만 해도 틀림없다 했건만! 그제야 만덕에게 속았음을 깨달은 강익주는 어찌된 일이냐며 아우성 치는 사람들을 남겨둔 채 급히 월향정으로 향했다.

"네 이년, 당장 나오지 못할까?!"

포효하며 대문을 박차고 들어온 강익주는 황급히 뛰어나와 말리는 천천네를 뿌리치고 그대로 만덕의 방문을 드르륵 열어젖혔다. 그러나 그곳엔 이미 만덕이 없었다.

"대체 이게 무슨 소란이십니까?"

뒤늦게 달려온 월중선이 대서 보았지만 이미 흥분한 강익주의 눈엔 뵈는 게 없었다.

"영주 이년을 어디다 빼돌렸느냐? 당장 내놓거라! 당장!"

"빼돌리다니요? 분명 좀 전까지만 해도 방에······."

강익주의 말처럼 만덕의 방은 텅 비어 있었다. 대신 보료 위엔 좀 전까지 만덕이 입고 있던 결 좋은 비단옷만이 곱게 개켜 놓여져 있을 뿐이었다.

그 시각, 비단옷을 벗고 소박한 갈옷으로 갈아 입은 만덕은 제주 목 관아의 동헌인 연희각 앞에 부복해 있었다.

"소인은 본시 양민의 딸이옵니다. 부디 본래의 신분을 회복하여 소인의 이름을 되찾게 해주십시오."

만덕의 읍소에 질청에 머물고 있던 이방을 비롯한 육방관속들이 우르르 몰려나왔다. 탐라 최고의 행수 기녀 영주가 기생을 때려치우고 양민의 신분을 되찾으려 한다는 말에 동헌은 발칵 뒤집혔다. 몇몇은 말세라며 쯧쯧 혀를 차고, 몇몇은 뜻밖의 상황에 당황스러워 어쩔 줄을 몰라했다.

잠시후, 동헌 안쪽에서 제주 목사 신광익과 그의 부관인 판관 한유추가 걸어나왔다. 목사가 마루 위 의자에 좌정하자, 판관이 그 옆에 서고, 아전들이 섬돌 아래 열을 지어 섰다.

"너는 기생 영주가 아니더냐? 기녀 중에서도 으뜸인 행수 기녀라면 의당 기적妓籍에 이름이 올라 있을 터, 기녀는 나라가 정한 관의 노비이다. 헌데 신분을 회복시켜 달라니? 네가 지금 면천을 원하는 것이냐?"

평소 만덕을 어여삐 보아온 목사였다. 허나 자칫 신분과 기강을 흐트릴 수도 있는 일인지라 목사는 짐짓 엄한 목소리로 물었다. 그러자 만덕이 머리를 조아리며 아뢰었다.

"소인 면천을 원하는 것이 아니옵니다. 면천이란 타고난 신분이 천한 이들이 그 신분의 굴레를 벗고자 하는 것, 소인은 그저 본래의 신분을 되찾고 싶을 뿐이옵니다."

"본래의 신분이라?"

"예. 소인은 양인인 경주 김가 응렬의 딸로, 본래의 이름은 만덕이옵니다."

고개를 들자 웅성대는 사람들이 보였다. 희대의 사건을 듣고 그새 몰려든 사람들이었다. 덕분에 동헌 앞뜰은 사람들로 발 디딜 틈이 없을 지경이었다. 그중엔 소식을 듣고 막 도착한 강익주와 월중선도 끼어 있었다.

"양인의 딸이라? 양인의 딸이 어찌하여 관비가 되었단 말인가?"

신 목사가 도열해 있는 아전들을 향해 그 까닭을 물었다. 허나 모두들 그저 눈치만 볼 뿐, 아무도 대답을 올리지 못했다. 그도 그럴 것이 이런 일에 섣불리 말을 잘못 꺼냈다간 불호령이 떨어질 것임이 자명했기 때문이다. 그때 한 판관이 한 걸음 앞으로 나서며 대답했다.

"제주는 본시 땅이 척박하고 백성들이 가난하여 기근 때마다 굶어 죽는 사람이 많사온데, 이때마다 민가에서는 입을 하나라도 줄이고저 자식을 부잣집에 일꾼으로 들이거나, 여아들을 관에 기생으로 보내는 일이 허다하다 하옵니다."

그 말에 신 목사가 이마를 찌푸렸다.

"가난 때문이란 말인가?"

그러자 한 판관이 내처 아뢰었다.

"가난이 죄라, 양인의 신분임에도 불구하고 하루 아침에 노비로 전락하고 그것도 모자라 그 자식들까지 대대로 신분의 굴레를 벗지 못하니, 이는 양인의 수를 늘리고 세수稅收를 확충하라는 나라의 정책과도 크게 어긋나는 일이라 사료되옵니다."

말을 마친 한 판관은 연희각 앞뜰에 부복하고 있는 만덕을 내려다보았다. 평소와 달리 화장을 하지 않은 맨 얼굴이 마치 어린아이처럼 순해 보였다. 그 수수하다 못해 창백한 얼굴 위로 강렬한 오후의 햇살이 내려쬐자 만덕의 이마에 송글송글 땀이 맺히고 있었.

사방이 뚫린 연희각 앞마당엔 햇빛을 가릴 관대한 그늘 한 조각조차 없었다. 허나 정작 그녀를 괴롭히는 것은 작열하는 늦가을의 햇살이 아니라 사람들의 따가운 시선일 터. 만덕은 지금 가혹한 현실에 맞서 혼자만의 외로운 싸움을 벌이고 있는 것이었다.

"차라리 부잣집에 첩실로 들어가거나 속량전을 내고 면천을 하는 편이 낫지 않겠느냐? 어찌 스스로 고생을 자처하느냐?"

동헌 앞마당에 나와 읍소하기 직전, 자신을 찾아온 만덕에게 한 판관은 마지막으로 충고했었다. 하지만 만덕은 희미하게 미소 지을 뿐, 고개를 저었다.

"편히 살기를 바라지 않습니다. 다만 제 이름을 되찾고 싶을 뿐입니다."

무엇이 그녀를 저리 세상과 맞서 싸우게 하는가? 문득 만덕이 자신을 처음 찾아왔던 날 밤의 일을 떠올리는 한 판관이었다.

한 판관은 벌써 며칠째 집무실에서 밤을 지새우고 있었다. 부임 연회다, 인사다 떠들썩한 행사들이 끝나고 나자 산적한 일거리들이 한 판관을 기다리고 있었기 때문이다.

대부분은 부임 초기에 의례히 따라오는 일과들이었다. 시간을 들여 실정을 파악하고, 공을 들여 하나하나 조정해가다 보면 해결될 문제들. 허나 그중에는 단순히 시간을 들인다고 하여 해결되지 않을 문제들도 섞여 있었다. 지금 한 판관이 쥐고 있는 장고藏庫 장부도 그중 하나였다.

수일 전 육방의 아전들로부터 각종 문서들을 인계 받은 한 판관은 서류 숙지를 마치고 드디어 오늘 아침 관영 실사를 벌였다. 헌데

기가 막히게도 실사 결과는 실로 엉망진창이었다.

무기고에 보관된 창과 화살은 그 수가 군기부와 맞지 않았을 뿐더러 그나마 보관 중인 것들은 비에 젖어 쇠가 녹슬고 자루는 썩어가고 있었다. 그뿐인가? 호적고에는 흉년과 역병에 죽은 자들의 이름이 그대로 방치되어 있는가 하면, 출생신고도 올바르지 않아 세수 관리에 도움은커녕 혼란만 가중시키고 있는 판국이었다. 하지만 그나마 이는 양반이었다.

낡은 무기야 공방에 시켜 보수하고 부족한 양은 정정해서 어떻게든 채우면 되었다. 그리고 호적 정리도 이참에 마을마다 호구단자를 걷어 싸그리 정비하면 그만이었다. 허나 텅 빈 장고는 그야말로 속수무책이었다.

제주관아의 장고는 제주 전역에서 거둔 세금과 각 지역의 토호들이 바친 특산품, 예를 들자면 곰 가죽이나 산호, 진주, 전복 껍질로 만든 나전칠기장 등 귀중품을 모아 놓은 곳이었다. 헌데 막상 장고 문을 열자 장고는 절반 너머 비어 있었다. 장부에 적힌 물건들이 이름만 남겨놓은 채 유령처럼 사라지고 없었던 것이다.

"대체 이게 어찌된 일인가?"

흥분한 한 판관이 장고지기를 불러 물었으나 그자는 까막눈이라 글자를 모른다며 머리만 긁적일 뿐이었다.

더 황당한 것은 아전들의 반응이었다. 머리를 조아리고 죄를 청해도 모자랄 판국에 그들은 하나같이 심드렁한 표정으로 관행일 뿐이라고 답하는 것이었다.

"어느 원님 때부터 물목이 맞질 않았는지는 저희도 잘 모르겠습니다. 원체 절해고도지 않습니까? 하여 말처럼 단속이 쉽질 않습니다. 전임 목사들께서 한양으로 올라가실 적에 한둘씩 가져 가신다고 해도 이놈들이 감히 만류할 수 없는 노릇이고요. 정 안되면 백성들에게 부족한 물목을 거둬 채우면 그만이지요."

생각할수록 기가 막혀서 한 판관은 들고 있던 장부를 쾅 소리가 나게 덮었다. 기강이 해이해져도 유분수지, 잘못을 저질러놓고도 뻔뻔한 얼굴들이라니!

생각 같아서는 당장 불러다가 모조리 요절을 내고 싶었지만 그렇다고 육방의 아전 모두를 내칠 수도 없는 노릇이었다. 그랬다가는 당장 행정에 마비가 오는 것은 물론이요, 토착세력들과의 마찰도 피할 수 없을 것이기 때문이었다. 고심은 깊어져만 가는데, 그때 밖에서 웬 낯선 여자의 목소리가 들려왔다.

"한 판관 나으리, 안에 계시옵니까?"

이 야심한 시각에 자신을 찾아올 사람이 없는지라 한 판관은 고개를 갸웃했다. 더구나 젊은 여자의 목소리인지라 더욱 의아하게 여긴 한 판관은 문 밖의 불청객을 향해 물었다. "누구냐?" 잠시후 방문을 열고 들어온 사람은 뜻밖에도 행수 기녀 만덕이었다.

"네가 이 늦은 시간에 이곳엔 무슨 일이냐?"

"요사이 밤 늦도록 업무에 노고가 많으시다기에 차를 좀 가져왔습니다."

만덕이 들고 온 찻상을 한 판관의 앞에 내려 놓으며 말했다. 허나 한 판관은 안 그래도 기분이 좋지 않은 판국에 만덕의 등장으로 심기가 더욱 불편해지고 있었다. 차는 그저 핑계일 뿐, 이 늦은 시간에 남자 혼자 머물고 있는 방에 얼굴을 들이민 의도는 안 봐도 뻔하다고 여긴 탓이었다. 관리들의 기강만 나태한 것이 아니라 관기의 행동마저 문란하기 짝이 없다고 여기는 한 판관이었다.
　"필요 없으니 가지고 나가거라."
　한 판관이 잔뜩 굳은 얼굴로 차갑게 쏘아붙였다. 그러나 만덕은 아랑곳하지 않고 가지런히 무릎을 모으고 앉아 차를 우려내기 시작했다.
　정제된 손길로 찻잎을 바수고 데워둔 그릇에 담았다. 다시 차호에서 물을 따라 한 번 걸러낸 후에 거듭 물을 따라 파도를 치듯 둥글게 돌리자 찻잎이 물과 고루 섞이며 맑은 다향茶香을 피워내기 시작했다. 일체의 번다함을 벗은 절제된 움직임이었다.
　"심기가 어지러울 때는 열 잔의 술이 한 잔의 차만 못하지요."
　평소 절제와 정돈 속에 지극한 아름다움이 있다 믿어 의심치 않아 왔던 한 판관은 어느새 만덕의 차 우리는 솜씨를 홀린 듯 바라보았다. 보는 것만으로도 마음이 정화되고, 번뇌가 가라앉는 느낌이었다.
　그사이 만덕은 백토로 빚어 유약을 바르지 않은 소박한 흰 잔에 은은한 빛깔의 찻물을 따라 두 손으로 공손히 한 판관에게 바쳐 올렸다. 그러자 좀 전까지만 해도 뚱하던 한 판관이 잔을 받아들고 조용히 다향을 음미하였다. 이내 한 모금 입에 머금자 한 판관의 표정이 봄눈 녹듯 스르륵 풀렸다. 그 모습을 보며 잔잔히 미소 짓는 만덕이었다.
　"이리 밤늦게 찾아 뵈어 혹여 소인을 음탕한 계집이라 여기신 것은 아닌지요."

만덕의 말에 뜨끔한 한 판관이었다. 하지만 그런 생각은 차를 우리는 만덕의 모습을 보며 이미 날아간 지 오래였다.

"마침 마음이 번다하여 신경이 곤두서 있었나 보네. 헌데 니가 내어준 차 덕분에 많이 가라앉는구나. 고맙다."

자고로 차를 제대로 끓여낼 줄 아는 사람치고 행실이 가벼운 자는 없는 법, 만덕이 건넨 차를 마시고 더욱 확신을 한 한 판관은 한결 우호적인 어투로 만덕을 대했다. 허나 미간의 깊은 주름만은 감출 길이 없었다.

"혹여 무슨 근심이라도 있으십니까?"

만덕이 걱정스럽다는 듯이 단정한 이마를 살풋 찌푸리며 물었다. 그러자 공무에 관한 일이라며 말을 피하는 한 판관이었다.

"혹 장고의 물목 때문입니까?"

슬쩍 떠 보는 만덕이었다.

"네가 어찌 그것을? 혹 어디서 소문이라도 들은 것이더냐?"

당황한 한 판관이 화들짝 놀라 물었다. 텅 빈 장고의 문제는 자칫 잘못하면 목민관의 문책으로까지 이어질 수 있는 큰일, 벌써 소문이 퍼져나간 것이라면 곤란했다. 허나 안심하라는 듯 담담히 고개를 젓는 만덕이었다.

"제주 교방에 있은 지 십수 년이옵니다. 장고의 일은 하루이틀 사이의 문제가 아닌 터, 새로 부임해오시는 관원 나으리들께서는 의례히 겪는 어려움이라 알고 있사옵니다."

하기사 제주관아에 적籍을 둔 것으로만 따진다면 만덕이 한 판관보다 오래이니 내부사정에 더 밝은 것은 당연했다. 한 판관은 순순히 고개를 끄덕였다.

"실은 네 말이 맞다. 분명 관고官庫가 새어나가고 있는 듯한데 너무 오랫동안 방치되어온 탓인지 기강을 잡기가 쉽질 않구나. 그저 관행이라고만 하니……!"

한 판관이 쓴 입맛을 다시자 만덕이 위무하였다.

"그 점은 워낙 뿌리가 깊어 과거 부임해오셨던 목사 영감들께서도 어찌지 못하셨습니다."

허나 고집스럽게 다짐하는 한 판관이었다.

"과거엔 어찌했는지 몰라도 난 그리 못한다. 무슨 일이 있어도 내 제주관아에 있는 동안 잘못된 관행을 바로 잡아놓고야 말 것이다."

그러나 만덕은 좀체 걱정스러운 낯빛을 감추지 못했다.

"왜? 내가 못할 것이라 보느냐?"

한 판관의 말에 만덕이 고개를 저었다.

"그럴 리가 있사옵니까? 오히려 판관 나으리의 강직하신 성품에 탄복할 따름입니다. 다만……."

잠시 뜸을 들이던 만덕이 한 판관의 재촉에 다시금 입을 열었다.

"아전들의 반발도 반발이지만 그보다는 이번 일이 관련자들의 처벌로 끝날 뿐, 빈 장고를 채우는 일이 또다시 오롯이 백성들의 부담으로 남을까 걱정이옵니다."

만덕의 말에 한 판관이 고개를 끄덕였다.

"니 말에도 일리가 있다. 허나 일을 하다보면 모두 다 얻을 수는 없는 법, 어쩔 수 없는 희생도 따르기 마련이다."

한 판관 역시 고단한 백성들에게 또다시 부담을 지우고 싶지는 않았다. 하지만 관을 유지하자면 세금이 필요하고, 세금을 내는 것은 백성들의 의무였다. 어쩔 수 없는 일이라고 자위하는데, 뭔가를 곰곰이 생각하던 만덕이 반짝 고개를 들며 말했다.

"만약에 말입니다. 백성들에게 부담을 지우지 않고도 빈 장고를 원상복구 할 방도가 있다면, 일을 벌여 아전들을 벌 주시기 전에 제게 기회를 한번 주시렵니까?"

그 말에 한 판관이 가당치 않다는 듯 얼굴을 찌푸리며 물었다.

"네가 말이냐? 없어진 물목들은 하나같이 제주 제일의 장사치들도 가지고 있을까 말까한 귀한 물건들이다. 헌데 니가 어찌 그것들을 채워 놓는다는 말이냐?"

그러나 빙긋 의미심장한 미소를 띄우는 만덕이었다.

"탐라에 이런 말이 있습니다. '탐라에선 기생 손 거들지 않고 절로 되는 일이 없다.' 속는 셈 치고 한번 맡겨 보시지요."

반신반의 하기는 했으나 한 판관으로서는 밑질 것이 없는 일이었다. 게다가 저리 자신만만해 하니. 결국 만덕에게 얼마간의 말미를 주기로 한 한 판관이었다. 그렇게 약속대로 며칠이 흘렀다.

"대체 이게 어찌된 일이냐?"

한 판관은 눈앞의 광경을 믿을 수가 없었다. 일주일 전만 해도 텅 비어 있던 장고가 제자리를 찾은 물건들로 가득차 있었던 것이다. 소소한 몇몇 물목을 제외하고는 장부에 적혀 있던 물건들이 모두 돌아와 있었다. 장고의 물목들과 장부를 일일이 맞춰본 한 판관은 곧 만덕을 자신의 집무실로 불러들였다.

"정말이지 신통한 일이구나! 대체 어떻게 한 것이냐?"

만덕은 자랑하는 기색도 없이 그저 빙그레 웃으며 평소처럼 차를 우려냈다.

"소문입니다."

"소문?"

"예. 소문이란 본시 발이 없어도 천 리를 가고, 형체도 없는 것이 사람을 살리기도 하고 죽이기도 하는 법이지요."

"그래, 그렇지. 헌데 그 소문으로 대체 뭘 어찌했다는 게냐? 좀 더 자세히 대답해 보거라."

찻잔에 차를 따르던 만덕이 한 판관의 재촉에 슬며시 미소 지었다.

"혹시 요사이 이런 소문을 들어 보셨습니까? '중앙에서 암행어사가 파견되었는데, 지난달엔 충청도요, 이번달엔 전라도 해안이라.'"

"그래, 그런 소문이 돌았지. 허나 그것은 소문이 아니고 사실이니라. 함께 수학한 동문 중에 전라좌수영에 근무하는 이가 있어 내게 서찰로 알려준 소식이니."

그러자 만덕이 고개를 끄덕였다.

"예, 그것은 어김없은 사실입지요. 허면, 이런 소문은 들어보셨는지요? '요사이 아전들 집집마다 담장을 넘겨 보는 자가 출몰하는데, 허리춤에 얼핏 육모방망이 비슷한 것을 차고 있다더라.'라는 소문 말입니다."

"그것이 정말이더냐?"

놀란 한 판관은 자칫 만덕이 건네준 찻잔을 떨어트릴 뻔했다. 찻수건으로 옷자락에 튄 찻물을 닦아낸 만덕은 빙긋 웃으며 대답했다.

"절반은 사실이고, 절반은 두려움이 만들어낸 허상입지요."

만덕이 털어놓은 전후 사정은 이랬다.

만덕은 한 판관에게서 받은 장부를 바탕으로 사라진 물목들의 행처를 수소문한 결과 그것들이 상당부분 아전들의 수중에 있다는 사실을 알게 되었다. 물론 그것을 알아낸 데에는 수하 기생들의 활약이 컸다. 기생들이야말로 연회다 뭐다 해서 안 드나들어본 아전들의 집이 없었기 때문이다. 또한 개중에는 그들의 첩실들도 있어서 누구보다 내부 사정에 밝았다.

"또한 기생들이야말로 소문에 가장 빠른 이들입지요."

만덕의 말처럼 기생들은 관아의 공적인 일에서부터 가장 은밀한 규방비사에 이르기까지 모든 소문을 틀어쥐고 있는 자들이기도 했다.

"허니, 역으로 그 소문을 조금만 이용한다면 꽤 많은 일을 할 수 있답니다."

물건의 행방을 알아낸 만덕은 행수 기녀라는 자신의 힘을 이용해 제주 아전들 사이에 암암리에 암행어사에 대한 소문을 퍼트렸다.

"글쎄 지난달엔 충청도요, 이번 달엔 전라도 해안이랍니다. 그러니 다음달엔 어디겠습니까?"

하지만 아전들도 이 바닥에서 잔뼈가 굵은 자들인지라 단순히 소문만 가지고는 섣불리 움직이지 않았다. 하여 만덕은 그에 약간의 양념을 더하였다.

"마침 포구에 외지에서 장삿배가 들어왔더이다. 하여 격군 몇몇을 고용하여 낯선 이들로 하여금 아전들의 집 이문간을 기웃거리고 담장 너머로 넘겨 보게 하였지요."

"그럼 육모방망이는 무엇이냐?"

한 판관의 질문에 만덕이 피식 웃었다.

"사람이 죄를 지으면 콩 볶는 소리도 우레 소리로 들린다질 않습니까? 대나무를 깎아 만든 곰방대도 죄를 지은 자의 눈엔 육모방망이로 보이는 모양이지요."

그렇게 아전들 사이에서 소리 없는 불안감이 눈덩이처럼 점점 불어나던 찰나, 만덕이 수하 기녀들을 이용해 또 다른 소문을 퍼트렸다.

"그 왜, 소소라고 이방 어르신 첩실 말입니다. 그 아이에게서 들었는데 지난밤에 이방 어르신께서 난데없이 들이닥치셨더랍니다. 오시기로 한 날도 아닌데 말입지요. 그러더니 소소 방에 있던 나전칠기장을 통째로 홀랑 들고 가셨다지 뭡니까? 소소 머리를 얹어주시며 주셨던 바로 그 장을 말입니다. 대체 왜 그러셨을까요?"

기생들은 아전들과의 잠자리에서 은밀히 베갯머리 송사를 읊어댔다. 물론 기생들이 말은 하지 않았지만 그 나전칠기장이 관아 장고에서 빼돌린 물목 중에 하나임은 두말할 것도 없었다.

다음날 아전들은 약속이나 한 것처럼 소문의 진상을 확인하기 위해 저마다 몰래 장고를 찾았다. 헌데, 소소 방에 있어야 할 나전칠기장이 정말 장고에 놓여있는 것이 아닌가?

이방마저 움직였다면……!

그제야 아전들은 앞다투어 자신들이 몰래 빼돌렸던 물목들을 게워내기 시작했다. 밤이면 밤마다 아전 집의 하인들이 짐을 이고 지고 은밀히 장고문을 넘나드는 통에 이틀 새에 문턱이 닳아 없어질 지경이었다. 오죽하면 그들끼리 농담삼아 서로를 '김서방도깨비'이라 부를 정도였을까.

"결국 이방이 제일 먼저 개심改心한 것이로구나!"

한 판관의 말에 만덕이 빙그레 웃었다.

"그럴 리가요. 사내 체면에 기생에게 화초값으로 치른 물건을 쉽게 뺏을 수야 있었겠습니까?"

"그럼 그 나전칠기장은 무엇이냐? 장고에 도로 갖다놓았다 하질 않았느냐?"

"그것은 제가 소소에게서 따로이 사들여 가져다 놓은 것입니다."

그 말에 한 판관이 '과연!' 하며 무릎을 내리쳤다. 그사이 만덕이 말을 이었다.

"아전들은 마음은 있을지언정 서로 눈치를 보느라 차마 빼돌린 물건을 장고에 돌려놓지 못하고 있었습니다. 마치 넘치기 직전의 둑과 같은 형국이었지요. 거기에 이 찻잔의 물처럼 아주 작은 물 한 방울을 더한 것입니다."

"그렇구나! 결국 그 한 방울로 둑이 무너졌어!"

한 판관은 진심으로 만덕의 지혜에 탄복했다.

"네 덕분에 골칫거리였던 장고 문제를 단숨에 해결하였다. 더구나 너의 재치로 토착민들과의 마찰을 막고, 아전들에게는 경계하는 마음까지 심어주었으니 네 공이 참으로 크다."

그러나 만덕은 자신의 공은 뒤로 한 채, 충심으로 한 판관에게 간하였다.

"우선은 장고의 자물쇠부터 바꾸시고, 믿을 수 있는 자들로 하여금 지키게 하십시오. 하여 이와 같은 일이 반복되지 않도록 하여야 할 것 입니다. 탐심을 품는 것은 큰 잘못이나 그러한 마음을 미리 방

비치 못한 것 또한 잘못이지 않겠습니까?"

일견 당돌한 듯하면서도 당당하게 옳고 그름을 지적하는 만덕의 모습에서 사내 못지않은 기개를 느낀 한 판관이었다. 여인만 아니었다면 곁에 두고 크게 썼을 것을……

기꺼운 마음에 한 판관이 만덕을 향해 말했다.

"그래, 네 말대로 하마. 허나 그 전에 내 너에게 상을 내리고 싶구나."

허나 한 판관의 말에 고개를 젓는 만덕이었다.

"상이라니요? 소인은 그저 할 일을 했을 뿐입니다."

하지만 한 판관 역시 물러서지 않았다.

"잘못을 한 자에게 벌을 내리는 것이 당연하듯, 공을 세운 자에게 상을 내리는 것 또한 관원의 책무이다. 허니 사양치 말거라."

그러자 만덕이 고개를 들고 한 판관을 우러러 보며 말했다.

"정히 그러시면 상 보다는 소인, 청이 하나 있사옵니다."

"그래? 그게 무엇이더냐? 개의치 말고 말해 보거라."

"실은……"

만덕의 청은 바로 신분을 회복시켜 달라는 것이었다. 기탄 없이 말해보라 하기는 했지만 막상 만덕의 얘기를 듣고 보니 적이 당황스러운 한 판관이었다. 기껏해야 상금이나 하사할 생각이었던 한 판관은 과연 만덕의 바람이 실현 가능할까 회의적이면서도, 한편으론 만덕이 측은한 생각도 들었다. 저 정도 지혜와 기개라면 분명 무엇을 이루어도 이루었을 터인데, 신분의 굴레가 개탄스러울 뿐이었다.

"허나 너는 이미 제주 최고의 행수 기생 자리에 오르질 않았더냐.

내 비록 여악엔 관심이 없다만, 네 기예가 출중하고 기녀로서의 자질 또한 뛰어나다 들었다. 지금처럼만 살아도 평생 호의호식하며 안정되게 살 수 있을 터인데 너는 어찌 스스로 그 자리를 박차고 나오려 하느냐?"

그 말에 만덕이 고개를 조아리며 물었다.

"나으리, 기생이 어찌하여 기생인 줄 아십니까?"

한 판관이 고개를 젓자 만덕이 대답했다.

"기생은 다른 이의 인생에 붙어 사니 기생寄生이랍니다. 저는 다만 누구의 간섭도 받지 않고 그저 제 힘으로 당당히 살고 싶을 뿐입니다."

만덕의 슬픈 듯 자조적이던 그 말이 연희각 마루 위에 서 있는 한 판관의 귓가에 메아리쳤다. 만덕은 여전히 연희각 앞뜰에 부복한 채로 목사의 질문에 답하고 있었다.

"니가 양인의 딸이라면 그것을 증명할 증거가 있느냐?"

"소인, 어린시절 제 아비가 관에 올렸던 호구단자를 지니고 있사옵니다."

대답과 함께 만덕이 품에서 오래된 호구단자 한 장을 조심스레 꺼내어 올렸다.

'호구단자는 부자든 가난한 사람이든, 힘 있는 자든 힘 없는 자든, 니가 계집이든 사내든 네가 속한 곳이 어디인지 증명하여 줄 것이다.'

먼 옛날 스승이 자신에게 들려주었던 얘기가 아련하게 떠올랐다.

'스승님, 부디 오늘 이 증명으로 제자리를 되찾을 수 있도록 제게

힘을 주셔요.'

만덕은 속으로 빌고 또 빌었다.

이방이 만덕에게서 호구단자를 받아 목사에게 바쳤다. 그러자 목사가 종이를 펼쳐 확인하고는 그것을 다시 한 판관에게 건네었다. 허나 이미 그 호구단자를 알고 있는 한 판관이었다. 그것은 바로 며칠전 자신이 직접 만덕에게 찾아준 것이었기 때문이다.

만덕의 부탁을 받고, 처음엔 과연 십여 년이 훨씬 지난 호구단자를 찾을 수 있을까 회의적이었다. 그러나 다행히도 만덕의 아비가 올린 호구단자는 호적고 한구석에 시간의 먼지를 고스란히 뒤집어 쓴 채 보관되어 있었다. 호적고가 오랜 시간 방치되었던 탓에 이미 오래 전에 폐기되었어야 할 김응렬의 호구단자가 남아 있었던 것이다.

만덕은 그 낡은 호구단자를 받아들던 날, 처음으로 한 판관 앞에서 눈물지었다. 비록 세련된 글씨체는 아니었으나 정성껏 적어 내려간 가족들의 이름은 분명 만덕의 아비 김응렬이 적은 것이었기 때문이다. 그 호구단자는 자신의 신분을 증명해줄 증표이자 동시에 십여 년이라는 세월을 넘어 만덕에게 전해진 아비의 흔적이고 마음이었다.

"金萬德. 자 보거라! 이게 바로 네 이름이란다."

아비는 어린 만덕을 무릎에 앉혀놓고 흙바닥에 나뭇가지로 이름 석 자를 쓰면서 '참 귀한 이름이다' 말하며 웃음 짓곤 했었다. 동헌 마당에 꿇어앉아 있는 이 순간에도 만덕의 눈가엔 이슬이 맺혔다.

"이 호구단자는 관에서 발행한 것이 분명합니다. 흐리지만 여기 인장이 찍혀 있습니다."

한 판관의 말에 신 목사가 고개를 끄덕이고는 다시 만덕을 향해 말했다.

"이 호구단자는 과연 진짜다."

목사의 말에 모여 있던 구경꾼들이 술렁였다.

"하이구야, 십 년도 넘은 호구단자를 가지고 있었단 말이야?"

"그럼 영주가 기생 신분을 벗어나는 건가?"

사람들이 수군대는 가운데 강익주의 얼굴은 점점 굳어져갔다. 자신을 돕는 척하더니 뒤에서는 아무도 모르게 이런 준비를 하고 있었다니……, 말 그대로 뒤통수를 얻어맞은 기분이었다.

반면 월중선도 다른 의미로 얼굴이 굳어지고 있었다. 만덕이 자신의 손가락 사이로 흔적도 없이 빠져나가려 하고 있었다. 이미 그들의 사이는 오래 전부터 조금씩 벌어지고 있었으나 언젠가 시간이 좀 더 흐르면, 그래서 만덕이 자신이 우려했던 세상의 비정함을 조금 더 깨닫게 되면, 언제고 다시 자신에게로 돌아오리라 믿었었다. 헌데 죽은 듯 침묵하고 있었던 지난 6년간 만덕은 차근차근 자신을 떠날 준비를 하고 있었던 것이다. 그걸 이제서야 깨닫다니……, 허망하고 또 허망한 일이었다.

대청 마루 위에서는 신 목사의 심문이 여전히 이어지고 있었다.

"이 호구단자가 진짜인 것은 맞다. 허나, 이 호구단자는 죽은 김응렬과 고씨 사이에 김만덕이라는 딸이 있었음을 증명해줄 뿐, 네가 이들의 딸 김만덕이라는 사실을 증명해주는 것은 아니다."

그러자 사람들 사이에서 탄성이 터져나왔다. '그렇지, 그렇구 말구!' 하는 맞장구 소리도 들려왔다.

"네가 김만덕이라는 사실을 증명해줄 사람이 있느냐? 호구단자에 보니 위로 두 오라비가 있구나?"

그 말에 고개를 조아린 만덕이 대답했다.

"예, 두 명의 오라비가 있사옵니다. 허나 큰오라비는 지금 대정현에 테우리로 가 있사옵고, 작은오라비는 말을 하지 못해 당장 제 신분을 증명해줄 수는 없나이다."

"그럼 누가 네 신분을 증명해준단 말이냐?"

목사가 답답하다는 듯 입맛을 다셨다. 실망한 구경꾼들도 '텄구만, 텄어.' 하며 회의적인 반응을 보였다. 그때였다. 시종 고개를 숙이고 있던 만덕이 고개를 들고 신 목사를 올려다보았다. 마치 도박판에 선 사람처럼 비장한 표정이었다.

"딱 한 사람, 지금 여기에 제 신분을 증명하여 줄 자가 와 있습니다."

그 말에 목사가 반색을 하며 물었다.

"그게 누구냐?"

"제 양모 퇴기 월중선이옵니다."

순간 사람들의 시선이 한꺼번에 월중선에게로 쏠렸다. 강익주마저 두 눈을 둥그렇게 뜨고 월중선을 바라보았다.

월중선은 갑작스런 만덕의 말에 눈을 가늘게 뜨고 마당 한 가운데 꿇어앉아 있는 만덕을 바라보았다. 어찌하여 자신에게…….

그사이 목사의 명이 이어졌다.

"퇴기 월중선은 나오거라."

앞으로 나선 월중선은 만덕의 옆에 나란히 무릎을 꿇고 앉았다. 그러자 곧 목사의 하문이 이어졌다.

"퇴기 월중선은 한 점의 거짓 없이 사실을 고하라. 너는 행수 기생 영주의 양모가 맞느냐?"

"예, 맞사옵니다."

"그렇다면, 저 아이의 주장대로 영주가 양인인 김응렬과 고씨의 딸 만덕이 맞더냐?"

월중선은 고개를 돌려 만덕의 반듯한 옆 얼굴을 바라보았다. 도도하게 뻗은 콧날과 꾹 다문 입술, 만덕은 고집스럽게 정면을 응시하고 있었다. 한번쯤 월중선을 향해 애원의 눈길을 보낼 법도 하건만 만덕은 눈길조차 주지 않았다. 그 모습을 본 월중선은 저도 모르게 피식 헛웃음을 흘렸다.

'그래, 처음 손을 내민 것도 나였으니 그 손을 거두는 것도 결국 나의 몫이라 이것이냐?'

"무엇 하느냐? 어서 대답하라."

그사이 목사의 재촉이 이어지고, 구경꾼들 사이에선 침 삼키는 소리만이 들려왔다.

잠깐의 침묵이 영원처럼 길게 느껴지는 순간이었다. 흔들리던 월중선의 눈이 서서히 차분히 가라앉는다 싶더니 드디어 월중선이 입을 열었다.

"기녀 월중선 아뢰옵니다. 제 수양딸 영주의 본명은, 김만덕이 맞사옵니다. 틀림없는 양인의 딸이옵니다."

그 순간 오롯이 정면만을 응시하고 있던 만덕의 눈동자가 파르르 흔들렸다. 드디어……, 그러나 끝내 눈물만은 흐르지 않았다.

목사는 재차 만덕이 양인의 딸임을 확인하고, 드디어 행수 기녀 영주를 기적에서 제할 것을 명했다. 더불어 만덕 말고도 가난으로 인해 억울하게 관비가 된 자가 없는지 확인하고 원한다면 노비의 신분에서 풀어줄 것을 분부하였다. 판결을 지켜본 관민들은 목사의 공명정대함을 우러르며 칭송하였다.

목사가 퇴청하고 뒤이어 한 판관이 목사의 뒤를 따랐다. 잠시 만덕과 눈이 마주치자 한 판관은 만덕을 향해 천천히 고개를 끄덕여주었다. 만덕 역시 고개를 숙여 감사를 표했다. 아전들까지 모두 떠나고 나서야 만덕은 자리에서 일어났다.

한참을 꿇어앉아 있었던 탓에 다리에 힘이 들어가질 않았다. 어지럼증에 휘청하자 어느새 달려온 천천네가 만덕의 팔을 붙잡아주었다. 천천네는 코를 훌쩍이고 있었다.

월중선 역시 그제야 조용히 자리에서 일어났다. 그런 월중선을 향해 가지런히 두 손을 모으고 말없이 절을 올리는 만덕이었다.

"고얀 것!"

분노인지 원망인지 모를 말이었다. 다만 채 끝맺지 못하고 한숨처럼 잦아들 뿐이었다. 월중선은 천천히 몸을 돌려 그대로 자리를 떠났다. 월향정으로 돌아가는 것이었다. 어느새 만덕보다도 작고 왜소해진 뒷모습. 만덕은 그 자리에 서서 여전히 꼿꼿하고도 고집스러운 그 뒷모습이 내대문을 거쳐 관덕정 방향으로 사라져 갈 때까지 가만히 지켜보았다. 기쁨이라고도 혹은 슬픔이라고도 온전히 이름 붙일 수 없는 감정이 만덕의 가슴 속에서 소리 없이 북받쳐올랐다.

그렇게 월중선이 시야에서 완전히 사라지고도 한참을 그 자리에 머물러 있던 만덕은 이내 천천네의 부축을 받으며 한 걸음 한 걸음

발을 떼었다. 그때였다. 사람들 틈에 섞여 있던 강익주가 어느 틈에 만덕의 앞까지 다가와 버럭 소리를 쳤다.

"배은망덕한 것. 저를 거둬준 어미를 버리고 감히 내 뒤통수를 쳐? 그러고도 니가 무사할 성 싶으냐?"

금방이라도 한 대 내려칠 듯 노발대발 하는 강익주를 보며 만덕은 피식 웃었다. 그러더니 뜻밖에도 강익주를 향해 공손히 머리를 숙였다.

"어르신 덕분에 어머니께 아무런 의심도 받지 않고 판관 나으리께 접근할 수가 있었습니다. 제 계획을 실행에 옮길 수 있도록 시간을 벌어주신 은혜는 오래도록 잊지 않겠습니다."

그제야 자신이 만덕의 계획에 역으로 이용 당했음을 깨달은 강익주는 만덕의 당돌함에 벌린 입을 다물지 못했다. 허나 그게 끝이 아니었다. 고개를 든 만덕은 강익주를 향해 충언하였다.

"언젠가 기생의 가장 큰 무기가 무엇인지 여쭈었던 것을 기억하십니까? 어르신은 망설임 없이 미색이라 답하셨지요. 허나 저는 '헤아림'이라 생각합니다. 사람의 말을 알아듣는 꽃 해어화解語花. 허나 기생이 이해하는 것이 어디 말뿐이겠습니까?"

기실 만덕이 한 판관의 마음을 얻은 것도 결국은 상대의 마음을 먼저 헤아린 덕분이었다.

"기생인 저는 가졌으되 어르신께서는 갖지 못한 것, 그 헤아림 때문에 어르신께선 제게 패하신 것입니다. 허니 어르신께서도 앞으로는 일신의 욕망만 들여다보지 마시고 때로는 타인의 마음도 들여다보시지요. 허면 좀 더 많은 것이 보이실 것입니다."

때를 맞춰 강익주에게 돈을 빌려주었던 빚쟁이들이 만덕과 강익주의 사이로 우루루 몰려들었다.

"네가 감히…… 감히……!"

"바쁘신 듯하니 그럼 전 이만."

자신의 이득만을 위해 평생 힘 없는 자들을 이용해 온 강익주였다. 그의 행실을 생각한다면 이보다 더한 굴욕을 안겨주어도 시원치 않을 것이었으나 그래도 인연을 생각하여 그쯤에서 마무리 짓는 만덕이었다.

"이제 어디로 갈 것이냐?"

옆에 있던 천천네가 훌쩍, 코를 들이키며 물었다. 그러자 만덕이 슬쩍 미소를 지으며 대답했다.

"글쎄요. 그것을 알아내는 것이 지금부터 제가 할 일이겠지요."

계절이 바뀜을 알리며 새로운 바람이 불고 있었다. 제법 쌀쌀한 초겨울 바람이었다.

바람이 부는 것은 바람이 움직인다는 것, 바람이 움직인다는 것은 살아 있다는 것이었다. 그녀의 나이 스물셋, 만덕은 온몸으로 찬 바람을 맞으며 그 어느 때보다도 자신이 살아 있음을 느끼고 있었다.

6 역모의 피바람

향나무로 만든 결 고운 참빗, 옥과 산호를 깎아 만든 딸기술 노리개, 빨노초 고운 색깔을 얹은 은파랑 비녀, 바구니 안에 차곡차곡 쌓아둔 습윤지를 펼칠 때마다 파란 하늘에 고운 무지개가 뜨듯 화사한 장신구들이 모습을 드러냈다. 그것들을 크기와 종류에 맞춰 미리 깔아놓은 보자기 위에 가지런히 늘어놓던 만덕의 손길이 멈칫 멈췄다.
 "굳이 이런 힘든 장사를 하셔야 합니까?"
 고개를 드니 불만스럽다는 듯 잔뜩 부풀어 오른 소화의 팽팽한 두 볼이 보였다.
 "얼굴이 많이 좋아졌구나. 그새 살집도 오르고, 혈색도 밝아지고."
 만덕이 대답 대신 불쑥 엉뚱한 칭찬을 늘어놓자 말 돌리지 말라는 듯 샐쭉한 표정을 지어 보이는 소화였다. 허나 만덕의 말이 결코 빈말은 아니었으니, 소화는 그사이 제법 신수가 훤해져 있었다. 신 목사의 취임연에서 독무를 춘 것이 유명세를 타는 바람에 불러주는 손님이 늘어나 살림이 핀 덕분이었다.

"이게 다 행수님 덕분이지요. 헌데 정작 행수님은 이러고 계시니!"

행상으로 거칠어진 만덕의 손을 덥썩 잡으며 속상해 죽겠다는 표정을 짓는 소화였다. 그러자 만덕이 변죽 좋게 빙긋 웃으며 대꾸했다.

"기생 그만 둔 지가 언젠데 행수는 무슨…… 그리 마음에 걸리거든, 물건이나 많이 팔아주던가."

그 말에 역시나 방긋 웃으며 '그럽시다' 하고 호기롭게 나서는 소화였다.

소화는 만덕이 늘어놓은 물건 중에 가장 값비싸 보이는 금작 향낭 노리개를 덥썩 집어들었다. 안쪽에 붉은색 한지로 겹겹이 싼 사향이 들어 있어 슬쩍 스치기만 해도 요염한 향기가 피어오르는 좋은 물건이었다. 한때는 만덕이 지녔으되 이제는 더 이상 소용이 없어진 물건이기도 했다. 만덕의 얼굴에 씁쓸한 미소가 떠올랐다.

요란한 소동 끝에 어렵사리 기적에서 빠져나온 만덕이었다. 만덕은 그날로 자신의 물건들을 챙겨 월향정을 나왔다. 그렇게 월향정을 나온 만덕은 제주성 내의 작은 초가에 홀로 세들어 살면서 자신이 지니고 있던 물건들을 밑천 삼아 방물장수를 시작한 참이었다.

화려한 장신구며, 비단옷 등 만덕이 기생 시절부터 지니고 있던 물건들은 탈피를 마친 곤충의 추레한 허물처럼 만덕에겐 더 이상 필요치 않았기 때문이다. 모두 팔아 새로이 시작한다면 그 또한 나쁘지 않을 터였다.

마침 동기 시절부터 화장품이며 장신구 등 이것저것 팔아본 구력이 있는지라 장사는 그닥 낯설지 않았다. 게다가 그사이 늘어난 인맥 또한 보탬이 되었으니, 동료 기생들은 말할 것도 없고, 행수 기녀 시절 눈에 익힌 양가댁 부녀자들이 모두 만덕의 손님이 되었다. 덕분에 장사는 생각보다 호황이었다.

"헌데 이리 팔아봐야 얼마 남기나 합니까? 고생은 고생대로 하시면서. 물론 행수님이야 저희 같은 것들과는 달리 워낙 현명한 분이시니 다 생각이 있으시겠지만서도, 그래도 수입은 예전만 못 하지요?"

소화가 돈궤를 열어 그 안에서 물건값을 꺼내 셈하며 조심스레 물었다. 소화뿐만이 아니었다. 방물장수를 다니며 만나는 사람마다 그 좋은 부귀영화를 마다하고 대체 왜 사서 고생이냐며 만덕을 채근하는 이가 한둘이 아니었다.

사실 그 말도 영 틀린 말은 아니었으니, 지금 만덕의 수입은 한 달 내 종종거리며 뛰어다녀봐야 기생 시절 하룻밤 벌어들이던 해우채만큼도 되지 않았다. 그리 돈을 벌어본 적이 없는 사람이라면 모를까, 한때 탐라에서 최고로 잘나가던 기생이었던 만덕으로서는 따지고 보면 답답한 상황이기는 했다. 허나 조급히 생각하지 않는 만덕이었다.

"내게도 돈 한 냥 벌기 버거운 동기 시절이 있었지. 누구든 처음부터 행수 기녀일 수는 없지 않은가? 장사도 마찬가지겠지. 익숙한 일부터 차차 시작하다 보면 이내 길이 보일 거야."

"허나 험한 세상이지 않습니까? 그래도 계집 혼자 몸으로 살려면 품안에 돈이라도 있어야 든든할 것인데요."

소화는 여전히 걱정스럽다는 듯한 표정을 지었다. 허나 만덕도 나름의 생각이 없는 것은 아니었다. 소화를 보며 빙긋, 의미심장한 미소를 지어보이는 만덕이었다.

'세월이 흘렀어도 여전하구나.'
 거진 십 년 만에 고향인 곳막을 찾은 만덕은 바닷가 아래, 밀물에 올라온 해초를 줍느라 분주한 아이들을 바라보는 중이었다.
 '저 가스락을 한 소쿠리 넘치도록 주워들어야 그나마 집에 돌아가는 길이 덜 면구스러웠는데……'
 만덕은 잠시 옛 생각에 잠겨들었다. 그때였다.
 "너 혹 만덕이 아니냐?"
 길 가던 아낙이 만덕을 보며 알은 체를 했다. 그러고 보니 몇 집 건너 살던 새댁이었던가. 그사이 중년의 아낙이 된 여인은 가물가물한 눈으로 만덕을 위아래로 훑어보고 있었다.
 '만덕'이라……, 그 이름을 되찾기 위해 얼마나 많은 시간을 숨죽여 기다렸던지. 만덕은 익숙한 거리의 냄새와 풍경, 그리고 사람들의 얼굴을 보면서 마치 연어가 강물을 거슬러 오르듯 시간을 거슬러 올라온 듯한 착각마저 들었다. 그러나 한편으론 마음이 짠한 만덕이었다. 외숙의 집 앞에 도착해 올려다 보니, 어린시절 그렇게 높아만 뵈던 처마가 만덕의 머리께에 와 닿을 만큼 낮아져 있었던 것이다.
 아찔하니 높아 보이기만 하던 지붕이 이마에 닿을 만큼의 시간. 그 시간 동안 변함 없는 것은 고향이요, 변한 것은 만덕 자신일 터였다.
 "기생을 관뒀다는 얘기는 들었다."
 외숙부 고씨가 불꺼진 곰방대로 마른 등을 벅벅 긁으며 말했다. 막 거친 조밥으로 식사를 마친 후였다.

"다시 돌아올 생각이냐?"

대충 상을 봉당에 내려놓고 행주치마에 손을 닦으며 올라오던 외숙모 장씨가 아까부터 궁금해하던 질문을 던졌다. 장씨의 행주치마에는 누리끼리한 간장 자국이 아무렇게나 번져 있었다.

"아니요. 장사를 할까 합니다. 그러자면 곳막보다는 제주성에 남아 있는 게 나을 듯 싶어요."

"그래, 방물장사를 한다고?"

만재에게서 간간이 만덕의 소식을 전해듣고 있던 외숙이 이미 알고 있었다며 고개를 끄덕였다. 그때마다 마른 거죽에서 살비듬이 폴폴 떨어졌다. 여전히 빈한했다. 그 빈곤의 흔적을 멍하니 바라보던 만덕은 퍼뜩 정신을 차리며 대답했다.

"예, 실은 그것 때문에 외숙모께 의논 드릴 일이 있어서 찾아왔어요."

"나한테 말이냐?"

장씨가 의외라는 표정을 지었다. 월중선을 따라나선 이후로 집에는 발길 한 번 한 적이 없던 만덕이었다. 떠나기 전, 너는 이제 그 집 자식이니 돌아오지 말라고 단도리를 하기는 했다지만 그렇다고 발길을 딱 끊어버린 만덕이 내심 서운하기도 했었다. 그랬던 만덕이 거진 십 년만에 처음 집에 돌아온 길이었다. 헌데 갑자기 의논할 일이라니……. 의아해 하는 기색을 느꼈는지 만덕이 이내 입을 열었다.

"실은 지니고 있는 물건들을 다 처분하고 나면 그 돈으로 갓 사업을 시작할까 합니다."

"갓 사업? 갓 짓는 일도 아니고, 파는 일을 하겠단 말이냐?"

장씨의 말에 만덕이 고개를 끄덕였다.

임오년1762 봄, 만덕이 기적에서 빠져나온 이듬해에 사도세자가 뒤주에 갇혀 죽었다. 갑작스런 비보에 조선 팔도가 충격에 빠진 사이 탐라는 뜻밖의 호재를 맞았으니, 국장國葬으로 백립白笠이 대량으로 유통되었던 것이다. 당시만 해도 조선 갓의 구 할이 탐라에서 만들어지고 있을 때였다.

"덕분에 갓일에 손을 댔던 자들이 큰 재미를 보았다고 들었습니다. 해서 저 또한 갓을 떼어다 팔아볼까 합니다만."

갓은 재료만 준비해 놓으면 일 년 365일 날씨에 구애됨 없이 항시 제작이 가능했다. 그만큼 수급이 안정적이었고, 판매 또한 경기와 상관없이 꾸준했다. 맨 상투 보이기를 알몸 보이는 것만큼 부끄럽게 여겼던 당시 양반들인지라 웬만큼 가격이 올라도 갓의 수요는 떨어지지 않았던 것이다. 오히려 비싸고 고급스러울수록 더 날개 돋힌 듯이 팔려나갔다. 그러니 오랜 기녀 생활로 양반들의 습속을 속속들이 아는 만덕은 자연 갓일에 구미가 당겼다. 허나 외숙은 탐탁잖아 했다.

"니 뜻은 알겠다만 쉽지는 않을 것이다. 어디 갓일 노리는 자가 한둘이더냐?"

맞는 말이었다. 갓이 워낙 돈이 되는 물건이다 보니 토착 상인들은 물론이고, 외지 상인들까지 탐을 냈기 때문이다. 하여 한양의 시전상인부터 부상대고에 이르기까지 돈 가진 자라면 누구나 제량제주갓을 모아들이는 데 혈안이었다.

"그러게. 결국 이래저래 꽤나 많은 돈이 들 것이다."

장씨 역시 외숙의 말을 거들고 나섰다. 만덕 또한 그것을 모르는 바는 아니었다. 허나 쉽게 포기하고 싶지 않았다. 만덕에게 있어 갓은 각별한 의미를 지니고 있었다.

만덕의 기억 속에서 만덕의 어머니 고씨는 항상 큰구들 한켠에 앉아 조용히 말총을 겯고 있었다. 낮에는 해데레 돌아앉고 밤에는 불데레 돌아앉아 가며, 만덕이 고뿔에 걸려 신열에 들떠 있을 때도, 심지어 남편이 바다에 나갔다 실종이 되었을 때조차도 그녀는 마치 꽁무니에서 끊임없이 실을 자아내는 거미처럼 말없이 말총만 겯었다. 나중엔 그녀가 끼고 앉은 골걸이가 마치 한 몸인 양 느껴질 정도였으니. 그리고 어느날, 더 이상 자아낼 실이 없어지자 그녀는 미련없이 이승을 떠났다.

"제 몸에 흐르는 피 중 절반은 말총장이의 피입니다. 어찌 각별하다 하지 않겠습니까? 돈은 제가 알아서 마련할 터이니 외숙모께선 우선 친한 공방 사람들을 모아주셔요. 재료비며 수공은 지금보다 섭섭치 않게 더 쳐드릴 터이니."

만덕은 알고 있었다. 탐라 여인들의 한숨과 눈물로 지어진 갓과 망건이 외지 양반들에게 얼마나 비싼 값에 팔려 나가는지. 하여 만덕은 기생 노릇을 하며 안면을 익힌 외지 상인과 양반들을 상대로 갓의 새로운 판로를 개척할 요량이었다. 기왕이면 한양까지 직접 줄을 댈 생각도 가지고 있었다. 그동안 탐라에 발령받아 온 관리며 유배인들에게까지 공을 들여온 만덕이었으니 하고자만 든다면 불가능한 일도 아니었다. 그런 만덕의 뜻을 헤아렸던지 장씨가 순순히 고개를 끄덕이며 말했다.

"그래, 니 마음이 정 그렇다면 니 말대로 사람들을 한 번 모아 보마. 이왕 하는 일, 지금보다 삯을 더 쳐준다면야 우리도 나쁠 게 없으니."

흔쾌히 약속하는 외숙모 장씨에게 고맙다며 고개를 끄덕이는 만덕이었다. 고향에 돌아온 이후 처음으로 얼굴에 환한 미소가 어렸다.

그때까지만 해도 모든 일이 계획대로 잘 풀려가는 듯했다. 허나 시련은 항상 예측하지 못한 방향에서 불어오는 돌풍과도 같다던가? 얼마 후, 전혀 뜻밖의 곳에서 난관에 부딪히게 되는 만덕이었다.

그날도 만덕은 장씨의 소개로 새로 거래를 튼 공방에서 물건이 도착하기를 기다리는 중이었다. 그 무렵 가격을 좀 더 쳐준다는 소문에다 장씨의 인맥까지 더해져 만덕은 곳막을 중심으로 순조롭게 거래처를 늘려가고 있었던 것이다. 만덕은 그렇게 거둬들인 총모자와 양태를 안면이 있던 호남 상인에게 내다 팔았다. 아직은 초기니만큼 우선은 반응을 본 연후에 점차 판로를 넓혀갈 생각이었다.

아침식사를 막 끝낼 무렵, 드디어 기다리던 공방의 일꾼이 만덕의 집 마당으로 들어섰다. 허나, 지고 있어야 할 등짐은 보이질 않고 일꾼은 쭈뼛쭈뼛 만덕의 눈치만 살폈다.

"물건은요?"

"저 그게…… 우리 주인 어르신께서 앞으로 이곳과는 일절 거래를 않겠답니다."

일방적인 통보에 적이 당황한 만덕이었다. 허나 원체 물량은 한정되어 있고, 그 물량을 두고 상인들 간에 뺏고 뺏기는 일이 부지기수인지라 한편으론 그러려니 하는 만덕이었다. 엄밀히 따지자면 만덕 역시 다른 상인의 거래처를 빼앗아온 것이었으니. 어차피 언젠가 한 번은 겪어야 할 일이라고 생각한 만덕은 구체적인 상황을 알아보기 위해 서둘러 공방이 있는 곳막으로 향했다. 허나 막상 곳막에 도착해 보니, 예상과는 달리 일은 전혀 엉뚱한 곳에서 터져 있었다.

"나도 일이 이렇게 될 줄 상상이나 했겠나? 허나 어쩌겠는가? 다른 이도 아니고 감목관 김댁에서 주지 말라는 것을……"

자신도 마음이 불편하다며 앓는 소리를 해대는 공방 주인이었다. 그런 주인을 어르고 달래 만덕이 알아낸 사건의 내막은 이러했다.

어제 저녁, 말총을 배달하러 온 말 목장의 테우리가 평소와는 달리 공방 주인을 은밀히 부르더라는 것이다. 그러더니 '요새 개나 소나 갓 장사를 한다며 덤비는데 그중에 천한 기생도 있다는 말을 들었다'며, '그 소문을 듣고 집안의 큰 어른께서 매우 노하시어 그런 천한 기생과 거래하는 공방에는 앞으로 일절 말총을 들이지 말라고 명했다'는 것이었다.

"나야 그냥 말을 전하는 것일 뿐, 앞뒤 내막이야 알 수 없지."

이리저리 애둘러 말하기는 했으나 내용인즉 결국 만덕과 거래를 끊어라는 협박이었다.

거기까지 들은 만덕은 기가 막혔다. 어찌 감목관 김씨 집안에서 자신을……. 지금껏 서로 먼 산 보듯 살아왔다지만 그래도 한집안일진데, 갑자기 무슨 연유로 자신에게 이런 부당한 처사를 하는 것인지 쉽사리 이해가 가지 않는 만덕이었다. 허나 억울한 것은 억울한 것이고, 당장은 사정이 급했다.

"그래도 약속했던 것인데 이번 물량만이라도 어찌 안 되겠습니까?"

이미 호남 상인과 구두계약을 해둔 터라 만덕은 공방 주인을 향해 거듭 간곡히 부탁하였다. 허나 공방 주인은 고개를 저을 뿐이었다. 말총의 공급도 공급이었지만 혹여 감목관 김씨 집안의 눈 밖에 날까 두려웠던 것이다. 감목관 김씨 집안이라면 탐라에선 우는 아이도 울음을 그칠만큼 떠르르한 위세를 떠는지라 자칫 잘못했다간 동네에서 터 잡고 살기도 어려워질 터였다.

"쯧쯧, 어쩌다 그 집 눈 밖에 나가지고서는……!"

오히려 측은한 눈길로 만덕을 바라보는 공방 주인이었다.

만덕은 그 길로 그곳을 나와 자신과 거래를 튼 다른 공방들을 찾아다녔다. 허나 이미 감목관 집안의 입김이 두루 미친 후였다. 만덕을 보자마자 다들 기다렸다는 듯이 거래를 끊겠다 나섰던 것이다. 만덕은 기가 막혀 한숨조차 나오지 않았다.

만덕은 그 길로 대정현을 향해 말을 몰았다. 누구에게든 이 기막힌 상황에 대한 설명을 들어야만 했다.

사실 감목관 김씨 집안의 협박을 전해듣고 만덕이 가장 먼저 떠올린 얼굴은 대정현에 가 있는 오빠 만석이었다. 만석이라면 이번 일에 대해 뭔가 알 수 있을 것 같았던 것이다. 하지만 말을 달리는 사이, 만덕의 생각은 조금씩 바뀌었다. 만석은 기껏해야 말 목장에 붙박혀 있는 말단 테우리, 그러니 일의 전말을 알기는 힘들 듯했다. 게다가 설혹 어느 정도 알고 있다손 치더라도 친오빠인 만석 앞에서 얼굴을 붉히기는 싫었다. 하여 만덕은 결국 처음의 계획을 수정해 만석을 거두었던 오촌 당숙을 찾아 가기로 결심했다. 그라면 그나마 자신과 감목관 김씨 집안의 연결고리에 가장 가까운 인물이니 이 황당한 처사에 대해 뭐든 납득할 만한 설명을 가지고 있으리라 여겼던 것이다. 그리고 그것은 곧 사실로 드러났다.

"잘못을 깨닫고 어렵사리 기적에서 나왔으면 그동안의 죄를 뉘우치며 은인자중 할 것이지, 기생짓으로 가문의 이름에 먹칠을 한 것도 모자라 이제는 아녀자의 몸으로 사내들이나 하는 장사꾼 놀음이란 말이더냐?"

당숙의 반응은 이미 어느 정도 예상하고 있던 일인지라 침착하게 대꾸하는 만덕이었다.

"아녀자가 장사를 하는 것이 흔한 일은 아니나, 그렇다고 드문 일도 아닙니다. 딱히 죄를 짓는 일도 아닐진데 어찌 나무라십니까?"

그러자 못마땅한 듯 잔뜩 얼굴을 구기는 당숙이었다. 허나 만덕은 개의치 않고 말을 이어 나갔다. 기왕 시작한 말, 이 기회에 자신의 생각을 분명히 해두는 것이 좋을 성 싶었던 것이다.

"제 아버지의 행적이 묘연해진 지 벌써 십 년 입니다. 그사이 가족들은 뿔뿔이 흩어져 살던 집은 잡초만 무성하고 그 이름 또한 잊혀져가니, 이는 불효 중의 불효입니다. 하루라도 빨리 집안을 일으켜 세우는 것만이 돌아가신 부모님께 자식된 도리를 다하는 것이라 사료됩니다. 허나 숙부님 말씀처럼 저는 아녀자의 몸, 벼슬에 나아가 입신양명할 수도 없으니 장사로 돈을 벌어 식솔들을 불러 모으고자 할 뿐인데 그게 어찌 잘못이란 말입니까?"

몸은 늙었어도 예나 지금이나 쉽사리 노하는 성품만은 여전했다. 조목조목 따지고 드는 만덕의 말에 심기가 불편했던지 당숙이 결국 버럭 호통을 쳤던 것이다. 덕분에 빈약한 수염이 턱 끝에서 바르르 떨렸다.

"어디서 계집이 감히! 계집이면 계집답게 다소곳이 살 일이지, 기생집에 몸을 의탁하여 김씨 집안을 천하의 웃음거리로 만든 것도 모자라, 이젠 기어이 제 오라비들마저 여동생 치맛자락에나 휘둘리는 반푼이로 만들려 해? 니가 이러는 까닭이 진정 무엇이더냐? 지난 기근에 만석이만 거두고 너와 네 작은오라비를 거두지 않은 것에 대한 앙심이 아니더냐? 내 그것을 모를 줄 아느냐! 니가 우리 집안을 농락하도록 가만히 놔둘 줄 알고?"

덕분에 필요치 않은 본심마저 드러내고마는 당숙이었다.

그제야 만덕은 김씨 집안이 자신을 막아서는 연유를 깨달았다. 그들에게 있어 만덕은 단순한 집안의 수치, 그 이상이었다. 집안의 위계를 흐트러뜨리고 끊임없이 대서는 불순분자, 제거해야만 할 대상이었던 것이다. 게다가 만덕은 그들에 의해 방치된 후손이었다. 존재하는 것만으로도 껄끄러운 만덕이 자꾸만 세상에 고개를 내미는 것이 내심 불편했을 터, 만덕이 제 이름을 걸고 장사까지 하겠다고 나서자 그동안 애써 눌러왔던 불쾌감을 터트린 것이었다. 당숙의 힐난은 계속되었다.

"대체 이 집안이 어찌되려는지. 조상님께는 또 어찌 고개를 들꼬? 이 사실을 안다면 먼저 죽은 니 아비가 본데없는 제 여식 때문에 부끄러워 저승에서 통곡을 할 것이다!"

순간 그때까지 냉정을 유지하던 만덕의 표정이 싸늘하게 굳어졌다. 다른 것은 몰라도 아버지를 들먹이다니 그것은 만덕에게 있어선 절대 건드려선 안 될 아킬레스건 같은 것이었다. 만덕은 독 오른 뱀처럼 바짝 고개를 치켜세우며 위협하듯 쉿소리를 냈다.

"함부로 제 아비를 들먹이지 마십시오! 저처럼 조실부모 하셨지만 김씨 집안의 도움 없이도 훌륭히 살아오신 분입니다. 저희 삼 남매, 그런 아버지께 어려서부터 자립이 무언지 배웠습니다. 여기 계셨다면 오히려 잘한다 제게 칭찬하셨을 분이란 말입니다!"

바락 소리친 만덕은 그대로 자리를 박차고 일어섰다. 더 이상 이곳에 머무를 이유가 없었다. 내처 벌컥 방문을 열어젖히는데 마당 가운데 서 있던 만석과 눈이 마주쳤다. 목장에서 간만에 집에 돌아오는 길이었는지 어깨에는 큼지막한 망태기가 들려 있었다.

아마도 만덕과 당숙의 대화를 들은 듯, 정당벌립 밑 만석의 까만 눈동자가 이리저리 흔들리고 있었다.

"오라방!"

당황한 만덕이 먼저 소리 내어 만석을 불렀다. 허나 장지문 밖으로 고개를 내민 당숙은 그런 만덕과 만석의 사이를 갈라놓으며 버럭 소리쳤다.

"집에 왔으면 얼른 네 방으로 들어갈 일이지 게서 뭐하고 있는 게냐?"

잠시 침묵이 흘렀다. 그러나 곧 당숙의 말을 따라 황황히 방으로 들어가는 만석이었다. 잠시 만덕을 스쳐고 지나갔지만 끝내 아는 척은 하지 않았다. 만덕은 탄식하듯 울컥 한숨을 내뱉었다. 그제야 만덕은 깨달았다. 그곳에서 자신은 유령이었다.

그 즈음 월향정은 지독한 늦더위로 인해 어느 때보다도 긴 여름을 맞이하고 있었다.

땅거미가 지고 더위에 지친 사람들이 눅눅한 공기를 참다 못해 하나둘 집 밖으로 몰려나와 저녁 바람에 몸을 내맡기는 시각, 정주간에 들어앉은 천천네는 더위를 이기지 못하고 연방 손부채질을 해대고 있었다. 허나 그마저도 소용 없는지 저녁을 짓기 위해 솥덕의 불씨를 쑤석일 때마다 그녀의 걸진 입도 여물통의 쇠죽처럼 부글부글 끓어올랐다.

"니미, 더워 죽겠고만 일손도 없고. 염살맞을……!"

더울 때는 불 때는 일도 곤욕이었다. 탐라의 민가는 부엌 아궁이와 구들이 연결된 뭍과 달리 전통적으로 솥덕이라 하여 솥을 거는 불턱과 난방을 하는 굴묵이 따로 마련되어 있었다. 조금이라도 화기火氣를 멀리해 보려는 궁리였다.

정주간의 불씨 한 톨도 부담스러울만큼 덥고 긴 탐라의 여름, 목덜미를 타고 흐르는 땀을 연신 슥슥 닦아내면서도 천천네는 끈질기게 불씨를 노려보았다. 그렇게 얼마나 지났을까, 밥에 어느 정도 뜸이 들었다 싶자 천천네는 남은 불씨에 설설 재를 덮었다. 그러고는 불 붙은 솔칵을 들고 자리에서 일어섰다. 대문 밖 등롱에 불을 밝힐 시간이었다.

굽어 있던 뼈마디를 펴자 천천네의 입에서 '에구에구' 절로 앓는 소리가 나왔다. 이 역시 예전 같았으면 잔심부름꾼에게나 시켰을 일이었다.

작년까지만 해도 이 시간이면 월향정은 항상 손님으로 넘쳐나곤 했었다. 마당에는 온통 횟배를 들끓게 하는 기름냄새가 진동을 하고, 방마다 연신 새 술상이 들고 났다. 그 무렵엔 일손을 도우러 온 여편네들 두셋을 부리면서도 정주간 밖으로는 나올 엄두조차 내지 못했던 천천네였다. 허나 이젠 모두 옛말, 만덕이 월향정을 떠나고 난 후로는 더 이상 손님을 받지 않는 월중선이었다.

"기생이 만덕이 하납니까? 지금이라도 새로 양녀를 들이면 그만이지요."

사실 만덕을 파양하고 나서 그 자리를 노리는 기생들이 한둘이 아니었다. 천천네에게까지 은근히 청탁을 넣어오는 자가 있을 정도였으나 허나 월중선은 무슨 이유에선지 새로이 양녀를 들이지 않았다. 뭔가 김이 새어버린 것 같다고 할까? 아니면 흥이 날아가버린 것 같다고나 할까? 딱히 꼬집어 말하기는 뭣하지만 영 예전같지 않은 월중선이었다. 결국 부리던 일손들도 모두 내보내고, 천천네만이 남아 근근이 월향정을 꾸려가고 있었다. 가끔 잊지 않고 찾아주는 단골들만이 월향정의 옛 영화를 기억해줄 뿐이었다.

"큰 비가 오려나? 어찌 바람까지 이리 끈끈하누?"

바람 한 점 없는 무더위가 커다란 바위처럼 꼼짝없이 며칠을 내리누르고 나면 그후에는 어김없이 비가 퍼붓곤 했다. 솔칵불을 들고 대문 밖으로 나온 천천네가 달무리 진 하늘을 올려다보며 중얼대는데, 순간 불빛 너머로 불쑥, 귀신같이 허연 물체 하나가 튀어나왔다. 덕분에 화들짝 놀란 천천네가 외마디 비명을 질렀다.

"하이쿠야! 거…… 거기 뉘시오?"

어찌나 놀랐던지 들고 있던 솔각불이 크게 요동쳤다. 덕분에 불씨가 화르륵 날리면서 천천네의 얇은 여름옷에 숭숭 작은 구멍을 뚫어 놓았다.

"……서……."

불빛 아래 정체를 드러낸 이는 만삭의 여인이었다. 여인은 힘겹게 발을 끌며 대문 앞까지 걸어오더니 바싹 마른 입술을 달싹였다.

"서…… 언…… 아……."

허나 몇 마디 꺼내 보기도 전에 허깨비처럼 그 자리에 털썩 쓰러지고 마는 여인이었다.

"여보소! 정신 좀 차려보오! 아니, 이게 무슨 날벼락이래?"

시체처럼 꼼짝 않는 여인을 흔들어대던 천천네는 급한 대로 안채에 대고 고함을 질러댔다.

"여기, 여기 좀 나와 보셔요!"

잠시후, 소란을 들은 월중선이 대문 밖으로 나왔다.

"이게 무슨 일인가?"

"그것이 난데없이 이 여자가……."

그제야 바닥에 쓰러져 있는 여인을 발견한 월중선은 황급히 몸을 숙여 여인의 맥을 짚었다.

"다행히 맥은 뛰고 있네. 헌데 이 무슨……!"

황망한 마음에 쓰러진 여인을 확인하던 월중선의 얼굴이 순간 파랗게 질렸다. 불빛 아래 드러난 여인의 얼굴이 낯설지 않았던 것이다.

"언……니?"

월중선이 놀란 눈을 커다랗게 치떴다. 만삭의 여인은 다름 아닌 월중선의 친언니 월중매였던 것이다.

월중매는 꼬박 이틀간 의식을 차리지 못했다. 진맥을 한 의원의 말로는 임신한 몸에 무리를 한 데다 심적인 충격을 받아 실신한 것일 뿐, 산모나 태아에겐 큰 지장이 없을 것이라 했으나 한번 오른 월중매의 열은 좀처럼 쉬이 가라앉질 않았다. 덕분에 월중선은 언니의 곁에서 뜬눈으로 밤을 지새웠다.

"나으리…… 가지 마셔요! 그리로 가면 안 됩니다! 나으리!"

월중매는 신열에 들떠 경련을 일으키는 와중에도 끊임없이 조영득의 이름을 불렀다. 조영득은 월중매의 남편이자 뱃속 아이의 아버지였다. 아마도 꿈속에서 몇 번이고 조영득에게 매달려 안간힘을 쓰고 있는 모양인지 이불 위에 놓여진 월중매의 빈 손아귀가 속절없이 움찔거렸다.

"대체 무슨 일이 있었던 게야?"

먼 대정현에서 제주성까지 오는 내내 얼마나 땅을 치고 가슴을 할퀴었던지 월중매의 손은 여기저기 까지고 손톱이 갈라져 피가 맺혀 있었다. 월중선은 그런 언니의 손을 꼭 쥐었다.

"행복하다더니……, 그럼 끝까지 잘 살 것이지."

월중선은 오래전 대정현을 떠나오기 전, 남몰래 월중매를 찾아갔던 날 밤을 떠올렸다. 그때 월중선은 언니에게 자신과 함께 대정현을 떠나자며 설득했었다.

"강익주 그 사람 말 들으면 안 돼. 날 보고도 몰라? 언니도 결국 불행해지고 말 거라고!"

월중매는 혼인을 앞두고 있었다. 상대는 지금의 남편인 조영득으로 신축년 사화 때 사사된 소론의 영수 조태구의 손자였다.

당시 조선은 노론에서 소론으로, 다시 소론에서 노론으로 하루가 멀다하고 정쟁과 사화로 정권이 뒤바뀌던 하 수상한 시절이었다. 그러한 탓에 탐라에는 그 어느 때보다도 많은 조정 대신과 그 후손들이 귀양을 와 있었다. 조영득 역시 그중 하나로 한때는 유력한 가문의 후손이었으나 지금은 역모 죄인의 식솔이란 이유로 관노가 된 신세였다.

그런 조영득에게 강익주가 손을 뻗은 이유는 간단했다. 비록 지금은 역모 죄인이지만 지금껏 그래왔듯이 언제고 다시 한 번 정권이 뒤집히면 소론 대신들의 신원이 회복되지 말란 법도 없었기 때문이다. 그렇게만 된다면 자신 역시 조영득의 손을 잡고 단번에 중앙으로 급상승을 이룰 수 있을 지도 모를 일이었다.

물론 그 확률은 너무 낮아 도박에 가까웠다. 그러나 승률이 낮을수록 딸 땐 크게 따는 법. 관노가 된 조영득에게 어차피 태어나면서부터 관비였던 기생딸을 안기는 것쯤이야 강익주의 입장에선 아무것도 아니었다.

"정말 모르겠어? 강익주 그자는 언니를 팔아먹으려는 거야. 언니는 팔려가는 거라고!"

월중선은 다시금 반복되는 악몽에 절규했다. 허나 그런 동생을 바라보며 그저 아릿한 미소만 짓는 월중매였다. 위로하듯 월중선의 손을 꼭 잡아준 월중매는 다음날, 예정대로 초례청에 섰다. 월중선이 제주성을 향해 홀로 길을 떠나던 바로 그 시각이었다.

월중매는 월중선과 달리 천성이 고분고분하고 다감한 성격이었다. 한번도 어른들의 명을 어긴 적이 없었고 무엇이든 쉽사리 양보했다. 그런 월중매였기에 그 어떤 부당한 처사라도 조용히 감내하리란 것은 처음부터 예상하고 있었다. 그래서 월중선은 그런 언니를 더욱 뜯어말리고 싶었다. 하지만 한 가지, 월중선이 모르고 있는 것이 있었다.

"선아, 처음엔 나도 그분에게 시집 가기가 싫었어. 가끔씩 찾아뵐 때면 무서운 얼굴로 어찌나 냉랭하게 구시던지……. 근데 말야 싫어도 아버지 명으로 자꾸 찾아뵙다 보니까 알겠더라고. 그 분은 무서운 분이 아니야. 그냥, 외로우셨던 거야."

그때 월중매의 눈빛은 꿈을 꾸듯 아득했었다.

"선아, 사람은 가끔 자기 잘못이 아닌데도 먼저 사과해야 할 때가 있잖니. 그분이 그러셔. 너무 오래 사과만 하고 있다보니까 자기편은 하나도 없는 것만 같고, 그래서 고슴도치처럼 가시를 세우는 거야. 나는 말야, 이런 바보 같은 나라도 괜찮다면 그분 편이 되어드리고 싶어졌어."

그 말을 하는 월중매의 볼이 수줍게 물들었었다. 바보 같아 보일지언정 그것은 사랑이었다. 결국 월중선은 조용히 발길을 돌릴 수밖에 없었다.

"그래, 돌이켜 보면 언니는 그때도 나보다 훨씬 강한 사람이었지."

월중선이 월중매의 가녀린 손을 쓸며 말했다. 한없이 나약해 보이지만 태풍에도 쉽사리 꺾이지 않는 풀꽃처럼 강인한 손이었다. 월중선은 결코 가지지 못한 삶에 대한 강한 긍정과 포용력을 지녔기에, 월중매는 마치 둥치에 박힌 바위를 안고 자라는 나무처럼 항상 자신의 몫으로 주어진 모든 것들을 살뜰히 보듬어 안으며 살았다. 그리고 이제는 새로운 생명까지…….

 월중선은 바알갛게 열꽃이 오른 언니의 얼굴을 애닯게 바라보았다. 그 얼굴은 얼핏, 오래전 그날처럼 수줍게 상기되어 있는 듯도 했다. 어쩌면 슬퍼서 더 아름다워 보이는지도…….

 월중선은 속으로 조용히 탄식했다.
 월중매가 갑작스럽게 월향정 앞에 나타난 직후, 급히 대정현으로 사람을 보낸 월중선이었다. 임신한 몸으로 예까지 온 데에는 그만한 사정이 있을 터, 뭔가 사단이 벌어졌음을 직감한 것이었다. 그러나 곧 굳이 그럴 필요가 없었음이 밝혀졌다. 다음날 아침, 온 제주성 안에 역모 사건에 대한 소문이 파다하게 퍼졌던 것이다.
 대정현에 유배와 있던 소론 대신의 후예들이 역시 탐라에 유배와 있던 왕실 종친 이훈을 왕으로 추대하려 한 사건이었다. 거기에 월중매의 남편 조영득도 끼어 있었다.
 "먼저 잡혀간 역적 심래복이 모든 죄를 자복했답니다요. 하여, 조영득 그 양반은 물론이고 동패들이 이미 줄줄이 한양으로 끌려갔다지 뭡니까?"
 동태를 살핀다며 잠시 밖에 다녀온 천천네는 흥분하여 입에 허연 거품을 물었다. 그녀의 말에 따르면 역당들은 상인으로 위장하여 배를 타고 호남으로 침투, 관아의 무기고를 털어 한양으로 진격할 예정이었다고 한다. 헌데 계획을 실행해 보기도 전에 그 모든 게 발각되고 말았으니 이제 남은 것은 오로지 죽음 뿐일 터였다.

"정말 보통 큰일이 아닌가 봅니다. 지금 성안 대로변은 텅텅 비었고, 사람들이 온통 굴비 엮이듯이 줄줄이 끌려가는데! 들리는 바로는 한양에서 어사가 곧 당도할 거랍니다."

월중선의 얼굴이 어두워졌다. 이 소식을 언니 월중매에게 어찌 전해야 할지, 차라리 저대로 깨지 않았으면 싶기도 했다. 무엇보다도 도저히 자신의 힘으론 어쩔 수 없는 격류, 곧 휘몰아칠 피바람 속에서 과연 자신이 자신과 자신의 언니 그리고 태어날 아기를 무사히 지켜낼 수 있을지 걱정인 월중선이었다.

그 시각 만덕도 뒤늦게 역모 소식을 전해 듣고 있었다.

"일껏 찾아왔는데 미안하게 됐네. 헌데 시국이 이러니 난들 어쩌겠나."

군졸들의 삼엄한 경계를 뚫고 약속한 물건을 전하기 위해 고을 아전의 집까지 장사를 왔던 만덕은 미안하다며 손을 내젓는 집주인 앞에서 그만 김이 빠져버렸다. 제주성 전체가 역모 사건으로 들쑤신 벌집마냥 곤두서 있어서 장사는 애저녁에 물 건너간 듯 보였다. 그래도 온 김에 물이라도 들고 가라는 집주인의 배려로 어찌어찌 만덕은 상방마루에 자리를 잡았다.

"대정이고, 제주성까지 온통 사단이 나서 우리 딸 혼사도 미뤄지게 생겼지 뭔가!"

아낙은 심방에게 부탁해 특별히 길일까지 잡아놓았는데 속이 상해 죽겠다며 연신 혀를 찼다.

"역모라고는 하지만, 죄인들도 모조리 잡혀간 마당에 곧 마무리가 되겠지요."

만덕이 위로삼아 말을 건네보았지만 아낙은 비관적인 표정으로 절레절레 고개만 저을 뿐이었다.

"그게 그렇지가 않다네. 이건 비밀인데, 우리 바깥양반 말이 이번 역모 사건에 관아의 색리들은 물론이고 전현직 현감들까지 줄줄이 엮여 있다지 뭔가?"

"관리들까지요?"

"그래, 듣자하니까 대정현의 말단 색리 중에 이번에 한양으로 압송된 자가 두엇 있대. 이름이 뭐라더라? 그중에 이녁하고 비슷한 이름이 있어 내 외어두었는데, 만거라던가? 김씨 집안 사람이라던데 혹 일가붙이 아닌가?"

그 말에 흠칫 놀라는 만덕이었다. 만거라면 큰오빠 만석이 신세를 지고 있는 대정현 당숙의 아들이 아닌가?

집주인의 설명에 따르면 만거는 의금부도사가 조영득을 잡아들이던 와중에 그의 집에 보관 중이던 군기시軍器寺의 장부를 빼돌리려다 붙잡혔다고 한다.

"뒤늦게 처리하려 했나본데, 역적놈들한테 군사 기밀을 팔아먹다가 딱 걸린 게지."

입에 올리는 것만으로도 대역죄가 옮기라도 할 듯, 집주인은 마당을 향해 퉤퉤 침을 뱉었다. 허나 쉽사리 믿을 수 없는 만덕이었다. 다른 이도 아니고 공마공신 감목관 김씨 집안에서 역모 죄인이라니…….

 집으로 돌아가는 중에도 만덕의 마음은 내내 심란하였다. 말총 사건 이후로 만석은 물론이고 만재와도 연락을 끊고 지내던 터라 그동안 아무런 소식도 듣지 못하고 있었는데, 혹시라도 이번 역모 사건으로 인해 큰오빠까지 해를 입게 되는 것은 아닐지……. 자신이 당한 수모를 생각하자면 걱정을 하지 않으려고 해도 혈육의 정이란 어쩔 수 없는 것인지 어느새 생각은 웃자란 나뭇가지처럼 그쪽으로만 뻗어갔다. 그때였다.

 '집에 왔으면 얼른 네 방으로 들어갈 일이지 게서 뭐하고 있는 게냐?'

 문득 당숙의 노기 어린 목소리가 만덕의 기억을 비집고 올라왔다.

 그때 당숙은 너무도 당연하다는 듯이 자신의 집을 곧 만석의 집이라고 말하였다. 그리고 만석 역시 그 사실을 부정하지 않았다. 그 순간, 만덕은 깨달았다. 만덕과 만석이 더 이상 같은 집에 살지 않게 되었음을.

 물론 현실에서 떨어져 살게 된 지는 이미 오래였다. 하지만 만석이 떠나던 날, 남매가 손가락을 걸고 약속했던 것처럼 마음속에서만은 항상 같은 집을 짓고 산다고 생각해왔던 만덕이었다. 그래서 비록 지금은 아닐지라도 언젠가는 한 집에서 오순도순 함께 살 날이 올 거라고 믿어 의심치 않았건만……. 만석에게는 그새 이미 새로운 집이 생겼던 것이다. 허나 만덕의 집은, 아직, 아직이었다.

 서운했다. 그 서운함은 곧 서러움이 되고, 만덕은 잠시 모든 것을 이대로 놓아버리고 싶다 생각했다. 하지만 이내 귓가에 맴도는 목소리는 만덕을 다시금 재촉하고 일으켜 세웠다.

'누구의 딸도, 누구의 누이도, 누구의 여자도 아닌 네 이름 석 자, 김만덕으로 살거라.'

까닭 모를 오기가 치솟았다. 그것은 마치 땅따먹기를 하다가 절반 넘어 지어놓은 내 땅을 손뼘 재기로 단번에 빼앗겼을 때의 기분과 비슷했다.

만덕은 그날로 모든 가족들과의 연락을 끊고 홀로 동분서주했다. 말총을 구하기 위해 감목관 집안의 영향이 덜한 사목장私牧場을 돌아다니는가 하면, 손에 익은 방물장사를 다니며 규방을 떠도는 소문과 시장의 동향에 귀를 세웠다.

포기한 것이 아니었다. 다만 만덕은 잠시 숨을 고르며 때를 가늠하는 것이었다. 이미 6년을 기다려 본 만덕에게 다시 얼마간의 시간은 그리 두려울 일도 아니었다.

장사를 허탕치고 고을 아전의 집에서 돌아오는 길, 제집 이문간으로 들어서던 만덕은 마당 안 낯선 방문객의 모습에 잠시 걸음을 멈추었다.

"뉘십니까?"

이 시간에 누가 주인의 허락도 없이……. 허나 뒤돌아선 방문객의 얼굴을 본 순간, 놀란 표정을 감추지 못하는 만덕이었다.

"오라방?"

좀 전까지 자신이 걱정하고 있던 만석이었다. 헌데 왜 여기에? 게다가 대체 저 꼴은…….

만석은 어색하기 짝이 없는 도포 차림에 머리에는 평소 제 몸처럼 쓰고 다니던 정당벌립 대신 중인들이 주로 쓰는 챙이 좁은 갓모자를 쓰고 있었다. 그런 차림이 제 스스로도 어색했던지 만덕과 마주한 만석은 연신 헛기침을 해댔다. 그 모습이 꼭 젊어진 당숙을 보는 것 같다고 생각하는 만덕이었다.

"여기는 왠일이오?"

만덕의 목소리는 아까까지의 걱정이 무색하리만치 건조했다. 막상 얼굴을 보자니 반가움보다 어색함이 더 컸던 때문이었다. 만석 역시 그것을 느꼈던지 씁쓰레한 표정을 지으며 말했다.

"물 한 잔 주련?"

먼 길을 온 탓인지 아니면 다른 이유 때문인지 만석의 이마엔 땀방울이 송글송글 맺혀 있었다. 그것을 본 만덕은 곧 정주간에서 냉수 한 사발을 들고 나왔다.

"물 맛이 좋구나."

단번에 들이킨 만석은 빈 물그릇을 만덕에게 건네며 낮게 중얼거렸다.

"새벽에 성 밖 용천서 길어온 물이오."

만덕이 그릇을 거두며 짧게 대답했다.

"아직도 직접 물을 길러 다니는 게냐?"

만석이 새삼스레 만덕을 바라보았다.

"사람이 어디 쉬이 변하겠소?"

자조적으로 대답하는 만덕이었다.

만덕이 기생을 그만두고 가장 먼저 시작한 일이 바로 새벽에 용천까지 물을 길러 가는 일이었다. 어린시절 어깨에 옹이가 박힐 정도로 지겹게 해온 일인지라 질릴 만도 하건만, 이상하게도 어느 순간 만덕의 발길은 용천으로 향하고 있었다. 마치 애벌레가 나무를 기어오르고, 지렁이가 땅속으로 파고드는 것과 같았다. 어쩌면 그것은 어머니의 어머니, 그 어머니로부터 핏속을 통해 전해 내려온 일종의 본능 같은 것인지도 몰랐다.

그런 만덕에게서 오래전 익숙하던 동생의 모습을 어렴풋이 발견한 때문일까? 내내 뭔가를 말할 듯 말 듯 망설이던 만석이 드디어 힘겹게 입을 열었다.

"실은 만거 형님이 누명을 쓰고 잡혀가셨다."

"소식은 들었습니다."

만덕의 대답에 조금 더 용기를 얻은 만석이 내처 말했다.

"실 그래서 말이다. 니가 좀 도와줄 수 있지 않을까 싶은데……. 물론 당숙께선 별말 안 하셨다. 그냥 내 생각에 한양에 네가 아는 양반들이 꽤 있을 듯하여……. 관에 종사할 적에 교우한 분들도 있을 테고, 그게 어디까지나 내 생각이지만 말이다."

중언부언하는 만석을 보며 만덕은 실소를 금치 못했다. 만석이 헛기침을 할 때마다 갓이 정수리 부근에서 조금씩 미끄러져 내려오고 있었다. 그 모습이 볼썽사납기 그지없어 결국 한마디 하고 마는 만덕이었다.

"대체 그 어울리지도 않는 갓 도포는 무엇이오?"

"어…… 어?"

갑작스런 만덕의 질문에 대답도 뭣도 아닌 어설픈 소리를 내는 만석이었다. 허나 다른 사람도 아니고 만덕이 그를 모를 리 없었다.

"보나마나 당숙이 내어준 옷이겠지요."

만석을 바라보는 만덕의 눈길이 전에 없이 싸늘했다. 만덕은 만석이 둘러쓰고 온 온갖 가식과 위선에 치가 떨렸다. 부르르 주먹을 말아쥔 만덕은 만석을 향해 차갑게 내뱉었다.

"나는 관에 종사한 것이 아니라 그냥 기생질을 한 것이오. 교우를 한 것이 아니라 접객을 하였지. 그리 돌려 말하면 있던 일이 없던 일이 되오? 천한 일이 대번에 격조 높아지냔 말이오? 난 내가 한 일이 남들에게 손가락질 받는 천한 일이라는 것을 아오. 하지만 난 내 자신에게 부끄럽지는 않소. 천한 일도 누군가는 해야 할 일이고, 난 살기 위해 그 일을 했을 뿐이니까. 그리고 난 돌이켜 보건데 적어도 추한 짓은 하지 않았소. 헌데 지금 오라방은 뭐요? 그 추한 꼴로 어찌 내게, 정녕 부끄럽지도 않소?"

어제까지만 해도 자신의 등에 비수를 꽂아넣던 손으로 이제는 다시 도움을 청하고 있다니! 할 수만 있다면 자신의 온몸에 흐르는 피는 물론 심장까지 깨끗이 도려내어 보란 듯이 그들의 면전에 던져주고 싶었다.

차라리 끝까지 고고한 척 살 것이지. 그랬다면 서운함은 가졌을지언정 적어도 지금과 같은 배신감은 느끼지 않았을 것이었다.

"돌아가시오! 오라방이나 나나 이미 너무 멀리까지 온 것 같소."

함께 살 날을 꿈꿔왔었다. 그래서 그 오랜 세월의 파고도 거뜬히 뛰어넘을 수 있었다. 허나 세월 속에 바뀌어갈 자신들은 미처 생각지 못했다. 그것이 실수였던 것이다.

만석이 조용히 뒤돌아섰다. 그러고는 풀 죽은 얼굴로 말없이 마당을 가로질러 자신이 왔던 길로 한 걸음 한 걸음 되짚어갔다. 이문간을 경계로, 세월의 경계가 철책처럼 만덕과 만석의 사이에 내려앉았다.

만덕은 선 자리에서 한 걸음도 움직이지 않은 채 멀어져가는 오라비의 뒷모습을 바라보았다. 축 처진 어깨, 어색하게 늘어진 도포끈이 걸음을 옮길 때마다 거추장스럽게 휘감겼다. 허나 그럼에도 만석은 걸음을 멈추지 않았다. 그 먼 길을 왔으면 한 번쯤 더 부탁해 볼 만도 하건만 군소리 한마디 하지 못한 채 발길을 돌린 그 심정이 만덕의 가슴 속에 고스란히 펼쳐졌다. 울컥, 피를 토하듯 울음이 솟구쳐 올랐지만 만덕은 그마저 꿀꺽 삼켜버렸다. 대신 만덕은 탕탕 빈 가슴만 쳤다. 생목이 아리고 가슴이 뻐근해져 왔다. 그렇게 가슴속에 터지지 못한 울증이 또 하나 맺혔다.

얼마 후, 한양에서 어사가 당도했다. 소문으로만 떠돌던 일이 기어코 현실이 된 것이다. 피바람이 불 거라던 뭇사람들의 상상은 한 편의 지옥도가 되어 그대로 눈앞에 펼쳐졌다.

어사는 탐라에 도착하자마자 역모 죄인을 색출한다는 명분으로 조금이라도 사건과 관련이 있는 자들을 모조리 잡아들였다. 어떤 자는 역모 죄인과 지붕에 얹을 억새를 나눠 벴다는 이유로 잡혀 들어가고, 또 어떤 자는 그자와 이름이 비슷하다는 이유로 끌려갔다. 보리 몽당이만 한 관련만 있어도 곧 대역 죄인이 되고마는 살얼음판 같은 현실 속에서 사람들은 살아남기 위해 바위에 붙은 따개비마냥 납짝 몸을 엎드리고 돌처럼 굳게 입을 다물었다. 그저 거센 파도가 지나가기만을 숨죽여 기다릴 뿐이었다.

천천네가 만덕의 집 마당에 뛰어든 것은 어사가 탐라에 당도 한지 이틀째 되던 날이었다. 어디서 어떻게 구른 것인지 머리는 봉두난발을 하고 온몸에 흙칠갑을 한 천천네는 만덕을 보자마자 대성통곡을 했다.

"아이구 만덕아! 우리 행수 어르신이 잡혀갔다. 이걸 어쩌면 좋냐?"

발을 동동 구르며 가슴을 쥐뜯는 천천네를 겨우겨우 달랜 만덕은 천천네로부터 그간의 사정을 전해 들었다.

월중선은 친언니인 월중매가 날개 찢긴 배추나비마냥 망연자실 자신의 집으로 피신해 온 이후, 평소완 달리 온갖 치장을 하고 잘 알던 양반 관리들의 집을 드나들었다고 한다. 그 모습이 마치 예전 한창때를 보는 듯하여 천천네는 월중선이 이제 드디어 정신을 차리나 보다 했다는 것이다. 허나 그것은 실상 발버둥에 가까운 행보였다.

조영득과 그 동패들이 모조리 잡혀 올라가고 나서도 한양에서 들려오는 소식은 나날이 흉흉해지기만 하고, 심지어 대정 현감과 제주 목사까지 문책되기에 이르자 위기감에 사로잡힌 월중선이 자신의 언니를 구명하기 위해 힘 있는 자들을 만나고 다녔던 것이다.

하지만 역모의 피바람 앞에 온전할 수 있는 사람은 아무도 없었으니, 제 한 목숨 부지하기도 급급한 양반 관리들은 역적의 식솔과 옷깃조차 스치길 꺼려하였다. 덕분에 말을 꺼내 보기도 전에 문전박대 당하기 일쑤. 결국 월중선은 월향정의 문을 굳게 닫아 걸고 집 안에 칩거하였다. 그러나 그마저도 잠시, 월중매를 진맥하였던 의원의 발고로 결국 월중매는 한양으로 압송되고, 죄인을 은닉한 죄로 월중선은 제주 옥사에 갇히기에 이르렀던 것이다.

"옥사에 갇힌 사람들 태반이 형신을 못 이겨 죽고, 그나마 살아나온 사람들도 반병신이 되었다던데, 불쌍한 우리 행수님을 어이할꼬!"

눈물 바람을 해대는 천천네를 앞에 두고도 만덕은 그저 어안이 벙벙할 뿐이었다. 월중선의 친언니가 역모 죄인인 조영득의 처였다니……. 조영득이라면 대정현 당숙의 큰아들 만거가 군기시 장부를 빼돌렸다는 바로 그자가 아니던가? 얼굴 한 번 본 적이 없는 자이건만 만덕과는 참으로 얄궂은 인연이었다. 아무리 거부하려 해도 이처럼 자꾸만 그 이름과 마주하게 되는 것을 보면.

순간 만덕은 이번 일에서 쉬이 비껴갈 수 없을 거라는 예감이 들었다.

'어쩌면 이 또한 운명인가?'

만덕은 결국 꼬질꼬질한 옷고름으로 연신 눈물을 찍어내는 천천네를 남겨두고 서둘러 제주관아로 걸음을 옮겼다. 어차피 발을 들여놓게 될 일이라면 좀 더 자세한 내막을 알아봐야만 했다.

한 판관의 집무실인 찰미헌은 옥사에서도 남쪽으로 꽤나 멀리 떨어져 있었음에도 불구하고 넘쳐나는 죄인들로 북적였다. 마침 만덕이 도착했을 때는 막 한 무리의 죄인들이 심문을 마치고 줄줄이 옥사로 끌려가는 중이었는데, 한 판관은 그사이에서 죄인들의 적籍을 일일이 확인하고 있었다. 며칠새 몹시 파리해진 얼굴. 허나 그러한 와중에도 한 판관은 의리를 잊지 않고 만덕을 반갑게 맞아주었다.
"언제고 벌어질 일이 벌어진 게지."
집무실로 들어온 한 판관은 자리에 앉자마자 침통한 얼굴로 말했다.
작은 섬에 역모 죄인은 넘쳐나고 개중엔 서로 다른 당파의 사람들이 뒤섞여 있어 그 속에서도 파당을 짓기 일쑤였다. 게다가 탐라는 절해고도. 중앙의 지배력이 미치지 않는 관아와 수령의 힘이란 중앙 정치에서 밀려난 정객政客들의 세도만도 못한 것이어서 유배인들을 통제하기란 쉽지 않았다. 그러니 언제고 역모의 불씨는 숨어 있을 수밖에.
"헌데 이상한 것은 말이다, 이번 역모 사건이 처음 새어 나온 곳이 이곳 제주가 아니라 중앙 간관諫官들의 입이었다는구나."
뜻밖의 말에 반듯한 이마를 찌푸리는 만덕이었다.
"천리나 떨어진 곳에서 역모의 낌새를 먼저 알아챘다는 말씀이십니까?"
그야말로 상식적으로 이해가 되지 않는 일, 한 판관 역시 미심쩍다는 표정을 지었다.
"그러니 이상한 일이란 말이다. 대체 어찌 알았는지는 모르겠으나 그들의 상소로 제주에 있던 역적 심래복이 의금부에 잡혀갔고, 심문 도중 모든 죄를 자복하였다. 그때까지도 심래복을 관할하던 대정현에선 아무런 낌새를 채지 못했는데 말이다."
"혹, 무언가 숨겨진 내막이 있는 것은 아닙니까? 누군가에 의해 의도적으로 조작이 되었다던가?"
만덕이 조심스레 물었다. 그러나 절레절레 고개를 젓는 한 판관이었다. 피곤이 한꺼번에 몰려오는지 눈이 붉게 충혈되어 있었다.

"지금의 나로서는 그 또한 알 수가 없다. 다만 짐작키론, 이 제주 섬 안에 누군가 밀고자가 있고 그 밀고자가 중앙의 누군가와 직접 통하고 있다는 정도뿐."

"허면, 잡혀간 죄인들은 어찌 되었는지요?"

만덕은 한 판관에게서 한양으로 압송되어 간 죄인들의 소식을 전해 들었다. 그러면서도 한편으로는 이번 역모 사건의 내막에 대한 의문을 지우지 못했다.

대체 누가 어떤 목적으로 이번 사건을 발고한 것인가?

단지 고변이 목적이었다면 대정 현감이나 제주 목사에게 먼저 고하는 것이 순서였다. 헌데 모든 지휘체계를 깡그리 무시하고 뜬금없이 중앙의 간관이라니, 탐라에서 거기까지 손이 닿는 자도 흔치 않을 뿐더러 그만한 무리수를 둘 까닭도 찾기 힘들었다.

마치 암초에 걸린 듯, 만덕의 생각은 거기에서 한 발자국도 나아가지 못했다. 하지만 수면 밖으로 보이는 것보다 더 거대한 무언가가 검은 물 밑에 도사리고 있다는 것만은 느끼고 있는 만덕이었다.

"그래, 내가 그랬소. 내가 임금을 원망하여 종신宗臣 이훈을 추대하고, 모병하여 반란을 획책하였소! 내 부친과 조부를 본받아 뼛속까지 반골이니 어서 내 사지를 찢어 죽이란 말이오!"

국문이 벌어진 태복사太僕司 안마당에는 역한 피비린내가 진동을 했다. 허나 살점이 찢기고 뼈가 으스러져 이미 형체를 분간을 할 수 없을 만큼 피떡이 된 와중에도 조영득의 형형한 눈빛만은 점점 너

독이 올라 마침내는 누대 위 심문관의 얼굴을 잡아먹을 듯 노려보았다. 바드득, 이를 악물자 남아 있던 어금니마저 모조리 갈려 나갔다.

"역적의 수괴가 이제야 죄를 토설하였군."

토설이라기 보다는 차라리 죽기 위한 몸부림에 가까웠다.

'허나 이대로 끝낼 수는 없지. 어찌 잡은 기회일진데…….'

판의금부사 홍계희는 얼굴에 튄 핏방울을 손수건으로 닦아내며 비릿한 미소를 지었다.

"아직 여죄가 더 남아 있을지도 모르니 흉계를 낱낱이 토해낼 때까지 형신하라!"

홍계희의 손에는 조영득의 집에서 발견한 군기軍器에 관한 치부置簿가 들려 있었다. 제주에 역모의 움직임이 있다는 고변을 듣고 잔당들의 집을 들쑤시다 얻은 뜻밖의 소득이었다. 게다가 마침 그 흉얼이 자신들의 정적이자 한때 소론 실세였던 조태구의 손자라니! 마치 잘 짜놓은 판처럼 아귀가 들어맞질 않은가? 이로서 최근 사도세자와 관련한 임금의 행보에도 제동이 걸릴 게 분명했다.

'하늘이 이 홍계희를 버리지 않았음이야!'

홍계희는 경기감사 부임 시절, 정순왕후영조의 계비의 아버지인 김한구 등과 짜고 나경언을 추동하여 임금에게 사도세자의 잘못을 고변하게 하고 그로 인해 사도세자를 죽음으로 내몬 장본인 중 하나였다. 당시 임금은 크게 진노하여 자신의 아들을 뒤주에 가두어 죽게 하였다. 허나 후일 성급했던 자신의 행동을 후회하고 장례일에는 사도세자의 묘소에 몸소 거동하기도 했다.

헌데 그때 마침 임금이 경기감사인 홍계희를 잡아들여 문책하였으니, 이유인 즉슨 백성들이 함부로 사도세자의 능에 드나들도록 방치했다는 것이었다. 일을 올바르게 수행하지 못한 데 대한 견책을 받은 것이었으나 홍계희로서는 뭔가 꺼림칙한 사건이었다. 허나 그것은 단지 시작에 불과했으니, 그 일이 있은 지 얼마 후, 부응교의 직책을 맡고 있던 홍계희의 아들 술해가 별안간 삭직되었던 것이다.

술해가 약원藥院의 일을 핑계삼아 우의정 윤동도, 이조판서 이창수, 도승지 한광조 등을 공척攻斥한 것은 자신의 뜻과 맞지 않는 이들을 벌주기 위함이 분명하다. 허니, 부응교 홍술해를 삭직하라.

그 일로 명을 거두어 달라며 장계를 올렸던 승지 이담마저 해직되고, 술해와 이담을 두둔한 신하들까지 줄줄이 파직되었다.

이 모두 아비가 아들을 바로 가르치지 못한 탓이니.

임금은 술해를 벌하였지만 정작 그 칼날은 아비인 홍계희를 겨누고 있었던 것이다.

일이 그쯤되자 홍계희는 자신이 임금의 역린을 건드렸음을 깨달았다. 죽은 사도세자의 망령이 되살아난 것이었다. 하여 홍계희는 목숨을 보존하기 위해 이조판서직을 제수받고도 부러 조정에 나아가지 않았다. 벼슬을 거두어 달라며 보란 듯이 대전 앞에서 머리를 풀고 석고대죄를 청한 홍계희는 최대한 몸을 낮추고 자신의 집에 칩거하였다. 그렇게 조심스럽게 사태를 관망하던 찰나, 바로 그자가 자신의 집을 찾아왔던 것이다.

'그야말로 하늘의 도우심이다!'

홀로 생각에 잠겨 있는데, 심문을 담당하는 문랑問郎이 층계참 아래까지 종종 걸음으로 다가와 아뢰었다.

"판의금부사 대감, 죄인의 상태가 아무래도 심상치 않습니다. 이러다간 곧 장폐될지도……."

고개를 들어보니 문랑의 말처럼 조영득은 이미 모진 고문에 초주검이 되어있었다.

'이대로 죽어준다면 더할나위 없이 고마운 일이지!'

속으로 피싯 웃은 홍계희는 형틀에 묶여 실신한 조영득을 내려다보았다. 그 눈빛이 마치 죽기 직전의 쥐를 희롱하는 고양이 같았다.

조영득의 조부 조태구는 영조 임금이 아직 세제世弟이던 시절, 세제의 대리청정을 환수시킨 장본인이자, 선왕경종 독살설과 천한 출생을 문제 삼아 지금의 임금을 벼랑 끝까지 몰아갔던 인물 중 하나였다. 후일 소론이 패하고 노론이 득세하면서 그의 관직은 추탈되고 그 후손들은 역적의 죄를 쓰고 제주로 추방되었으나 그때의 일로 임금은 왕권의 정당성에 치명적인 상처를 입었을 뿐만 아니라 평생에 걸쳐 심한 심리적 열등감에 시달리게 되었다. 이후 왕이『천의소감』을 지어 자신의 즉위 과정을 정당화 하고, 당시의 국가적 환란을 소론에게 돌린 것도 결국 그 일에 기인한 것이었다.

'그 종자들이 살아남아 모반을 획책했다는 의심만으로도 신임사화의 망령을 깨우는 데는 부족함이 없을 것이다.'

왕권을 위협받는다는 위기감에 친아들까지 자진케한 임금이니 이번 일로 어찌 나올지는 불을 보듯 뻔한 일, 관직을 삭탈당했던 자신이 몇 달만에 판의금부사로 복직된 것만 보아도 답은 이미 나온 셈이었다.

"깨워라!"

조금의 평온도 허락치 않는 잔인한 명이 이어지고, 형리가 바가지로 물을 뿌려 거푸 조영득의 고통을 각성시켰다. 그러길 몇 차례, 힘없이 늘어진 조영득의 몸은 더 이상 움직이지 않았다.

"대감!"

문사 낭청이 굳은 얼굴로 홍계희를 바라보았다.

"기록하게."

홍계희의 짤막한 명령에 국문의 기록을 맡은 사변주서事變注書가 땀이 밴 손을 대충 문질러 닦고 문서를 적어내려갔다.

계미년 9월 29일 역모 죄인 조영득 복주伏誅 : 형벌을 받아 죽음

이로써 모든 역모의 각본이 완성되었다.

그 즈음 탐라 옥사에선 만덕이 월중선을 은밀히 만나고 있었다.

"조영득 그 사람이 역모? 택도 없는 소리다."

월중선은 옥사에 갇혀서도 수인囚人이란 말이 무색하리만치 흐트러짐 하나 없이 꼿꼿한 몸가짐과 냉철함을 유지하고 있었다. 그 모습이 퍽이나 월중선답다고 생각하는 만덕이었다.

'차라리 부러지면 부러졌지, 곧 죽어도 휘어지진 않을 양반……'

한 판관의 배려로 월중선을 만나러 온 만덕은 속으로 가만히 혀를 찼다. 허나 초조함만은 감출 수 없는지, 한쪽 무릎 위에 얹은 손을 연신 쥐었다 폈다 하는 월중선이었다.

"언니와 강 좌수가 한양으로 압송되었다지?"

"예. 조영득의 두 동생들도 함께 잡혀갔습니다."

월중선의 눈에 얼핏 안타까움과 함께 분노가 서렸다.

"보나마나 강익주, 그자 짓일 게다. 조영득 그 사람도 그렇고 그 동생들도 어디 역모를 꾀할 깜냥이나 되는 이들이더냐? 이번에도 강익주 그자가 허황된 욕심에 뭔가 사단을 낸 게 분명해."

월중선은 확신에 차 있었다. 하지만 만덕은 만덕대로 한 판관에게서 들은 바가 있는지라 섣불리 대답을 못하고 그저 침묵을 지키고 있었다. 그런 만덕에게서 뭔가 불길한 기운을 읽었던지 월중선이 먼저 입을 열었다.

"표정이 왜 그러느냐? 혹 언니에게 무슨 일라도 생긴 것이냐? 산달이 얼마 남지 않았는데, 호송길에 무슨 변고라도?"

월중선의 얼굴에 드물게 걱정이 배어났다. 허나 다행히 고개를 젓는 만덕이었다.

"아닙니다. 아직 한양에 도착했다는 소식은 받지 못했으나 천안에 도착했을 때도 아무 이상은 없었답니다."

그 말에 가슴을 쓸어내리는 월중선이었다.

"헌데……."

안도도 잠시, 이어진 만덕의 말에 월중선은 다시금 흠칫 놀랐다.

"조영득 그 분이 돌아가셨답니다."

"저런…… 어쩌다가……!"

"심문을 받던 중 형장을 이기지 못하고 그만 복주되셨다 합니다."

만덕의 말에 월중선의 낯색이 어두워졌다.

"언니가 알면 큰 충격을 받을 것인데."

그 순간에도 죽은 조영득보다는 제 언니를 먼저 걱정하는 월중선이었다. 하지만 만덕이 전해야 할 비보는 아직 끝난 게 아니었다.

"헌데, 돌아가신 분이 또 있습니다."

만덕의 표정이 전에 없이 착잡했다. 옥사를 찾아오기 전부터 이 소식을 전해야 하나, 말아야 하나 수도 없이 망설인 만덕이었다. 허나 어차피 심문장에 나가면 어사의 입을 통해 듣게 될 얘기였다. 그러느니 차라리 자신의 입으로 먼저 전하는 게 나으리라 생각한 만덕은 결국 입을 열었다.

"전 대정 현감 조경수, 그 분도 함께 돌아가셨답니다."

순간 당황한 월중선의 눈동자가 출렁, 크게 흔들렸다. 동시에 꼿꼿하던 허리에 힘이 탁 풀렸다. 삽시간에 월중선의 키가 절반은 줄어든 듯 보였다.

"역모 죄인과 첩동서妾同壻 사이라는 게 불거져 뒤늦게 국문장으로 끌려가셨답니다."

"첩동서…… 첩동서라니!"

넋이 나간 듯 같은 말만 되뇌이는 월중선이었다.

의금부로 끌려간 죄인들은 저마다 제 목숨을 구하기에 급급하여 입을 모아 조영득을 역당의 수괴로 몰아붙였다. 그 와중에 몇몇이 전 대정 현감 조경수와 조영득이 첩동서 사이여서 관곡을 빼돌려 나뉘주는가 하면 입역入役을 면하여 주는 등 뒤를 봐주었다고 증언했던 것이다.

"강 좌수 어르신과 큰 이모님께서 잡혀가신 것도 아마 그 때문인 듯 합니다. 역모 죄인과 사사로이 내통하였다 하여……."

만덕의 설명을 들은 월중선은 폐가 쪼그라붙듯 격심한 통증에 저도 모르게 가슴을 움켜쥐었다. 정수리까지 피가 전달되지 않는지 머릿속은 온통 하얗게 텅 비었다. 그 사이로 떠오르는 생각은 오직 하나였다.

"나, 나로구나. 나 때문이로구나."

모든 인연을 끊어내었다 생각했었다. 헌데 십수 년도 지난 지금에 와서 자신의 언니가 역모 죄인의 아내란 이유로, 자신이 야심가 강익주의 딸이란 이유로, 그리고 그런 자신을 품었단 이유로 조경수가 죽었다. 이 무슨 잔인한 인연이란 말인가?

그런 월중선을 측은하게 바라보던 만덕은 위로하듯 말했다.

"조 현감께서는 돌아가시기 직전, '마음을 준 읍기가 조영득 첩의 아우인 줄 알면서도 소생 때문에 데리고 왔으니 만 번 죽어도 아까울 것이 없다'는 말뿐, 그 어떤 변명도 없이 일신에 가해지는 형신을 모두 받아내셨답니다. 하여 결국……."

만덕의 말이 환청인 양 귓가에서 웅웅 울렸다.

남녀지간의 인연은 붉디 붉은 홍실로 엮여 있다 하던가? 허나 월중선은 이 순간 그 홍실이 붉은 오랏줄이 되어 자신의 온몸을 칭칭 동여매는 것 같은 착각에 몸서리 쳤다. 그것은 인연이 아니라 차라리 형벌이었다.

'네 마음이 내게 없다는 것을 안다. 네 눈이 항상 먼 바다 밖을 향하는 것도 그 곳에 네 마음이 있기 때문이겠지. 허나 난 차마 그 마음까지 달라 조르진 못하겠구나. 넌 이미 내게 지극한 기쁨滿喜을 주었으니, 가거라! 니가 바란다면 보내주마. 허나, 널 기다리는 내 마음만은 허락해주었으면 좋겠구나.'

아직 젖몸살이 끝나기도 전, 아들 만희를 낳은 월중선이 결별을 요구하였을 때 조경수는 며칠만에 옅은 술냄새를 풍기며 찾아와 그리 말했었다. 그때 월중선에게는 그 말에 담긴 진심따윈 헤아릴 여력조차 없었다. 그저 술김에, 감상에 젖어 내뱉은 말이겠거니 생각하였을 뿐이었다. 아니, 어쩌면 알고 싶지 않았던 건지도 모른다. 자신의 뜻과는 무관하게 탐하여지고, 사랑이라 믿었던 자로부터 버림받았던 그 밤 이후로 월중선은 세상으로부터 마음을 굳게 걸어 잠궜으니. 어차피 시작부터 틀어진 인연이었다.

'헌데 어째서……, 어째서 당신은…….'

항상 자신의 뒷모습을 좇던 조경수의 눈빛을 모르지 않았다. 다만 그 안타까움과 기다림의 한숨조차 잘 포장된 기만이라 여겼을 뿐이었다. 잠시 동안은 스스로도 진심이라고 속고 마는 감정의 기만, 월중선은 더 이상 사랑을 믿는 철부지가 아니었다. 그리고 지금도 여전히 남녀 간의 연모의 정을 믿지 않았다.

떨리는 손바닥으로 창백한 이마를 감싼 월중선은 그대로 깊은 침묵 속으로 빠져들었다. 전할 말을 모두 마친 만덕이 입을 다물었건만 그마저도 깨닫지 못하는 월중선이었다. 그러다 어느 순간 무겁게 내려앉은 침묵에 화들짝 놀란 월중선은 만덕을 향해 휘휘 손을 내저어 보였다. 그만 돌아가라는 몸짓이었다. 그러고는 다시 침묵했다.

작게 한숨을 내쉰 만덕은 생각에 빠진 월중선을 남겨둔 채 이내 옥사를 돌아나왔다. 밖으로 나오니 달은 이미 중천에 떠올라 있었다. 제 몸의 피를 모두 토해낸 듯 창백하기 그지없은 달빛 아래 조용히 걸음을 옮기는 만덕의 뒤로 수풀 속 어딘가에서 송장귀뚜라미의 울음소리만이 그악스럽게 들려오고 있었다.

월중선으로부터 다시금 연통이 온 것은 그로부터 이틀 후였다. 아예 만덕의 집에 자리를 깔고 누운 천천네가 '에구, 에구' 앓는 소리를 내며 이리저리 몸을 뒤집고 있을 때, 밖에서 만덕을 찾는 소리가 들려왔다.

"영주 있는가?"

그는 만덕과도 안면이 있는 옥사지기였다. 월향정의 오랜 단골이었던 그는 월중선이 만덕과 은밀히 만나고 싶어한다는 말을 전하며 괜한 헛기침을 해댔다.

"한양에서 어사 나으리가 와서 말이지, 아무리 오래 알고 지낸 사이라지만 편의 봐주기가 쉽질 않아. 다른 죄도 아니고 역모죄 아닌가?"

만덕이 엽전 한 꾸러미를 찔러주고 나서야 옥사지기는 오늘밤 자시子時라는 말을 남기고 돌아갔다.

"그래도 구명할 방도가 있겠지?"

일말의 희망이라도 잡아보려는 듯, 천천네는 만덕이 집을 나서기 직전까지도 치근대었다. 하지만 기실 그것은 만덕 또한 알 수 없는 일이었다. 다만 지금은 월중선이 무엇 때문에 자신을 만나고자 하는지, 혹여 새로운 돌파구를 찾아낸 것은 아닐지 궁금할 뿐이었다. 허나 그것이 부질없는 기대였음을 깨닫는 데는 그리 오랜 시간이 걸리지 않았다.

그날 밤, 약속 시간에 대어 옥사를 찾아갔던 만덕은 월중선이 꺼낸 뜻밖의 얘기에 그만 기함을 하였다. 덕분에 조용한 옥사 안에 별안간 낯선 목소리가 울려 퍼졌다.

"어찌 그런! 그것은 돌파구는커녕 함정입니다. 제 무덤을 파는 짓이란 말입니다!"

"허니, 너에게 찾으라는 것이다. 내, 이런 부탁을 또 누구에게 할 수 있겠느냐?"

이틀만에 다시 만난 월중선은 생각보다 담담한 얼굴이었다. 하여 안심했던 것도 잠시, 월중선은 만덕에게 자신의 이복 오라비 덕윤을 잡으라 하고 있었다.

"역모 사건의 첫 죄인인 심래복이 한양으로 압송되어갔을 즈음, 그 즈음부터 강덕윤 그자가 보이질 않았다. 그땐 그저 또 어딘가 술독에 빠져 지내겠거니 하고 말았는데, 찬찬히 생각해 보니 여러모로 이상해. 제 아비가 잡혀가는 대도 코빼기조차 비추지 않은 것도 그렇고."

언니인 월중매가 갑자기 제주성에 나타난 일로 급히 대정현에 사람을 보냈던 월중선이었다. 물론 그 연유는 오래지 않아 밝혀졌지만, 월중선은 이튿날 돌아온 심부름꾼으로부터 뜻밖의 소식을 전해

들었다. 이복형제인 덕윤이 실종되었다는 것이었다. 심부름꾼의 말에 의하면, 강익주는 덕윤의 행방을 찾느라 혈안이 되어, 월중매가 없어진 것 따위는 안중에도 없었다고 했다.

"은밀히 알아보니 그냥 실종된 것이 아니라 선박문서를 가지고 사라졌다더구나. 그 바람에 강익주가 더 애가 닳아서 찾은 모양이다. 대체 강덕윤 그 어리석은 자가 그것으로 무슨 짓을 벌인 것인지······. 지금으로선 알 수 없다만, 한 가지 확실한 건 강덕윤 그자가 분명 이번 역모 사건에 어떤 식으로든 연루되어 있다는 것이다. 아니면 적어도 뭔가를 알고 있는 게 분명해. 더구나 심래복과는 평소에도 자주 어울려 다니던 사이였으니. 그러니 니가 강덕윤 그자를 좀 찾아보려무나."

안 그래도 조경수의 일로 충격을 받았을 텐데 어찌 저리 멀쩡할까 싶었다. 그랬더니 아니나 다를까, 월중선은 마알간 얼굴로 제 묘자리를 찾고 있는 것이었다. 기가 막힌 만덕은 울컥 치솟는 감정을 애써 억누르며 말했다.

"말씀대로 강덕윤의 행적이 의심스러운 건 사실입니다. 생각하시는 대로 그 짐작이 맞을 지도 모르지요. 허나, 그것이 맞으면 또 어쩔 것입니까? 강씨 집안이 멸문지화를 당하는 것은 둘째치고 정녕 어찌 될지 몰라 이러십니까?"

만일 덕윤이 역모에 가담한 것이 사실로 드러난다면 당장 옥중에 있는 월중선의 목부터 떨어질 것임이 자명했다. 만덕은 스스로 죽음을 자초하는 월중선에게 참을 수 없이 화가 났다. 살라 하지 않았던가? 만덕 자신에게 살라 한 것은 다름 아닌 월중선 자신이었다. 헌데 어찌!

"저는 못하겠으니 정 그자를 찾아보시려거든 다른 이에게 부탁하십시오."

냉정하게 쏘아주고는 벌떡 일어서는데, 그런 만덕을 다급하게 붙잡는 월중선이었다.

"만덕아!"

참으로 오랫만에 불려보는 이름. 회한이 가득한 그 목소리에 만덕은 저도 모르게 걸음을 멈추었다. 차라리 무시해버릴 수 있었으면 좋으련만……, 월중선은 처연한 표정을 지었다.

"만덕아, 이곳에선 하루에도 몇 명씩 사람이 죽어나간다. 아침에 멀쩡히 끌려나갔던 사람이 밤이 되면 송장이 되어 돌아오지. 그러면 사람들은 '혹시 다음번엔 내 차례가 아닐까', '저 문을 열고 들어오는 금부도사가 이번엔 날 잡아가지 않을까' 하는 두려운 마음에 하루 종일 오줌을 지린다. 그렇게 누가 해하기도 전에 점점 지쳐가고, 산 채로 말라 가. 이곳은 매일 매일이 살아 있는 지옥이다."

그 말에 만덕이 눈을 치뜨며 대꾸했다.

"그래서 빨리 죽고 싶으신 겁니까? 제 손으로 끝내 달라고요?"

말은 차갑게 하면서도 월중선을 바라보는 만덕의 눈길은 속절없이 파르르 떨렸다. 아무리 숨기려 해도 숨길 수 없는 감정. 그런 만덕을 애닲게 바라보던 월중선이 한숨처럼 말했다.

"끝내 달라는 것이 아니다. 멈춰달라는 것이다."

월중선의 목소리가 나직이 이어졌다.

"역모의 주모자들이 모조리 죽어나간 마당에 이대로라면 진실이 무엇이건 간에 조금이라도 이번 일에 연루된 사람들은 모조리 죽임을 당하고 말 것이다. 지금도 동헌 앞마당에선 단지 그들과 이웃이었다는 이유로, 혹은 인사 한 번 건넨 것이 빌미가 되어 무고한 백성들이 뼈가 갈리고 살이 찢기는 형신을 당하고 있다."

그것은 만덕도 이미 잘 알고 있었다. 여기 오는 내내 참혹하게 굴러다니는 반송장들을 수도 없이 마주쳤으니.

"이러다간 탐라가 온통 피바다가 될 것이다. 그 전에 진상을 밝혀야 한다. 그것만이 억울한 죽음을 막는 길이고, 강씨 집안의 죄를, 내 죄를 조금이라도 더는 길이다."

갈라진 땅에 물이 스미듯 월중선의 목소리가 이내 축축하게 젖어들었다. 차마 그 목소리를 더는 들을 수가 없어 훅, 숨을 들이킨 만덕은 그 길로 천천히 옥사를 돌아나왔다.

처음부터 예감하고 있던 일이었다. 삶은 우연의 연속이라고들 하지만 바닥에 쏟아진 물이 위에서 아래로 흐르듯, 어차피 사람의 인생이라는 것도 결국은 제각기 정해진 운명을 따라 흘러가기 마련인 것이다. 어쩌면 그렇게 월중선은 월중선의 길을, 만덕은 만덕의 길을 가고 있는 것인지도 몰랐다.

옥사에서 돌아온 만덕은 그날 밤을 뜬눈으로 지새웠다. 어찌되었냐는 천천네의 채근도 무시한 채 오자마자 이불을 펴고 누웠건만 만덕의 정신은 갈수록 또렷해지기만 했다. 그리고 그런 만덕의 귓가에 월중선의 목소리가 무한히 반복되었다.

'멈춰다오!'

그 말이 마치 죽여달라는 말인 것만 같아서 만덕은 한 여름 이불 속에서도 온몸을 오소소 떨었다. 가슴 속 어딘가에서 우우, 섬뜩한 바람이 불어댔다. 덩달아 기억 속에 봉인되어 있던 시큼한 죽음의 냄새가 훅 끼쳐왔다.

'내가 왜? 대체 왜 그 일을 해야 하는가? 하고 많은 사람 중에 왜 하필 다들 나에게 손을 벌리며 도움을 청하느냔 말이다!'

만덕은 할수만 있다면 눈앞의 상황을 외면하고 싶었다. 하지만 동시에 그럴 수 없으리라는 것도 알고 있었다. 항상 하고 싶은 일보다는 해야만 하는 일과 먼저 인연이 닿고마는 만덕이었으니. 그리고 또 하나 외면할 수 없는 이유가 있었다.

축 처진 어깨로 터덜터덜 멀어져가던 만석의 뒷모습, 그리고 월중선의 처연한 목소리가 겹쳐 어른거렸다.

'내 이런 부탁을 또 누구에게 하겠느냐?'

설혹 눈 감고 귀 막더라도 만덕은 월중선과 만석의 애원하듯 서글픈 눈빛에서 결코 벗어날 수 없을 것이었다. 결국 새벽 녘 자리에서 벌떡 일어난 만덕은 오래된 책첩을 펼쳐들었다. 기생 시절 인연들을 모아놓은 인명부였다.

만덕은 덕윤을 찾아낼 생각이었다. 월중선의 말처럼 역모와 관련된 자들은 이미 모두 죽거나 잡혀간 상황이었으니, 지금으로선 사건의 실마리를 쥔 것은 덕윤 뿐이었기 때문이다. 하여, 만덕은 다음날부터 덕윤의 행방을 수소문하기 시작했다.

사실 만덕에게 있어 탐라 바닥에서 사람을 찾는 일이란 제 손바닥을 들여다보는 것만큼이나 쉬운 일이었다. 탐라는 좁은 섬, 행수 기녀 시절 수족처럼 부리던 수하 기녀들이 곳곳에 포진해 있었으니 섬을 뜬 것만 아니라면 그게 누구든 제 아무리 꼭꼭 숨어도 보름 안에 행적을 찾을 수가 있었던 것이다. 아니나 다를까 사흘이 채 지나기도 전에 만덕은 덕윤이 애첩 소소의 집에 숨어 있다는 사실을 알아냈다.

그 길로 장정 몇을 고용한 만덕은 부지불식간에 소소의 집으로 들이닥쳤다. 안방 문을 열어 젖히자 만취한 덕윤이 배를 드러낸채 널부러져 코를 골고 있는 것이 보였다. 만덕은 기가 막혔다.

"도망친 곳이 겨우 여기인가? 이야말로 아둔한 짐승이 범을 피해 제 머리만 감춘 꼴이로구나!"

역모 죄인들이 바다를 건널 때 배를 대기로 했던 덕윤이었다. 허나 막상 동패인 심래복이 잡혀갔다는 말을 듣자 덜컥 겁을 집어 먹은 덕윤은 이도저도 필요없고 오로지 도망을 치기로 결심했다.

처음에는 장사를 핑계대어 뭍으로 빠져나갈 심산이었다. 섬 밖으로만 나가면 어디든 제 한 몸 숨길 곳은 있을 테니. 허나 그사이 상황이 급박해지는 바람에 바닷길이 막혀버리고, 결국 섬을 빠져나가지 못한 덕윤은 생각 끝에 애첩 소소의 집으로 숨어들었던 것이다.

"그대의 아비는 물론이고, 가솔들도 이미 모두 잡혀갔소. 헛된 희생을 늘리지 말고 죄를 모두 자복하시오!"

그제야 정신을 차린 덕윤은 만덕의 앞에 꿇어앉아 애원하였다.

"이보게, 난 아무것도 모르네. 그저 옆에서 시키는 대로 했을 뿐이야. 심래복, 그자 때문일세. 모든 것이 그자 탓이란 말이네."

덕윤은 남의 탓을 하며 변명을 늘어놓기 바빴다. 그런 덕윤을 무시한 채 만덕은 집안 곳곳을 뒤지기 시작했다. 그리고 드디어 만덕은 덕윤이 머물던 방에서 엉망으로 구겨진 채 아무렇게나 내팽개쳐진 문서들을 발견하였다. 그 안에는 덕윤이 들고 나갔다는 선박문서와 역모의 전말을 담은 계획서 그리고 이번 역모 사건의 주모자들이 수결한 연판장 등이 들어 있었다. 계획대로라면 그들이 한양으로 진격할 때 이미 뭍으로 옮겨졌어야 할 물건들이었다.

"참으로 어리석은 자로다!"

만덕은 그 문서들을 태워 없앨 생각도 못하고 여태 끼고 앉아 있었던 덕윤의 어리석음에 고개를 저었다. 하기사 내내 술에 절어 현실을 도피하느라 여념이 없었을 테니……!

쯧쯧, 혀를 찬 만덕은 손에 들린 문서들을 하나하나 훑어보았다. 그때였다.

"이 이름은?"

문서들 속에 섞여 있던 한 통의 서찰. 그 서찰에 적힌 이름을 보자마자 얼른 서찰을 꺼내어 읽어보는 만덕이었다.

"이럴 수가!"

서찰을 모두 읽은 만덕의 얼굴이 창백하게 굳어졌다. 한참을 그 서찰에서 눈을 떼지 못하던 만덕은 그러나 이내 정신을 수습하고 자리에서 일어났다.

"저 자를 이 문서들과 함께 한 판관께 인도하게. 내 곧 뒤따를 터이니."

부리는 자들에게 이르고는 무슨 영문인지 좀 전에 자신이 펼쳐 보았던 서찰만을 따로이 챙겨 자리를 뜨는 만덕이었다.

355

그날 저녁, 만덕은 감목관 김씨 종문을 찾았다.

"이 집안에 드리워진 역모의 혐의를 벗겨드리지요."

감목관 김씨 집안의 종손 김석범은 미간을 찌푸린 채 그런 만덕을 노려보았다.

"허언虛言이라면 각오해야 할 것이다."

허나 그 말에 피식 웃는 만덕이었다.

"허언이라니요? 제가 어찌 감히 감목관 김댁의 눈 밖에 날 일을 자처하겠습니까? 그건 이미 지금으로도 충분한 것을요."

부드러운 혀 끝에서 날카로운 가시가 느껴졌다. 역시나 듣던 대로 만만치 않은 아이라 김석범은 굳어진 표정을 풀며 말했다.

"그래, 니가 그리 어리석은 짓을 할 아이는 아니라지. 허면 말해보거라. 어찌 역모의 혐의를 벗기겠다는 것이냐?"

"그것은 비밀을 요하는 일인지라 말씀드릴 수가 없습니다."

살짝 눈을 내리까는 만덕이었다. 그 모습이 새침한 듯 도도해 보였다. 김석범은 그런 만덕을 가늠하듯 넘겨 보았다.

역모 사건이 벌어지고 나서 온갖 인맥을 동원하여 백방으로 힘을 써온 김씨 집안이었다. 허나 목사까지 경질되어 갈 정도로 거센 피바람 앞에선 그 어떠한 노력도 무용지물, 결국 이렇다할 성과를 거두지 못했다. 헌데 그 일을 해내겠다니. 저 아무 힘도 없어 보이는 연약한 계집아이가. 선뜻 믿어지지 않는 김석범이었다. 게다가 저 비밀스러운 태도도 영 마음에 들지 않았다. 허나 지금으로선 달리 남은 방도도 없었다.

'하기사, 듣기론 꽤나 민활한 아이라 했으니!'

지푸라기라도 잡는 심정으로 일단 믿고 보자 싶은 김석범이었다.

"좋다. 우리 집안이 처한 화급함을 알고도 예까지 직접 찾아왔을 때에는 그만한 자신이 있는 것일 터, 너에게 한 번 맡겨보마. 허면, 내 무엇을 내어주면 되겠느냐? 일을 도모하려면 밑천이 필요하겠지. 돈을 내어주랴? 아니면?"

그러나 정색을 하는 만덕이었다.

"이 댁에서 내실 것은 아무것도 없습니다. 그저 가만히 지켜보시기만 하면 됩니다."

"그냥 지켜보기만 하면 된다?"

김석범은 눈을 가늘게 뜨고 마주 앉은 만덕을 보았다. 대체 무슨 꿍꿍이길래…… 혹 그동안 품은 앙심 때문에 김씨 집안을 농락하려는 것은 아닌가?

그러나 조금의 거리낌도 없이 그런 김석범을 마주보는 만덕이었다. 중종中宗을 눈앞에 두고도 주눅드는 기색은커녕 한치의 흔들림도 없는 눈빛. 자신을 저리 똑바로 쳐다보는 사람은 마을은 물론이고 집안 사람을 통틀어 흔치 않았다. 그 앞에선 모두 고개를 조아리고 두려워할 뿐. 그때였다.

마치 눈싸움이라도 걸듯 줄곧 김석범을 응시하던 만덕이 입을 열었다.

"대신, 조건이 하나 있습니다."

그 말에 고개를 끄덕이는 김석범이었다. 그러면 그렇지! 피식 코웃음이 걸렸다.

허나 김석범의 반응에도 아랑곳 없이 담담히 말을 이어가는 만덕이었다.

"만일 이번 일이 성사되어 김씨 집안에 내려진 역모의 혐의가 모두 벗겨진다면……."

"벗겨 진다면?"

잠시 뜸을 들였던 만덕이 단호하게 말했다.

"제 일신에 내려진 모든 부당한 제재들을 거두어주십시오."

"부당한 제재라?"

생각지도 못한 뜻밖의 조건에 미간을 찌푸리는 김석범이었다.

"저와 거래를 하는 공방에는 말총의 공급을 일절 끊겠다 하셨다고 들었습니다. 그 말은 저를 상인으로 인정하지 못하시겠다는 뜻이겠지요?"

김씨 집안과의 얼키고 설킨 인연이 버거운 만덕이었다. 만덕은 이제 그 인연으로부터 그만 벗어나고 싶었다.

"저를 이 집안의 혈족으로 받아달라는 것이 아닙니다. 또한 이번 일로 인하여 어떤 특혜도 바라지 않습니다. 다만 저를 상인 김만덕으로 인정해주십시오."

또박또박 이어지는 만덕의 요구. 그런 만덕을 기가 차다는 듯 바라보는 김석범이었다. 그렇게 또 얼마나 침묵이 흘렀을까? 드디어 김석범이 무겁게 닫혀져 있던 입을 열었다.

"더도 덜도 없이 상인 김만덕으로 인정해 달라?"

"예. 그렇습니다."

만덕의 대답에 뜻밖에도 훗하니 웃는 김석범이었다.

"상인 김만덕, 상인이란 말이지?"

어느새 웃음을 거둔 김석범이 태산처럼 무거운 중종의 입으로 말했다.

"좋다. 너와의 거래를 받아들이마."

김석범으로서는 손해 볼 것이 없는 거래였다. 역모의 혐의를 벗을 수만 있다면야 만덕의 존재쯤 무시하면 그뿐이었으니. 마찬가지로 만덕 또한 집안의 간섭에서 벗어나 자신이 원하던 것을 얻어내었으니 서로 간에 밑질 것이 없는 장사였다. 이로서 '상인 김만덕'의 첫 거래가 성사되었다.

김씨 집안과 담판을 짓고 돌아온 만덕은 그 길로 믿을만한 사람을 시켜 보관하고 있던 서찰을 종성 부사 조영순에게 보냈다.

조영순. 그는 부수찬 시절 영의정 이천보를 매도하고 붕당을 조장하였다는 죄목으로 한때 탐라에 유배와 있던 사람이었다. 당시 만덕은 이조웅을 떠나보내고 마음이 심란했던 터라 비슷한 죄목으로 탐라에 쫓겨온 조영순에게 적지 않은 연민을 느꼈다. 하여 조영순에게 알음알음 물심양면으로 도움을 주었었다.

입맛에 맞을 만한 반찬들을 들여보내는가 하면, 겨울이면 두툼하게 솜을 넣어 지은 옷을 가져다주었다. 적적할 때는 말벗이 되어주기도 하고, 배소를 벗어날 수 없는 조영순을 대신하여 특별히 인편에 좋은 서책을 구해다주기도 했다. 그처럼 살뜰하게 살피다보니, 종국엔 마음을 터놓을 만큼 친해진 조영순과 만덕이었다.

그리고 그 인연은 조영순이 유배가 풀려 탐라를 떠날 때까지도 한결같이 지속되었다. 그런 만큼 만덕으로선 신뢰할 수 있는 인물이었다.

"신뢰도 좋다지만, 기왕 서찰을 보낼라면 그래도 조정 대신한테 보낼 것이지. 탐라보담은 가깝다지만 한양도 아니고 종성에 있는 사람인데 그 양반도 무슨 뾰족한 수가 있겠냐?"

심부름꾼이 탄 배가 떠나는 것을 보면서 천천네가 답답하다는 듯이 말했다. 허나 만덕은 그저 묵묵부답, 배가 순조롭게 뭍에 닿기를 빌며 해신당에 선절을 올릴 뿐이었다.

사실 만덕이 조영순에게 서찰을 보낸 데에는 나름의 이유가 있었다. 본래 사람이 좋을 때보다는 어려울 때의 일을 더 잘 기억하는 법이라 예전 일에 대한 고마움으로 자신의 부탁을 거절치 못할 것이라는 확신도 확신이었지만, 결정적으로 조영순을 택한 데에는 감춰진 또 다른 이유가 있었다.

'누군가 섬 안의 밀고자가 중앙과 직접 밀통하고 있는 게 아니겠느냐?'

한 판관의 말처럼 정말 누군가 중앙에서 손을 쓰고 있는 것이라면 섣불리 선을 대기가 어려웠다. 게다가 이 정도 크기의 역모 사건을 얽어낼 정도라면 분명 만만치 않은 세력일 터, 자칫 잘못했다간 이쪽이 가진 패만 빼앗길 공산이 컸다.

'만일이라는 것도 있는 것이니…….'

하여 만덕은 덕윤에게서 찾아낸 문서를 한 판관에게 보내면서 그중 한 장의 서찰만은 따로 빼두었던 것이다. 만덕은 그 서찰을 다른 경로를 통해 중앙에 닿게 할 작정이었다. 잘만 된다면 그 서찰은 조영순을 통해 궁극적으로 만덕이 염두에 둔 인물에게 전해질 것이었다.

"지금은 우선 줄을 잘 고르는 것에만 집중해야 합니다. 그것이 튼

튼한 새 동앗줄인지, 썩은 동앗줄인지에 따라 우리 모두의 운명이 갈릴 테니까요. 그 동앗줄 끝에 누가 있을지는 그 다음 문제입니다."

화르륵, 뱃길의 안녕을 빌며 불을 붙인 소지가 만덕의 손끝에서 둥실 떠올랐다.

허나 동앗줄은 무엇이고, 그 끝에 있는 사람이라니 그것은 또 무슨 말인지 영문을 모르는 천천네는 그저 꿀 먹은 벙어리처럼 눈만 끔뻑일 뿐이었다.

그 즈음, 만덕의 표현을 빌자면 '동앗줄의 한쪽 끝을 쥔 자'들이 광통교 기방으로 모여들고 있었다. 일의 성공을 자축하는 비밀회합이었다.

"오셨습니까?"

그중 한 명이 도착하자 광통교 기방 패월옥의 주인인 한매가 몸소 버선발로 대문 앞까지 쫓아나왔다. 그 치마폭이 한양 땅을 뒤덮고도 남는다는 수완가요, 원체 도도하여 그 콧대가 남산보다도 높다는 한매가 이리 직접 나선 것을 보면 상대 또한 만만치 않은 자임이 분명했다.

"대감께서는?"

"이미 들어 계십니다."

허나 한매의 안내를 받아 마당을 가로지르던 사내는 바깥채에서 이는 소란에 잠시 발길을 멈추었다. 그곳은 주로 하룻밤 뜨내기 손님들이 머물다 가는 곳이었는데, 열린 창호문 안쪽으로 웃옷을 반쯤 벗어재낀 사내가 행패를 부리는 모습이 눈에 띄었던 것이다. 아마도 자신이 점찍어 놓은 기생을 딴 사내에게 빼앗긴 모양인 듯, 붉으죽죽하게 부아가 오른 얼굴이 발정난 숫탉같았다.

"니들이 지금 내가 섬에서 온 촌놈이라고 무시를 하는 것이냐? 이 같잖은 놈들이 감히 날 뭘로 보고! 내가 이래 뵈도 주상전하를 눈앞에서 직접 뵌 분이시다! 내가 입만 열었다 하면 네 놈들도 줄줄이 모가지가 댕강이란 말이다!"

손날로 댕강 목을 치는 흉내를 내는 그 흉물은 대정현의 아전 원덕소였다. 이번 역모 사건을 제일 처음 전한 끄나풀이자, 친국장에서 직접 죄인들의 죄를 발고한 증인이기도 했다.

"전 행수님께서 데려온 자라 내처 두기는 했사오나 한시도 맨 정신일 때가 없습니다. 게다가 술만 들어갔다 하면 저리 행패가 막심하니……."

전 행수라 불린 사내의 얼굴이 대번에 굳어졌다. 생각같아선 당장 제주로 쫓아보내고 싶으나 일단은 입을 막아두어야 하니…….

"술이고 계집이고 돈은 이쪽에서 낼 터이니 실컷 먹여서 어디 골방에라도 처박아두게."

분부한 사내는 한매를 쫓아 내처 별채로 걸음을 옮겼다.

"이곳입니다. 고할까요?"

별채 앞 댓돌 위에는 먼저 도착한 손님의 것인 듯 단정한 갓신 하나가 가지런히 놓여 있었다. 되었다며 한매를 물린 사내는 제 손으로 직접 문을 열고 방 안으로 들어갔다. 그러자 촘촘한 발 너머로 학처럼 고고한 인상의 선비 하나가 앉아 있는 것이 보였다.

판의금부사 홍계희였다. 얼핏 보기엔 학자의 풍모를 풍기고 있었으나 유독 눈동자만은 검고 날카로워 마치 작은 단검을 물려놓은 듯 예리한 인상이었다.

"예문관 제학으로 복귀하심을 경하드립니다."

사내는 방으로 들자마자 홍계희에게 축하 인사부터 올렸다.

계미년 10월 4일, 임금이 역적을 모두 소탕하였음을 널리 반교頒敎하였다. 그리고 그 반교문을 예문관 제학으로 복귀한 홍계희가 직접 지어올렸다. 사도세자의 망령을 결국 제 손으로 봉인한 것이었다. 홍계희의 만면에 득의양양한 미소가 떠올랐다.

"자네 덕에 위기가 기회가 되었음이야. 내 자네의 공은 잊지 않겠네."

수염이 젖지 않도록 찻잔을 기울이며 홍계희는 눈앞의 사내를 가늠해 보았다. 사내는 송상 대방의 후계자 중 하나로 거론되고 있는 행수 전길주였다.

큰 키에 날렵한 체구, 서른 중반의 나이라 믿기지 않을 정도의 연륜과 계책, 거기에 상인다운 배포까지 두루 갖추었으니 옆에 두고 쓸만한 자였다.

"그저 천운이 대감을 도왔을 뿐, 공이라니요."

전 행수는 지나치지 않게 겸양의 말을 던지며 다상 위에 찻잔을 내려놓았다. 그 손이 마치 선비의 손처럼 길고 단정했다. 상인이지만 천박한 장사치 냄새가 나지 않는 자. 홍계희는 무엇보다 전 행수의 그러한 점이 가장 마음에 들었다. 과연 옛 왕조의 황도인 송도 출신다웠다.

"갓 사업을 시작하려 한다고?"

홍계희가 화제를 돌리자 전 행수가 빙긋 미소를 지으며 대답했다.

"예. 역모의 바람이 휩쓸고 간 탓에 제주는 지금 무주공산일 것입니다. 때를 도모한다면 지금이 적기가 아니겠습니까?"

그 말에 홍계희가 수염을 쓸며 너털웃음을 터트렸다.

"과연, 하나의 계책으로 나는 주상의 신임을 되찾고 자네는 제주를 얻었으니 이야말로 일거양득이로군."

홍계희는 다시 한 번 마음속으로 전 행수의 뛰어난 책략에 감탄하며 전 행수가 자신의 집을 처음 찾아왔던 날을 떠올렸다.

그때도 전 행수는 상인답지 않은 세련된 몸가짐으로 홍계희가 내어준 붓과 먹으로 종이 위에 '용적위아用敵爲我'라는 네 글자를 적어 보였었다. '적을 나를 위하여 이용한다'라는 전국책에 나오는 병법의 한 구절이었다.

"때로는 외부의 적이 느슨해진 내부의 결속을 더욱 공고히 해주기도 하는 법이지요."

그 말과 함께 전 행수는 넌지시 홍계희에게 제주에 역모의 움직임이 있음을 전하였다. 역모와 정변, 전 행수는 임금의 오랜 공포심을 이용해 홍계희에게서 돌아섰던 임금의 마음을 되돌릴 수 있는 묘책을 꾸며낸 것이었다. 게다가 장사치로서 자신의 이利 또한 놓치지 않는 민활함까지.

'허나 지나치게 영리한 개는 주인을 무는 법이지.'

홍계희는 만면에 만족스런 미소를 띠우면서도 마음 한구석 경계를 늦추지 않았다. 그것은 전 행수 또한 마찬가지, 일단 호랑이 등에 올라탔으니 떨어지지 않도록 조심할 일이었다. 두 사람 모두 각자의 본심을 감춘 채 승리를 자축하고 있을 때였다.

방문 밖이 갑자기 소란스러워지더니 홍계희의 아들 술해가 헐레벌떡 뛰어들어왔다.

"아버님, 큰일났습니다!"

그러자 홍계희가 반듯한 이마를 찌푸리며 물었다.

"대체 무슨 일이기에 이 소란이냐?"

"방금 제주에서 장계가 올라왔는데 이번 역모 사건의 주모자들이 직접 수결한 연판장이 발견됐답니다."

그 말에 더욱 미간을 찌푸리는 홍계희였다.

"그렇다면 잘된 일이 아니더냐? 근데 대체 뭐가 큰일이라는 게야?"

그러자 술해가 초조한 듯 연신 손을 비비며 말했다.

"그게…… 없답니다! 우리가 주모자로 지목한 조영득의 수결이 없답니다!"

"뭣이 어째?!"

경악한 홍계희가 찻상을 쿵 내리쳤다. 그 바람에 찻물이 튀어 홍계희의 대창의 앞자락에 스며들었다. 금세 새하얀 도포 자락에 누런 얼룩이 번졌다.

"이게 대체 어찌된 겐가?"

홍계희가 전 행수를 보며 물었다. 이미 홍계희의 매서운 눈꼬리는 하늘 높은 줄 모르고 치솟고 있었다. 하지만 그것은 정작 전 행수가 묻고 싶은 바였다. 조영득 그자의 집에서 결정적인 증거를 찾아냈다며 의기양양해 했던 것은 홍계희 바로 자신이 아니었던가? 허나 지금은 그것을 따질 상황이 아니었으니, 술해를 향해 다급히 묻는 전 행수였다.

"허면 군기책은요? 조영득의 집에서 찾아냈던 군기책은 그럼 어찌된 것입니까?"

그 말에 술해가 쭈뼛쭈뼛 제 아버지의 눈치를 보며 말했다.

"실은 그것 때문에 궁에서 아버님께 전갈이……."

"주상전하께서 날 찾으셨느냐? 연판장을 이미 보신 게야?"

"아닙니다. 연판장은 우선 승정원의 우리쪽 사람이 급히 빼돌리기는 했는데……."

"그럼 대체 왜? 무엇 때문에 주상전하께서 나를 찾으신단 말이냐?"

"그게……. 주상전하가 아니라 세손저하께서 찾으십니다."

"무어라? 세손저하가?"

자리에서 벌떡 일어난 홍계희는 술해와 전 행수를 번갈아 바라보았다. 도대체 상황이 어찌 돌아가고 있는 것인지……. 삽시간에 축하와 결속의 자리가 한 치 앞을 알 수 없는 살얼음판으로 변했다. 잠시 선 채로 못마땅한 듯 수염을 부르르 떤 홍계희는 곧 아들 술해를 앞세우고 황황히 패월옥을 떠났다.

홍계희와 술해가 떠나고 홀로 별채에 남겨진 전 행수는 엎어진 다상 밑으로 조용히 주먹을 말아쥐었다.

대체 누구인가? 누가 감히 자신의 앞길을 막아서는 것이란 말인가?

꽉 움켜쥔 손에 시퍼런 핏줄이 도드라졌다. 태어나 걸음마를 뗀 이후로 지금껏 손에 한번 움켜쥔 것은 절대로 놓쳐 본 적이 없는 천하의 전 행수였다. 헌데 다 잡은 대어를 놓치다니! 꽉 다문 입술을 씰룩이는 전 행수였다.

"소문 들었는가? 의금부에 잡혀갔던 아전 김만거와 이완홍이 풀려났다네."

"그게 정말인가? 그럼 드디어 감목관 김댁에 내려졌던 역모의 혐의도 거둬지겠구만!"

계미년 10월 13일, 제주의 아전 김만거와 이완홍을 친국한 임금은 두 사람이 군기시의 장부와 도류안徒流案을 조영득의 집에 두었던 죄는 인정되나 특별히 역모에 가담한 흔적은 보이지 않는다며 모두 참작 처리하여 정배定配하라 명하였다. 그러나 이미 반교된 역모의 내용은 바뀌지 않았으니, 진실은 그대로 역사 속에 묻혀버렸다.

"이미 실효를 잃어버린 진실을 밝히는 것보다는 차라리 실익을 얻어내는 편이 모두를 위해 나은 선택이 아닐는지요."

조영득이 역모죄를 벗지 못한 일에 대해 안타까워하는 한 판관을 향해 만덕은 그리 말했다. 어차피 조영득의 식솔들은 모두 죽거나 유배되어 이미 그 씨가 마른 터, 그런 마당에 신변회복이란 무의미한 일이었다. 그리고 회복된다손 쳐도 그들은 여전히 사람 취급 받지 못할 죄인의 후손, 관의 노비였다. 대신 탐라를 뒤덮은 피바람이 거두어졌으니 그것만으로도 가치는 충분했다. 다만 죽은 자만이 억울할 뿐이었다.

사실 만덕이 조영순에게 보낸 서찰은 조영득이 한양에 있는 지인에게 보내는 지극히 개인적인 편지였다. 아마도 덕윤이 곧 뭍으로 나갈 계획이라는 말에 맡긴 것인 듯, 겉봉엔 '한양 남산골 사는 아무개에게 전해주시오'라고 적혀 있었다.

내 내자가 뒤늦게 아이를 가졌는데 노산이라 많이 힘겨워하는 듯하네. 하여 자네에게 부탁하니, 시장에 나가 순산에 도움이 될 만한 약재를 좀 구해서 보내 주시게. 이곳은 외딴 섬이라 장이 서질 않고 교역 또한 순탄치 않아 좋은 약재를 구하기 힘들다네. 당장은 약재값을 동봉하지 못하나, 최근 글 모르는 향리들을 대신하여 관의 문서를 대필하는 일을 맡았으니 조만간 이 신세를 갚을 수 있을 것이네. 그럼 반가운 소식 기다리겠네.

조영득은 처음부터 역모와는 아무런 관련이 없었다. 다만 임신하여 힘겨워하는 아내를 위해 푼돈이나마 모아보고자 하는 마음에 소일 삼아 관의 문서를 대필해 왔을 뿐이었다. 하여, 의금부도사가 들이닥쳤을 때에도 그 문서들을 치우거나 숨길 생각은 하지 못했다. 대필을 부탁했던 만거가 뒤늦게 사실을 깨닫고 조용히 문서를 들고 나오려다가 집안을 뒤지던 금부나졸들에게 발각되어 오히려 엉뚱한 덜미를 잡히고만 것이다. 헌데 홍계희는 그것을 결정적 증거로 삼아 조영득에게 온갖 모진 고문들을 가하였던 것이다.

일신에 가해지는 고통은 참아낼 수 있었다. 허나 가까운 이웃이라 믿어 의심치 않았던 이들로부터 역모의 수괴라는 모함을 받은 것도 모자라 조상을 욕하는 말까지 듣고 보니 차마 분한 마음을 견딜 수가 없었다. 결국 참다 못한 조영득은 자포자기하는 심정으로 거짓자복을 했던 것이다.

"참으로 안타까운 일이 아닌가."

탄식한 한 판관은 아까부터 궁금하게 여겼던 것을 만덕에게 물었다.

"죄인들이 수결한 연판장을 보고 나도 조영득이 무죄라는 사실은 알았다. 헌데 너는 어찌하여 조영득의 서찰을 빼돌리고, 또 그 서찰을 종성 부사에게 보낸 것이냐?"

그러자 만덕이 고개를 조아리며 대답했다.

"송구합니다. 실은 지난번 찾아뵈었을 때, 판관 나으리께서 탐라 안에 조정과 밀통하는 자가 있을 것이라 하지 않으셨습니까? 그렇다면 그 증좌들 또한 중간에 어떤 자들의 손에 의해 빼돌려질지 알 수 없는 일, 만일을 대비하여 좀 더 안심할 수 있는 경로를 찾은 것이옵니다."

"안심할 수 있는 경로라? 그게 종성 부사였다는 말이지!"

종성 부사 조영순은 한때 세손강서원世孫講書院에서 익선翊善의 벼슬을 지낸 적이 있던 자였다. 그것을 알고 있던 만덕은 서찰을 조영순에게 보냈고, 조영순은 그 서찰을 사도세자의 장인인 홍봉한에게 보냈다. 그 서찰은 다시 몇 사람을 거쳐 결국엔 만덕이 처음 의도하였던 대로 세손후일 정조의 손에 들어갔다.

"중앙의 배후가 누구인지는 알 수 없으나, 탐라에 자리잡은 소론 세력을 정면으로 겨누었다면 노론 중에서도 강경인 벽파일 확률이 높을 것이라 생각했습니다. 헌데 지금의 조정은 노론이 온통 득세하니 그를 피할 겸 약간의 편법을 쓴 것입니다."

만덕의 말대로 당시 조정은 온통 노론의 세상이었다. 그러니 그들을 상대하자면 노론 세력과 정치적 노선을 달리하면서도 동시에 그들을 제압할 수 있는 힘을 지닌 자가 필요했고, 만덕이 생각하기엔 그게 바로 지금의 세손이었던 것이다. 노론벽파는 사도세자를 죽음으로 몬 장본인들로서 그 아들인 세손과는 척을 지고 있었기 때문이다.

"편법이라…… 허나 그 편법이 결국 많은 목숨을 구했다."

서찰을 보고 의아함을 느낀 세손은 은밀히 이번 역모사건의 전말을 캐었다. 그리고 마침내 그 배후에 홍계희가 있음을 알아낸 세손이 홍계희를 자신의 전각으로 불러들이기에 이르렀던 것이다.

"경은 권력을 사용함에 있어 지나침이 있다. 더구나 그것이 때때로 왕실을 겨냥한다는 인상마저 주니, 이것은 나의 근심이 지나침인가? 경은 이번 일을 거울 삼아 추후 스스로의 행보에 경계, 또 경계하라. 또한 이번 일을 불필요하게 키워 당쟁에 이용해서는 안 될 것이니, 이번 역모 사건은 이쯤에서 종결지음이 가할 것이다."

세손은 홍계희를 문책하는 대신 협상을 택했다. 아주 없는 역모를 만들어낸 것이 아닌 이상, 일을 더 키우긴 힘들다는 판단 하에 후일을 도모키 위해 내린 결단이었다. 결국 그것으로 탐라에 몰아닥친 피바람은 멈추었다.

그러나 아직 모든 사건이 종결된 것은 아니었으니, 역모 죄인의 식솔들에 대한 처분이 남아 있었다.

"강상의 법도가 뚜렷할진데, 기생의 딸을 어찌 제 자식이라 하겠나이까? 저는 월중매와 월중선을 단 한 번도 제 자식이라 여겨본 적이 없습니다. 헌데 어찌 그들을 이용해 한 치라도 불충한 뜻을 품을 수 있었겠습니까? 저는 하늘을 우러러 한 점 부끄러움이 없나이다."

평생 헛된 욕망을 버리지 못하고 끊임없이 권력자들과 결탁해 왔던 강익주는 끝끝내 죄를 뉘우치지 못하고 자신의 결백을 주장하다가 결국 장폐되었다. 그리고 그의 아들 덕윤은 형틀에 묶이자마자 겁을 집어먹고 오줌을 지리다가 그 자리에서 바로 죄를 토설하고 사형되었다. 다만 월중매만이 임산부임이 참작되어 사형을 면하고 추자도에 노비로 보내라는 명이 내려졌다. 그리고 탐라 옥사에 갇힌 월중선은······.

만덕은 한 판관의 집무실에서 물러나와 월중선이 갇혀 있는 옥사로 향했다. 죄인들로 가득 차 있던 감옥은 며칠새 텅 비어 있었다. 죄를 벗지 못한 몇몇 죄인들을 제외하고 심문을 받던 대부분의 백성들이 훈방조치 되었던 것이다. 하여 옥사 안엔 간간이 들리는 신음 소리뿐, 죽음 같은 적막만이 감돌았다.

만덕은 열을 지어 주욱 늘어선 옥사를 따라 걷다가 월중선이 갇혀 있는 옥방 앞에서 걸음을 멈추었다. 얼기설기 깔아놓은 짚풀 위에 피 묻은 소복을 입은 월중선이 구겨진 걸레처럼 몸을 웅크린 채 쓰러져 있었다. 아마도 모진 형신에 실신한 듯, 나무로 짜 만든 옥방 안에 고개를 파묻고 있는 모습이 마치 새장 안에 갇힌 새같았다. 인기척을 느낀 월중선이 한참만에야 고개를 들었다.

"정신이 좀 드십니까?"

만덕은 품안에서 미리 준비해 온 술병을 꺼내어 월중선에게 건넸다. 사시나무 떨리듯 떨리는 손을 뻗어 겨우 술병을 움켜쥔 월중선은 좁은 입구에 입을 대고 천천히 술을 마셨다. 그때마다 꿀럭, 목울대가 크게 움직이는 모습이 술 한 모금 넘기는 것조차 버거워 보였다. 잠시 후, 술기운에 조금은 힘이 도는지 월중선이 힘겹게 입을 열었다.

"어차피 내일이면 볼 것을 뭐하러 왔누?"

그러자 고집스럽게 고개를 돌리는 만덕이었다.

"저는 내일 아니 나갈 것입니다."

허나 파르르 떨리는 아랫입술은 미처 감출 수 없었다. 내일은 망나니의 손에 월중선의 목이 떨어지는 날이었다. 평생 그렇게 부정하고자 했지만 월중선은 결국 끝끝내 강익주와 조경수와의 인연에서 벗어나지 못했던 것이다.

"그래, 흉한 꼴 보아야 꿈자리만 사납다. 내 잘 알지."

월중선의 얼굴에 자조 섞인 웃음이 떠올랐다 곧 사라졌다. 술 한 모금을 더 들이킨 월중선은 애써 몸을 일으켜 벽에 기대앉았다. 한 차례의 통증이 성난 파도처럼 온몸을 휩쓸고 지나갔다. 이를 악물고 버티던 월중선이 밭은 숨을 고르며 눈을 떴을 때, 눈앞엔 걱정이 가득한 만덕의 얼굴이 보였다. 아닌 척하지만 만덕은 세상 모든 죄가 다 자신의 탓이라고 여길 만큼 마음이 여린 아이였다.

돌이켜 보면 월중선은 늘 그게 안쓰러웠다. 그리고 이번 일로 자신이 만덕에게 또 하나의 굴레를 지우고 가는 것이 아닌가 하여 마음이 무거워졌다. 지그시 만덕을 응시하던 월중선은 한참만에야 입을 열었다. 그 목소리는 이미 모든 것을 초탈한 듯 덤덤하여 평온하게 들리기까지 했다.

"나 죽거든 내 시신은 거두어다가 흔적도 없이 하얗게 태워다오."

"무덤도 남기지 말란 말씀이십니까?"

"어차피 봉분도 못 쌓을 역적의 가솔, 살아서 이놈 저놈 발길에 채인 것만도 진력이 나건만 무덤이 다 무슨 소용이란 말이냐? 그저 백양모시결처럼 하얗게 태워서 바다에 흩거라. 죽어서나마 우쭐우쭐이 지긋한 섬, 저 바다를 넘어보련다."

그 말에 원망어린 눈길로 바라보는 만덕이었다.

"허면, 산 사람들은요? 생각날 때 찾아가 쓸어볼 무덤 하나 없는 것이 어떤 것인데……."

허나 월중선의 결심은 굳었다. 사람이 죽으면 땅에 묻힌다고들 하지만, 실은 산 사람들의 마음에 묻힌다는 걸 누구보다도 잘 아는 월중선이었다.

"물색 없는 것. 내 그리 일렀건만 네 나이가 몇인데 아직도 제 마음줄 하날 다스리질 못하고 우는 소리더냐?"

월중선이 짐짓 엄한 목소리로 만덕을 꾸짖었다. 그 순간만큼은 모진 고문에 초죽음이 된 수인의 모습이 아닌 만덕이 기억하는 한창때의 위엄 넘치던 월향정의 주인 월중선의 모습 그대로였다.

"쓸어볼 무덤? 그깟 허울뿐인 무덤에 네 마음을 의지하려 하였느냐? 어차피 인생은 혼자다. 내 너에게 그 오랜 세월 강해지는 법을 가르쳤건만, 그 모든 게 다 헛일이었구나! 내 어찌 너처럼 어리석은 것을 내 딸이라고…… 꼴 보기 싫다. 내 눈앞에서 썩 꺼지거라!"

"어머니……!"

약속한 것은 아니었으나 연희각 앞에서의 일 이후, 은연 중에

'딸'과 '어머니'이길 감춰온 두 사람이었다. 허나 장장 십여 년을 친혈육보다도 질기고 질긴 운명에 엮여 살아온 그들이었다. 그 피보다 진한 이생의 연을 어찌 부정할 수 있으랴. 죽음 앞에 선 월중선과 만덕은 처연함을 감추며 그저 쓰디쓴 눈물을 삼킬 뿐이었다.

그렇게 얼마나 서로를 바라보았을까. 만덕이 천천히 몸을 일으켰다. 그리고는 옥살문을 사이에 둔 채 월중선을 향해 나붓이 큰절을 올렸다. 어린 날 만덕이 월중선을 어머니로 맞이하며 올렸던 바로 그 절이었다. 월중선은 자유롭지 못한 팔 다리를 추스리고 앉아 이제는 그때의 자신만큼이나 커버린 만덕의 절을 받았다. 그렇게 두 사람은 서로를 놓아보내야 할 시간을 맞이하고 있었다.

얼마 후 만덕은 시구문에 버려진 월중선의 시신을 거두었다. 월중선의 몸을 먼저 수습하고, 거기서 다시 한참이나 떨어진 웅덩이에 따로 처박힌 머리를 찾았을 때, 만덕은 반쯤 썩어들어 간 그 얼굴이 기이하게도 그 어느때보다도 평온해 보인다고 생각했다. 그래서 그것이 못내 더 슬펐다.

만덕은 월중선의 바람대로 시신을 화장하였다. 스님으로부터 보자기에 싼 뼛가루를 받아들었을 때, 만덕은 그 가벼움에 기가 막혔다. 이리도 가벼운 인생을 우리는 그다지도 무겁게 살다 가는가?

만덕은 잘 여민 보자기의 매듭을 풀어 월중선의 뼈를 바다 위에 흩뿌렸다. 곱게 빻은 뼛가루는 마치 갓 태어난 아기의 살결처럼 보드라워 애달팠다. 마지막 한 움큼, 월중선을 놓아보내는 만덕의 손이 아쉬움에 가늘게 떨려왔다. 그러나 파도에 씻겨내려 가는 그 흔적들은 일말의 미련도 없이 바닷가 바위 위에 위태롭게 선 만덕을 남겨둔 채 먼 바다로 우쭐우쭐 흘러갔다. 그렇게 흘러흘러 추자도를 건너, 뭍을 지나 만덕이 꿈꾸던 머나먼 세상으로 향할 것이었다. 만덕은 자신도 그 길을 따라 떠나고 싶었다. 그렇게 떠돌다 보면 언젠가는 그리던 아버지도, 가슴에 품은 단 한 사람의 정인도 만나볼 수 있을 터. 하지만 만덕은 탐라의 여식, 살아남은 자에겐 남겨진 자의 몫이 있는 법이었다.

"살암시민 살아진다."

탄식 같은 한마디와 함께 응축된 슬픔이 눈물이 되어 만덕의 볼을 타고 흘러내렸다. 바람결에 굵은 삼베 치마가 휘날렸다. 그 바람에 눈물이 모두 마를 때까지 만덕은 그 자리에 서서 그저 먼 바다를 하염없이 바라보았다.

딱 거기까지, 그것이 만덕에게 허락된 세상이었다.

그 시각, 추자도로 향하는 배 안에서 월중매는 극심한 산통을 느꼈다. 남자만 가득한 배 안에서 뱃사람들이 어쩔줄 모르고 우왕좌왕하는 사이 드디어 양수가 터지고 열 달을 품어온 조영득의 아이가 세상에 첫 울음을 터트렸다. 그것은 삶과 죽음이 거대한 수레바퀴처럼 맞물려 돌아가는 소리였다. 그러나 까무룩 기절한 어미와 차디찬 세상에 던져진 아이를 받아줄 따사로운 손길은 그 어디에도 없었다. 오직 도도하게 흐르는 바다만이 새로운 생명이 어미의 태胎를 끊고 나와 세상에 홀로서기 하는 광경을 묵묵히 지켜보고 있을 뿐이었다.

2권으로 이어집니다.